Alle Rechte, einschließlich das des vollständigen oder auszugsweisen
Nachdrucks in jeglicher Form, sind vorbehalten.

Der Preis dieses Bandes versteht sich einschließlich der gesetzlichen
Mehrwertsteuer.

Umwelthinweis:
Dieses Buch wurde auf chlor- und säurefreiem Papier gedruckt.

Die Handlung und Figuren dieses Romans sind frei erfunden.
Ähnlichkeiten mit lebenden oder verstorbenen Personen
sind nicht beabsichtigt und wären rein zufällig.

Andrea Kane

Dein ist das Leid

Roman

Aus dem Amerikanischen von
Volker Schnell

MIRA® TASCHENBUCH
Band 25656
1. Auflage: April 2013

MIRA® TASCHENBÜCHER
erscheinen in der Harlequin Enterprises GmbH,
Valentinskamp 24, 20354 Hamburg
Geschäftsführer: Thomas Beckmann

Copyright © 2013 by MIRA Taschenbuch
in der Harlequin Enterprises GmbH
Deutsche Erstveröffentlichung

Titel der nordamerikanischen Originalausgabe:
The Line Between Here and Gone
Copyright © 2012 by Rainbow Connection Enterprises, Inc.
erschienen bei: MIRA Books, Toronto

Published by arrangement with
HARLEQUIN ENTERPRISES II B.V./S.àr.l

Konzeption/Reihengestaltung: fredebold&partner gmbh, Köln
Umschlaggestaltung: pecher und soiron, Köln
Redaktion: Thorben Buttke
Titelabbildung: pecher und soiron, Köln
Autorenfoto: © Harlequin Enterprises S.A., Schweiz
Satz: GGP Media GmbH, Pößneck
Druck und Bindearbeiten: CPI – Ebner & Spiegel, Ulm
Printed in Germany
Dieses Buch wurde auf FSC®-zertifiziertem Papier gedruckt.
ISBN 978-3-86278-705-0

www.mira-taschenbuch.de

Werden Sie Fan von MIRA Taschenbuch auf Facebook!

Für Myrna und Bob, die mir nicht nur dabei halfen, die Hamptons in all ihrer Lebendigkeit einzufangen, sondern mir auch während des ganzen Jahres, das ich brauchte, um diesen Roman zu schreiben, als außerordentlich wichtige Berater zur Verfügung standen. Eure Liebe und eure Unterstützung bedeuten mir alles.

1. KAPITEL

Dezember
Manhattan

Amanda Gleason wiegte sanft ihren vor Kurzem geborenen Sohn in den Armen.

Ein neugeborenes Baby war wahrhaftig wie die Bestätigung des Lebens. Falls sie das nicht längst gewusst haben sollte, dann wusste sie es jetzt, in diesem Moment. Er war das Wunder, das sie selbst geschaffen hatte.

Und er war nun allein ihre Verantwortung.

Sie hatte nicht vorgehabt, eine alleinerziehende Mutter zu werden. Tatsächlich hatte sie überhaupt nicht gewusst, dass sie schwanger war, als Paul von der Bildfläche verschwand. Wenn sie das gewusst hätte, wenn sie es ihm hätte sagen können, vielleicht wäre dann alles anders gekommen.

Aber so war es nun mal nicht.

Und nun schien sie die gesamte Last der Welt auf ihren Schultern zu tragen. Ständig mussten Entscheidungen getroffen werden. Sie fühlte sich einem Druck ausgesetzt, den sie sich nie hätte vorstellen können. Jedes Mal, wenn sie Justin in ihren Armen hielt, überkam sie ein bittersüßer Schmerz.

Sie strich über sein flaumiges pfirsichfarbenes Haar. Während sie leise zu ihm sprach, riss er die Augen auf und schaute Amanda aufmerksam an, sichtbar gefesselt vom Klang ihrer Stimme. Sie blickte in diese Augen – er hatte die Augen von Paul –, und in ihrem Brustkorb zog sich etwas zusammen. Sie waren von etwas hellerem Braun als Pauls Augen, wahrscheinlich weil sie ihre wahre Farbe erst noch im Laufe der Zeit erhielten. Aber die Form, die Lider, selbst die dichten Wimpern – alles war genau wie bei Paul. Ebenso seine Nase, eine winzige Ausgabe von Pauls kühner, gerader Nase mit den schmalen Nasenlöchern. Er hatte sogar Pauls Grübchen in den Wangen. Außer dem goldbraunen Haar und dem kleinen Mund mit den geschürzten Lippen – beides hatte er von ihr geerbt – war er ganz der Vater. Obwohl gerade erst drei Wochen alt, entwickelte er schon seine eigene Persönlichkeit – unbekümmert wie Paul, wissbegierig wie seine Mutter. Er verbrachte Stunden damit, seine Finger anzustarren, ganz gebannt davon, wie sie sich öffneten und schlossen. Und er schaute sich ständig um, offenkundig fasziniert von der Welt.

Gott sei Dank hatte er noch keine Ahnung, was für ein unwirtlicher Ort diese Welt in Wirklichkeit war.

„Ms Gleason?" Eine junge Krankenschwester berührte sanft ihre Schulter. „Wieso holen Sie sich nicht mal was zu essen? Oder gehen spazieren? Das haben Sie den ganzen Tag noch nicht gemacht." Sie streckte die Hände nach dem Baby aus. „Justin ist hier in guten Händen. Sie müssen sich auch mal um sich selbst kümmern, sonst werden Sie nicht für ihn sorgen können."

Amanda nickte benommen. Für einen kurzen Moment umklammerte sie Justin fast verzweifelt, dann küsste sie seine weiche Wange und übergab ihn der Schwester.

Wie oft hatte sie das in den letzten Tagen getan? Wie oft würde sie es noch tun müssen?

Mit Tränen in den Augen erhob sie sich und verließ den Isolationsbereich der Abteilung für Knochenmarktransplantation der Pädiatrie des Sloane-Kettering-Krankenhauses. Draußen legte sie den Mundschutz, die Latexhandschuhe und den Überzug ab und schmiss alles in den Mülleimer. Wenn sie zurückkehrte, würde sie den ganzen Sterilisationsprozess erneut durchmachen müssen. Einen Augenblick stand sie mit gesenktem Kopf da, holte langsam und tief Luft, um sich selbst wieder in die Gewalt zu bekommen. Die Schwester hatte natürlich recht. Wenn sie zusammenbrechen sollte, könnte sie Justin erst recht nicht mehr helfen. Und sie war nicht mehr weit davon entfernt.

Sie ging den Flur entlang, trat in den Lift, fuhr hinunter ins Erdgeschoss. Die ganze Zeit fühlte sie einen körperlichen Schmerz, der auftauchte, wenn sie auch nur eine Sekunde von Justin getrennt war. Sie hasste es, ihn allein lassen zu müssen. Und jedes Mal fürchtete sie sich davor, zurückzukommen.

Die Welt außerhalb des Krankenhauses wirkte auf unwirkliche Art normal. Es war dunkel. Sie hatte seit Stunden nicht mehr auf ihre Uhr geguckt, aber es musste schon nach acht Uhr abends sein. Der Verkehr war immer noch dicht in New Yorks Straßen. Fußgänger schlenderten auf den Bürgersteigen. Autos hupten, Polizeisirenen in der Ferne. Die Weihnachtsbeleuchtung blinkte grün und rot und in allen Farben des Regenbogens.

Wie konnte alles so normal sein, wo doch ihre ganze Welt auseinanderfiel? Wo alles, was ihr wichtig war, da oben um das nackte Überleben kämpfte?

Ohne irgendetwas wahrzunehmen, holte Amanda ihr BlackBerry hervor und schaltete es an. Eigentlich war es ihr egal, ob sie irgendwelche Nachrichten hatte. Aber sie musste nachschauen – und sei es nur in der Hoffnung auf ein Wunder aus heiterem Himmel, mit dem alle ihre Gebete erhört worden wären.

Kein Wunder. Nur der übliche Mist, lauter Reklame, Sonderangebote, Verkaufsaktionen, einiges von Fotomagazinen. Nichts Persönliches. Alle, die sie kannten, wussten, dass sie sie jetzt nicht mit irgendetwas Geringerem als einem schweren Notfall behelligen durften.

Augenblick. Eine persönliche Nachricht gab es doch. Eine E-Mail von einer Freundin, ebenfalls Fotografin, die seit Monaten um die Welt reiste und keine Ahnung davon haben konnte, dass Justin gerade zur Welt gekommen war. Und dass seine Krankheit Amandas ganze Welt auf den Kopf stellte.

Sie klickte auf die Mail.

Bin in Washington, D. C. Musste Dir das sofort schicken. Hab's gestern mit dem Handy aufgenommen. An der Ecke 2nd Street und C Street NE. Ging leider nicht besser. Es ist Paul, da bin ich mir sicher. Schau es dir an. Ich weiß, das Baby kommt diesen Monat, aber ich dachte, Du würdest das sehen wollen.

Amanda las die Nachricht und erstarrte. Dann klickte sie auf den Anhang, starrte auf das Display und wartete, bis das Bild runtergeladen wurde.

Als sie es endlich sehen konnte, blieb ihr der Atem weg. Das Bild war ziemlich grob aufgelöst, wahrscheinlich aus etwa zwanzig Metern Entfernung aufgenommen. Aber scharf genug, wenn man die fotografierte Person ganz genau kannte. Und das tat sie.

Die Person sah aus wie Paul.

Sie zoomte so nah heran, wie es ging, musterte den Mann, der jetzt den ganzen Bildschirm einnahm, bis in die kleinste Einzelheit. Oh Gott, es war tatsächlich Paul.

Ein Tsunami widerstreitender Gefühle brach über sie herein. Aber sie kämpfte sich durch die Sturzflut. Denn ein Gedanke drängte alle anderen in den Hintergrund.

Was könnte das für Justin bedeuten? Es war nicht mehr als ein Strohhalm, nach dem sie verzweifelt griff. Aber für Amanda war es ein Rettungsseil.

Sie suchte in ihrer Tragetasche nach dem Zettel, den sie seit letztem April mit sich herumschleppte. Es war längst außerhalb der Geschäftszeiten, aber das war ihr egal. Sie wusste, wenn es nicht anders ging, würden die rund um die Uhr arbeiten. Aber sie wollte nicht anrufen; sie wollte ihnen gar nicht erst die Chance geben, sie abzuweisen.

Sie faltete den Zettel auseinander und riss gleichzeitig die Aktenmappe aus der Tasche, die sie immer bei sich hatte – nur für den Fall, dass sie ihre Idee jemals verwirklichen wollte. Da war alles drin. Und jetzt war es nicht mehr bloß eine Idee.

Auf dem Handy drückte sie die Schnellwahltaste und rief Melissa an, ihre älteste und beste Freundin, die hier in Manhattan lebte und die sie nie im Stich lassen würde.

„Lyssa", sagte sie, als sie die Stimme ihrer Freundin vernahm. „Du musst rüberkommen und mich ablösen. Es geht nicht um Justin. Ihm geht's gut. Könntest du sofort kommen?" Bei der Antwort wurden ihr vor Erleichterung die Knie weich. „Danke. Es ist ein Notfall."

2. KAPITEL

Eiskalte Luft. Kahle Bäume. Die Straße in Tribeca glitzerte vor Weihnachtsbeleuchtung.

Das Triangle Below Canal Street in Downtown Manhattan, ursprünglich ein Industriebezirk, war zu einem Künstlerviertel mit vielen Ateliers in den Lofts, Galerien und Restaurants geworden, in dem Prominente wie Robert De Niro, Mariah Carey oder Beyoncé lebten. Doch abends um Viertel nach neun war das vierstöckige Sandsteingebäude, in dem sich die Büros von *Forensic Instincts* befanden, ein abgeschiedener Zufluchtsort, isoliert vom lärmenden Dschungel der Großstadt. Zu beiden Seiten des Hauses standen zwei ausgreifende Weidenbäume, die ihm einen so friedvollen Anschein verliehen, dass es eher wie ein gemütliches Heim wirkte und nicht wie die Zentrale von *Forensic Instincts*.

Heute Nacht war es sogar noch ruhiger als sonst. Casey Woods, die Chefin der Agentur, erledigte mit einigen Freunden Weihnachtseinkäufe. Der größte Teil des hoch spezialisierten Teams hatte längst Feierabend gemacht. Alle waren noch dabei, sich von den aufregenden Fällen zu erholen, die ihnen in den letzten anderthalb Monaten zugesetzt hatten – allen voran die Ermittlung in einem nervenaufreibenden Entführungsfall.

Marc Devereaux war im Augenblick als einziges Mitglied des Teams von *Forensic Instincts* vor Ort. Und er war überhaupt nicht bei der Arbeit. Stattdessen machte er in einem der leeren Konferenzräume hundert Liegestütze, fühlte, wie der Schweiß seine Sachen durchtränkte, und hoffte, die immense Kraftanstrengung könnte die Geister der Vergangenheit verscheuchen, die in den letzten Monaten mit aller Macht zurückgekommen waren und ihn verfolgten.

Sie hatten ihn eine Weile in Ruhe gelassen. Aber seit der Entführung von diesem kleinen Mädchen ...

Er ließ sich auf den Boden sinken, die Stirn auf den Teppich gedrückt, und atmete schwer. Erinnerungen hinterließen tiefe Narben. Selbst bei einem früheren Mitglied der Navy SEALS. *Besonders* bei einem ehemaligen Navy SEAL. Jeder glaubte, diese Männer würden Emotionen gar nicht an sich heranlassen. Das stimmte aber nicht. Was er während jener Jahre mit ansehen musste, hatte ihn möglicherweise zu einem besseren FBI-Agenten und nun zu einem wertvollen Mitarbeiter von *Forensic Instincts* gemacht, aber es hatte ihm auch etwas genommen, das er niemals zurückbekommen würde.

An dessen Stelle war etwas Düsteres und Zerstörerisches getreten.

Marc riss abrupt den Kopf hoch, als er die Türklingel hörte. Es war niemand aus dem Team, alle hatten Schlüssel und kannten den Sicherheitscode. Instinktiv griff Marc nach seiner Pistole, die auf dem Tisch lag. Er erhob sich und warf einen Blick auf das kleine Fenster auf dem Computerbildschirm, das ein Bild der Überwachungskamera über der Haustür zeigte.

Eine Frau stand davor.

Marc drückte auf den Knopf der Sprechanlage. „Ja?"

Stille.

„Ist dies das Büro von *Forensic Instincts*?", hörte er die Stimme der Frau.

„Ja." Marc hätte sie auf die absurde Uhrzeit hinweisen können. Aber er war fünf Jahre lang in der Abteilung für Verhaltensanalyse beim FBI gewesen. Durch die Zeit bei der Behavioral Analysis Unit konnte er Menschen und ihre Stimmlagen lesen. Und diese Stimme klang matt und mitgenommen. Panisch. Das würde er nicht ignorieren.

„Ich … ich habe gar nicht geglaubt, dass noch jemand da sein würde. Ich habe gebetet, dass es so wäre." Ihre Worte bestätigten seine Einschätzung. „Ich hatte Angst, dass Sie nicht rangehen würden, wenn ich anrufe. Bitte … darf ich hereinkommen? Es ist wichtig. Mehr als das. Es geht um Leben und Tod."

Noch bevor sie mit ihrer verzweifelten Bitte fertig war, hatte sich Marc schon entschieden. Er steckte seine Pistole weg. „Ich komme runter."

Er legte sich ein Handtuch um den Hals und lief zur Treppe. Ein professionelles Erscheinungsbild war ihm im Augenblick ziemlich unwichtig.

Im Foyer gab er den Code ein und öffnete die Tür.

Die Frau, die dort mit einer Aktenmappe unter dem Arm stand, war brünett und etwa Mitte dreißig, obwohl die Anspannung, die sich in ihrem Gesicht abzeichnete, und die dunklen Ringe unter ihren Augen sie älter wirken ließen. Sie steckte in einem dicken Wintermantel, sodass ihre Figur schwer abzuschätzen war. Außerdem klammerte sie sich an den Mantel, als wäre er ein Schutzschild.

Sie starrte Marc aus großen Augen an, seine imposante Statur, die

14

hohen Wangenknochen, den dunklen Teint und die aristokratische Nase, die er von seinen französischen Vorfahren geerbt hatte, und die nachdenklichen, leicht asiatischen Augen, Zeichen der Herkunft seiner Großeltern mütterlicherseits.

Seine eindrucksvolle Erscheinung machte die Frau nervös, sie fuhr sich mit der Zungenspitze über die Lippen. „Sie sind nicht Casey Woods", stellte sie das Offensichtliche fest. Sie war nicht nur unsicher, sondern stand erkennbar unter Schock.

„Ich bin Marc Devereaux, ein Partner von Casey", erwiderte Marc mit einer Stimme, die absichtlich beruhigend klang. „Und Sie sind …?"

„Amanda Gleason." Sie riss sich zusammen. „Tut mir leid, dass ich so spät hier auftauche. Aber ich konnte das Krankenhaus nicht früher verlassen. Ich habe nicht viel Zeit. Bitte, kann ich mit Ihnen reden? Ich möchte Sie gern engagieren."

„Krankenhaus? Sind Sie denn krank?"

„Nein. Ja. Bitte … ich muss Ihnen das erklären."

Marc zog die Tür ganz auf und bedeutete ihr hereinzukommen. „Entschuldigen Sie mein legeres Erscheinungsbild. Ich hatte keine Klienten mehr erwartet." Von oben ertönte ein tiefes, warnendes Bellen, gefolgt vom schnellen Tapsen von Pfoten. Ein geschmeidiger roter Bluthund rannte die Treppe runter, blieb neben Marc stehen und bellte die Fremde an.

„Alles okay, Hero", sagte Marc. „Ganz ruhig."

Der Hund gehorchte sofort.

„Hero ist ein Spürhund und gehört zu unserem Team", erklärte Marc. „Aber wenn Sie Angst vor Hunden haben, kann ich ihn nach oben verfrachten."

Amanda schüttelte den Kopf. „Das brauchen Sie nicht. Ich mag Hunde."

„Dann folgen Sie mir bitte in den Konferenzraum." Er zeigte auf die zweite Tür links und geleitete sie hinein.

„Hallo, Marc", begrüßte ihn eine Stimme, gleichzeitig blinkten Lichter an einer Wand in Übereinstimmung mit dem Ton. „Du hast einen Besucher. Die Raumtemperatur beträgt achtzehn Grad. Soll ich sie erhöhen?"

„Ja, Yoda", erwiderte Marc. „Auf einundzwanzig Grad bitte."

„Die Temperatur wird in ungefähr sieben Minuten einundzwanzig Grad erreichen."

„Prima. Danke." Marc bemerkte Amandas erstauntes Gesicht und lächelte. Sie wollte feststellen, wo die Stimme herkam.

„Das war Yoda", teilte er ihr mit. „Eine der unerklärlichen Erfindungen von Ryan McKay, unserem Technikgenie. Er ist allwissend … und ganz harmlos." Marc zog einen Stuhl zurück. „Nehmen Sie Platz. Vielleicht wollen Sie den Mantel lieber anbehalten, bis es hier drin ein bisschen wärmer wird."

„Vielen Dank. Sie sind sehr freundlich." Amanda ließ sich auf den Stuhl sinken, immer noch den Mantel und die Aktenmappe umklammernd. Sie wirkte wie ein verschreckter kleiner Vogel, hinter dem ein Raubtier her ist.

„Nun, dann verraten Sie mir mal, wie wir von *Forensic Instincts* Ihnen helfen können."

Amanda holte unsicher Luft. „Indem Sie jemanden für mich finden. Wenn er noch am Leben ist."

Marc ließ sich in seinem Stuhl zurücksinken, um nicht bedrängend zu wirken, obwohl seine Gedanken rasten. „Um wen handelt es sich dabei, und warum wissen Sie nicht genau, ob er noch lebt?"

„Es geht um meinen Freund. Sein Verschwinden wurde zu einem Mord ohne Leiche erklärt. Die Polizei hat seinen Wagen gefunden, draußen beim Lake Montauk, der Fahrersitz und die Windschutzscheibe waren voller Blut. Es gab Spuren, dass man ihn zu einem anderen Auto geschleift hat. Die Polizei glaubt, dass er ermordet und im Ozean versenkt wurde. Die Küstenwache hat tagelang nach ihm gesucht, mit sämtlichen komplizierten Geräten, die sie haben. Aber sie haben nichts gefunden. Der Fall wurde zu den Akten gelegt."

„Wann ist das passiert?"

„Im April."

„Und nun kommen Sie acht Monate später zu uns. Wieso jetzt? Haben Sie irgendwelche neuen Hinweise, dass er vielleicht doch noch am Leben sein könnte?"

„Ich habe sowohl neue Hinweise als auch einen dringenden Grund, ihn sofort zu finden." Amanda beeilte sich, den auf der Hand liegenden Verdacht aus der Welt zu schaffen. „Ich weiß, Sie denken, wenn er noch lebt, will er vielleicht nicht gefunden werden. Selbst wenn das stimmen sollte, was ich nicht glaube, hat er keine Wahl. Jetzt nicht mehr."

Marc beugte sich über den Tisch und zog einen Notizblock heran. Er machte sich Notizen lieber zunächst mit der Hand und gab sie später in den Computer ein. Auf einen Laptop einzuhämmern verschreckte manche Klienten, die eine persönliche Beziehung brauchten.

„Wie heißt dieser Mann?"

„Paul Everett."

„Und warum müssen Sie ihn so dringend finden?"

Amanda schluckte und rang die Hände im Schoß. „Wir haben einen Sohn. Er ist jetzt drei Wochen alt. Kurz nach seiner Geburt habe ich die Diagnose bekommen, dass er etwas hat, das sich SCID nennt – *Severe Combined Immunodeficiency*, schwerer kombinierter Immundefekt. Er besitzt keine körpereigenen Abwehrkräfte, die kleinste Infektion kann ihn umbringen. Er braucht eine Stammzellentransplantation von einem passenden Spender, oder er muss sterben."

Marc legte den Stift hin. „Ich nehme an, Sie sind keine geeignete Kandidatin?"

Sie schüttelte den Kopf. „Die Tests haben ergeben, dass ich nicht infrage komme. Als Kind hatte ich einen schweren Autounfall. Durch eine der Bluttransfusionen damals habe ich Hepatitis C. Also scheide ich aus. Bis jetzt hat auch das Nationale Knochenmarkspender-Programm keinen geeigneten Kandidaten für uns gefunden. Die beste und wahrscheinlich einzige Hoffnung ist Justins Vater." Tränen liefen ihr über die Wangen. Mit einer zornigen Bewegung wischte sie sie weg. „Ich könnte Ihnen die genaue wissenschaftliche Erklärung geben, Mr Devereaux. In den letzten Wochen hat mich nichts anderes beschäftigt. Ich weiß jetzt viel mehr über alle möglichen Arten, wie der menschliche Körper versagen kann, als ich je für möglich hielt. Aber wir haben keine Zeit mehr. Durch mich hat Justin schon eine Infektion und zeigt Symptome einer Lungenentzündung."

„Durch Sie?"

„Ich habe ihn gestillt. Offensichtlich trage ich einen ruhenden Virus namens CMV in mir, den Cytomegalie-Virus, der mir nichts antut. Mit der Muttermilch habe ich diesen Virus an Justin weitergegeben. Er hat angefangen zu husten, und er hat Fieber – beides Anzeichen dafür, dass er eine CMV-Lungenentzündung entwickelt. In den zwei Wochen, die ich mit ihm zu Hause war, hat er sich außerdem mit Parainfluenza angesteckt, das ist keine richtige Grippe, führt aber zu grippeähnlichen Symptomen. Diese Viren sind so weit verbreitet, dass sich praktisch jedes Kind unter zehn Jahren damit ansteckt, was bei den meisten nicht besonders schlimm ist. Er atmet unregelmäßig, seine Nase läuft … Ich hatte keine Ahnung, dass er kein funktionierendes Immunsystem hat, sonst hätte ich niemals Besucher ins Haus gelassen. Das ist jetzt nicht mehr zu ändern. Er bekommt Antibiotika und Gammaglobulin. Aber die unterdrücken den CMV-Virus bloß, heilen können sie ihn nicht. Außerdem können sie für ein Kind giftig sein. Gegen die Parainfluenza können sie ihm überhaupt nichts geben. Justin ist noch keinen Monat alt. Sein winziger Körper kann sich nicht lange selbst erhalten. Es geht wirklich um Leben oder Tod."

„Das tut mir außerordentlich leid."

„Dann helfen Sie mir."

Amanda zog das Gummi von der Aktenmappe, schlug sie auf und holte einen USB-Stick, eine DVD und zwei Zeitungsausschnitte heraus. „Das sind die Todesanzeige und ein Artikel aus der *Southampton Press*, der Lokalzeitung da draußen. Ziemlich kurz. Paul war in der Immobilienbranche und hatte keine Familie. Aufregend zu berichten war nur, dass er wahrscheinlich ermordet wurde." Sie zeigte auf die DVD. „Ein örtlicher Kabelsender hat auch einen kurzen Bericht darüber gebracht. Mehr gab es nicht in den Medien."

Marc überflog die Anzeige und den Artikel und nahm sich vor, sowohl mit der Zeitung wie dem Sender in Verbindung zu treten. Er zog seinen Laptop heran und steckte den USB-Stick ein. Auf dem Monitor erschienen nebeneinander zwei Fotos. Das erste zeigte Amanda und einen Mann – vermutlich Paul Everett –, die Arm in Arm in Skijacken an einem windumtosten Strand standen. Ihre Gesichter und ihre vertraute Haltung ließen keinen Zweifel daran, dass sie sehr verliebt ineinander waren. Auf dem zweiten Bild waren die beiden bei irgendeinem formellen Anlass zu sehen. Sie lächelten und blickten direkt in die Kamera.

„Und jetzt sehen Sie sich das hier an." Amanda zog ihr Handy hervor und legte es vor Marc auf den Tisch.

Auch auf dem Display war ein Foto, das Marc genau studierte. Es schien mit dem Handy aufgenommen und war wesentlich körniger als die beiden anderen. Aber es war eindeutig das Bild eines Mannes, der an einer belebten Straßenecke stand und ungeduldig darauf wartete, dass eine Ampel grün wurde. Er starrte auf das rote Licht, was dem Fotografen die Gelegenheit gab, ihn von vorn zu erwischen.

An den Gesichtszügen, dem Gesichtsausdruck und der Körperhaltung konnte Marc erkennen, dass es sich um denselben Mann handelte wie auf den beiden anderen Schnappschüssen.

„Wann ist dieses Foto gemacht worden?", fragte er. „Und wo?"

„Gestern. In Washington, D. C."

„Von wem?"

„Einer Freundin von mir, die auch Fotografin ist. Sie hat sofort die Ähnlichkeit dieses Mannes mit Paul erkannt, aber sie hatte nicht die Zeit, ihre Kamera auszupacken und bereit zu machen, also hat sie benutzt, was sie gerade zur Hand hatte – ihr Handy. Vor ein paar Stunden hat sie mir das Bild gemailt. Ich habe es erst gesehen, als ich vorhin aus dem Krankenhaus kam, um mal kurz Luft zu schnappen."

„Also hat sie Paul und Sie als Paar gekannt."

„Ja. Und sie wusste auch, dass ich Paul gar nicht mehr sagen konnte, dass ich schwanger war. Sie wollte mir sofort die unfassbare Nachricht schicken, dass Paul noch lebt."

Paul Everett hat gar nichts von der Schwangerschaft gewusst, dachte Marc. Damit fiel ein möglicher Grund für sein Verschwinden weg. Trotzdem wollte Marc auch mit Amandas Freundin reden.

Amanda hielt sein nachdenkliches Schweigen für Skepsis. „Ich habe keine Ahnung, wieso Paul ohne ein Wort verschwunden sein könnte oder warum er anderswo ein neues Leben anfangen wollte. Nachdem ich dieses Bild bekommen hatte und wusste, dass er noch am Leben sein könnte, war ich erleichtert, aber gleichzeitig auch wütend. Ich fühlte mich – ich fühle mich immer noch – betrogen. Als man mir sagte, dass Paul tot war, war ich bereit, mein Kind allein großzuziehen. Aber jetzt, wo es eine Chance gibt, dass er noch lebt und dass er Justins Leben retten kann … mein Stolz spielt da keine Rolle. Ich muss einfach versuchen, Paul zu finden."

Marc blickte immer noch konzentriert vom Monitor zum Handy, suchte nach weiteren Einzelheiten, die bestätigen konnten, dass es sich auf den Fotos um denselben Mann handelte. „Haben Sie wegen dieses neuen Bildes die Polizei angerufen?"

„Ja, im Taxi auf dem Weg zu Ihnen. Zweimal dürfen Sie raten, ob man mich da für glaubwürdig hält." Amandas Lippen zitterten, und Tränen liefen ihr über die Wangen. „Deshalb bin ich hier. Seit Paul im April verschwand, habe ich schon mit der Idee gespielt, zu Ihnen zu kommen, in der Hoffnung, Sie könnten vielleicht ein Wunder vollbringen. Nach diesem Foto habe ich den Entschluss gefasst. Sie haben den Ruf, Fälle zu lösen, die niemand sonst lösen kann. Bitte. Es geht um das Leben meines Babys ... Werden Sie mir helfen? Ich kratze jeden Penny zusammen, um Ihnen Ihr Honorar zu bezahlen. Ich verkaufe mein Apartment, wenn es sein muss. Das macht mir nichts aus. Ich will nur, dass Justin wieder gesund wird." Sie vergrub das Gesicht in den Händen und schluchzte hemmungslos.

„Um Geld geht es nicht", versicherte Marc ihr. Er hatte bereits seinen Entschluss gefasst, als sie ihm ihre Lage mit dem Kind schilderte. „Wir berechnen unser Honorar immer nach den finanziellen Möglichkeiten unserer Klienten." Zum Glück waren sie dazu in der Lage. Mit den astronomischen Zahlungen, die sie von ihren wohlhabenderen Klienten erhielten, und dem Treuhandfonds, den Caseys Großvater ihr hinterlassen hatte, war *Forensic Instincts* finanziell solide aufgestellt.

„Worum geht es dann?", fragte Amanda, als Marc nichts mehr sagte.

Marc antwortete nicht gleich. Das Problem war, dass er hier auf einem heißen Stuhl saß. *Forensic Instincts* hatte eine Regel, die noch nie gebrochen worden war: Sie nahmen nie einen Fall an, bevor das ganze Team darüber diskutiert hatte und zu einer einstimmigen Entscheidung gekommen war.

Aber hier waren die Umstände wirklich grauenvoll. Und weil sonst keiner aus dem Team da war und es seine Zeit brauchen würde, sie alle zu erreichen und hierherzubringen – zum Teufel, es gab für alles ein erstes Mal.

„Es ist nichts, womit ich nicht fertigwerde", teilte er ihr nüchtern mit. „Wir werden Paul Everett finden, Ms Gleason. Wenn er noch lebt, finden wir ihn. Und wir tun, was immer notwendig ist, damit er kooperiert."

Amanda hob den Kopf, er sah einen Funken Hoffnung in ihrem tränenüberströmten Gesicht. „Oh, danke. Vielen Dank. Ich danke Ihnen von ganzem Herzen."

„Danken Sie uns, wenn wir die Sache erledigt haben." Marcs Gedanken rasten mit Vollgas. „In welchem Krankenhaus liegt Ihr Sohn?"

„Im Sloane Kettering. Er wurde aus dem Mount Sinai dorthin überwiesen, nachdem sie da die Diagnose gestellt hatten."

„Sie sind also immer dort zu erreichen?"

„Bis vorhin habe ich sein Zimmer nie verlassen."

„Gut." Marc nickte. „Ich möchte, dass Sie mir dieses Handyfoto zumailen. Außerdem brauche ich einige Informationen von Ihnen – zum Beispiel Name und Kontaktadresse Ihrer Freundin, der Fotografin.

Dann kümmern Sie sich wieder um Ihr Baby. Lassen Sie mir etwas Zeit, das Team hier zu versammeln und alles mit den anderen durchzusprechen. Morgen früh werden wir einen Plan haben."

Zu dem Plan gehörte allerdings auch, dass man ihm gehörig in den Hintern trat.

3. KAPITEL

„Marc, du bist der einzige Mensch, bei dem ich mich darauf verlasse, dass er immer einen kühlen Kopf bewahrt. Ausgerechnet du solltest doch wissen, was es heißt, Mitglied eines Teams zu sein. Was hat dich bloß dazu gebracht, eigenmächtig so eine Entscheidung zu treffen?"

Casey Woods, Gründerin und Chefin von *Forensic Instincts*, stand am Kopf des großen ovalen Tisches im größten Konferenzraum, die Handflächen flach auf der Tischplatte, den Oberkörper gerade. Für eine zarte, außergewöhnlich attraktive Rothaarige Anfang dreißig hatte sie eine verblüffende Autorität an sich und besaß die passenden Führungsfähigkeiten. Außerdem war sie eine ausgebildete Profilerin und eine ausgezeichnete Ermittlerin mit einem unfehlbaren Instinkt.

Im Augenblick musste man allerdings kein Profiler sein, um zu erkennen, dass sie sauer war.

Und das nicht, weil es fast Mitternacht war und das ganze um den Tisch versammelte, ziemlich verschlafene *Forensic Instincts*-Team zu einem Notfall-Meeting einbestellt worden war. Das war nicht der Grund.

Marc lehnte sich in seinem Stuhl zurück und hielt Caseys Blick stand. „Amanda Gleason musste sofort zurück ins Krankenhaus, zu ihrem todkranken Kind. Die Entscheidung musste auf der Stelle getroffen werden. Ich kenne dich doch, Casey. Ich kenne das ganze Team. Wir alle hätten diesen Fall angenommen. Also habe ich die Regeln ein bisschen erweitert. Ich bin sicher, unter diesen Umständen kannst du das nachvollziehen."

Casey warf einen Blick auf Marcs Notizen und ließ geräuschvoll Luft ab. Natürlich erkannte sie, dass Marc recht hatte. Trotzdem war das eine ernsthafte Verletzung der Vereinbarung des Teams.

„Ich will dieser armen Frau genauso helfen wie du", sagte sie, beruhigte sich genug, um in einen Stuhl zu sinken und Heros glänzendes Fell zu streicheln. Der Hund saß aufgerichtet da und sah sich um, er spürte die Anspannung, die im Raum lag. „Aber du weißt doch, dass du das ganze Team in wenigen Minuten hättest zusammentrommeln können, entweder hier oder per Konferenzschaltung. Das hättest du Ms Gleason nur zu erklären brauchen."

„Das stimmt", gab Marc zu. „Vielleicht hätte ich das tun sollen. Aber nach dieser Kindsentführung, die wir gerade gelöst haben …" Er machte eine kurze Pause. „Hör zu. Fälle wie dieser sind mein Schwachpunkt. Das ist doch für euch alle nichts Neues. Die speziellen Umstände ließen mich einfach noch schneller handeln wollen."

„Ich kann Marc verstehen." Claire Hedgleigh ergriff das Wort. Sie war noch neu im Team und am wenigsten hartgesotten. Ihre Fähigkeiten könnte man als hellseherisch beschreiben; sie selbst zog allerdings den Begriff *intuitiv* vor. Wie auch immer, ihre nicht greifbaren Verbindungen zu Menschen und Gegenständen waren verblüffend. Das machte sie auch empfänglich für Marcs Notlage.

„Wir reden hier über ein neugeborenes Baby", fuhr sie fort. „Jede Sekunde zählt."

„Das tun auch vereinbarte Regeln." Der pensionierte FBI Special Agent Patrick Lynch – ebenfalls neu im Team – ergriff das Wort. „Wenn wir uns hier nicht an Vorschriften halten, werden wir uns dauernd in die Quere kommen, jeder nimmt andere Fälle an, die möglicherweise miteinander in Konflikt stehen können." Er hob eine Braue und sah Casey an. „Ich glaube, das ist tatsächlich das erste Mal, dass wir uns dafür entscheiden, eine Regel zu brechen."

„Wir haben eben nicht alle denselben Hintergrund, Patrick", erwiderte Casey. „Du brauchst dich nicht so aufzuregen."

„Komm schon, Casey, so schlimm ist es auch wieder nicht. Sei nicht so hart zu Marc." Ryan McKay, strategisches Ass und Technikgenie von *Forensic Instincts*, gab ein angewidertes Geräusch von sich. „Er hat uns sofort alle angerufen, sobald Amanda Gleason aus der Tür raus war. Ich sollte auf ihn sauer sein. Ich befand mich gerade in der Tiefschlafphase, als das Telefon klingelte. Und ihr wisst, wie wichtig mir mein Schlaf ist."

Das wusste *jeder*. Und keiner wollte in seiner Nähe sein, wenn er seinen Schlaf nicht bekam.

Andererseits, bei seinem umwerfenden Aussehen machte Ryan selbst mit roten Augen und zerzausten Haaren mehr her als die meisten Männer bei einem Empfang im Smoking.

„Da haben wir wohl Glück gehabt, dass du allein warst", kommentierte Claire trocken. „Sonst hättest du uns wohl versetzt."

Ryan warf ihr einen bösen Blick zu. „Das wird nicht passieren." Er drehte den Kopf zu Casey. „Also? Wie lautet das Urteil?"

Casey musterte sekundenlang Marcs Notizen, bevor sie den Kopf hob und die Mitglieder ihres Teams nacheinander ansah. „Ich sage, wir übernehmen den Fall", stellte sie fest.

„Übernehmen", sagte Ryan.

„Unbedingt", stimmte Claire zu.

Auch Patrick nickte entschlossen. „Wir könnten einem Baby das Leben retten. Übernehmen."

„Ich bin immer noch sauer auf dich", teilte Casey Marc mit. „Aber wir sollten mit diesem Fall sofort anfangen. Dann erzähl uns mal, was du weißt."

Das Büro von John Morano war ein Loch, eine marode Holzhütte, in der es nach nassem Holz, Fisch und Salzwasser roch.

Die Lage allerdings war herausragend. Sein maritimes Servicezentrum für die örtlichen Fischer lag genau an der Shinnecock Bay in dem Reiche-Leute-Ort Southampton auf Long Island vor New York City. Er machte eine Menge Geld, weil er schlau war. Außerdem verkaufte er Immobilien. Er hatte nicht nur einen großartigen Ruf, sondern auch große Pläne für die Zukunft. Er wusste genau, dass er auf einer Goldmine saß. Er war rechtzeitig eingestiegen. Und jetzt gingen die Immobilienpreise durch die Decke, genau wie er es erwartet hatte, weil in der Nähe das Shinnecock Indian Casino errichtet wurde. Er hatte exakt zur richtigen Zeit gehandelt.

Morano konnte sich die zukünftigen Veränderungen genau vorstellen: Sein zerfallendes Büro würde es bald nicht mehr geben; an dessen Stelle würde für Millionen Dollar ein Luxushotel treten, das Besucher aus aller Welt anziehen würde. Sein Bootsservice würde auch weiter Geld in seine Kasse bringen. Aber bald würden nicht nur Fischerboote an seinem Pier anlegen. Gecharterte Jachten würden zwischen Manhattan und hier draußen hin- und herfahren und Touristen mit Taschen voller Geld zum Casino bringen, die sich anschließend in dem Fünfsternehotel verwöhnen lassen konnten.

Alles entwickelte sich zu seinen Gunsten. Er musste nur seine Karten richtig ausspielen.

Die klapprige Tür schwang auf, und ein grobschlächtiger Handwerker kam hereinmarschiert, einen leeren Werkzeugkasten mit sich schleppend.

Für einen Beobachter sah es aus, als ob er hier irgendwelche Reparaturen durchführen wollte – die der Schuppen sicher auch nötig hatte.

Aber nach kurzer Zeit ging der Mann wieder, der ehemals leere

Werkzeugkasten war jetzt mit zwanzigtausend Dollar in bar gefüllt.

Vor dem Büro holte er ein gestohlenes Handy hervor und gab eine Nummer ein. „Für heute sind die Reparaturen erledigt", berichtete er.

„Gut", lautete die Antwort.

Der Handwerker ging zu dem Kiesplatz, wo er geparkt hatte. Er lief an seinem Laster vorbei, hinaus aufs Dock, und schmiss das Handy ins Meer. Dann stieg er in den Wagen und fuhr davon.

Amanda eilte zurück zur Pädiatrie des Sloane Kettering in die Abteilung für Knochenmarktransplantation. Sie konnte sich darauf verlassen, dass Melissa während ihrer Abwesenheit nicht von Justins Seite weichen würde. Außerdem hatte sie in der letzten Stunde zwölf Mal nachgesehen, ob es Nachrichten auf ihrem Handy gab. Doch trotz Melissas Versicherung, dass alles in Ordnung sei, raste ihr Herz, als sie durch die Flure eilte, um sich zu überzeugen, dass Justin noch am Leben war.

Verblüfft bemerkte sie einen untersetzten Mann mit rötlicher Hautfarbe und grau meliertem Haar, der vor dem Eingang der Abteilung für Knochenmarktransplantation stand und, die Hände auf dem Rücken verschränkt, hineinlinste.

„Onkel Lyle?" Amanda rannte auf ihn zu. „Was machst du denn hier um diese Zeit? Ist etwas passiert?"

„Nein, nichts dergleichen." Lyle Fenton klopfte seiner Nichte auf die Schulter. Er war kein besonders herzlicher Mensch. Nie gewesen. Er war in Armut aufgewachsen, dann zu Geld gekommen, aber er hatte sich nie eine Familie zugelegt. Doch als seine Schwester und ihr Mann bei einem Autounfall ums Leben kamen, hatte er sich für ihr einziges Kind verantwortlich gefühlt. Amanda studierte zu der Zeit noch Fotografie, und Lyle hatte bereits ein ansehnliches Vermögen aufgehäuft. Ihre Ausbildung zu bezahlen und ihre Karriere anzuschieben, war seine Art, Kontakt zu halten. Was so schon leicht genug für ihn war, da sie die Hamptons liebte und mittlerweile nur zehn Meilen von seinem Anwesen entfernt wohnte.

Trotzdem hatten sie sich nur selten gesehen. Bis jetzt.

„Ich war geschäftlich in Manhattan", teilte er seiner Nichte mit. „Die Besprechung schloss ein Abendessen ein und zog sich bis nach zehn Uhr hin. Also bin ich mal vorbeigekommen, um zu sehen, wie es dem Baby geht. Justin. Ich war überrascht, dass du nicht da bist."

Amanda atmete erleichtert auf. *Gott sei Dank!* Ihr Onkel wollte auf dem Weg zurück in die Hamptons nur mal vorbeischauen. Ihrem geliebten Baby war nichts passiert.

„Ich war nur mal für ein paar Stunden weg", erwiderte sie. „Ein wichtiger Termin. Wie du siehst, hat meine Freundin Melissa mich bei Justin abgelöst. Sie kümmert sich um ihn, als wäre er ihr eigenes Kind." Amanda warf einen Blick in die Abteilung. Melissa saß an Justins Krippe und redete leise auf ihn ein.

„Was war denn so wichtig?", fragte Lyle neugierig.

„Ich habe eine Ermittlungsagentur engagiert, um Paul zu finden."

Das verblüffte ihren Onkel. „Paul? Aber er ist doch tot."

„Vielleicht, vielleicht auch nicht."

Einen Augenblick herrschte Schweigen. „Ich hatte keine Ahnung, dass du so etwas annimmst. Hast du denn irgendwelche Hinweise dafür?"

„Keine heiße Spur. Was sollte ich denn sonst annehmen, Onkel Lyle?" Amanda streckte hilflos die Arme aus. „Ich bin verzweifelt. Ich komme nicht als Spender infrage. Du auch nicht. Sonst habe ich keine Familie mehr. Und bis jetzt hat das Nationale Knochenmarkspender-Programm keinen Spender gefunden. Ich weiß nicht, ob Paul noch am Leben ist. Ich weiß auch nicht, ob er ein möglicher Spender wäre. Aber ich muss es versuchen."

Lyle nickte, aber der Zweifel stand ihm im Gesicht geschrieben. „Das verstehe ich. Wen hast du denn engagiert? Ich hätte dir doch ein paar Empfehlungen geben können."

„Die brauchte ich nicht. Ich habe *Forensic Instincts* genommen. Nachdem sie die Entführung dieses kleinen Mädchens aufgeklärt haben, gab es für mich keinen Zweifel mehr, dass das die richtige Agentur ist, um Paul aufzuspüren – *falls* er noch lebt."

„Und sie haben den Fall übernommen?"

Amanda nickte. „Während wir uns hier unterhalten, sind sie gerade dabei, einen Plan zu machen."

„Brauchst du Geld? Private Ermittler wie *Forensic Instincts* sind nicht gerade billig."

„Im Augenblick nicht. Außerdem bezahlst du ja schon für Justins Behandlung. Ich bin dir wirklich sehr dankbar. Mehr kann ich nicht annehmen."

„Das ist doch absurd, Amanda. Ich habe schließlich die Mittel. Ich setze eine große Belohnung für den passenden Stammzellenspender aus, wenn das nötig sein sollte. Zögere nicht, mich um Hilfe zu bitten."

„Vielen Dank, Onkel Lyle. Das werde ich tun. Aber ich glaube, momentan ist *Forensic Instincts* die vielversprechendste Möglichkeit." Sie warf einen Blick in die Station. „Ich muss wieder rein, damit Melissa nach Hause kann."

„Die Schwestern haben gesagt, es gäbe keine Veränderung. Das ist gut, oder?"

„Ich weiß nicht mehr, was gut ist und was nicht." Amanda rollte die Ärmel hoch, um sich Hände und Unterarme abzuseifen. „Gott sei Dank geht es ihm nicht schlechter. Aber ich bete stetig, dass es ihm wieder besser geht, dass sich durch irgendein Wunder sein Zustand verbessert." Sie schloss für eine Sekunde die Augen. „Ein hoffnungsloser Traum, ich weiß. Aber das ist das Einzige, woran ich mich festhalten kann. Ich werde meinen Sohn niemals aufgeben."

„Nein, natürlich nicht." Lyle bedeutete ihr hineinzugehen. „Bleib bei deinem Kind. Ich melde mich." Er wandte sich um.

„Onkel Lyle?" Amanda hielt ihn kurz fest. „Noch einmal vielen Dank. Nicht nur, weil du vorbeigekommen bist oder mir mit Geld helfen willst, sondern vor allem, weil du dich als Spender hast testen lassen. Ich weiß, dass so etwas nicht deine Sache ist. Aber mir bedeutet es viel, dass du es trotzdem versucht hast."

Er lächelte. „Das war doch kein Opfer. Ich habe mehr als genug Blut – und Geld –, um etwas davon abzugeben." Er klopfte verlegen auf ihre Hand. „Ich melde mich."

Nachdem ihr Onkel weg war, brachte Amanda das Ritual hinter sich, ihre Hände zu sterilisieren und die Handschuhe, den Überzug und die Maske anzulegen. Dann betrat sie die Isolierstation, wo ihr Kind um sein Leben kämpfte.

„Geh wieder zu deiner Familie", sagte sie leise zu Melissa. „Und ein ganz dickes Dankeschön."

Melissa stand auf und drückte ihr die Hand. „Du kannst jederzeit anrufen, wenn du mich brauchst."

„Das werde ich."

Amanda ging zu der Krippe, erleichtert, wieder hier zu sein, und glücklich, dass sie mit ihrem Sohn allein war.

Sie konnte nicht fassen, wie klein er war. Oder vielleicht wirkte er nur so klein in seiner Krippe, mit der Infusionsnadel in seiner drei

Wochen alten Brust und dem Sauerstoffgerät. Er war nach den vollen neun Monaten zur Welt gekommen und hatte beachtliche dreieinhalb Kilo gewogen. Irgendwie machte das alles noch schwerer. Die Frühchen auf der Säuglingsstation sahen alle viel schwächlicher und zerbrechlicher aus. Aber keins von ihnen war so krank wie Justin, dessen Prognose düster war.

Eine Krankenschwester mittleren Alters betrat hinter Amanda die Station.

„Ms Gleason", begrüßte sie sie. „Ich bin wirklich froh, dass sie mal für eine Weile hier rausgekommen sind."

„Danke schön." Amanda deutete auf die medizinischen Geräte, dann auf ihren Sohn, der seine winzige Faust schüttelte und quengelte. „Wie geht es ihm denn? Gibt es irgendeine Veränderung?"

„Nein. Aber der kleine Kerl ist ein echter Kämpfer. Offenbar erkennt er schon die Stimme seiner Mama. Bis Sie gekommen sind, war er ganz ruhig. Möchten Sie ihn eine Weile halten?"

Die Frage war reine Routine, denn die Antwort kannte die Schwester längst. Amanda nahm ihr Baby so oft in den Arm, wie sie konnte. Das war eins der wenigen Dinge, die sie ihm im Augenblick zu bieten hatte – die Wärme ihres Körpers, die leisen Wiegenlieder, die ihn immer beruhigten, und ihre ständigen Gebete und ihre Liebe. Doch ihn im Arm zu halten war eine bittersüße Erfahrung. Das Entzücken, das sie empfand, wenn er mit seinen winzigen Fingern ihre umfasste, war ganz unglaublich. Gleichzeitig fühlte sie sich schuldig, weil sie ihn nicht stillen, nicht einmal mit der Flasche füttern konnte, er stattdessen mit Infusionen ernährt werden musste, weil er so keuchend atmete und weil er eine Infektion hatte – und die hatte er von ihr. Dieses Schuldgefühl breitete sich in ihr aus wie ein schleichendes Gift.

Nun schmiegte sie ihn an sich, ganz vorsichtig, um den Infusionsschlauch nicht zu berühren, wiegte ihn und sang ihm leise die Schlaflieder vor, die er so zu lieben schien. Er hörte auf zu strampeln, sein kleiner Körper entspannte sich, während er die Sicherheit in der Umarmung seiner Mutter und den melodischen Klang ihrer Stimme genoss. Für diesen Moment war seine Welt völlig in Ordnung – und Amandas Welt auch.

Falls Paul tatsächlich noch am Leben war, musste er sich doch auch auf der Stelle in dieses kleine Wunder verlieben.

Tränen stiegen wieder in Amandas Augen auf und liefen unter dem

Mundschutz ihre Wangen hinab. Wegen der Qual, der Sorgen und der Hormone fing sie bei der kleinsten Gelegenheit zu heulen an. Sogar in Gegenwart von Marc Devereaux hatte sie weinen müssen, aber der war sehr verständnisvoll gewesen. Er hatte ihren Fall übernommen. Er war zuversichtlich. Er hatte ihr Mut gemacht. Sie glaubte an seine Fähigkeiten.

Aber würden sie Paul finden? Konnte Paul überhaupt noch lebend gefunden werden? Oder machte sie sich da nur etwas vor?

Sie hatte so lange um ihn getrauert. Sogar noch stärker, als sie herausfand, dass sie sein Kind in sich trug. Sie hatten nie darüber geredet, ob sie einmal Kinder haben wollten, nicht einmal darüber, zusammenzuziehen. Das wäre auch noch ein bisschen früh gewesen. Sie waren ja erst seit fünf Monaten zusammen gewesen. Aber das waren fünf sehr intensive Monate gewesen, voller Liebe, erfüllt von einer Leidenschaft, die Amanda zuvor nie erlebt hatte. In Justin floss das alles zusammen. Aber Paul würde nie die Gelegenheit haben, dieses Wunder, das sein eigener Sohn war, mit ihr zu teilen.

Als sie herausgefunden hatte, dass Paul vielleicht doch noch lebte, war das für sie ein schrecklicher Hieb in die Magengrube gewesen. Fassungslosigkeit, Hoffnung, Verwirrung, Verrat und vor allen Dingen Zorn, all diese Gefühle packten sie nacheinander. Aber wegen Justins furchtbarer Diagnose wurden sämtliche Emotionen in dem verzweifelten Willen vereint, Paul zu finden. Die Tatsache, dass er ihr möglicherweise vom ersten Tag an etwas vorgemacht haben könnte, dass er sie einfach abserviert und sich verzogen hatte, das hatte nicht die geringste Bedeutung. Nur Justin war wichtig. Sie musste ihrem Baby das Leben retten. Und wenn es dazu notwendig werden sollte, auf den Knien einen Mann anzuflehen, der sie zum Narren gehalten hatte.

Justin hustete leise, verzog das Gesicht und strampelte mit den Beinen. Der Klang dieses Hustens gefiel Amanda gar nicht. Ebenso wenig, dass seine Nase ständig lief. Er sah auf einmal blasser aus. Er schien auch plötzlich aufgeregt zu sein. War das ein normales Verhalten für ein Baby, oder wurde die Lungenentzündung schlimmer? Sie musste Dr. Braeburn finden und ihn danach fragen.

Sie hörte auf zu singen und drückte einen Kuss auf Justins seidiges Haar. Bitte, lieber Gott, betete sie. *Bitte mach, dass* Forensic Instincts *Paul findet. Bitte mach, dass er ein gesunder Spender für Justin ist. Bitte.*

Aber Amanda war Realistin. Sie wusste, dass Gebete allein nicht ausreichen würden.

Ryan McKays Höhle, wie das Team sie nannte, nahm den gesamten Keller von *Forensic Instincts* ein. Normalerweise hielt er sich ganz allein da unten auf, umgeben von seinen summenden Servern, seinen technischen Spielereien und seinen Fitnessgeräten. Aber im Augenblick war alles anders. Obwohl es schon nach zwei Uhr morgens war, ging Marc in Ryans Reich auf und ab wie ein hungriger Löwe.

Endlich schwang sich Ryan in seinem Drehstuhl herum und betrachtete Marc, die Hände hinterm Kopf gefaltet.

„Mir ist nichts Besonderes ins Auge gesprungen", verkündete er. „Unsere Klientin ist genau das, was sie zu sein behauptet. Eine Fotografin, vierunddreißig Jahre alt, die in einem Apartment über einem Café draußen in Westhampton Beach lebt. Ihr einziger Verwandter ist ein Onkel, Lyle Fenton, ein reicher Geschäftsmann, der in Southampton in einem Gremium sitzt, das den Stadtrat in geschäftlichen Dingen berät, dem Southampton Board of Trustees. Nachdem ihre Eltern gestorben sind, hat er ihre Ausbildung bezahlt und ihr mit seinem Einfluss ein paar hochkarätige erste Jobs verschafft. Allerdings sieht es nicht so aus, als ob er sie immer noch bezuschusst. Finanziell kann sie für sich selbst sorgen."

Marc nickte. Das war keine Überraschung. Er fragte gar nicht erst, wie Ryan sich Zugang zu Amandas Finanzen verschafft hatte. Ryan konnte sich überall Zugang verschaffen.

„Amandas Freundin, diese andere Fotografin, habe ich auch schon überprüft", fuhr Ryan fort. „Sie ist genauso echt wie Amanda selbst."

„Ja, und kooperativ ist sie auch", fügte Marc hinzu. „Sie hat mir nicht den Hörer ins Gesicht geknallt, als ich sie mitten in der Nacht weckte. Sie hat bestätigt, dass sie dieses Foto gemacht hat, und mir erzählt, wann und wo genau das gewesen ist."

„Okay, damit haben wir die notwendigen Vorprüfungen abgeschlossen. Amanda ist echt, und ihre Geschichte stimmt."

„Wie sieht's mit Paul Everett aus?", wollte Marc wissen.

„Auch der scheint an der Oberfläche vollkommen sauber zu sein. Entwickelte Immobilienprojekte, wie Amanda sagte. Hatte zum Zeitpunkt seines Verschwindens einige ziemlich vielversprechende Geschäfte in Aussicht, von denen die meisten allerdings jetzt baden gegangen sind, wegen der Wirtschaftskrise. Morgen früh kann ich mich mal bei den Leuten umhören, mit denen er zusammengearbeitet hat – wenn ich welche auftreiben kann. Anscheinend besaß er eine Anlegestelle draußen in den Hamptons, wo die Boote der örtlichen Fischer liegen. Wie es aussieht, hatte er Pläne, daraus etwas viel Größeres zu machen. Er war gerade dabei, sich alle möglichen Baugenehmigungen zu besorgen. Auch da komme ich nicht weiter, bis die Büros wieder besetzt sind. Um zwei Uhr morgens ist da keiner im Rathaus. Wir müssen also sieben Stunden warten. Bis dahin kann ich mit einem Gesichtserkennungsprogramm die älteren Fotos von Paul Everett mit diesem neuen vergleichen. Das Handyfoto zu vergrößern dauert seine Zeit. Aber ich mache das auf jeden Fall. Dann haben wir eine eindeutigere Bestätigung, dass die beiden Typen auf den Bildern tatsächlich ein und derselbe sind."

„So nutzen wir wenigstens die Zeit, anstatt sie zu verschwenden", sagte Marc. „Was ist mit D.C.? Hatte Everett irgendwelche Verbindungen dorthin? Oder irgendeinen Grund, sich in Washington aufzuhalten?"

„Keine offensichtlichen. Aber das heißt ja nicht, dass er nicht dort ein neues Leben angefangen haben kann, nachdem er untertauchte – *falls* er untergetaucht ist. Vergiss nicht, wir müssen immer noch die Möglichkeit in Erwägung ziehen, dass Paul Everett tot ist und auf dem Grund des Ozeans verwest oder dass ihn die Haie gefressen haben."

„Ein motivierender Gedanke." Marc atmete hörbar aus. „Also keine Anzeichen von krummen Geschäften? Keine Kontakte mit Leuten, die ihn aus dem Weg haben wollten oder vor denen er abgehauen sein könnte?"

„Bis jetzt nicht. Aber das war ja nur eine erste, schnelle Recherche, Marc. Damit wir schon mal einen Anfang haben, mit dem wir arbeiten können. Ich habe nur an der Oberfläche gekratzt, aber morgen früh werde ich viel tiefer gehen. Ich grabe Everetts Freunde und Geschäftspartner aus, frühere Freundinnen – alles aus seiner Vergangenheit, das irgendwie komisch sein könnte. Ob er nun umgebracht wurde oder untertauchte, er muss in irgendwas verwickelt gewesen sein, das ihm über den Kopf gewachsen ist. Ich sorge dafür, dass das Team was in die Finger kriegt, womit es arbeiten kann. Ich finde heraus, ob Everett ein Opfer war oder ein Betrüger oder beides. Vor mir kann er sich nicht verstecken." Ryan grinste zufrieden. „Das kann keiner."

4. KAPITEL

Casey saß an einem Tisch in der Cafeteria des Sloane-Kettering-Krankenhauses Amanda gegenüber.

Diese rutschte auf ihrem Stuhl hin und her, starrte in ihre Kaffeetasse und rührte manisch darin herum. Sie wusste noch nicht, was die Chefin von *Forensic Instincts* von ihrem Fall hielt. Nur weil Marc sich auf den Fall stürzen wollte, hieß es noch lange nicht, dass das übrige Team sich ähnlich engagiert zeigen würde. Und nur wenn Casey Woods mit Überzeugung an Bord war, würde *Forensic Instincts* den Fall mit der notwendigen Dringlichkeit behandeln.

Casey brauchte nur wenige Worte, um ihre Besorgnis zu zerstreuen.

„Marc hat wirklich überzeugend argumentiert", stellte sie sachlich fest. „Wir alle fühlen genauso mit Ihnen wie er. Wir haben unsere Ermittlungen kurz nach Mitternacht aufgenommen."

Amanda riss den Kopf hoch. „Dann werden Sie Paul auch finden." Es war keine Frage, sondern eine Feststellung, erfüllt von Vertrauen in die Fähigkeiten von *Forensic Instincts*.

„Zunächst mal müssen wir herausfinden, ob er tatsächlich noch lebt", mahnte Casey. „Aber wenn das der Fall ist, wird mein Team ihn auch finden."

„Ich danke Ihnen von ganzem Herzen", sagte Amanda.

Sie war eine attraktive Frau, bemerkte Casey. Aber sie wirkte deutlich älter als Mitte dreißig. Außerdem wirkte sie verstört und sehr mitgenommen. Was sie durchmachen musste, konnte Casey sich gar nicht vorstellen. Sie hatte selbst keine Kinder, doch das hieß nicht, dass ihr Amandas Leid gleichgültig wäre. Der eigene, gerade erst geborene Sohn in akuter Lebensgefahr, und man war zu völliger Hilflosigkeit verdammt – Casey fiel nichts ein, was für eine frischgebackene Mutter entsetzlicher sein könnte.

„Ich muss Ihnen ein paar Fragen stellen", sagte sie leise. „Ich weiß, dass für Sie sich gerade alles um Ihren Sohn dreht. Aber je mehr Sie uns helfen können, desto schneller und effektiver können wir unseren Job machen."

Amanda nickte. „Sie können mich alles fragen, was Sie wollen."

„Erzählen Sie mir etwas über sich und Paul. Wann und wo Sie sich zum ersten Mal begegnet sind. Wie Ihre Beziehung sich entwickelte. Wie es zwischen Ihnen stand, als er plötzlich verschwand. Alles, was die Polizei Ihnen mitteilte, als sie zu dem Schluss kam, er sei ermordet worden. Was Sie von seiner Arbeit, seinen Geschäftspartnern und seinen Freunden wussten. Ob er irgendwelche Feinde hatte. Alle Einzelheiten über seine Persönlichkeit, die vielleicht erklären könnten, wieso er von der Bildfläche verschwand. Fällt Ihnen irgendein Grund ein, warum er ausgerechnet in Washington sein könnte? Wo in den Hamptons hat er gelebt, an was dort können Sie sich alles erinnern? Andenken, Fotos, einfach alles, das uns mehr über ihn verraten kann."

„Wow." Amanda atmete aus und schüttelte den Kopf über die Sintflut an Fragen, mit der Casey sie überschüttet hatte. „Ich nehme an, Sie wissen bereits von Marc, was ich ihm erzählt habe? Die Fotos, die ich ihm gezeigt habe?"

„Ja, das weiß ich alles. Einiges von dem, was Sie mir erzählen, werde ich schon kennen. Das ist mir klar. Aber ich will es von Ihnen hören."

„Okay. Paul und ich sind uns bei einer Spendengala über den Weg gelaufen. Die Chemie zwischen uns stimmte sofort. Wir haben uns Hals über Kopf verliebt, und dann waren wir fünf Monate lang zusammen. Er entwickelte Immobilienprojekte. Kollegen von ihm habe ich nie getroffen. Ein paar von seinen Freunden habe ich kennengelernt, hauptsächlich Nachbarn und ein paar Kumpels, mit denen er Poker spielte. Paul und ich genügten einander, sodass wir die Außenwelt ziemlich ausgeschlossen hatten. Wenn wir Zeit miteinander verbrachten, dann meist nur zu zweit."

„Also war zwischen Ihnen alles in Ordnung bis zu dem Zeitpunkt, an dem er verschwand?"

Sie nickte. „Die Polizei hat die Ermittlungen eingestellt", fuhr Casey fort. „Hatten sie wenigstens irgendwelche Spuren, bei denen sie nicht weiterkamen?"

„Sie sagten, sie hätten überhaupt keine Ansatzpunkte. Keine Verdächtigen, kein Motiv und keine Leiche." Amanda nahm schnell einen Schluck Kaffee. „Was Pauls Beziehung zu Washington angeht, kann ich da auch nur raten. Er hat nie irgendwelche Freunde oder Verwandten dort erwähnt. Wäre es möglich, dass er dort ein Projekt betreut? Sicher, aber ich weiß von nichts."

„Okay, was ist mit seinem Cottage? Wissen Sie, ob es inzwischen wieder vermietet ist?"

„Keine Ahnung." Amanda wirkte verwirrt. „Wieso ist das wichtig? Alle seine Sachen sind weg. Außer ein paar Dingen, die einen sentimentalen Wert für mich haben, habe ich alles der Wohlfahrt gespendet."

„Diese Gegenstände muss ich mir unbedingt ansehen. Außerdem brauche ich den Namen seines Vermieters." Casey versuchte es zunächst mit der einfachsten Erklärung. „Ich würde mir gern die Genehmigung holen, das Haus betreten zu dürfen. Ich weiß nicht, was Sie von solchen Dingen halten, aber Claire Hedgleigh aus unserem Team ist auf wirklich brillante Weise intuitiv. Wenn sie sich dort umschaut, wo Paul gelebt hat, könnte sie vielleicht etwas finden – vor allem wenn in den letzten acht Monaten niemand sonst dort gewohnt hat. Und die persönlichen Gegenstände, von denen Sie geredet haben, werden ihr ganz sicher etwas sagen."

„Sie reden von einer Hellseherin."

Casey verzog die Lippen zu einem Lächeln. „Claire selbst hasst diesen Ausdruck, aber es stimmt. Eine Hellseherin. Sie hat entscheidend dazu beigetragen, dass wir unseren letzten großen Fall lösen konnten, und bevor sie zu uns stieß, hat sie ungeheuer erfolgreich verschiedene Ermittlungsbehörden im ganzen Land unterstützt."

„Wenn sie uns sagen kann, ob Paul noch lebt und wo er steckt, habe ich dagegen überhaupt nichts einzuwenden."

„Gut. Dann wird Sie meine nächste Bitte sicher auch nicht verwundern. Gestern Abend im Büro haben Sie neben Marc wahrscheinlich auch Hero getroffen. Er ist ein weiteres ungewöhnliches Mitglied unseres Teams – ein Personenspürhund, trainiert darauf, einen Menschen anhand seines Geruchs, auch auf große Entfernung und noch nach langer Zeit, zu verfolgen. Wir lassen ihn in Pauls Cottage und an ein paar von seinen persönlichen Sachen schnüffeln, dann wird er im Umkreis einiger Meilen feststellen können, wo Paul sich aufhält – falls er in der Region ist und wenn wir so weit kommen. Also, können Sie mir sagen, wer Pauls Vermieter war? Ich mache ein paar Anrufe und stelle fest, was jetzt mit dem Cottage ist. Denken Sie auch darüber nach, was für Erinnerungsstücke sie von Paul haben. Dann fahren wir zusammen raus in die Hamptons, entweder irgendwann heute oder morgen, je nachdem, wie Sie es einrichten können, Ihren Sohn für einige Zeit allein zu lassen."

Amanda schloss für einen Moment die Augen. „Ich danke Ihnen für Ihr Verständnis", sagte sie schlicht. „Meine Freundin Melissa kann bei ihm bleiben, wenn ich wegmuss. Und die Leute hier im Krankenhaus können mich auch jederzeit erreichen. Es ist bloß so, dass ich mich besser fühle, wenn ich in seiner Nähe bin. Ich weiß, das ist unlogisch. Aber ich bin halt seine Mutter."

„Ich werfe Ihnen überhaupt nichts vor." Casey schob den Stuhl zurück und erhob sich. „Gehen Sie jetzt wieder zu Ihrem Sohn. Ich rufe Sie an, sobald wir aufbrechen können."

Ryan beugte sich gerade in tiefer Konzentration über seinen Computer, als Claire seine Höhle betrat.

„Wo sind denn alle?", fragte sie.

„Schon mal was von Anklopfen gehört?" Ryan wandte den Blick nicht vom Bildschirm ab.

„Wieso? Ist das hier dein Privatbereich?"

„Wenn du so fragst: ja, genau."

Claire verdrehte die Augen. „Dann mach doch ein Schloss an die Tür. Oder sorg wenigstens dafür, dass sie zu ist." Sie ging zu Hero, der sofort aufgesprungen war, als sie hereinkam. Er sah sie voller Hoffnung an, und dazu hatte er auch allen Grund. Claire war ganz eindeutig die Sensibelste im Team, nicht nur wenn es um Fälle ging, sondern auch im Umgang mit Hero. Ihr Einfühlungsvermögen passte zu ihrem hellblonden Haar, ihren hellgrauen Augen und ihrer gertenschlanken Gestalt – ganz zu schweigen von ihrer ätherischen Ausstrahlung.

Es gab nicht viel, das sie aus der Ruhe bringen konnte. Aber Ryan McKay gehörte dazu.

Claire kraulte Heros Ohren und lächelte. Der Bluthund ließ sie nicht aus den Augen.

„In meiner Tasche", teilte sie ihm mit und zog ein Stück Käse heraus, das sie ihm hinhielt. Ein Biss, und es war verschwunden.

„Er hat dich aber gut abgerichtet", kommentierte Ryan. „Wenn du so weitermachst, hat er in einem Jahr drei Kilo zugenommen."

„Das ist Light-Käse. Das wird ihm schon nicht schaden." Claire ließ den Raum auf sich wirken, die vielen Computer, Server und Kabel und schließlich das Kernstück in der Mitte: eine lange Reihe halb fertiger Roboter – alle umgeben von einem Haufen diverser Teile aus Metall und Kunststoff, die darauf warteten, Verwendung zu finden.

„An deiner Stelle würde ich mir keine Sorgen machen, dass ich irgendwas in deinem tollen Keller anfassen könnte", bemerkte sie spitz. „Ich würde bloß darüber stolpern und mich noch selbst umbringen. Außerdem habe ich keine Ahnung, was dieses ganze Zeug überhaupt

35

ist. Besonders deine Spielsachen da. Roboter waren noch nie mein Ding."

„Nein, du bist wohl eher für Tarotkarten zu haben."

Claire schnitt eine Grimasse, obwohl sie sich geschworen hatte, sich nichts aus Ryans Sticheleien zu machen. „Du bist so kleingeistig, es ist zum Verrücktwerden. Zu deiner Information: Ich benutze keine Tarotkarten. Oder Ouijabretter."

„Séancen?"

„Auch nicht."

„Du bist mal eine langweilige Hellseherin."

„Und du die reinste Nervensäge."

Ryan wirbelte in seinem Stuhl herum, lehnte sich zurück und verschränkte die Hände hinterm Kopf. Er wirkte abscheulich gut gelaunt. „Danke für das Kompliment. Offensichtlich treffe ich da einen Punkt bei dir."

Claire blickte ihn verärgert an. „Keine Chance."

„Was willst du dann hier? Außer mir kommt keiner in den Keller. Der Konferenzraum ist zwei Stockwerke weiter oben." Er zeigte auf die Decke.

„Ich weiß, wo er ist." Claire verschränkte die Arme vor der Brust. „Bilde dir bloß nichts ein. Ich habe gerade einen Anruf von Casey bekommen. Sie sagte, wir hätten gleich eine Besprechung mit dem ganzen Team. Also ging ich hoch in den Konferenzraum. Da war aber keiner. Ich habe einfach das Naheliegende getan. Du lebst ja in dieser Höhle. Ich kam runter, um zu hören, ob du irgendwas weißt."

„Yeap. Eine Besprechung mit dem ganzen Team. Mich hat Casey auch angerufen." Ryan sah auf seine Uhr. „Sie ist auf dem Weg. Patrick auch. Und Marc kocht Kaffee in der Küche und futtert wahrscheinlich meine Vorräte."

„Na gut. Dann gehe ich eben wieder hoch und warte." Claire zögerte. „Hast du schon irgendwas rausgefunden?"

Ryan ignorierte die Frage, beugte sich vor und drückte die Print-Taste auf dem Keyboard. Mehrere Seiten kamen aus dem Drucker. Er ging hinüber, nahm sie heraus und überflog sie. „Das erfährst du, wenn's alle anderen tun", sagte er schließlich.

Claire antwortete nicht. Es hatte keinen Sinn, sich mit so einem Erstklässler zu zanken. Sie verließ den Raum und zog die Tür fest hinter sich zu.

Ryan hob den Blick zu der verschlossenen Tür und lächelte versonnen.

Alle Späße zwischen den Mitgliedern des Teams waren verflogen, als sie sich zehn Minuten später um den großen Tisch im Konferenzraum versammelten.

„Ich habe Amanda Gleason getroffen", eröffnete Casey, die mit auf dem Tisch gefalteten Händen am Kopfende des Tisches saß. „Marcs Einschätzung trifft vollkommen zu. Diese Frau ist völlig verzweifelt. Ihre Lage ist wirklich herzzerreißend, und die Zeit drängt. Wir werden dieses Baby retten, egal, was es kostet." Sie wandte sich an Ryan. „Was hast du bis jetzt für uns?"

„Fangen wir am besten mit dem Gesichtserkennungsprogramm an. Ich habe den Burschen aus Amandas alten Fotos mit einer Vergrößerung des Typs auf dem Handyfoto verglichen. Mit elastischen grafischen Übereinstimmungstechniken und einem Repräsentationsalgorithmus konnte ich ..." Ryan sah sich um und blickte in verständnislose Gesichter. „Die Details sind ja egal. Jedenfalls bin ich zu neunzig Prozent sicher, das ist derselbe Kerl."

„Das sind ja keine schlechten Chancen", kommentierte Marc.

„Stimmt. Ich würde wetten, dass Paul Everett noch lebt."

„Was wir allerdings noch nicht an Amanda Gleason weitergeben werden", teilte Casey ihnen mit. „Nicht solange wir diese übrigen zehn Prozent nicht definitiv ausgeschlossen haben."

„Das sehe ich genauso." Ryan nickte. „Weiter im Text. Ich habe mich mit ein paar von Paul Everetts früheren Geschäftspartnern in Verbindung gesetzt. Alle sind voll des Lobes. Nichts Verdächtiges."

„Also ist das eine Sackgasse."

„Keinesfalls. Der interessante Teil kommt jetzt. Marc hat mir ein paar persönliche Informationen über Paul gegeben, die er von Amanda hat – Everetts Geburtstag, wo er seine Konten hatte, wann sie sich zum ersten Mal begegnet sind, solches Zeug. Ich habe ein bisschen nachgedacht und viel herumgeschnüffelt. Es hat einige Zeit gedauert, aber schließlich habe ich es geschafft, mich in seine Konten zu hacken."

„Und?" Casey hob gespannt den Kopf. Sie kannte diesen Ton in seiner Stimme. Ryan hatte etwas Wichtiges herausgefunden.

„Und Paul Everett hatte ein recht beeindruckendes Guthaben und machte öfter saftige Abhebungen. Bei den Abhebungen gab es ein

37

Muster. Jedes Mal die gleiche Summe – zwanzig Riesen – und jedes Mal der gleiche Abstand zwischen den Abhebungen – sechs Wochen. Interessant ist weiterhin, dass das zur selben Zeit anfing, als er sich um Baugenehmigungen bemühte, um aus seinem kleinen Laden am Pier ein Luxushotel direkt am Strand zu machen. Bei all den Annehmlichkeiten, die er dort für die Gäste plante, und der Nähe zu dem neuen Shinnecock Spielcasino wäre daraus eine Goldmine geworden."

„Sieht so aus, als hätte unser Junge jemanden geschmiert, um zu kriegen, was er wollte", stellte Marc das Offensichtliche fest.

„So sieht's aus."

„Also hat er doch keine weiße Weste", meinte Patrick. Nach mehr als dreißig Jahren beim FBI war er ein Typ, der keine Spielchen spielte, sich nach den Regeln richtete, zumeist jedenfalls, und die Dinge beim Namen nannte.

Das mit den Regeln führte bei *Forensic Instincts* öfter zu größeren Reibungen. Aber Patrick war nicht nur gut, er war sehr gut. Und er sorgte dafür, dass das Team so „gesetzestreu" wie möglich arbeitete, wie er es selbst ausdrückte.

Jetzt kritzelte er auf seinem Notizblock herum. „Im Wesentlichen gibt es hier zwei Möglichkeiten. Entweder hat Paul Everett jemanden bestochen, wie Marc sagte, oder er wurde von jemandem erpresst, der etwas Schmutziges über ihn in der Hand hatte. Beide hätten ihn ermorden lassen oder ihn davon überzeugen können, dass es besser war zu verschwinden."

„So viel zur wahren, alles überwindenden Liebe", murmelte Claire.

„Selbsterhaltungstrieb sticht wahre Liebe aus – plus einer ganzen Reihe Sachen noch dazu", erwiderte Ryan knapp. „Und Mord sticht sowieso alles aus. Falls ich falschliege – und das tue ich nicht – und Paul Everett liegt auf dem Grund des Ozeans, dann konnte er sich jedenfalls nicht aussuchen, ob er bei Amanda bleiben wollte oder nicht."

„Das ist schon klar", sagte Claire nachdenklich. „Ich meinte auch gar nicht, Paul hätte bei ihr bleiben sollen – oder können. Ich frage mich bloß, ob seine Beziehung zu Amanda überhaupt echt war oder ob er sie bloß als Tarnung benutzt hat, für was auch immer, in das er da verwickelt war."

„Gutes Argument." Casey musterte Claire aufmerksam. „Ist das einfach nur eine Frage, oder spürst du da bereits was?"

„Bis jetzt ist es nur eine Frage. Für mich ist es noch viel zu früh, um schon eine Verbindung mit alldem entwickelt zu haben. Ich habe Amanda ja noch nicht mal getroffen, schon gar nicht war ich ihr nah oder kenne ihre Gefühle."

„Das wird sich bald ändern." Doch Casey erging sich nicht in Einzelheiten, sondern wandte sich wieder an Ryan. „Sonst noch was?"

„Schon. So ungern ich das zugebe, aber an Claires Theorie könnte was dran sein." Ryan klang, als würde er sich gleich an seinen eigenen Worten verschlucken. „Amanda hat einen Onkel namens Lyle Fenton. Das ist ein reicher Geschäftsmann, der da draußen außerdem in diesem Beratungsgremium sitzt, dem Southampton Board of Trustees. Wenn Everett sich bei ihm einschmeicheln wollte, um seine Baugenehmigungen zu kriegen, könnte er sich deswegen an Amanda herangemacht haben. Bei der Veranstaltung, bei der sie sich kennengelernt haben, wurden Spenden für einen Kongressabgeordneten namens Clifford Mercer gesammelt. Amanda hat als Fotografin freiberuflich für diesen Kerl gearbeitet, und Onkel Lyle hat ihr den Job besorgt. Das könnte Everett ohne Weiteres herausgefunden und dann für Mercers Wahlkampf gespendet haben. Das wiederum hätte ihm eine Einladung verschafft."

„Und ein Kongressabgeordneter sitzt in Washington", merkte Casey nachdenklich an. „Marc, du hast doch diese andere Fotografin angerufen, Amandas Freundin, oder?"

„Klar hab ich das."

„Wo genau ist dieses letzte Foto in Washington aufgenommen worden?"

„An der Ecke Second Street und C Street NE."

„Das ist nur ein paar Hundert Meter vom Capitol entfernt."

„Und ungefähr einer Million anderer Gebäude", rief Ryan ihr in Erinnerung. „Das ist Washingtons Geschäftsviertel. Dass Paul Everett ausgerechnet wegen Mercer da war, ist eine ziemlich gewagte Annahme."

„Das stimmt." Marc blickte entschlossen in die Runde. „Aber im Bereich des Möglichen ist es trotzdem. Dass Everett verschwunden ist, muss ja nicht heißen, dass er seinen Plan aufgegeben hat, dieses Hotel zu bauen. Es wäre eine Goldmine, wie Ryan sagte. Da Everetts Verbindungen zu Amanda und ihrem Onkel gekappt sind, wäre es ein schlauer, sogar logischer Schritt, Mercer auf seine Seite zu ziehen. Er repräsentiert den ersten Kongresswahlbezirk des Staates New York, und der schließt die Hamptons ein. Vielleicht will Everett sich jemanden sichern, der noch größeren Einfluss hat und außerdem meistens ein paar Hundert Meilen entfernt ist, sodass nicht etwa die falschen Leute mitkriegen können, dass er überhaupt noch am Leben ist."

„Bis jetzt ist das alles Spekulation." Casey trank ihren Kaffee aus, setzte die Tasse ab und studierte die Aufgabenliste, die sie bereits zusammengestellt hatte. „Es wird Zeit, dass wir ein paar hieb- und stichfeste Antworten bekommen. Ich schlage Folgendes vor – Patrick, du fliegst runter nach Washington und siehst zu, was du da ausgraben kannst. Falls du auf vielversprechende Hinweise stößt und länger als einen Tag brauchst, wird einer von uns zu deiner Unterstützung dazustoßen. Unterdessen werden Claire, Marc und ich einen Ausflug mit Amanda in die Hamptons machen. Hero nehmen wir auch mit."

Als er seinen Namen hörte, hob der Hund seinen Kopf und sah Casey aufmerksam an.

„Wir müssen Pauls gemietetes Cottage durchsuchen und Geruchsproben für Hero finden. Außerdem müssen wir hoch nach Montauk fahren und uns den Tatort ansehen. Auf dem Rückweg halten wir bei Amandas Apartment, um ein paar persönliche Sachen von Paul zu holen, damit Claire was hat, womit sie arbeiten kann, und dann suchen wir noch ein paar der Örtlichkeiten auf, wo Amanda und Paul zusammen Zeit verbracht haben."

„Wäre es nicht besser, wenn ich gleich mit Patrick nach Washington fliege?", fragte Marc. „Zwei frühere FBI-Agenten haben dort doppelt so viele Kontakte, doppelt so viele Quellen."

„Vermutlich", gab Casey zu. „Aber aus verschiedenen Gründen brauche ich dich hier. Erstens, du kriegst Dinge geregelt."

„Mit anderen Worten, er kann in Häuser und Büros einbrechen und Leute unter Vorspiegelung falscher Tatsachen befragen", meinte Patrick ironisch.

Caseys Lippen verzogen sich zu einem Grinsen. „Eigentlich habe ich eine Genehmigung des Besitzers, das Haus zu durchsuchen. Aber wer weiß, worauf wir sonst noch alles stoßen. Ein weiterer Grund ist, dass Amanda dir vertraut. Wieso auch immer, sie fühlt sich wohl in deiner Gegenwart und wird sich an dich wenden, wenn sie unsicher ist und Unterstützung braucht. Das müssen wir zu unserem Vorteil nutzen. Dieser ganze Trip in die Hamptons muss schnell über die Bühne gehen und möglichst viele Ergebnisse bringen. Amanda will ihr Baby nicht lange allein lassen, und das kann man ihr kaum vor-werfen. Also brechen wir in einer Stunde auf. Ryan, du wühlst weiter mit deinen Computern und schickst mir sofort eine SMS, wenn du was findest. Patrick, schnapp dir den ersten Flieger nach D. C. Sind alle mit dem Plan einverstanden?"

„Klar." Marc antwortete auch für die anderen.

„Gut. Dann lasst uns loslegen."

5. KAPITEL

Draußen in den Hamptons war es ruhig.

Wenn es Sommer gewesen wäre, hätte sich der Montauk Highway in einen einzigen Parkplatz verwandelt, und der Stoßverkehr wäre ein Albtraum unaussprechlicher Dimensionen gewesen. All die Reichen und Schönen mit ihren „Sommercottages" – ein Understatement für Anwesen, die viele Millionen Dollar wert waren – wären unterwegs, um die Luxusgeschäfte, die angesagten Clubs und die Privatstrände zu genießen. Das waren die „Citidioten", wie die Einheimischen Leute aus New York City nannten, die in der Saison in den Hamptons wohnten und so eine Parallelwelt, einen schön manikürten Spielplatz der Superreichen, daraus gemacht hatten.

Aber zum Glück war nicht Juli. Es war Dezember, kurz vor Weihnachten, komplette Nebensaison, und nur die wenigen, die tatsächlich hier lebten, hielten sich hier draußen auf. Was für das Team von *Forensic Instincts* nur gut war. Keine Menschenmengen, keine Staus, man konnte sich viel schneller bewegen und musste weniger falsche Spuren verfolgen. Außerdem hatte die Beziehung zwischen Amanda und Paul im Winter begonnen und nur bis zur Vorsaison im April gedauert. So konnte man am besten das Szenario von damals wieder wachrufen, mit den Zeugen und allem.

Zuerst hielten sie in Hampton Bays vor dem Cottage, das Paul gemietet hatte.

Hampton Bays lag weiter draußen auf Long Island als Amandas Apartment in Westhampton Beach. Es schmiegte sich zwischen Westhampton und Southampton an die Bucht und wies sowohl bescheidene als auch teure Häuser auf. Die Straßen waren schläfrig, geschmückt mit Weihnachtsbeleuchtung, die nach Sonnenuntergang schön leuchten würde, aber man konnte gar nicht anders, als sich vorzustellen, was hier in der Sommersaison los sein würde. Die Strände entlang der Bucht waren wunderschön, und von dort war es nur ein Katzensprung zu den Läden, Restaurants und Clubs.

Das *Forensic Instincts*-Team hatte mit Amanda beschlossen, Pauls Cottage zuerst aufzusuchen, dann hinaus nach Lake Montauk zu fahren, wo Pauls Wagen gefunden worden war. Danach würden sie zurückfahren und auf dem Heimweg in die Stadt bei Amandas Apartment halten. Der Grund dafür war ganz einfach: Amanda und Paul hatten zusammen viel mehr Zeit bei ihm als bei ihr verbracht. Und da Lake Montauk der Tatort war, konnten Casey und Marc die ganze Gegend bis hinaus zu Gosman's Dock nach allem absuchen, was die Polizei übersehen hatte – falls sie überhaupt gesucht hatte. Gleichzeitig konnte Hero Pauls Geruch aufnehmen, und Claire konnte sich in Pauls ehemaligem Zuhause aufhalten und feststellen, ob sie etwas wahrnahm. Was immer Amanda an seinen persönlichen Gegenständen aufbewahrt hatte, besonders solche von sentimentalem Wert, befand sich in ihrem Apartment und würde auf der Rückfahrt untersucht werden.

Casey steuerte den Van in die Auffahrt zu dem behaglichen kleinen Cottage, das Paul hier gemietet hatte. Während der Fahrt hatte sie auf die Straße geachtet, und Marc, der das Navi im Auge behielt, gab ihr gelegentlich Anweisungen. Aber Claire, die mit Amanda auf dem Rücksitz saß, spürte deren Veränderung genau, als sie sich dem Ziel näherten. Sie wurde immer stiller, ihre Finger krallten sich so fest ineinander, dass die Knöchel weiß wurden. Ihre Augen blickten schmerzvoll in weite Ferne. Sie war erfüllt von Erinnerungen. Offenkundig war sie nicht hier draußen gewesen, seit sie nach Pauls Verschwinden seinen Haushalt aufgelöst und ein paar von seinen Sachen mitgenommen hatte. Wellen von Erinnerungen schienen sie völlig zu überwältigen.

Claire legte sanft eine Hand auf Amandas Schulter. „Geht es Ihnen gut?", fragte sie.

Amanda schüttelte leicht den Kopf. „Nicht besonders. Ich hatte nicht erwartet, dass es so schwer werden würde. Und Montauk – ich weiß wirklich nicht, ob ich das überhaupt schaffe."

„Doch, Sie schaffen das – denn Sie tun es für Ihren Sohn. Egal, wie viel Zeit Sie brauchen, um sich zu fassen und aufzuarbeiten, was Sie aufarbeiten müssen – nehmen Sie sich die Zeit. Wir werden in dem Cottage sowieso genug zu tun haben."

„Danke", erwiderte Amanda leise.

Marc warf Claire einen finsteren Blick über die Schulter zu. Sie wusste, was ihm durch den Kopf ging – die Uhr tickte, und ihr Rat an Amanda, sich Zeit zu nehmen, war eigentlich absurd. Claire hielt seinem Blick stand, um ihre Überzeugung zu übermitteln, dass dies die richtige Vorgehensweise war. Wenn sie Amanda zu sehr drängten, könnten sie viel weniger aus ihr rausholen. Sie musste mit ihren Gefühlen fertigwerden. Nur so würde bei diesem Trip etwas herauskommen.

Casey machte den Motor aus, lehnte sich zurück und musterte das kleine Haus aus Holzschindeln mit dem Schaukelstuhl auf der Veranda. Es war tatsächlich ein Cottage im wahrsten Sinn, nicht eins der riesigen Anwesen, das ihre gelegentlichen Bewohner als „Sommercottage" bezeichneten. Es konnte kaum mehr als zwei Schlafzimmer und ein Bad haben, aber für einen alleinstehenden Mann, der seine Kunden hier draußen hatte, war es ideal.

Obwohl die Fenster des Vans nur einen Spalt offen standen, damit Hero frische Luft bekam, konnte man die salzige Luft riechen, was darauf hinwies, dass das Meer nicht weit entfernt war. Ein reizendes Cottage in guter Lage – Paul Everett hatte es nicht schlecht getroffen.

„Ich verstehe, warum Sie und Paul meistens hier waren", sagte Casey taktvoll.

Amanda nickte. „Drin ist es auch sehr hübsch. Das Haus ist fünfzig Jahre alt, aber gut in Schuss. Da hat Paul wirklich Glück gehabt. Der Besitzer ist ein wohlhabender Mann aus East Hampton, der es als Geldanlage gekauft hat. Er mochte Paul. Er hat es Paul für einen Spitzenpreis überlassen, vor allem da Paul das ganze Jahr mieten wollte, nicht nur für einen Sommerurlaub. Ich denke, Paul hätte es irgendwann gekauft, wenn nicht …" Ihre Stimme versagte.

„Dann wollen wir mal reingehen", schlug Marc vor.

Amanda zögerte.

Casey musterte sie im Rückspiegel. „Gibt es hier Handyempfang?", fragte sie beiläufig, als würde sie die Antwort nicht längst wissen.

Amanda blickte auf ihr Handy, das sie ständig in der Hand oder im Schoß hielt. „Ja."

„Wieso bleiben Sie dann nicht im Wagen und fragen mal im Krankenhaus nach, wie es Justin geht? Der Besitzer sagte mir, er würde die Tür unverschlossen lassen. Claire, Marc, Hero und ich fangen schon mal an. Wenn Sie bereit sind, können Sie nachkommen."

„Ich weiß Ihr Mitgefühl zu schätzen." Amanda meinte nicht nur Caseys Sorge um Justin. Sie war ja nicht blöd. Sie verstand, dass man ihr den notwendigen Raum lassen wollte, um sich auf schmerzhafte Erinnerungen vorzubereiten.

„Kein Problem." Caseys Blick im Rückspiegel wanderte zu Claire, der sie kurz zunickte.

Alle drei Teammitglieder stiegen aus. Marc ging nach hinten und öffnete die Doppeltür, damit Hero herausspringen konnte. Der Hund wartete gehorsam, bis Marc ihn angeleint hatte.

„Alles bereit?", fragte Casey.

„Und begierig, endlich anzufangen."

„Dann los."

Amanda sah zu, wie das *Forensic Instincts*-Team das Haus betrat. Pauls Haus. Es schnürte ihr die Kehle zusammen. Wie oft waren sie und Paul durch diese Tür getreten, manchmal mit Einkaufstüten, manchmal redend und lachend, manchmal hatten sie sich sofort die Kleider vom Leib gerissen.

Es war irgendwie surreal, wieder hier zu sein, als würde man in lebendige, bittersüße Erinnerungen tauchen und vom eigenen Verstand gezwungen, sie erneut zu durchleben.

Das alles traf sie viel tiefer, als sie erwartet hatte. Schließlich war sie mit Paul weniger als ein halbes Jahr zusammen gewesen, wie eng und intensiv die Beziehung auch gewesen sein mochte. Amanda war alles andere als ein schwaches, klammerndes Weibchen. Seit dem College war sie für sich selbst verantwortlich gewesen und hatte die Freiheit ihrer Unabhängigkeit genossen. Jemandem wie Paul zu begegnen war das Letzte, was sie erwartet hatte. Und doch war es passiert, und vom ersten Moment an hatte sie gespürt, dass es große Veränderungen in ihrem Leben geben würde.

Es war unerträglich gewesen, ihn zu verlieren; besonders nachdem sie gemerkt hatte, dass sie von ihm schwanger war.

Aber sie hatte es überstanden. Ihr Leben ging weiter.

Und nun war da Justin, ein kostbares Geschenk – aber sein Schicksal hätte sie sich in ihren schlimmsten Albträumen nicht vorstellen können. Die undenkbaren Möglichkeiten starrten ihr ins Gesicht.

Vielleicht war es die Kombination von Justins prekärer Gesundheit und ihren eigenen postnatalen Hormonen, was die Erinnerungen so schmerzvoll machte.

Oder sie vielleicht, weil sie die glücklichen Zeiten mit Paul erfolgreich verdrängt und durch Trauer, Zorn und Abscheu ersetzt hatte.

Das heute würde eine lange Konfrontation mit der Vergangenheit werden. Noch nervenaufreibender war die Frage, was ihre Ermittlungen zutage fördern würden. Wenn Paul noch lebte, was für eine Art Mann war er dann wirklich? In was war er verwickelt gewesen, um so vollständig unterzutauchen?

Amanda schloss die Augen für eine lange, quälende Minute, dann ergriff sie ihr Handy und fand sich auf einmal wieder in der realen Welt vor – in der sie seit fast einem Monat um Justins Leben kämpfte.

Sie drückte die Schnellwahltaste für das Krankenhaus.

Bitte, lieber Gott, betete sie, wie jedes Mal, wenn sie dort anrief oder die Station betrat, auf der Justin lag. *Bitte lass ihn durchhalten. Bitte lass uns ein Wundermittel finden.*

Und dieses Wundermittel musste Paul liefern, ob er wollte oder nicht.

Casey ging den Kiesweg zum Cottage entlang. Sie drückte die Klinke, und wie versprochen war die Tür nicht verschlossen.

Das Haus war behaglich und angenehm – ein großes und ein kleines Schlafzimmer, ein Bad mit Wanne, eine Küche wie eine Bootskombüse, ein kleines Esszimmer und großes Wohnzimmer mit Kamin. Die Hintertür führte auf eine Holzveranda, hinter der eine dichte Baumgruppe stand. Es war zwar kein Wald, bot jedoch ausreichend Schutz vor neugierigen Blicken.

Hero fing sofort an zu schnüffeln, zog Marc hierhin und dorthin, während er all diese neuen und aufregenden Gerüche wahrnahm. Er ließ keinen Zentimeter aus. Marc ließ sich bereitwillig von ihm führen. Je umfassender seine olfaktorische Erfahrung war, desto besser würde er vorbereitet sein, wenn Marc Geruchsproben von Dingen für ihn zusammenstellte, die Paul gehört hatten.

Es wäre nicht das erste Mal, wenn Hero seinem Namen alle Ehre machte.

„Ein ziemlich abgeschiedenes Grundstück", kommentierte Marc kurze Zeit später, als er mit Casey auf der Veranda stand und sich umsah. „Keine Nachbarhäuser hinten, vorn weit genug von der Straße zurückgesetzt. Auch links und rechts Bäume, die den Nachbarn den Blick versperren. Interessant."

„Sehr interessant", stimmte Casey zu. „Ein idealer Ort, um keinerlei Aufmerksamkeit auf sich zu ziehen."

Marc nickte und blickte zu Hero hinab, der die ganze Veranda beschnüffelte. „Das macht es auch ein bisschen wahrscheinlicher, dass Paul Everett noch am Leben ist. Wenn ihn jemand umbringen wollte, warum sollte er das draußen tun, in seinem Auto auf einer Straße, wo jederzeit jemand vorbeikommen und alles sehen konnte? Warum nicht hier, wo es niemand mitkriegt? Dann beseitigt man die Schweinerei, stopft die Leiche in den Kofferraum und fährt zum Meer, um sie da zu versenken. Es gäbe nicht den geringsten Hinweis, dass es überhaupt einen Mord gegeben hat."

„Es sei denn, die Tat war nicht geplant", gab Casey zu bedenken. „Wenn Paul sich wegen irgendeines illegalen Vorhabens mit jemandem getroffen hat, könnte das erklären, warum sein Auto an so einer abgelegenen Stelle gefunden wurde. Dann ist bei dem Treffen irgendetwas schiefgelaufen, und es endete mit dem Mord. Die restlichen Annahmen der Polizei würden dann passen."

„Stimmt auch wieder." Marc runzelte die Stirn. „Aber irgendwie habe ich das Gefühl, dass es so nicht gewesen ist. Ich weiß nicht genau, warum."

Caseys Lippen verzogen sich leicht. „Vielleicht weil sich das anhört wie ein billiger Krimi. Außerdem glaube ich nicht, dass Paul Everett ein Idiot war. Und nur Idioten fahren mitten in der Nacht zu so abgelegenen Orten, um sich mit jemandem zu treffen, selbst wenn es um etwas Illegales ging. Paul war ja nicht irgendein Drogendealer, der seine Geschäfte in finsteren Gassen abwickelt."

„Das wäre auch ein billiger Krimi." Marc kicherte. „Du hast recht. Nach allem, was Ryan bisher herausgefunden hat, war Paul Everett ein cleverer Geschäftsmann."

„Casey?" Claires Stimme klang aus dem leeren Haus.

„Komme schon." Casey warf Marc einen Blick zu. „Sieh dich weiter um. Lass Hero überall herumschnüffeln. Wenn du was findest, mach Geruchsproben für ihn. Ich sehe mal nach, was Claire hat."

Marc nickte.

Casey ging wieder rein und sofort zu dem großen Schlafzimmer. Sie wusste, dass Claire dort sein würde. „Spürst du irgendwas?"

Claire stand neben dem Fenster, starrte mit leerem Blick und erschüttertem Gesichtsausdruck in das Zimmer, die Brauen verwirrt zusammengezogen. Das war sonst gar nicht ihre Art.

„Lauter Widersprüche", erwiderte sie. „In diesem Zimmer – und im ganzen Haus – sind überall widerstreitende Energien. Dunkel und glühend, hell und fröhlich. Bloß hier zu sein macht mich ganz fertig. Ich würde vermuten, dass Paul Everett das auch gespürt hat – als wolle ihn etwas in zwei Stücke reißen. In diesem Schlafzimmer ist es besonders stark zu spüren. Er hat hier eine ganze Reihe heftiger emotionaler

47

Zweikämpfe mit sich selbst ausgefochten."

„Wahrscheinlich hat er hier auch sehr emotionale Stunden mit Amanda verbracht." Casey musterte Claires Gesicht. „Aber das ist es nicht, was dir so zu schaffen macht. Was ist es dann?"

„Paul. Seine Energie. Ich habe so etwas noch nie erlebt. Seine Energie ist ständig da und dann wieder nicht, als würde man dauernd den Lichtschalter drücken – an, aus, an, aus. Das ist nicht nur seltsam. Es ist gespenstisch. Ich verstehe nicht, was das bedeuten soll."

Casey hob eine Braue. „Du redest nicht über identische Zwillinge, oder?"

„Nein." Claire schüttelte heftig den Kopf. „Das ist es nicht. Es ist alles Paul – in der einen Sekunde da, in der nächsten weg. Wie eine binäre Energie, die mir nicht in den Kopf will."

Casey verzog die Lippen. „Kann ich irgendwas tun, damit du ein eindeutigeres Bild bekommst?"

„Ich bin mir nicht sicher. Du weißt ja genau, die Sache funktioniert nicht auf Knopfdruck. Entweder spüre ich etwas oder nicht. Und eine Bedienungsanleitung ist auch nicht dabei." Claire fuhr sich frustriert mit der Hand durch ihr langes blondes Haar. „Mein einziger Vorschlag ist, dass wir Amanda hereinholen. Sie könnte vielleicht etwas Stärkeres auslösen, das mich diese ungreifbare Energie klarer spüren lässt. Ich weiß, Pauls persönliche Dinge sind jetzt in ihrem Apartment, aber vielleicht gibt es etwas, das sie ständig mit sich herumträgt, etwas, das für sie beide viel bedeutet hat. Es geht nicht nur um Paul, sondern um ihn und Amanda als Paar."

„Ich hole sie." Casey trat aus dem Haus und lief zum Van. Amanda saß noch immer auf dem Rücksitz. Aber sie hielt den Kopf gesenkt und schluchzte.

Casey zog sich der Magen zusammen.

„Amanda?", sagte sie leise durch den Spalt des Fensters.

Amanda hob den Kopf. Ihr Gesicht war tränenüberströmt und verzweifelt. „Ich habe gerade mit Dr. Braeburn gesprochen. Er ist der Chefarzt der Pädiatrie im Sloane Kettering. Justins Fieber ist gestiegen. Nicht sehr hoch, aber hoch genug, um beunruhigend zu sein. Dr. Braeburn ist nicht sicher, ob das daran liegt, dass die Antibiotika nicht wirken oder ob die Parainfluenza schlimmer wird. Für Parainfluenza gibt es keine antibiotische Behandlung. Die meisten Leute bringen so eine Infektion einfach hinter sich. Aber weil Justin kein

Immunsystem hat, kann er nicht …"

„Müssen Sie sofort zurück?", fragte Casey.

Amanda schluckte schwer und schüttelte den Kopf. „Nein. Dr. Braeburn sagte, dass sie die Antibiotika nicht absetzen wollen und dass keine unmittelbare Gefahr besteht. Mein Kleiner hält durch. Er ist ein Kämpfer. Und Melissa weicht nicht von seiner Seite. Der Doktor meinte, es wäre viel wichtiger, dass ich weiter versuche, Paul zu finden. Und sosehr mein Gefühl auch verlangt, dass ich, so schnell ich kann, zurückrase, nutzt es Justin in Wahrheit überhaupt nichts, wenn ich neben ihm hocke und hysterisch werde. Ich muss ihm helfen. Ich muss Paul finden."

Durch die Entschlossenheit in Amandas Gesicht und in ihrer Stimme bekam Casey einen ersten Eindruck von der starken Frau hinter der trauernden Mutter. Amanda Gleason hatte einen starken Willen. Sie würde immer tun, was sie tun musste. Und sie war bereit, sich allem zu stellen, was sie über Paul herausfinden würden.

„Könnten Sie bitte mit hereinkommen?" Casey öffnete die Wagentür. „Claire meint, das könnte hilfreich sein."

„Natürlich. Deswegen bin ich doch hier." Amanda wischte sich die Tränen aus dem Gesicht, schlüpfte aus dem Wagen und ging voran zum Haus.

Claire stand in der Mitte des Schlafzimmers, als sie hereinkamen. Sie sah auf, verbannte alles Negative oder Beunruhigende aus ihrem Gesicht und betrachtete Amanda mitfühlend. „Ihnen geht es nicht gut", sagte sie.

„Nein, nicht besonders. Aber hier geht es nicht um mich, sondern um Justin. Haben Sie irgendetwas in diesem Cottage gespürt?"

Claire erklärte ihr dasselbe, was sie Casey zuvor gesagt hatte – sie ließ nur aus, dass es sie selbst verunsicherte, und konzentrierte sich auf die widerstreitenden Energien, die sie wahrnahm.

Amanda nickte traurig. „Das überrascht mich nicht. Wenn Paul mit irgendetwas Hässlichem oder Illegalem zu tun hatte und das vor mir geheim hielt, nagte das wahrscheinlich die ganze Zeit an ihm. Sofern er sich überhaupt etwas aus mir machte, natürlich."

„Das tat er", sagte Claire ohne Zögern. „Liebe ist eine der positiven Energien, die ich spüre. Es gab echte Zuneigung, besonders hier in diesem Schlafzimmer. Ich fühle Intimität, Leidenschaft, Zärtlichkeit. Aber das ist alles verwoben mit Schuld und einer darunterlie-

49

genden, dunklen Zielstrebigkeit. Ich kann Ihnen nicht versprechen, dass es in Pauls Beziehung zu Ihnen nicht auch das Motiv der Manipulation gab. Ich kann nur sagen, dass er zerrissen war – und dass Sie ihm viel bedeutet haben." Claire zeigte auf eine Stelle an der Wand. „Was hat sich da befunden?"

„Sein Bett."

Claire nickte. „Das erklärt, warum ich hier die stärksten Gefühle wahrnehme. Es gibt eine Art roher Verletzlichkeit und eine Klarheit, die es mir leichter macht, eine Verbindung aufzunehmen. Hier ist keine Widersprüchlichkeit – nur quälende Verwirrung. Pauls Gefühle für Sie kämpften eindeutig mit anderen Verpflichtungen."

„Was für Verpflichtungen?", fragte Amanda. „Worin war er verwickelt?"

Claire runzelte die Stirn. „Das weiß ich nicht." Sie drehte sich, zeigte auf die Wand gegenüber. „Was ist da gewesen?"

„Sein Schreibtisch. Sein kleiner Aktenschrank. Sein Laptop."

„Hier spüre ich eine starke Intensität. Nicht emotional, sondern mental. An diesem Ort wurden Pläne überprüft, Strategien entwickelt …" Sie machte eine Pause. „Und Anrufe wurden getätigt. Nicht auf seinem eigentlichen Handy. Er hatte noch ein anderes. Eins, das er in einer Schublade aufbewahrte und nur benutzte, wenn er allein war. Wenn er damit telefonierte, war er ein anderer Mann als der, den Sie kannten." Erneut eine Pause. „Er rannte. Auf etwas zu und vor etwas weg. Ich empfange keine klare Vorstellung, auf was er zu- oder vor was er weggerannt ist – oder warum. Nur kurze Eindrücke von Paul in Bewegung."

„Paul ist tatsächlich gerannt – im wörtlichen Sinn", erklärte Amanda. „Fünf Meilen jeden Morgen, egal, wie das Wetter war. Hier oder auch bei mir. Egal, wo wir gerade waren. Könnte es das sein, was Sie sehen?"

„Manchmal." Claire war in tiefe Konzentration versunken. „Ich kann ihn in seinem Joggingzeug sehen. Keuchend, wie er in gleichmäßigem Rhythmus am Strand entlangläuft. Er bleibt stehen und ruft jemanden an – wieder mit diesem zweiten Handy. Er genießt seinen Lauf, aber er macht das nicht nur zum Training. Und er läuft auch nicht nur im wörtlichen Sinn. Es ist irgendwie komplexer." Claire schloss die Augen, dann schüttelte sie frustriert den Kopf. „Das ist alles. Ich kann einfach keine Einzelheiten wahrnehmen."

Casey bemerkte Amandas gepeinigten Gesichtsausdruck.

„Gehen wir mal durch die übrigen Räume", schlug sie vor. „Wir wollen mal nachsehen, ob Paul unabsichtlich etwas zurückgelassen hat – etwas, das Sie übersehen haben, als Sie seine Sachen abholen ließen. Wenn wir was finden, mache ich Geruchsproben für Hero. Er wird inzwischen jeden Geruch in diesem Cottage in Erinnerung haben. Dann fahren wir raus nach Montauk." Sie sah Amanda fragend an. „Wenn Sie das schaffen."

„Ich muss es schaffen." Amanda zögerte keine Sekunde. „Mein Schmerz über Paul verblasst gegen meinen Schmerz wegen Justin. Ich habe Sie engagiert, um Paul zu finden. Unter keinen Umständen will ich Sie dabei behindern. Also, fahren wir zum Tatort. Wenn Justin kämpfen kann, kann ich das auch."

6. KAPITEL

Patrick Lynch war in allem, was er tat, sehr gut – sei es als Ermittler, als Sicherheitsberater oder als FBI-Agent, was er den größten Teil seines Lebens gewesen war.

Mehr als zweiunddreißig Jahre hatte er für das Bureau gearbeitet, anfangs noch in jenen Tagen, bevor das New Yorker Field Office in das Federal Plaza gezogen war und noch mehrere Stockwerke in einem Gebäude an der Ecke East 69th Street und Third Avenue belegt hatte. Er hatte alles bearbeitet, von Wirtschaftskriminalität bis hin zu Gewaltverbrechen. Damals war alles noch ganz anders gewesen – keine Computer, die Agenten mussten sich wenige Telefone teilen, und es gab weniger, nicht so leicht zugängliche Quellen.

Aber eins hatte sich nicht verändert: Patrick hielt sich an die Buchstaben des Gesetzes – ohne jede Ausnahme.

Daher hatte er nie erwartet, sich eines Tages als Mitglied eines Teams wie *Forensic Instincts* wiederzufinden, dessen Methoden sich so sehr von seinen eigenen unterschieden, wie er es sich nur vorstellen konnte. Aber manche Dinge, besonders dieser Entführungsfall kürzlich, bei dem er mit *Forensic Instincts* in Kontakt gekommen war, hatten ihn gelehrt, dass manchmal, in seltenen Ausnahmefällen, der Zweck doch die Mittel heiligte.

Das hieß nicht, dass er bereit wäre, seine Prinzipien über den Haufen zu schmeißen – nur dass er sie ein bisschen beugte, wenn es sich als unerlässlich erwies.

Das Team hielt ihn für denjenigen, der die meiste Erfahrung hatte und die beruhigende Stimme der Vernunft erhob, für den Kerl, der sich an die Regeln hielt und als fester Anker die Drachenschnüre der anderen Mitglieder in der Faust hatte. Patrick selbst hielt sich für den Burschen, der seine Kollegen vor dem Knast bewahrte.

Aber zum Teufel, er hatte einen Heidenrespekt vor ihren besonderen Talenten. Und umgekehrt hatten sie Respekt vor seinen.

Bei diesem neuen Fall fühlte Patrick sich vollkommen wohl mit dem ersten Auftrag, den er von Casey bekommen hatte. Er kannte die Hauptstadt wie seine Westentasche. Er mochte nicht Heros Nase haben, aber er war verdammt gut darin, Leute aufzuspüren.

Er landete gegen Mittag auf dem Reagan National Airport und nahm ein Taxi zum Capitol District. Ryan hatte mit dem Computer das Foto des geheimnisvollen Mannes vergrößert und so scharf gemacht wie möglich, sodass die Person klar zu erkennen und der Hintergrund weniger unscharf war. Die Bilder von Amanda und Paul zusammen waren Nahaufnahmen, die nur geringfügige Verbesserungen brauchten.

Patrick stand an der Ecke Second Street und C Street NE und sah sich um. Alles sah genauso aus, wie er es in Erinnerung hatte. Regierungsgebäude, die St. Joseph's Church, dichter Verkehr und Trauben von Fußgängern, die eilig unterwegs waren. Und das war nur das, was von hier zu sehen war. Nicht weit entfernt gab es ein paar Coffee Shops, eine Bäckerei, ein Café und einen Supermarkt. Etwas weiter entfernt war Stanton Park, im Norden lag die Union Square Station.

Er musste ein großes Territorium abarbeiten. Und hatte nur ein paar Fotos und sein Bauchgefühl.

Eins muss man über die Hamptons wissen. Im Winter machen sie dicht, im wahrsten Sinne. Für Montauk an der östlichen Spitze von Long Island galt das erst recht. Selbst die tapfersten Fischer, die den kühlen Herbsttagen trotzten, um ihre Netze auszuwerfen, waren im Dezember verschwunden.

Obwohl das ganze Jahr Autos vorbeifuhren, war Lake Montauk völlig verlassen, als sie ankamen. Es wehte eine steife Brise, die ihnen ins Gedächtnis rief, dass Weihnachten vor der Tür stand. Die Kälte wurde durch die Nähe des Wassers noch verstärkt.

„Hier. Halten Sie hier an", sagte Amanda zu Casey, als sie auf dem West Lake Drive um eine Kurve bogen.

Casey trat auf die Bremse, der Van stoppte. „Sind Sie sicher?", fragte sie leise.

Amanda blickte zum See, bevor sie wieder auf die Straße sah. „Ja, ganz sicher. Diesen Ort werde ich nie vergessen." Sie schluckte schwer, ihr Gesicht war weiß wie die Wand. „Bringen wir es hinter uns." Sie machte die Tür auf und trat aus dem Wagen.

Casey und Marc warfen sich einen Blick zu.

„Das ist die richtige Stelle." Vom Rücksitz aus beantwortete Claire die unausgesprochene Frage. „Hier gibt es eine finstere Aura von Gewalttätigkeit. Im Umkreis von wenigen Metern muss etwas Schreckliches passiert sein." Auch sie stieg mit gefurchten Brauen aus. „Ich spüre das ganz stark. Aber es ist genauso komplex wie in Paul Everetts Haus. Unglaublich viele widerstreitende Gefühle stürzen plötzlich auf mich ein." Sie blieb, wo sie war, machte die Augen zu und versuchte, sich auf etwas Konkretes zu konzentrieren.

„Na ja, vielleicht empfindest du ja etwas Genaueres. Marc, du und Hero, ihr zieht ebenfalls euer Ding durch. Ich will Amanda nicht allein lassen." Casey hatte den Motor abgestellt und war ausgestiegen. „Das muss für sie der quälendste Teil überhaupt sein. Wir müssen bei unseren Fragen vorsichtig sein, damit sie nicht abblockt."

„Ja, das müssen wir", stimmte Claire zu.

Marc nickte und ging nach hinten, um Hero herauszulassen und anzuleinen.

Amanda war ein paar Schritte gegangen, dann stehen geblieben. Sie schlang die Arme um sich selbst wie einen Schutzschirm. Sie hielt den Kopf gesenkt, starrte auf die Straße. Aber Casey merkte, dass sie eigentlich gar nichts sah. Stattdessen sah sie Pauls Wagen vor sich, den Fahrersitz voller Blut, und durchlebte diese albtraumhafte Stunde ein weiteres Mal.

„Hey." Casey legte ihr sanft die Hand auf die Schulter. „Ich kann mir gar nicht vorstellen, wie Sie sich jetzt wohl fühlen. Es tut mir sehr leid, dass wir Sie dem aussetzen müssen."

„Aber es muss getan werden." Amanda hob entschlossen das Kinn. „Es ist eine merkwürdige Mischung von Gefühlen. Einerseits ein rasender Schmerz. Aber auch Wut und Abscheu. Wenn Paul wirklich noch lebt, ist das natürlich gerechtfertigt. Aber selbst wenn er tot sein sollte – das Gefühl ist dasselbe. Wenn jemand hier rausgefahren ist, um ihn umzubringen, muss es einen Grund dafür geben. Und Paul hat sich offenkundig auf das Treffen eingelassen. Also muss er doch selbst irgendeinen Anteil an seiner Ermordung haben? Er muss in etwas Illegales verwickelt gewesen sein. Ich habe ihn geliebt, aber vermutlich kannte ich ihn gar nicht wirklich. Und Justin …" Sie sog langsam die Luft ein. „Mir ist klar, Paul hatte keine Ahnung, dass ich schwanger war. Trotzdem, ich werfe ihm vor, dass er jetzt nicht da ist, wo Justin ihn so dringend braucht. Das ist wahrscheinlich vollkommen irrational."

„Nein, es ist nur menschlich." Casey sprach voller Überzeugung. „Für Sie war Pauls Tod eine Lebenskrise. Justins Krankheit ist eine sogar noch größere. Ihre Gefühle mögen völlig verworren sein, aber jedes einzelne von ihnen ist begründet. Da brauchen Sie sich gar nichts vorzuwerfen."

„Vielen Dank." Amanda hörte Schritte und drehte sich um. Claire kam auf sie zu.

„Möchten Sie noch länger allein sein?", fragte sie und sah sich um. Sie blickte durch die Bäume, die die Straße säumten, auf das Wasser. Der See war aufgewühlt, der Wind peitschte die Wellen mit einer Kraft, die den Winter ankündigte.

Amanda schüttelte den Kopf. „Was ich brauche, ist Erkenntnis."

„Dann sehen wir mal, was wir herausfinden können." Casey zeigte hierhin und dorthin. „Beschreiben Sie bitte alles, woran Sie sich erinnern können, in der Reihenfolge, in der es passiert ist."

„Ich bekam einen Anruf von der Polizei, man teilte mir mit, dass und wo Pauls Auto gefunden worden war. Man bat mich hierherzukommen. Ich bin gerast wie eine Wahnsinnige." Amanda sprach mit ganz flacher Stimme, als würde sie etwas in ihrem Kopf ablaufen lassen, das sich dort fest eingebrannt hatte. „Ich wusste sofort, dass es wirklich Pauls Wagen war. Als ich ankam, sah ich das Nummernschild. Und dann ein paar von seinen persönlichen Sachen – das Sonnenbrillenetui, die Pfefferminzbonbons, die er immer in dem Getränkehalter hatte, und das Gummiherz, das er von mir hatte, klebte auf dem Armaturenbrett."

„Sie haben also der Polizei gesagt, dass es wirklich sein Auto war."

„Ja."

„Ein Mercedes SL63 AMG Cabrio", stellte Casey fest. „Ganz schön teures Auto."

„Paul war erfolgreich im Immobiliengeschäft. Das hat er mir zumindest gesagt. Und ich schätze, das war nicht gelogen, wenn er einen Wagen für hunderttausend Dollar fuhr."

„Stimmt." Casey wollte sich nicht urteilend äußern. „Im Immobiliengeschäft kann man eine Menge Geld machen, wenn man clever ist und ein bisschen Glück hat. Lassen wir das erst mal beiseite. Fahren Sie bitte fort."

„Die Fahrertür stand weit offen. Auf dem Sitz und an der Windschutzscheibe war überall Blut."

„Wie viel Blut?"

„Jedenfalls genug, um die Polizisten davon zu überzeugen, dass er tot sein musste. Das stand ihnen ganz deutlich im Gesicht geschrieben."

„Im Polizeibericht steht, sie hätten Spuren gefunden, die von dem

Wagen wegführten. Haben sie deshalb den See als möglichen Ort, wo die Leiche entsorgt worden sein könnte, ausgeschlossen?"

Amanda nickte. „Die blutigen Spuren waren ziemlich überzeugend. Sie führten nach Norden, an der Westseite des Sees entlang Richtung Gosman's Dock. Ihre Theorie war, dass Paul zu einem anderen Wagen geschleift und zum Gosman's Dock gefahren wurde, wo man ihn ins Wasser warf."

„Das ist eine ziemlich gewagte Hypothese. Das mit dem Auto kann ich ja noch nachvollziehen. Aber was überzeugte sie davon, dass er dort ins Wasser geworfen wurde?"

„Dass Gosman's Dock so nahe liegt. Die Tatsache, dass es zwischen den Molen eine offene Einströmung gibt, die vom Block Island Sound hinaus zum Ozean führt. Die Tatsache, dass die Flut vergangenen April mitten in der Nacht kam, und damit wäre es möglich, dass die Leiche bei Ebbe hinausgespült worden wäre ... zum Ozean ..." Amandas Stimme bebte. „... und zu den Haien. Die Tatsache, dass der Mörder sich Lake Montauk als Treffpunkt ausgesucht hat. Und vor allem, dass keine Leiche gefunden wurde."

„Alles durchaus überzeugend. Aber trotzdem, jede Menge nicht gesicherter Annahmen. Weiter hat die Polizei nicht mehr ermittelt?"

Amanda seufzte. „Doch. Aber das meiste hat die Küstenwache gemacht. Nirgends tauchte eine Leiche auf. Weder im Ozean noch sonst irgendwo. Unterdessen gab es keinen einzigen greifbaren Beweis, dass Paul tot *oder* noch am Leben war. Das viele Blut sprach eine deutliche Sprache, aber es gab keine Verdächtigen, kein Motiv und keine Leiche. Nach ein paar Wochen, vielleicht einem Monat, konnte die Polizei es nicht länger rechtfertigen, noch mehr Zeit und Geld in die Suche zu investieren. Und das war's dann."

„Was war mit Ihnen?", fragte Claire und schob sich eine Haarsträhne hinters Ohr. „Was hat Ihr Bauchgefühl Ihnen gesagt?"

Amanda hob die Schultern. „Mein Bauchgefühl? Das habe ich vor lauter Emotionen gar nicht gespürt. Ich bin nicht einmal sicher, dass ich Paul überhaupt gekannt habe. Wie sollte ich mir da selbst trauen?"

In diesem Augenblick kamen Marc und Hero herüber. Hero lief im Kreis um die Frauen herum, setzte sich hin, sah sie an und bellte.

„Sie haben recht, das hier ist genau der Platz, wo es passiert ist", bemerkte Marc. „In dem Cottage habe ich ein altes T-Shirt und ein Handtuch gefunden und Hero als Geruchsprobe daran schnuppern lassen. Hier nimmt er denselben Geruch wahr. Wahrscheinlich sind seitdem Dutzende Leute hier gewesen, aber Paul war zu irgendeinem Zeitpunkt definitiv auch hier." Marc streichelte Heros Kopf und gab ihm was zu naschen. „Leider sagt uns das nichts, was wir nicht schon wussten – aber es bestätigt uns wenigstens, dass Hero jetzt sehr vertraut mit Pauls Geruch ist. Was ein enormer Vorteil ist. Es könnte sehr bedeutsam werden, wenn wir es brauchen."

Casey nickte zustimmend. Dann blickte sie fragend zu Claire. „Und?"

Claire war immer noch damit beschäftigt, sich umzusehen. Ein merkwürdiger Ausdruck huschte über ihr Gesicht – ganz anders als der, den sie im Cottage aufgesetzt hatte. Es ging so schnell vorbei, dass niemand außer Casey etwas merkte. Aber Casey hatte es bemerkt. Sie stellte allerdings auch fest, dass Claire jetzt nicht darüber reden wollte, ob es nun von Bedeutung war oder nicht.

Stattdessen streckte Claire hilflos beide Hände aus. „Ich nehme viel zu viele verschiedene Energien wahr, um etwas Konkretes bestimmen zu können. Sehr viele Leute sind hier gewesen und lösen einen wahren Sturzbach ihrer widerstreitenden Emotionen aus. Selbst Gewalt, sonst eine sehr mächtige Kraft, reicht nicht aus, um sich in etwas Konkretes zu verdichten. Bei dem T-Shirt und dem Handtuch von Paul spüre ich gar nichts. Vielleicht würde es einen Unterschied machen, wenn ich eins der persönlichen Dinge in der Hand hätte, von denen Amanda gesprochen hat …"

„Dieses Klebegummiherz ist bei mir zu Hause", unterbrach Amanda. „Eins der Dinge, die ich aufgehoben habe. Aus blödsinniger Sentimentalität, nehme ich an."

„Vielleicht *wichtige* Sentimentalität", beschwichtigte Casey. „Claire hat schon oft bei einem persönlichen Objekt eher etwas wahrgenommen, wenn es sich an einem Platz befand, an dem dieses Objekt eine Bedeutung hatte."

„Das stimmt dann und wann", gab Claire zu. „Eine Garantie gibt es da aber auch nicht. Aber nachdem ich nun am Tatort gewesen bin, muss ich dieses Andenken in die Hand nehmen. Wenn es Paul viel bedeutet hat, könnte ich etwas wahrnehmen. *Könnte*", betonte sie. Sie blickte hinüber zum See, der merkwürdige Gesichtsausdruck tauchte wieder auf, verschwand sofort. Offenkundig machte ihr irgendetwas Neues zu schaffen.

„Können wir jetzt gehen?", fragte Amanda. Stimme und Körpersprache wirkten angespannt, sie blickte weg vom Tatort, gequält von Erinnerungen, aber bewegt von etwas Stärkerem. Sie sah auf ihre Uhr. „Es wird spät. Ich will Justin nicht länger als unbedingt notwendig allein lassen. Und wir müssen ja noch nach Westhampton Beach zu meinem Apartment."

„Okay." Casey hatte eigentlich noch viele Fragen, wollte Amanda drängen, sich daran zu erinnern, wie sie hier an diesem Ort von Pauls angeblichem Tod erfahren hatte. Aber sie erkannte, dass die Frau jetzt genug hatte. Und es war notwendig, ihr Apartment aufzusuchen. Für den Augenblick mussten sie gehen.

Caseys BlackBerry klingelte. Sie zog es heraus und blickte auf das Display.

Ryan.

„Geht schon mal vor", sagte sie zu den anderen. „Ich komme gleich nach."

Sie wartete und sah ihnen nach. Amanda ging instinktiv neben Marc. Zweifellos fand sie seine Anwesenheit beruhigend. Das könnte daran liegen, dass sie zuerst mit ihm gesprochen und er zugestimmt hatte, den Fall zu übernehmen. Andererseits hatte Marc auf jeden eine beruhigende Wirkung – außer den Verbrechern, hinter denen er her war. Die fingen an zu zittern, wenn der Navy SEAL mit diesem Killerblick in den Augen auf sie zukam.

Das BlackBerry klingelte weiter. Sie wollte schon rangehen, als sie bemerkte, wie Claire zögerte, das Kinn hob und mit besorgtem Blick die Umgebung des Sees musterte. Nach einem Moment wandte sie sich widerwillig ab und folgte Marc, Amanda und dem Hund zum Wagen.

Casey nahm sich vor, sie danach zu fragen, wenn sie allein waren, und hob das Gerät ans Ohr. „Hey", begrüßte sie Ryan. „Hast du schon was für mich?"

„Habe ich das nicht immer?"

Casey musste lächeln. Es gab nichts Besseres als Ryans Großspurigkeit, um eine angespannte Situation ein bisschen aufzulockern. „Na sicher, Schlaukopf. Was gibt's?"

„Eine ganze Menge. Fangen wir mal mit diesem Projekt an, das Paul vorhatte, als er verschwand – dieses Mega-Luxushotel zu bauen. Einen Monat oder so nach seinem Verschwinden hat jemand anders das Grundstück gekauft und führt das Projekt jetzt weiter."

„Ein Kollege von ihm?"

„Nein. Ein Immobilieninvestor, der sich förmlich dafür zerrissen hat, um an das Grundstück und die Konstruktionspläne zu kommen. Ich kann nicht die kleinste Verbindung zwischen den beiden Männern finden – außer dass sie beide erkannten, was für ein grandioses Konzept das ist. Und, glaub mir, ich habe richtig tief gewühlt."

„Das bezweifle ich nicht", erwiderte Casey. „Trotzdem blöd. Wenn es eine Verbindung zwischen den beiden gäbe, hätten wir eine heiße Spur."

„Wem sagst du das. Aber das ist eine Sackgasse. Jedenfalls, die Shinnecock-Indianer hatten das Casino direkt an der Grenze ihres Reservats in den Hamptons gerade fertiggestellt. Es wurde jede Menge Reklame gemacht, und der Laden brummte. Schon lange vor der Eröffnung hatten die örtlichen Hotels und Pensionen meilenlange Wartelisten. Jetzt gibt's nicht genug Räume, um all die zusätzlichen Gäste unterzubringen, die in den schicken Läden einkaufen und im Casino spielen wollen."

„Also würde ein Luxushotel an der Shinnecock Bay dem Investor ein Vermögen einbringen. Aber das wussten wir bereits."

„Außerdem wussten wir, dass Paul sich den idealen Ort dafür gesichert hatte. Diese Anlegestelle mit Bootsservice hat er für kleines Geld gekriegt. Den Fischern geht's nicht gut. Der alte Knabe, dem das vorher gehört hat, war begeistert, den Schuppen loszuwerden – zusammen mit ungefähr zwei Quadratkilometern unbebautem Land, das dazugehörte. Eine wahre Goldmine, bis hin zu dem bereits vorhandenen kleinen Hafen. Keiner wurde dabei übers Ohr gehauen. Jeder Fischer, der trotzdem noch dort anlegen wollte, sollte willkommen sein, das macht es ein bisschen romantisch. Aber Priorität hätten die Fischer nicht mehr. Es war geplant, die Anlegestelle zu erweitern, die Bäume zu fällen und die Hütte abzureißen, die Paul vorläufig als Büro benutzte, um Platz für das Hotel zu machen. Dann sollte eine Ausbaggerfirma den Kanal vertiefen und verbreitern, sodass größere Fähren und private Jachten durchpassten. Die Fähren sollten mit Hunderten von Touristen an Bord von Manhattan zur Shinnecock Bay und wieder zurück fahren."

„Damit wären sie viel schneller im Hotel, als wenn sie sich durch die im Sommer verstopften Highways kämpfen müssten." Casey überdachte, was das mit sich bringen würde. „Wir reden hier über ein gigantisches Unternehmen. Dazu hätte Paul alle möglichen Genehmigungen gebraucht, außerdem die Kooperation der Stadt Southampton, und er musste für die verschiedenen Aufgaben geeignete Firmen finden."

„Genau, aber das wussten wir auch schon. Jetzt kommt etwas, das wir noch nicht wussten. Die Genehmigungen und die Kooperation der Stadt hatte Paul noch nicht sicher. Aber Aufträge an Baufirmen und so weiter hatte er bereits vergeben, als er entweder verschwand oder starb. Alles seriöse Firmen. Alle sprangen vor Begeisterung an die Decke über die Chance, an dieser Gelddruckmaschine beteiligt zu sein, nur eine zögerte – die Ausbaggerfirma. Weil die einen sehr guten Ruf hat, unternahm Paul alles, um sie zu überzeugen. Aber wie sich herausstellt, hat er bei all diesen Partnerunternehmen eine sehr interessante Wahl getroffen. Zu interessant, um Zufall zu sein."

Ryan hatte wieder dieses triumphierende *Ta-Da!* in der Stimme. Was er als Nächstes sagen würde, musste ein echter Knüller sein.

Casey wartete gespannt.

„Die Ausbaggerfirma heißt Fenton. Klingelt da was?"

„Fenton. *Lyle* Fenton?", fragte Casey verblüfft.

„Kein anderer. Reicher Geschäftsmann, dem ein ganzes Firmenimperium gehört. Die Ausbaggerfirma ist nur ein Teil davon. Außerdem sitzt er in diesem Gremium, dem Southampton Board of Trustees. Und am allerwichtigsten, er ist Amanda Gleasons Onkel. Sein Sitz in dem Gremium schien bisher nicht wichtig zu sein. Aber das hat sich jetzt definitiv geändert."

Casey verzog die Lippen. „Zufall kann das nicht sein. Wann haben Fenton und Paul angefangen zusammenzuarbeiten?"

„Haben Sie nicht. Paul hatte angefangen, Fenton zu drängen, das Ausbaggern zu übernehmen. Fenton hielt ihn hin. Wieso, weiß ich nicht. Es kann auf keinen Fall damit zu tun haben, dass er befürchtete, nicht genug Gewinn machen zu können. Ihm musste klar sein, dass er mit diesem Geschäft einen Reibach machen würde."

„Glaubst du, er war es, den Paul geschmiert hat?"

„Könnte sein. Andererseits ist Fenton ein ziemlich prominenter Knabe. Und reich ist er sowieso schon. Würde so jemand das Risiko eingehen, dass irgendwann rauskommt, er hätte sich mit etwas schmieren lassen, das für ihn doch nur Kleingeld ist? Klingt für mich nach einer ziemlich schwachsinnigen Idee."

„Finde ich auch. Gehen wir die Sache mal anders an. Wenn Paul die

Bereitschaft von Fenton brauchte, mit ihm zusammenzuarbeiten, hat er sich vielleicht deswegen an Amanda herangemacht. Er könnte die Hoffnung gehabt haben, eine Beziehung mit Fentons Nichte könnte sich zu seinen Gunsten auswirken."

„Und *das* ergibt nun wirklich einen Sinn."

Casey fuhr sich mit der Hand durch das vom Wind zerzauste Haar. „Kommen wir noch mal zurück zu dem Burschen, der Pauls Projekt übernommen hat. Wer ist er, und wie ist er an das Geschäft gekommen?"

„Er heißt John Morano. Ein sehr etablierter Immobilienhändler, der sogar noch größere Ressourcen hat als Paul. Er bekam Wind von der Gelegenheit, die durch Pauls Tod geschaffen worden ist, und griff sofort zu, mit einem Vorkaufsangebot für Everetts gesamten Besitz."

„Und jetzt will er mit denselben Vertragspartnern weitermachen, die Paul schon engagiert hatte?"

„So sieht es aus. Wichtig ist allerdings, dass Fenton immer noch zögert. Ich weiß nicht, was mit diesem Kerl los ist, aber für den muss noch irgendwas anderes eine Rolle spielen. Geld, Macht, wer weiß? Irgendwas will er haben, damit er den Job übernimmt."

„Mist." Casey blickte zum Van, wo Amanda steif auf dem Rücksitz hockte und ungeduldig auf ihre Uhr sah. „Wir bräuchten viel mehr Zeit hier draußen. Wir müssen mit diesem Morano reden, Fenton interviewen und mit den übrigen Vertragspartnern sprechen. Gar nicht davon zu reden, dass wir bis jetzt weder einen der Orte aufgesucht haben, wo Paul und Amanda zusammen hingingen, noch seine Nachbarn und Pokerkumpels befragt haben. Aber jetzt haben wir keine Zeit dafür. Amanda ist verrückt vor Sorge. Sie hat im Krankenhaus angerufen, und das Baby hat Fieber. Wir können schon froh sein, dass sie zugestimmt hat, erst bei ihrem Apartment zu halten, bevor wir zurück in die Stadt fahren."

„Das arme Kind. Was willst du also tun?"

„Marc hierlassen, damit er seine Fähigkeiten entfalten kann. Hero bringe ich wieder mit nach Hause. Der hat seinen Job hier draußen erledigt. Claire auch."

„Hero? Sicher. Claire? Halte ich für zweifelhaft. Vielleicht hat Paul ein paar von seinen Unterhosen dagelassen, mit denen sie kommunizieren kann."

„Ryan." Casey hatte einen tadelnden Unterton in der Stimme.

„Okay, okay." Es klickte, Ryan hämmerte wieder auf die Tastatur ein. „Ich besorge mir alle Namen und Adressen und schicke sie an Marc. Wenn jemand maximale Informationen in minimaler Zeit herausholen kann, dann er. Ich versuche, was über Fentons Zeitplan herauszukriegen. Der pendelt ständig zwischen Manhattan und den Hamptons hin und her." Er machte eine Pause. „Das ist ja interessant. Er trifft sich morgen Vormittag mit dem Kongressabgeordneten Mercer unten in D. C."

Casey fragte gar nicht erst, wie Ryan so schnell an diese Information gekommen war. „Perfekt. Von dem dachten wir zuerst, er wäre derjenige, den Paul um Unterstützung ersuchen wollte. Und jetzt sind diese beiden zur selben Zeit am selben Ort. Versuch mal herauszufinden, wo Mercer gern zu Mittag isst."

„Wo er *gern* zu Mittag isst? Ich werde exakt herausfinden, wo und wann sie essen werden."

„Natürlich wirst du das." Casey lächelte. „Dann schickst du das sofort an Patrick in Washington. So können wir zwei Fliegen mit einer Klappe schlagen. Dann hat Marc mehr Luft, um mit den anderen Leuten auf der Liste zu reden. Ich will nicht, dass er länger als noch einen weiteren Tag hier draußen ist. Ich brauche ihn bei uns – und Amanda auch. Von uns allen vertraut sie am meisten ihm."

„Ich weiß. Er kriegt alles von mir, was er braucht."

Das musste nicht weiter ausgeführt werden. Beide wussten, was sie zu tun hatten.

„Ich muss jetzt zum Wagen", sagte Casey. „Ruf an, oder schick eine SMS, wenn ich was wissen muss. Der Rest geht direkt an Marc und Patrick. Dass das Baby Fieber hat, bedeutet, wir haben weniger Zeit und mehr Druck."

„Schon dabei, Boss."

7. KAPITEL

Patrick musste den ganzen Nachmittag Leute ausfragen, bis er etwas in die Finger bekam, und das war nur eine Winzigkeit.

Bei seinem dritten Besuch in dem Coffee Shop, absichtlich so gelegt, um mit der Ankunft der Nachmittagsschicht zusammenzufallen, hatte er endlich Glück. Eine der Kellnerinnen, eine dralle Frau mittleren Alters namens Evelyn, schien Paul von den Fotos wiederzuerkennen. Ganz sicher war sie sich nicht. Aber wenn er es war, dann kam er immer morgens gegen halb acht vorbei, um einen Kaffee zu trinken – vielleicht sogar jeden Tag, auf jeden Fall an den Tagen, an denen sie Frühschicht hatte.

Wenn Patrick dem nachgehen wollte, musste er die Nacht in Washington verbringen.

Sofern er nicht dringend in der Zentrale gebraucht würde, gab es keine andere Wahl.

Er wollte gerade Casey anrufen, als sein Handy klingelte. Es war Ryan.

„Hi, Ryan", begrüßte er ihn. „Ich könnte hier in einem Coffee Shop auf eine Spur gestoßen sein, aber überprüfen kann ich das erst morgen früh. Braucht ihr mich zurück im Büro?"

„Tatsächlich brauchen wir dich genau da, wo du bist." Ryan erklärte ihm die Situation, die zu kompliziert für eine SMS war. „Fenton geht mit dem Abgeordneten um halb eins im Monocle Restaurant auf dem Capitol Hill essen", schloss er. „Ich habe für dich unter dem Namen Jake Collins reserviert. Die Reservierung von so einem Lobbyisten wurde gerade abgesagt. Was der Kerl politisch erreichen will, finde ich sowieso nicht gut."

„Dann bin ich also zum Frühstück und zum Mittagessen verabredet", erwiderte Patrick trocken.

„Sei hungrig."

Das *Forensic Instincts*-Team schaffte es in Rekordzeit von Montauk nach Westhampton Beach. Sie mussten so viel wie möglich aus Amanda herausholen, bevor sie darauf bestand, zurück in die Stadt und zu Justin gebracht zu werden. Sie parkten vor dem Haus und eilten die Treppe hoch zu Amandas Apartment.

Es war eine großzügige Eineinhalbzimmerwohnung mit viel Licht, direkt über einem der Geschäfte an der Main Street in Westhampton Beach. Besonders im Sommer würde es hier viel Straßenlärm geben. Andererseits konnte sie sich deshalb die Miete leisten. Und Amanda gehörte zu den glücklichen Menschen, die die Außenwelt völlig ausblenden konnten, wenn sie arbeiteten. Ihre Karriere als Fotografin litt also nicht darunter. Ihr Schlaf allerdings schon, vor allem wenn sie tagsüber etwas Schlaf nachholen wollte. Aber Amanda war eine Nachteule, und als frischgebackene Mutter kriegte sie sowieso nicht viel Schlaf.

Alles in allem war die Wohnung ideal für sie, nahe am Wasser, wo sie am besten nachdenken konnte. Die Kinderkrippe, traurigerweise nur für ein paar kurze Wochen belegt, stand in dem halben Zimmer. Trotz der bunten Tapete mit verschiedenen Tierbabys darauf und einem dazu passenden Mobile über der Krippe wirkte es seltsam leer.

Amanda wandte sich sofort von der Krippe ab, wollte nicht einmal die Kammer betreten. Ihr Schmerz war für die anderen geradezu greifbar, selbst für Hero. Er gab jaulende Geräusche von sich, verstummte erst auf Marcs ruhigen Befehl.

„Das also ist mein Zuhause", sagte Amanda mit einer umfassenden Armbewegung. Dann folgte sie Claire zurück ins Schlafzimmer.

„Hier spüre ich Pauls Präsenz sehr stark", kommentierte Claire. „Obwohl er hier weniger Zeit verbracht hat als in seinem Cottage. Ich vermute, dass er sich hier am wohlsten fühlte, am meisten er selbst sein konnte."

„Welches Selbst?", fragte Amanda bitter.

„Das Selbst, das Sie geliebt hat." Claire legte ihr sanft eine Hand auf den Arm. „Darf ich mir die persönlichen Dinge ansehen, über die wir geredet haben?"

„Natürlich. Ich hole sie." Amanda eilte den Flur entlang, zu einem Wandschrank, stellte sich auf die Zehenspitzen und wühlte im obersten Fach herum.

Casey war nicht überrascht, dass sie Pauls Sachen dort aufbewahrte. Offensichtlich wollte Amanda sie nicht in ihrem persönlichen, intimen Bereich haben, sondern steckte sie in den unpersönlichen Wandschrank. So konnte sie am besten Erinnerungen an ihn verdrängen und ihre emotionalen Bindungen an ihn durchtrennen.

Casey nutzte die wenigen Minuten, in denen sie mit ihrem Team zum ersten Mal seit Ryans Anruf allein war. „Marc, du musst noch einen Tag länger hier draußen bleiben. Ich sage dir, was du machen sollst, wenn Amanda bei Claire ist. Hero nehmen wir mit nach Hause."

Marc nickte und stellte keine Fragen. Dafür hatten sie später noch Zeit.

Casey wandte sich an Claire. „Was hat dir oben am Lake Montauk so zu schaffen gemacht?", fragte sie direkt. „Du bist stehen geblieben und hast dich besorgt umgesehen, nicht nur einmal. Was hast du da gespürt?"

Claire verzog das Gesicht. „Gefahr. Nicht vergangene Gefahr, sondern unmittelbar drohende Gefahr. Es war sehr verstörend. Aber ich konnte es ganz deutlich spüren. Irgendwo da draußen – aber ganz in der Nähe." Sie unterbrach sich, furchte die Brauen. „Ich glaube, wir wurden beobachtet."

„Beobachtet", wiederholte Casey. „Von wem?"

„Das weiß ich nicht. Aber wer immer das war ... Wie ich sagte, da draußen drohte uns Gefahr."

„Dann bin ich nur froh, dass ich meine Waffe dabeihabe", sagte Marc ganz ruhig. „Niemand kommt an Amanda heran. Oder an uns", fügte er hinzu. Er sah Casey an. „Bist du sicher, dass ich hierbleiben soll? Vielleicht wäre es doch besser, wenn ich bei euch bleibe."

Casey zeigte den Anflug eines Lächelns. „Du brauchst nicht den Bodyguard zu spielen. Zu Amanda sagen wir kein Wort davon. Es gibt keinen Grund, sie aufzuregen. Und ich habe meine Glock auch dabei."

Marc hob die Brauen. „Du bist eine harte Nuss, Casey, aber du bist knapp eins sechzig groß und nicht im Nahkampf trainiert. Wenn uns tatsächlich jemand folgt, bin ich viel qualifizierter, ernsthaften Schaden zuzufügen und abzuschrecken."

„Das Risiko muss ich eingehen. Deine Talente sind hier draußen gefragt."

In diesem Augenblick kam Amanda mit einer zerknitterten Einkaufstüte zurück.

„Hier ist alles drin." Sie hielt Claire die Tüte hin.

Claire ließ sich auf den Bettrand sinken und holte die Gegenstände nacheinander aus der Tüte. Erst die Sonnenbrille, dann die Pfefferminzbonbons, schließlich das Klebegummiherz. Sie verweilte lange bei jedem Gegenstand, angefangen bei dem Brillenetui.

„Blut", murmelte sie. „Ich sehe das Bild eines blutbedeckten Autositzes ganz deutlich vor mir. Die Brillendose muss nahe bei dem Fahrersitz gelegen haben."

„Das stimmt", bestätigte Amanda.

Claire konzentrierte sich. „Ich empfange dieselben widerstreiten-den Schwingungen. Dunkelheit und Licht. Entschlossenheit und Zö-gern. Und Schmerz. Nicht nur körperlicher, auch seelischer Schmerz. Bedauern – und doch auch wieder Zielstrebigkeit. Als wäre Paul stän-dig zerrissen zwischen dem, der er war, und dem, der er sein wollte. Seine Energie … angeschaltet, ausgeschaltet. In Wellen." Sie drück-te die Finger an die Schläfen. „Es trifft mich so stark, dass ich Kopf-schmerzen kriege."

„Können Sie erkennen, wie er verletzt oder getötet wurde?", fragte Amanda, erkennbar unsicher, ob sie die Antwort hören wollte.

Claire schüttelte den Kopf. „Es hat einen Kampf gegeben. Viele Kämpfe. Ich empfange keine deutlichen Bilder. Nur Blitze und Emp-findungen. Nichts davon wirklich greifbar. Es schlüpft mir alles zwi-schen den Fingern hindurch." Sie ergriff zwei der Pfefferminzbon-bons, rieb das Zellophan zwischen den Fingern. „Hier empfange ich gar nichts. Die hat Paul an dem Tag nicht angerührt."

„Wenig überraschend", kommentierte Marc trocken. „Leute, die um ihr Leben kämpfen – oder ihren eigenen Tod vortäuschen –, ma-chen sich in der Regel keine Gedanken um frischen Atem."

Claire lachte nicht. Sie war zu beschäftigt mit dem Gummiherz, das sie in den Händen hin und her drehte. „Sie haben recht, Amanda, das hatte großen sentimentalen Wert für ihn. Ich spüre eine enge emotio-nale Bindung." Sie machte eine Pause. „Das war das Letzte, was Paul angesehen hat. Dann war er weg."

„Weg wie tot? Oder weg wie weg? Ist er gestorben? Wurde er zu einem anderen Wagen geschleift? Oder ist er einfach weggegangen und hat nie zurückgeblickt?"

Claire schloss fest die Augen, voll konzentriert, umklammerte das Gummiherz.

„Ein schwarzer Wagen", murmelte sie. „Nicht seiner. Aber er war drin. Ich weiß nicht, ob er geschleift wurde. Er lag zusammen-gekrümmt vor dem Rücksitz auf dem Boden. Lebend oder tot – ich empfange nichts. Wer immer das Auto fährt, hat es sehr eilig." Claire seufzte frustriert. „Es ist, als ob da ein Filter zwischen mir und den Er-eignissen und den Gefühlen wäre. Ein Plan wird ausgeführt. Ich weiß nicht, was für einer, warum oder wie. Ich kann mich nicht auf irgend-etwas konzentrieren, das von Paul ausgeht. Es verschwindet dauernd.

Je mehr ich es versuche, desto weniger scheint es zu existieren."

„Heißt das, dass er tot ist?"

„Nein." Claire wollte Amanda vor dem schlimmsten Fall bewahren, solange sie selbst in unbekannten Gewässern schwamm. „Es heißt nur, dass ich aus irgendeinem Grund nicht in Verbindung treten kann. Das muss nicht auf Tod hindeuten. Es könnte auch Heimlichtuerei bedeuten oder bloß ein unglücklicher Zufall sein. Ich habe keine Kontrolle über das, was ich spüre. Was leider nicht immer zu unserem Vorteil ist."

„Ich verstehe." Amanda ließ die Schultern hängen. „Kann ich etwas tun, damit Sie in Verbindung treten können?"

„Im Augenblick nicht." Claire ließ das Herz los. In ihren Augen stieg Sorge auf. „Sie müssen zurück ins Krankenhaus", sagte sie.

Amanda hatte die pure Panik im Gesicht stehen. „Warum? Ist Justin ...?"

„Ihm geht es unverändert. Es ist nichts Dramatisches passiert", versicherte Claire ihr schnell. „Ich habe nur das Gefühl, dass Sie jetzt wieder bei ihm sein sollten. Er ist unruhiger, seit das Fieber gestiegen ist. Wenn Sie ihn im Arm haben, beruhigt er sich wieder. Und vor allem beruhigen Sie sich auch. Wir sind an einem Punkt angelangt, wo Ihre Angst in die Höhe schnellt. Das ist jetzt die stärkste Aura, die ich spüre. Das wird bald alle anderen Energien abblocken."

Claire erhob sich und steckte die Sachen wieder in die Tüte. „Lassen Sie mich diese Gegenstände bitte mit zurück in die Stadt nehmen. Ich möchte mich damit beschäftigen, wenn ich allein bin."

„Ich dachte, das würde besser funktionieren, wenn Sie in einer Umgebung sind, wo Paul sich aufgehalten hat."

„Normalerweise stimmt das auch. Aber manchmal ist es eben auch anders. Manchmal kann ich mich ganz auf das Objekt konzentrieren, das ich in der Hand halte, wenn ich ohne störende andere Energien in der Ruhe und Abgeschiedenheit meiner vertrauten Umgebung bin." Da komme ich vielleicht dahinter, was diese binäre Energie zu bedeuten hat, fügte sie stumm hinzu.

„Okay." Amanda fuhr sich mit beiden Händen durchs Haar. Sie stand erkennbar kurz vor einem Zusammenbruch. Claires Einschätzung war korrekt. „Tut mir leid", murmelte sie. „Es gibt noch so viele Orte, die ich Ihnen nicht zeigen konnte. Wo Paul und ich zusammen hingegangen sind."

„Wir können noch mal wiederkommen", erwiderte Claire. „Aber für heute ist es jetzt genug."

„Amanda, ich bleibe noch einen Tag hier." Marc sprach mit dieser tiefen, beruhigenden Stimme. „Ich muss ein bisschen altmodische Detektivarbeit erledigen. Geben Sie mir eine Liste von diesen Orten. Ich werde dort mal sein Foto herumzeigen. Die Cops haben das bereits getan, aber vielleicht habe ich mehr Glück."

Amanda hatte wieder Panik im Gesicht. „Was für Detektivarbeit? Gibt es etwas, das Sie mir nicht sagen?"

„Nein. Ich will mich nur mit seinen Pokerfreunden und seinen Nachbarn unterhalten." Marc ließ absichtlich aus, was Casey ihm erst noch mitteilen musste. „Es ist komisch, was passieren kann, wenn Zeit vergangen ist. Manchmal vergessen die Leute. Aber manchmal erinnern sie sich auch plötzlich an Sachen. Sie wären überrascht, wie oft man eher später als früher klarer sieht."

Sie nickte langsam. „Na schön."

„Wäre es für Sie ein Problem, wenn ich heute hier übernachte?", fragte Marc. „Irgendwo muss ich ja bleiben, und das Team braucht auch eine Basis für spätere Trips hinaus zu den Hamptons."

„Natürlich. Bleiben Sie hier, wann immer es notwendig ist. Ich gebe Ihnen meinen Zweitschlüssel. Ich werde ja nicht hier sein, bis Justin wieder bei mir ist – gesund und zufrieden." Sie blickte zum hundertsten Mal auf die Uhr. „Es wird spät. Und Claire hat recht. Ich bin viel zu nervös, um mich noch konzentrieren zu können. Ich muss Dr. Braeburn anrufen, und ich will zurück zu Justin." Sie überlegte. „Wenn Sie noch einmal hierhermüssen, können Sie das vielleicht ohne mich tun. Das dauert alles viel zu lange. Ich kann mein Baby nicht allein lassen." Tränen glitzerten auf ihren Wimpern. „Falls … *bis* wir einen Spender finden, weiß ich nicht, wie viel Zeit mir mit ihm bleibt. Ich will keinen Augenblick verschwenden."

„Selbstverständlich." Casey sah Claire an. „Könntest du schon mal mit Amanda zum Wagen gehen?", fragte sie. „Da kann sie es sich schon mal bequem machen, und du gehst kurz mit Hero Gassi, bevor wir zurück in die Stadt fahren."

Amanda zeigte den Anflug eines Lächelns. „Mit anderen Worten, sie soll als Babysitter auf mich aufpassen. Ich komme schon zurecht."

„Das weiß ich. Aber jemand muss ja den Van für Sie aufschließen. Und Hero muss mal raus. Das kann Claire erledigen, während Sie den

Arzt anrufen. Marc und ich schließen dann hier ab. Ich möchte nur schnell meinen Zeitplan mit ihm abstimmen."

Die Rückfahrt verlief stumm, aber angespannt. Amanda bestand darauf, allein hinten zu sitzen, wo sie blicklos aus dem Fenster starrte, versunken in ihre eigenen Gedanken. Casey saß am Steuer, blickte immer wieder in den Rückspiegel und warf Seitenblicke zu Claire, der ihre Besorgnis immer noch anzusehen war.

Die Stille in dem Van war ohrenbetäubend.

Möglichst beiläufig drehte Claire sich im Sitz um, linste an Amanda vorbei und – vorgeblich – in die Ladefläche des Vans. „Hero ist völlig erschöpft", bemerkte sie. „Der muss sich erst mal wieder erholen."

Sie sah wieder nach vorn, spürte, wie Casey sie anstarrte, und wusste, dass sie wusste, dass Claire nicht nur nach dem Hund gesehen hatte. Sie wollte überprüfen, ob sie verfolgt wurden.

Casey selbst hatte während der langen Fahrt auf dem Long Island Expressway den Rückspiegel im Auge behalten. Aber ihr war nichts Verdächtiges aufgefallen. Claire offenbar auch nicht, sonst würde sie Casey darauf hinweisen.

Was aber nicht hieß, dass Claire beruhigt war. Zwar hatte sie keinen Verfolger bemerkt, doch sie hatte immer noch diesen Knoten im Magen. Auf der Autobahn herrschte wie immer viel Verkehr. Und irgendjemand war da draußen. Sie konnte nicht sagen, ob ganz in der Nähe oder in größerer Entfernung. Auch konnte sie nicht feststellen, ob das Team oder Amanda beobachtet wurde oder aus welchem Grund.

Der Van erreichte Manhattan, und Casey setzte Amanda am Krankenhaus ab.

„Ich hoffe, dass alles in Ordnung ist", sagte sie, als Amanda ausstieg. „Halten Sie uns auf dem Laufenden."

„Das werde ich. Wir reden später weiter." Amanda machte die Tür zu. Ihre Gedanken waren längst wieder in der Abteilung für Knochenmarktransplantation bei Justin.

Casey fädelte sich wieder in den Verkehr ein. „Folgt uns immer noch jemand?", fragte sie auf der East 67th Street Richtung Park Avenue auf dem Weg Richtung Tribeca und dem Sandsteingebäude des *Forensic Instincts*-Teams.

„Keine Ahnung." Claire streckte beide Handflächen aus, eine Geste der Unsicherheit. „Vielleicht. Ich spüre ihre Präsenz nicht mehr so stark wie auf dem Expressway. Aber sie sind irgendwo da draußen. Ich weiß bloß nicht, wo. Oder warum. Oder *wer*. Es sind keine Bildblitze. Nur Empfindungen. Was das alles noch gespenstischer macht."

Einen Block hinter Casey und Claire rollte eine schwarze Limousine langsam am Sloane Kettering vorbei. Der Fahrer hielt an und beobachtete, wie Amanda in dem Krankenhaus verschwand. Vom Beifahrersitz beobachtete ein zweiter Mann mit einem Fernglas den Van des *Forensic Instincts*-Teams, bis er verschwunden war.

„Sie sind weg", verkündete er.

Der Fahrer nickte. Dann wählte er eine Nummer auf seinem Handy, um Bericht zu erstatten.

8. KAPITEL

Trotz des heftigen Wetters rannte Marc fünf Meilen durch Westhampton Beach, noch bevor es hell wurde – die Main Street hinunter bis zur Dune Road und an den wunderschönen Stränden der Moneyboque Bay entlang. Er fragte sich, ob seine Runde irgendwo den Weg kreuzte, den Paul Everett jeden Morgen bei seinen eigenen Läufen genommen hatte – nach den Nächten, die er bei Amanda verbrachte. Hatte ihn jemand dabei gesehen? Mit ihm geredet? Oder hatte er dafür gesorgt, nur abgelegene Strecken zu benutzen, damit ihn niemand bei seinen Gesprächen mit dem zweiten Handy belauschen konnte?

Es gab keine Möglichkeit, das herauszufinden. Außer Marc hätte so viel Zeit gehabt, jeden einzelnen Einwohner von Westhampton Beach ausfindig zu machen und zu befragen. Die er natürlich nicht hatte.

Aus purer Bequemlichkeit hatte er die Nacht in Amandas leerem Apartment an der Main Street verbracht, statt in ein Motel oder so zu gehen. Das hatte er zumindest Amanda versichert. In Wahrheit wollte er sich auch mal ungestört in der Wohnung ihrer Klientin umsehen. Dabei hatte er nicht vor, Amandas Privatsphäre zu verletzen. Er wollte sich nur mal jene Bereiche ihres Apartments vornehmen, zu denen er in ihrer Gegenwart nicht gekommen war. Er wollte gar nicht in Schubladen oder Schränke schauen – jedenfalls nicht, solange er nicht irgendetwas entdeckte, was ihn dazu veranlasste.

Sonderlich weit kam er damit sowieso nicht. Er hatte kaum Zeit gehabt, unter die Dusche zu gehen, das T-Shirt und die Jeans anzuziehen, die er für Notfälle immer zum Wechseln dabeihatte, und zwei Flaschen Wasser zu trinken, während er in der Küche Amandas ungeöffnete Post durchging, als es klingelte. Er blieb reglos und stumm sitzen, hörte ein Klopfen an der Tür, dann sich entfernende Schritte und das Brummen eines wegfahrenden Lastwagens.

Eine Lieferung. Um das zu wissen, musste er gar nicht nachsehen. Er brauchte auch nicht zu raten, wer das Paket geschickt hatte.

Mit einem Grinsen im Gesicht ging Marc zur Tür und holte eine große Kiste herein. Er konnte es gar nicht abwarten, herauszufinden, was Ryan diesmal alles ausgegraben hatte.

Er schnappte sich noch ein Wasser und öffnete die Kiste.

Obenauf lagen ein ordentlich gefalteter Anzug, ein Hemd und ein Schlips. In einem Umschlag steckten ein Führerschein auf den Namen

Robert Curtis, aber mit Marcs Foto, sowie ein gefälschter Presseausweis von einem Wirtschaftsmagazin namens *Crain's*, ebenfalls auf den Namen Robert Curtis ausgestellt. Schließlich noch ein Zettel mit der Aufforderung, er solle sofort seine E-Mails checken.

Marc legte die Geschäftsklamotten schnell auf das Sofa, klappte den Laptop auf und stellte fest, dass eine Mail von Ryan erst vor wenigen Sekunden gekommen war. Dieses verfluchte Genie wusste sogar die genaue Zeit, wann der Lieferwagen von FedEx hier ankommen würde.

Die E-Mail enthielt lediglich einen Audioanhang. Marc klickte ihn an, und Ryans Stimme hallte durch den Raum.

„Guten Morgen, Mr Curtis", sagte er mit ganz nüchterner Stimme, wie am Anfang jeder Folge von *Mission: Impossible*. Ihr heutiger Auftrag, falls Sie sich entschließen, ihn anzunehmen, besteht darin, ein Gespräch mit John Morano zu führen und so viel wie möglich über ihn und sein gegenwärtiges Immobilienprojekt herauszufinden und alles in Erfahrung zu bringen, was er über Paul Everett weiß. Sollten sich dabei irgendwelche Hinweise ergeben, sind Sie der ideale Mann, um darauf zu stoßen. Sie sind heute Vormittag um elf Uhr mit ihm verabredet – gleich nach seinem Frühstück um neun mit Lyle Fenton. Oh, nebenbei, tut mir leid, dass ich mir selbst Zugang zu Ihrem Apartment verschaffen musste, aber Sie brauchen als arschkriecherischer Wirtschaftsjournalist natürlich einen angemessenen Geschäftsanzug. Immer noch nebenbei, Ihre Garderobe ist entsetzlich langweilig. Erinnern Sie mich bei Gelegenheit daran, Ihnen mal ein paar Tipps zu geben. Zurück zum Geschäftlichen. Ich habe alles dazugepackt, was Sie als echter Reporter brauchen. Diese Nachricht wird sich in zehn Sekunden selbst löschen. Viel Glück, Mr Curtis."

Marc konnte nicht widerstehen, er zählte rückwärts von zehn – obwohl er keine Zweifel hatte, dass das Unvermeidliche geschehen würde. Und selbstverständlich, als er „Null" murmelte, verschwand die Mail von seinem Bildschirm und aus seinem Posteingang.

Ein klassischer Ryan. Der Bursche mochte ja mordsmäßig eingebildet sein, aber guten Grund dafür hatte er schon.

Marc stellte die Wasserflasche auf den Tisch, erhob sich und warf einen Blick auf die Uhr. Viertel vor acht. Noch genug Zeit, um hier mal gründlich herumzuschnüffeln, raus zu Pauls abgelegener Hütte zu fahren, ein Schwätzchen mit den Nachbarn und vielleicht ein oder zwei von seinen Pokerfreunden zu halten und dann zu der Bootsanlegestelle zu fahren, die jetzt John Morano gehörte.

Dieser Morgen würde gute Ergebnisse bringen, das spürte Marc in seinen Knochen.

John Morano betrat das Living Room, das rustikale, aber teure Restaurant des Maidstone Inn in East Hampton. Er trat von einem Fuß auf den anderen, während er sich suchend umsah.

Lyle Fenton saß ganz entspannt an einem ruhigen Ecktisch, nippte am Kaffee und überflog die Speisekarte mit der Beiläufigkeit eines Menschen, der das verdammte Ding längst auswendig wusste.

Morano winkte der Kellnerin und zeigte auf Fenton, um zu signalisieren, dass er sich zu ihm setzen wollte. Die Kellnerin nickte, und er ging auf Fenton zu.

„Guten Morgen, Lyle." Morano zog einen Stuhl zurück und setzte sich.

„Morano." Lyle zeigte auf die silberne Kanne in der Mitte des Tischs. „Kaffee?"

„Klar." John goss sich eine Tasse ein und nahm die Karte von der Kellnerin entgegen. „Ich bin froh, dass Sie sich so schnell mit mir treffen können."

„Ihre Nachricht klang, als wäre es wichtig. Also habe ich ein bisschen Zeit herausgeschlagen. Aber nicht viel, zum Mittagessen fliege ich runter nach D. C." Lyle wandte sich an die Kellnerin. „Ich nehme den geräucherten Lachs und ein Zwiebelomelette", bestellte er und gab ihr die Karte zurück. „Und ein Glas frisch gepressten Orangensaft."

„Ja, Sir." Sie notierte seine Bestellung.

John überflog eilig die Speisekarte. „Zwei beidseitig gebratene Spiegeleier bitte, mit Speck, knusprig." Auch er gab ihr die Karte zurück und nickte dankend.

„Also, was haben Sie auf dem Herzen?", fragte Lyle.

John faltete die Hände auf dem Tisch und beugte sich vor. „Ich brauche jetzt dringend diese Genehmigungen. Sie müssen sie mir besorgen. Ohne kann ich nicht mit den Bauarbeiten anfangen. Und wenn ich sie habe, brauche ich auch Sie an Bord."

In Lyles Augen flackerte Zorn auf. „Deshalb wollten Sie sich unbedingt hier mit mir treffen? Das haben wir doch alles schon besprochen, Morano. Sie kennen meine Bedingungen."

„Sicher. Ich weiß auch ganz genau, unter welchem Druck ich stehe.

Ich bezahle diese Typen jetzt schon seit Monaten. Ich habe kaum noch mehr Bargeld, als ich jetzt mit mir herumtrage. Sie wissen, mit wem ich es da zu tun habe. Die spielen keine Spielchen. Und sie nehmen auch keine Kreditkarten. Ich will doch nicht so enden wie Paul Everett."

„Ich fürchte, das liegt ganz in Ihren eigenen Händen. Als Mitglied des Southampton Board of Trustees stehe ich selbst auch unter immensem Druck. Um diese Genehmigungen durchzubekommen, müsste ich eine Menge Leute daran erinnern, dass sie mir noch einen Gefallen schulden, und einer Menge anderer Leute müsste ich das gesträubte Gefieder wieder glatt streichen, wenn sie akzeptieren sollen, dass meine Firma an dieser Unternehmung beteiligt ist. Die Leute hier schätzen es gar nicht, wenn jemand Southampton in eine Art Mini-Manhattan verwandeln will. Also bleibt mir nichts anderes übrig, als vielen Leuten erhebliche Vorteile zu verschaffen. Und ich mache niemals etwas für umsonst. Das wissen Sie ganz genau. Und Sie wissen ebenfalls, was ich von Ihnen dafür haben will. Dieses Projekt, das Sie da vorhaben, hat das Potenzial, ganz großes Geld zu bringen. Davon will ich einen fetten Happen abhaben."

„Ich habe Ihnen doch schon zehn Prozent des Profits versprochen, dazu kommt noch der überaus großzügige Betrag, den ich Ihrer Firma für den Auftrag überweise, den Kanal auszubaggern. Das können Sie alles schriftlich haben."

„Das reicht aber nicht."

John blinzelte. „Wie viel wollen Sie denn?"

„Ich will eine Beteiligung. Das habe ich doch erwähnt."

„Nein, das haben Sie ganz bestimmt *nicht* erwähnt."

„Nun, dann erwähne ich es eben jetzt. Außerdem erwähne ich jetzt, dass ich die Möglichkeit haben will, meine eigenen Leute als Investoren mit hineinzubringen."

Johns Hand mit der Kaffeetasse stoppte auf halbem Weg zu seinem Mund. „Sie machen wohl Witze."

Lyle musterte ihn mit stählernem Blick. „Ich mache nie Witze, wenn es ums Geschäft geht."

„Was für Investoren? Wer sind diese Leute?"

„Das soll nicht Ihr Problem sein."

„Nicht mein Problem? Und woher soll ich wissen, dass diese Investoren, die Sie reinbringen wollen, nicht noch gefährlicher sind als die Gangster, mit denen ich es jetzt schon zu tun habe?"

„Das wissen Sie nicht. Das Leben ist ein Glücksspiel. So wie ich das sehe, können Sie mit dem Abriss, der Abholzung, Bodenplanierung und dem Ausbaggern noch vor dem richtigen Wintereinbruch anfangen, oder Sie gehen pleite und enden wahrscheinlich als Leiche." Lyle hob die Schultern. „Es ist Ihre Entscheidung."

„Tolle Auswahl."

„Und noch was zu Ihrer Erinnerung, während Sie Ihre Entscheidung fällen. Meine Firma arbeitet nur mit gewerkschaftlich organisierten Beschäftigten. Bei diesem Projekt müssen Sie auch die Gewerkschaften mit an Bord holen."

John verzog das Gesicht. „Für Ihre Spezialfirma mag es ja schön und gut sein, wenn die Experten und die Facharbeiter alle in der Gewerkschaft sind. Aber ich bin nicht sicher, dass ich es mir leisten kann, wenn bei dem gesamten Projekt alle Arbeiter gewerkschaftlich organisiert sind."

„Noch einmal, das ist Ihre Angelegenheit, nicht meine."

„Das werde ich mit den Gewerkschaftsvertretern klären müssen."

„In der Tat, das werden Sie." Lyle nickte der Kellnerin zu, die ihnen die Frühstücksteller brachte.

„Und nun werde ich mich zurücklehnen und mein Frühstück genießen", teilte er John mit, sobald sie wieder weg war. „Ich schlage vor, Sie tun dasselbe. Über dieses Thema reden wir nicht mehr. Sie wissen, wo ich stehe. Über meine Forderungen wird nicht verhandelt."

John biss die Zähne aufeinander. „Na schön. Sie haben gewonnen. Verschaffen Sie mir diese Genehmigungen."

„Ich lasse meinen Anwalt die Verträge ausarbeiten." Lyle kaute in aller Ruhe an seinem Omelette. „Sobald die unterschrieben in meinem Safe weggeschlossen sind, bekommen Sie, was Sie brauchen."

„Wie lange wird das dauern?"

„Nicht sehr lang." Ein schmales Lächeln. „Mein Anwalt rechnet pro Stunde ab."

Claire hatte sich die ganze Nacht herumgewälzt.

Ihre Träume waren von schattenhaften Gestalten bevölkert, die in der Nähe lauerten und jemanden bedrohten. Oder auch mehrere Menschen. War es Amanda? Das ganze Team? Beide zusammen? Sie konnte es nicht sagen. Sie spürte nur, dass diese unklare Vision eine finstere

Energie in ihr anstachelte, die sie bisher nicht kannte – und das noch zusätzlich zu den gespenstischen Schwingungen, mit denen sie sich sowieso schon herumschlug.

Als es hell wurde, setzte sie sich im Lotussitz auf das Bett – so wie sie das immer machte, wenn sie ihren Körper und ihre Seele für alle Energien öffnen wollte, die sie umgaben. Sie liebte die Ruhe in ihrem kleinen Studio im East Village – ihre Oase der Gelassenheit abseits der Verrücktheiten von Manhattan jenseits der Fenster. Alles in ihrem Heim war das genaue Gegenteil des Gewühls, der Hektik und des Krachs der Straßen draußen. Für sie war das Studio perfekt – ein geräumiges Wohn-/Schlafzimmer, eine winzige Küche und ein Bad. Der große Raum war ganz in Pastelltönen gehalten und zum größten Teil leer. Claire war Minimalistin. So hatte sie Luft zum Atmen. Selbst die wenigen Möbel waren offen und luftig, alles aus Korb mit hellblauen und sandfarbenen Kissen. Das galt auch für ihr Bett. Die Wände waren ebenfalls von sanfter Sandfarbe, nur mit wenigen Gemälden geschmückt, die ihre Lieblingslandschaften zeigten.

Sie schloss die Augen, ließ die Energien des Morgens durch sich hindurchfließen und hoffte, sie könnten den Knoten in ihrem Magen auflösen.

Es klappte nicht. Zu viel war einfach nicht in Ordnung. Paul Everett war ganz eindeutig etwas zugestoßen. Aber der Tod hatte ihn nicht ereilt. Es war irgendetwas, das aus einer Mixtur von Energien – positiven wie negativen – gar keine Energie mehr machte. Vielleicht war er dem Tod gerade noch von der Schippe gesprungen? Vielleicht hatte er eine kurze Nahtoderfahrung gemacht? Nein. Das fühlte sich alles nicht richtig an. Es erklärte auch nicht diese ständigen Wellen binärer Energie, denen sie ausgesetzt war. Wenn Ryan nicht zweifelsfrei festgestellt hätte, dass der Mann an der Straßenecke tatsächlich Paul Everett war, hätte sie sich gefragt, ob er womöglich in einer Art Koma lag, manchmal zu sich kam, dann wieder bewusstlos wurde.

Aber sie sah keine Krankenhauseinrichtung vor sich. Zum Teufel, eigentlich sah sie überhaupt nichts. Es war wirklich frustrierend.

Die düsteren Gestalten beunruhigten sie genauso sehr wie die kurzen Blitze, in denen sie Paul wahrnahm. Gefahr war auf jeden Fall ein Teil von allem. Sie musste sich auf das Wie konzentrieren, das Warum und vor allen Dingen auf das Wer.

Plötzlich schoss eine andere, viel schmerzhaftere Energie durch sie hindurch – und diese Energie war glasklar.

Das Baby. Um Gottes willen, nein, das Baby.

Amanda döste neben Justins Krippe, als sein Jammern und sein rastloses Strampeln sie weckten. Sofort war sie auf den Beinen, und kaum hatte sie ihn berührt, wusste sie, dass etwas nicht stimmte. Er war ganz heiß. Er glühte regelrecht. Seine Atmung hatte sich auch verschlechtert. Jedes Mal, wenn seine Brust sich hob und senkte, gab er ein Rasseln von sich.

Amanda eilte zur Tür und hätte beinahe eine Schwester umgerannt, die gerade hereinkommen wollte.

„Holen Sie sofort Dr. Braeburn", kreischte Amanda panisch. „Justin geht es schlechter. Er glüht vor Fieber. Er kann kaum noch atmen. Bitte. Holen Sie den Doktor."

Keine zwei Minuten später kam Dr. Braeburn eiligen Schrittes in die Isolierstation und trat sofort an Justins Bettchen.

Er untersuchte ihn kurz, kontrollierte seine Lebenszeichen auf den Monitoren und horchte sorgfältig an seiner Brust. „Das sieht alles ganz danach aus, als hätten wir es mit einer weiteren Infektion zu tun, zusätzlich zu den anderen", sagte er zu Amanda und winkte die Schwester herein.

„Was für eine Infektion?", fragte Amanda mit hoher, dünner Stimme.

„Das werden wir gleich herausfinden. Könnte alles Mögliche sein, von einer bakteriellen Blutvergiftung über eine Lungenentzündung bis zu einem Pilzbefall." Er wandte sich an die Schwester. „Legen Sie bitte Blutkulturen an, und röntgen Sie seine Brust ..." Er unterbrach sich. „Nein, besser gleich eine Computertomografie seiner Brust. Wir beginnen mit einem Antibiotikum, das ein breites Spektrum abdeckt. Wenn mir das Ergebnis der Computertomografie nicht gefällt, brauche ich eine Bronchoskopie." Er bemerkte den entsetzten Blick in Amandas Augen. „Das hört sich viel schlimmer an, als es ist. Es ist nur ein Test, um Justins Lungen zu untersuchen. Wir führen einen dünnen, flexiblen Schlauch durch seine Nase in seine Lungen und nehmen ein paar Gewebe- und Flüssigkeitsproben. Er spürt davon überhaupt nichts. Er wird tief schlafen. Das machen wir alles auf der Intensivstation. Sobald wir wissen, womit wir es zu tun haben, wissen wir auch, wie wir es behandeln können."

„Sie geben ihm doch schon mehr Antibiotika. Was wollen Sie denn noch tun? Wonach suchen Sie überhaupt?"

„Ich befürchte, dass Justin zusätzlich zu der Parainfluenza noch eine bakterielle Lungenentzündung bekommen hat", erwiderte Dr. Braeburn so zurückhaltend, wie er konnte. „Falls das zutrifft, werde ich ihn an ein Beatmungsgerät anschließen, damit er wieder besser Luft bekommt."

„Ein Beatmungsgerät?" Aus Amandas Gesicht war alle Farbe gewichen.

„Ja. Aber vermutlich nur vorübergehend", fügte Dr. Braeburn schnell hinzu. „Sobald wir die Infektion unter Kontrolle haben, brauchen wir das Beatmungsgerät vielleicht nicht lange."

„Vielleicht."

„Ein Schritt nach dem anderen, Amanda. Zuerst müssen wir herausfinden, was es ist. Dann sehen wir weiter."

„Noch eine Hürde." Amanda zitterte. „Er ist doch noch so klein, Doktor. Wie viele Komplikationen und Prozeduren kann er denn noch aushalten, bis …" Sie brach ab und biss die Zähne zusammen, um die Tränen zurückzuhalten.

Dr. Braeburn räusperte sich. „Bis jetzt haben wir keinen anderen Spender gefunden. Hatten Sie Erfolg bei der Suche nach Justins Vater?"

„Nein." Amanda hielt seinem Blick stand. „Aber Sie wissen ja, ich habe eine herausragende Ermittlungsfirma engagiert. Sie arbeiten rund um die Uhr, um ihn zu finden."

„Gut. Das ist genau das, was wir brauchen."

Das musste er nicht weiter ausführen. Amanda konnte es in seinen Augen sehen. Und sie wusste genau, was er ihr damit sagte.

Um zehn vor elf kam Marc an der Anlegestelle an. Er stieg aus dem Mietwagen, streckte sich, warf einen Blick zu dem Dock, den Bootsmasten und der abgewrackten Hütte, die John Morano als Büro diente – jedenfalls bis jetzt.

Aber was für eine Lage.

Selbst im Dezember war die Shinnecock Bay einfach wunderschön. Außer ein paar Fischerbooten war auf dem Wasser nicht viel los. Aber in der nach Salzwasser riechenden kalten Luft lag etwas unglaublich Belebendes. Als begeisterter Extremsportler wäre Marc am liebsten sofort surfen gegangen.

Dafür ist jetzt nicht die Zeit, erinnerte er sich selbst und wandte sich mit der eisernen Selbstdisziplin, die man ihm als Navy SEAL einge-trichtert hatte, von der Versuchung ab. Heute ging es nur darum, aus John Morano Informationen herauszuholen. Und das musste mit Ge-schick und Finesse geschehen, nicht mit Drohungen oder gar Gewalt. Er trat hier als Zeitungsreporter auf, also musste er Worte einsetzen, nicht Muskeln. Aber es könnte schwierig werden, sich selbst unter Kontrolle zu halten, falls er den Verdacht bekommen sollte, dass Mo-rano mehr über Everett wusste, als er zu sagen bereit war. Das Leben eines Säuglings stand auf dem Spiel. Ein unschuldiges Baby. Und die Uhr tickte. Fehlschläge zu akzeptieren lag Marc einfach nicht in den Genen – besonders wenn es um Kinder ging.

Seine Gespräche am frühen Morgen hatten nicht viel gebracht. Pauls Nachbarn hatten ihn als freundlich, aber zurückhaltend beschrieben, nicht als den Typ, der bei Nachbarschaftspartys aufkreuzte. Und die paar Pokerkumpels, die Marc so kurzfristig auftreiben konnte, wussten bloß, dass er im Immobiliengeschäft war, Großes vorhatte, einen tollen Sinn für Humor und dass er sich nicht mehr so oft am Po-kertisch sehen ließ, seit er was mit Amanda laufen hatte. Sie hatten ihn gnadenlos damit aufgezogen, aber es waren alles ziemlich unbeküm-merte, lässige Typen. Außerdem gehörte Paul noch gar nicht lange zu ihrer Runde, tauchte sowieso nicht regelmäßig auf, deshalb ruinierte seine Abwesenheit das Spiel in keiner Weise. Und Amanda, die ein-oder zweimal bei einem Spiel hereingeplatzt war, hielten sie alle für einen echten Schatz. Die Burschen waren alle erschüttert wegen Pauls Ermordung, aber keiner von ihnen hatte eine Ahnung, wieso ihn je-mand umbringen sollte.

Also war bei alldem überhaupt nichts herausgekommen.

Dieses Gespräch musste anders verlaufen.

Marc rückte den Schlips zurecht, ergriff seinen Notizblock und kontrollierte, ob seine Brieftasche mit den gefälschten Ausweisen in seiner Innentasche war.

Er holte den Presseausweis heraus, klemmte ihn ans Revers, ging über die Holzplanken und klopfte.

Er hörte die Stimme eines Mannes: „Herein."

Marc öffnete die klapprige Tür. Sofort stieg ihm der Geruch von feuchtem Holz und Fisch in die Nase – beides nicht anders als zu er-warten. John Morano sah auch in etwa so aus, wie er es erwartet hatte. Vielleicht ein bisschen größer und breitschultriger. Aber ein gutgebauter Bursche, der unter der freundlichen Oberfläche ziemlich rau werden konnte, die Sorte Geschäftsmann, die nicht gleich in Panik geriet, wenn es dreckig wurde. Auch keine Überraschung, laut Ryan war Morano schließlich von ganz unten aufgestiegen. Er trug ein Hugo-Boss-Jackett über einem Hemd mit offenem Kragen – okay, es ging ihm finanziell nicht schlecht, aber er schwamm auch nicht gerade in Geld. Zumindest noch nicht.

Morano erhob sich hinter seinem Schreibtisch, knöpfte das Sportjackett zu und schenkte Marc ein herzliches Lächeln. „Mr Curtis?" Er warf einen schnellen Blick auf den Ausweis.

„Mr Morano." Marc streckte die Hand aus. „Ich weiß es zu schätzen, dass Sie mich so kurzfristig empfangen."

„Kein Problem. Nennen Sie mich John."

„Rob", erwiderte Marc.

„Schön, Rob." Morano blickte sich kurz in seinem eigenen Büro um. „Entschuldigen Sie, dass es hier nicht besonders bequem ist."

„Ich habe so das Gefühl, dass das nicht mehr lange so bleiben könnte."

„Da haben Sie recht, wird es nicht. Dieses ganze Büro wird vollständig vom Erdboden verschwinden." Er bedeutete Marc, Platz zu nehmen, obwohl er selbst stehen blieb. Marc machte ihm das nach. Das Spiel war ausgeglichener, wenn niemand den anderen überragte, was Marc nach Möglichkeit vermied – außer wenn er es war, der auf den anderen herabblickte.

„Wie wär's mit 'ner Tasse Kaffee?" Morano zeigte auf die Kaffeemaschine hinter sich – das Ding sah älter aus als die Hütte selbst. „Nicht gerade Hightech, macht aber echt tollen Kaffee."

„Super. Von Koffein kann ich nie genug kriegen."

„Da sagen Sie was." Morano schnappte sich zwei Tassen. „Wie nehmen Sie ihn?"

„Schwarz. Danke." Marc wartete, bis Morano sich mit seiner dampfenden Tasse in der Hand hinter seinem Schreibtisch niedergelassen hatte. Erst dann sank er selbst in den Holzstuhl gegenüber.

„Ich bin ja sehr geschmeichelt, dass *Crain's* Interesse hat, mit mir zu reden", sagte Morano und setzte die Tasse ab.

„Das kann doch gar nicht anders sein. Die Immobilienpreise in der ganzen Gegend gehen jetzt schon durch die Decke in der Erwartung, dass Ihr Projekt Gestalt annimmt. In Verbindung mit dem Shinnecock

Indian Casino wird das für eine Menge Leute ein wahrer Geldsegen werden." Marc nahm genießerisch einen Schluck Kaffee und stellte die Tasse auf den Tisch.

Er holte seinen Notizblock hervor und rutschte mit dem Stuhl herum, bis alle vier Stuhlbeine einigermaßen gleichmäßig auf dem Holzboden standen. Notizen machen, während man auf einem schiefen Stuhl balancierte, war nicht gerade ideal. „Was Sie hier verwirklichen wollen, könnte einen lokalen Boom auslösen – was bei der sonstigen katastrophalen Wirtschaftslage wirklich eine Rarität darstellt."

„Genau das ist mein Ziel." Morano beugte sich vor, stützte die Ellbogen auf den Tisch und legte die Handflächen aneinander. „Allerdings kann ich nicht den Anspruch erheben, dass der Gedanke auf meinem eigenen Mist gewachsen wäre. Aber als ich plötzlich die Chance bekam, das Projekt zu übernehmen, habe ich sofort zugegriffen."

„Was Ihnen keiner vorwerfen kann." Marc kritzelte etwas auf den Block. „Sie haben schon Beeindruckendes im Immobiliengeschäft geleistet. Aber noch nichts von dieser Größenordnung."

„Wie wahr." Morano nickte. Er fühlte sich eindeutig auf sicherem Boden – bis jetzt. „Ich hatte wirklich Glück, dass ich den richtigen Zeitpunkt erwischte und die Ressourcen hatte, um dieses Projekt zu ermöglichen."

Verdammt, das wäre die perfekte Überleitung, um Moranos Vorgänger ins Spiel zu bringen. Aber noch war es zu früh. Wenn Marc jetzt schon Paul Everett erwähnte, würden sofort alle roten Warnlichter angehen. In dem Artikel sollte es um John Morano und sein ambitioniertes Vorhaben gehen, nicht um den Burschen, der ursprünglich die Idee gehabt hatte. Bei diesem möglicherweise entscheidenden Interview war Geduld das Allerwichtigste. Marc war dazu ausgebildet, nie ungeduldig zu werden.

„Könnten Sie mir Ihre ultimative Vision beschreiben?", begann er stattdessen. „Wie sehen Sie das Hotel, wenn es endgültig fertig ist? Wie ist es angelegt, was für neuartige luxuriöse Annehmlichkeiten warten auf die Gäste, solche Sachen. Falls Sie schon einen Entwurf oder sogar genauere architektonische Zeichnungen hätten, wäre das großartig. Außerdem, wie sollen Ihre Gäste von Manhattan hier raus- und wieder zurückkommen? Und schließlich, welche Rolle spielt das neue Casino in der Rechnung?"

Morano kicherte. „Mit anderen Worten, ich soll Ihnen alles erzählen, von Anfang bis Ende."

„So in der Art, ja."

„Es ist noch zu früh, um Ihnen konkrete Entwürfe oder so zu zeigen. Sagen wir einfach, das Hotel wird spektakulär, opulent, selbst für die Hamptons. Ich werde eine umfassende Broschüre drucken lassen, in der die wesentlichen architektonischen Elemente beschrieben sind, wie auch die geplanten Annehmlichkeiten. Gleichzeitig werde ich eine Website einrichten, auf der sich alles nur um das Hotel dreht, mit vielen Einzelheiten über das ganze Erlebnis eines Besuchs bei uns, inklusive der Anreise von Manhattan und zurück, wie man von hier zum Casino und wieder zurückkommt. Aber jetzt ist noch nicht die Zeit, das alles zu veröffentlichen."

„Gut." Marc zeigte durch ein Nicken, dass er das nachvollziehen konnte. „Wenn Sie zu früh die Trommel rühren, werden Ihre prospektiven Gäste entweder ungeduldig und sauer, oder Sie verlieren das Interesse. Sie brauchen die größtmögliche Werbewirkung genau zum richtigen Zeitpunkt."

„Das hätte ich nicht besser ausdrücken können. Aber kann ich Ihnen mal was nur zwischen Ihnen und mir sagen?"

Er wartete höflich auf Marcs professionelles Nicken, bevor er fortfuhr. „Ich werde den Gästen als Transportmöglichkeit sowohl den Service einer gecharterten Luxusjacht als auch einen Fährdienst mit regelmäßigem Fahrplan anbieten. Auf diese Weise wird für alle Bedürfnisse gesorgt sein – für jene, die ein wirklich tolles Erlebnis haben wollen und die entsprechend gefüllte Brieftasche haben, und für jene, die einfach nur schnell ans Ziel kommen wollen. Was das Casino angeht, wird das Hotel einen Fahrservice hin und zurück zur Verfügung stellen." Ein schmales Lächeln. „Natürlich keine Shuttlebusse, nur großräumige Town Cars und Stretchlimos für jene, die so etwas vorziehen."

„Mit voll ausgestatteter Bar natürlich."

„Natürlich."

„Was hält denn das Casino davon, von dieser überwältigenden Welle neuer Gäste überschwemmt zu werden?"

„Die sind total aus dem Häuschen. Das Casino ist groß genug, um alle meine Hotelgäste aufzunehmen und ihnen ein exklusives Spielerlebnis zu bieten. Die Shinnecock-Indianer haben selbst beschlossen, nicht einen größeren Teil der Anbaufläche, die sie für das Casino ausgewiesen haben, für einen Hotelkomplex zu verschwenden – zumindest nicht gleich."

„Und vielleicht überhaupt nicht", kommentierte Marc.

„Exakt. Sie haben sich für das Konzept eines Casinos direkt an der Bucht entschieden, geschäftlich ein brillanter Zug. So konnten sie einen fantastischen Ort zum Spielen mit einem Stranderlebnis wie auf einer Insel verbinden. Sie haben vor, noch eine Entertainment-Arena mit mehreren Bühnen anzubauen, zwei Stockwerke mit exklusiven Geschäften und Restaurants und sogar ein Theater. So können sich ihre Gäste rundum mit Shoppen, Schlemmen und Shows vergnügen. Aber sie sind natürlich im Bilde darüber, was ich hier vorhabe. Und für sie ist es viel lukrativer, wenn sie alles, was mit Unterbringung und Transport zu tun hat, mir überlassen. Die Regierung hat irgendwann beschlossen, den Indianern als Kompensation für früheres Unrecht zu gestatten, auf dem Boden ihrer Reservate Spielstätten zu errichten, die sonst überall illegal sind, außer in Las Vegas und Atlantic City. Damit sind viele Stämme richtig reich geworden, und jetzt werden die Shinnecocks reich. Aber ihr Platz im Reservat ist naturgemäß begrenzt. Dieses Grundstück hier in idealer Lage zu ihrem Casino gehört mir. Wir ergänzen einander, und wir haben eine Geschäftsbeziehung, von der wir gegenseitig profitieren."

„Das klingt ganz wie eine Win-win-Situation", bemerkte Marc. „Und eine wirklich geniale Idee. Kann ich Sie ab jetzt wieder zitieren?"

„Klar", meinte Morano großmütig.

„Was ist denn mit den örtlichen Fischern hier draußen? Wollen Sie die Anlegestelle und den Bootsservice dichtmachen?"

„Überhaupt nicht. Ich habe nicht vor, die Einheimischen im Stich zu lassen. Die Shinnecock Bay ist doch ideal, um die Restaurants mit dem frischesten Fang zu versorgen. Die Fischerboote werden wie gehabt rausfahren und wieder reinkommen – nur ein bisschen weiter unten." Morano zeigte aus dem Fenster, nach rechts. „Da drüben wird ein neuer, größerer Pier für noch mehr Fischerboote gebaut, außerdem werden wir den Fischern ausreichend Kühlräume zur Verfügung stellen. Der jetzige Pier wird umgebaut zu einer exklusiven Anlegestelle für die Hotelgäste."

„Für die Jachten und die Fähren." Marc lächelte. „Ich finde das großartig. Sie verwandeln das alles hier in ein schickes, teures Angebot für Leute aus Manhattan – und bewahren doch die lokale Atmosphäre und Romantik. Sehr clever."

Das meinte er sogar ernst. John Morano war ein ausgefuchster Geschäftsmann. Indem er seine Dienste für die Fischer aufrechterhielt, sorgte er für ihren guten Willen, und die Touristen bekamen etwas von der ursprünglichen Atmosphäre mit. Außerdem würde der Bootsservice ja auch weiter Geld in die Kasse spülen. Die Fischer hätten wegen Moranos Hotelrestaurants mehr Abnehmer. Alle konnten zufrieden sein.

Weiter zu einem etwas heikleren Thema.

„Und wie sieht es mit der Stadt Southampton aus?", fragte Marc. „Die Stadtverwaltung ist doch sehr entschlossen, den Touristenstrom einzudämmen. Die Einwohnerschaft möchte, dass alles so bleibt, wie es ist – eher ruhig, außer während der Saison. Ihr Hotel wird das alles verändern. Hatten Sie keine Schwierigkeiten, die entsprechenden Genehmigungen zu bekommen?"

Ein kurzer Moment Schweigen. Nur ein Augenblick. Aber er war Marc nicht entgangen.

Er blickte gerade rechtzeitig von seinen Notizen auf, um zu sehen, wie ein unbehaglicher Ausdruck über Moranos Gesicht huschte.

Der genauso schnell verschwand, wie er gekommen war.

„Das ist schon eine Herausforderung. Aber nichts, womit ich nicht fertigwerde. Die Stadt ist sehr kooperativ. Ich bin gerade dabei, mir alle notwendigen Genehmigungen zu verschaffen." Sein Tonfall war so sicher, dass er alle Zweifel oder Befürchtungen beinahe zerstreute.

Beinahe.

„Großartig." Marc beobachtete seine Reaktionen aus den Augenwinkeln. „Und Ihre Partner, die verschiedenen Baufirmen und so weiter? Haben Sie die alle beisammen?"

John nippte an dem Kaffee. Aber diesmal veränderte sich nichts an seinem Gesicht. „Aber sicher, bis auf ein paar Kostenvoranschläge, die noch ausstehen. Das sollte sich alles in der nächsten oder übernächsten Woche klären. Zum Glück sagt man uns einen milden Winter voraus. Dann könnte der Bodenaushub gleich beginnen."

„Sie treiben dieses Projekt also aggressiv voran?"

Morano kräuselte leicht die Lippen. „Ich treibe alles aggressiv voran, Rob. Sonst hätte ich es nie geschafft, diese Gelegenheit der ganzen Horde anderer Immobilienentwickler vor der Nase wegzuschnappen, die sich jetzt alle selbst in den Hintern treten könnten."

Das war Marcs Stichwort.

Er hob ganz leicht die Brauen. Es sollte nicht bedrohlich wirken. Nur neugierig. „Der ursprüngliche Besitzer, von dem eigentlich die Idee stammt …" Er blätterte in seinem Notizblock, als müsste er nach dem Namen suchen. „Paul Everett. Haben Sie ihn gekannt?"

Ein lässiges Kopfschütteln. „Bin ihm nie über den Weg gelaufen."

„Nach meinen Notizen soll er umgebracht worden sein, obwohl man nie eine Leiche gefunden hat – ungefähr einen Monat bevor Sie hier eingestiegen sind. Ich schätze, das klingt wie ein schlechter Spionageroman, aber halten Sie es für möglich, dass seine Ermordung irgendetwas mit diesem Projekt zu tun gehabt haben könnte?"

John ließ seine Zähne blitzen. „Sie klingen tatsächlich wie ein schlechter Spionageroman. Die Wahrheit ist, ich habe nicht die geringste Ahnung, warum Paul Everett getötet wurde. Wie ich sagte, bin ich ihm nie begegnet. Die meisten Baufirmen, mit denen ich arbeite, sind dieselben, die er auch schon unter Vertrag genommen hatte, aus dem schlichten Grund, dass das nun mal die besten in der ganzen Gegend sind. Die haben alle ganz saubere Unterlagen. Keiner hat je schlecht von Everett gesprochen oder angedeutet, er wäre vielleicht auf irgendeine Weise nicht ganz vertrauenswürdig, falls Sie das meinen." Er zuckte die Achseln. „Aber wer weiß schon über das Privatleben eines anderen Menschen Bescheid? Er könnte wegen allem Möglichen umgebracht worden sein. Mir tut leid, was dem Burschen zugestoßen ist, aber wegen meiner Auftragnehmer mache ich mir keine Sorgen. Die sind alle gut versichert, genießen Respekt und haben einen ausgezeichneten Ruf." Nun hatte Morano einen fragenden Ausdruck im Gesicht. „Warum fragen Sie?"

Marc hob die Schultern. „Vermutlich bloß die Fantasie eines Schreiberlings. Stand eigentlich gar nicht auf meiner Fragenliste. Dieser fantasievolle Teil von mir fragte sich wohl bloß, ob Sie je befürchtet haben, auf diesem Projekt könnte ein Fluch liegen."

Das rief ein kollerndes Lachen hervor. „Ein Fluch? Das glaube ich kaum. Dieses Projekt ist eine Goldgrube. Das Casino wird boomen, das Hotel wird das ganze Jahr voll belegt sein, tonnenweise Touristen werden die Annehmlichkeiten genießen, und ich werde ein sehr reicher Mann."

„Klingt wirklich gut." Marc kritzelte ein paar abschließende Notizen. „Ich wünschte, ich hätte so 'ne Idee gehabt. Mein Gehalt wird nicht mal für eine Nacht in Ihrem Hotel reichen."

„Na ja, ich sag Ihnen mal was." John erhob sich. „Sobald wir aufgemacht haben, spendiere ich Ihnen ein Gratiswochenende hier. Als Gegenleistung können Sie einen Folgeartikel über Ihre Erlebnisse schreiben, die ganz bestimmt unglaublich sein werden." Er streckte seine Hand aus.

„Das kann ich kaum erwarten." Marc grinste und schüttelte ihm die Hand. „Das Interview hat richtig Spaß gemacht, John."

„Vielen Dank. Wann wird der Artikel im Magazin erscheinen?"

„Ich nehme an, entweder nächste Woche oder die Woche darauf", erwiderte Marc. „Haben Sie eine Visitenkarte mit Ihren Kontaktdaten? Ich schicke Ihnen eine Mail, sobald ich es selber weiß."

„Aber sicher." Morano holte eine Karte aus der Tasche. „Bitte schön."

„Klasse." Marc packte seine Utensilien ein. „Dann wünsche ich Ihnen noch einen schönen Tag."

„Ihnen auch."

Sobald Marc die Tür hinter sich geschlossen hatte, ließ Morano das Lächeln aus dem Gesicht fallen. Er wartete, bis er den Wagen davonfahren hörte. Dann griff er zu seinem Handy und wählte eine Nummer.

„Wir haben ein Problem", teilte er der Person am anderen Ende mit. „Könnte sein, dass wir in Schwierigkeiten stecken."

9. KAPITEL

Casey verbrachte den ganzen Morgen damit, sich über Ryans Schulter zu beugen und alles zu verfolgen, was seine Recherchen im Netz ergaben. Zwischendurch rief sie immer wieder Amanda an, um sich nach dem Zustand des Babys zu erkundigen. Was sie zu hören bekam, klang gar nicht gut. Auch Amanda klang, als stünde sie kurz vor einem Nervenzusammenbruch. Casey ginge es wahrscheinlich nicht anders in dieser Situation.

Die Uhr in ihrem Kopf tickte immer lauter.

Sie brauchten mehr Zeit. Aber die hatten sie nicht.

Die Lippen frustriert zusammengepresst, marschierte Casey zurück zu Ryan, verschränkte die Arme vor der Brust und klopfte mit der Fußspitze auf den Boden.

Das brachte das Fass zum Überlaufen.

„Weißt du, Boss, ich kann nicht besonders gut arbeiten, wenn mir jemand ständig im Nacken sitzt", verkündete er schlichtweg. Wenn er das jetzt nicht klarstellte, würde sie ihn noch um den Verstand bringen. „Das macht mich nicht nur wahnsinnig, das führt auch dazu, dass ich langsamer werde."

Casey atmete hörbar aus, trat ein paar Schritte zurück und fummelte an einer seiner Gerätschaften herum. „Tut mir leid. Amanda hat die pure Panik in der Stimme, und ich fühle mich so hilflos. Und Hilflosigkeit kommt normalerweise in meinem Repertoire nicht vor."

„Geht mir genauso. Aber ich stehe kurz davor, mich in John Moranos Bankkonten zu hacken. Ich will wissen, ob es dort dasselbe Muster gibt wie bei Paul Everett – kolossales Guthaben, kolossale Abhebungen. Ebenfalls zwanzigtausend alle sechs Wochen. Wenn das der Fall ist, können wir sicher sein, dass das entweder eine Bestechung oder eine Erpressung ist, die mit dem Hotelbau zu tun hat. Falls nicht, war Everett bis zur Halskrause in irgendwas anderes verwickelt. Wie auch immer, wir müssen das wissen."

Casey nickte. „Außerdem müssen wir wissen, ob er auf dieselbe Art bezahlt hat – bar, keine Überweisungen. Für mich schreit das geradezu nach organisiertem Verbrechen. Es geht hier nicht um eine Entführung, also ist das kein Lösegeld. Wer im großen Stil Geld erpresst oder sich bestechen lässt, will Bargeld haben, das er dann mit anonymen Telegrammüberweisungen auf Überseekonten transferieren kann, zu den

Cayman Islands oder so."

„Ja, und alle Daten scheinen in diese Richtung zu deuten." Ryan zog die Augenbrauen zusammen. „Schon interessant. So schwer es gewesen ist, an Everetts Konto zu kommen, bei Morano ist das sogar noch schwerer. Jeder, der nicht so viel draufhat wie ich, würde das nie schaffen."

Casey musste trotz ihrer düsteren Stimmung grinsen. „Du solltest wirklich mal was für dein Selbstwertgefühl tun, Ryan. Ich mache mir Sorgen, weil du so eine geringe Meinung von dir hast."

Er zuckte mit den Schultern. „Bin doch bloß ehrlich. Schließlich hast du mich angeheuert, weil ich nun mal der Beste bin. Ich frage mich nur gerade, ob Morano selbst dafür gesorgt hat, dass es praktisch unmöglich ist, an seine ... Da!" Ryan lehnte sich zurück und reckte triumphierend die Faust in die Luft. „Jetzt bin ich drin."

„Okay, du hast gewonnen." Casey eilte wieder zu ihm. „Du bist der Technikgott. Ich verneige mich vor deinem Genie. Dann lass mal sehen, was du gefunden hast."

Ryan scrollte durch eine lange Liste von Ein- und Auszahlungen. „Sieh dir das an. Dasselbe Muster. Gleiche Summe. Gleicher Zeitabstand. Aber es dauert noch an." Er drehte den Kopf zu Casey. „Das könnte erklären, wieso er noch unter uns weilt, während Paul Everett verschwunden ist – in welcher Form auch immer. Vielleicht hat Amandas Freund sich geweigert, weiter mitzuspielen. Und damit wurde er vom Aktivposten zur Belastung – besonders wenn er gedroht haben sollte, sein Wissen mit den Cops zu teilen."

„Aus welchem Grund sollte er eine solche Kehrtwendung gemacht haben?", fragte Casey. „Er muss gewusst haben, dass er es mit gefährlichen Typen zu tun hatte. Erst spielt er mit, dann will er plötzlich nicht mehr – warum? Du kannst mir nicht erzählen, seine Liebe zu Amanda hätte ihn in einen anderen Menschen verwandelt – nicht wenn er das Risiko einging, selbst ins Gefängnis zu wandern oder sich in Gefahr zu bringen. Im richtigen Leben gibt es keine Liebesbeziehungen, die so stark sind."

Ryan schnaubte. „Hey, du redest hier mit *mir*. Ich halte eh nichts von diesem ganzen romantischen Schrott."

„Na ja, aber aus irgendeinem Grund hat er aufgehört. Wegen etwas oder wegen jemandem." Casey versank für einen Moment in Gedanken. „Reden wir mal über Lyle Fenton. Du hast gesagt, er ist der einzige der Auftragnehmer, der noch keinen Vertrag unterschrieben hat."

„Stimmt. Das war so bei Everett, und mit Morano ist es immer noch so. Er hat bei keinem von beiden unterschrieben. Ich habe auch keine Ahnung, was er da für sich rausschlagen will, aber ich würde ihn gern mal fragen. Er erwartet ganz klar irgendeine Gegenleistung."

„Patrick versucht, nachher während Fentons Lunch mit dem Kongressabgeordneten Mercer Mäuschen zu spielen. Vielleicht kann er herausfinden, ob es außer Fentons finanzieller Unterstützung für Mercers Wiederwahl eine weitere Verbindung zwischen den beiden gibt. Das ist der Schritt, um herauszufinden, was in Lyle Fentons Kopf so vorgeht." Casey sah Ryan fragend an. „Du hast dir Fentons Terminplan angesehen?"

Er nickte. „Sein Privatjet soll nachmittags um halb sechs wieder auf dem Long Island MacArthur Airport in Islip landen."

„Islip. Also will er sofort wieder in die Hamptons, nicht erst nach Manhattan."

„Stimmt, sonst wäre er auf dem JFK gelandet."

„Gut. Dann wird er den Abend zu Hause verbringen. Wir wollen uns zuerst mal anhören, was Patrick herausgefunden hat. Dann rufe ich Amanda an und bitte sie, noch heute Abend für Marc und mich ein Treffen mit ihrem Onkel zu arrangieren. Sie hat ihm bereits gesagt, dass sie uns engagiert hat. Da für Justin die Zeit drängt, wird Fenton verstehen, dass wir so schnell wie möglich mit ihm sprechen wollen. Marc ist ja bereits da draußen. Ich brauche bloß in den Wagen zu springen."

Ryan hob die Brauen. „Du tust also so, als ginge es uns nur um das Baby. Schon kapiert. Aber Fenton hat sich längst testen lassen, ob er als Spender infrage kommt. Tut er nicht. Aus welchem anderen angeblichen Grund könntest du sonst so dringend mit ihm sprechen wollen? Außer du hast vor, Amanda die Wahrheit über unseren Verdacht gegen ihren Onkel zu erzählen, damit sie uns hilft, uns einen Grund auszudenken."

„Auf keinen Fall. Amanda darf davon nichts wissen, solange das nicht unbedingt notwendig ist."

„Das denke ich auch. Aber Fenton ist kein Idiot."

„Nein, ganz sicher nicht. Amanda übrigens auch nicht. Aber du Oberstratege gehst das völlig falsch an. Wir suchen schließlich Justins Vater, und der wollte mit Fenton ins Geschäft kommen."

Ryan begriff plötzlich. „Ja, das ist ein schlauer Zug. Wenn wir es so machen, muss Fenton annehmen, wir wollen lediglich von ihm wissen, was er alles über Paul weiß – nicht der erpresste Paul oder der schmierende Paul, nur der mögliche Geschäftspartner Paul. Er wird glauben, wir hoffen, er könnte uns irgendwelche Erkenntnisse verschaffen, die uns in die richtige Richtung weisen. Deshalb meint er natürlich, er hätte die Unterredung völlig unter Kontrolle. Während er in Wahrheit nicht einmal den Grund dafür kennt – dass wir nämlich *ihn* unter die Lupe nehmen.“

„Du hast's erfasst. Unser eigentliches Ziel ist, herauszubekommen, wieso Fenton erst Paul und jetzt Morano mit dem Vertrag für seine Ausbaggerfirma hinhält, um den Kanal zu dem neuen Hotel zu vertiefen und zu verbreitern – und ob das irgendetwas mit den Zahlungen zu tun hat, die Paul machte und die Morano immer noch macht.“

„Na, dabei wünsche ich dir viel Vergnügen.“

Casey lächelte leicht. „Nur nicht den Glauben verlieren. Ich kann jeden durchschauen, und Marc kriegt Informationen aus Leuten raus, von denen sie selber gar nicht wissen, dass sie sie überhaupt besitzen, weshalb sie auch nicht merken, was sie da ausplaudern. Der Kerl kriegt es mit den beiden Besten zu tun, die es gibt. Wie könnten wir da versagen?“

„Du solltest wirklich mal was für dein Selbstwertgefühl tun, Casey“, wiederholte Ryan ihre Worte. „Ich mache mir Sorgen, weil du eine so geringe Meinung von dir hast. Für Marc gilt das übrigens auch.“

„Tja.“ Casey grinste. „Scheint ein Problem des ganzen Teams zu sein. Vielleicht ist es ansteckend.“

„Na ja, du weißt ja, wer die Verantwortung für das Team trägt“, erwiderte Ryan fröhlich.

„Ja, diejenige, die dein Gehalt zahlt.“ Casey schaute ihn herausfordernd an.

„Autsch.“ Ryan tat so, als wände er sich vor Schmerz. „Na schön, du hast gewonnen. Du bist der Boss. Und der Boss hat immer recht.“

Casey dachte kurz darüber nach. „Nicht immer. Aber meistens.“

Patrick war alles andere als guter Laune.

Obwohl er in seinen Jahren beim FBI viele Fälle bearbeitet hatte, bei denen es Ewigkeiten dauerte, bis sie je gelöst werden konnten – falls überhaupt –, konnte er es immer noch nicht vertragen, kostbare Zeit an Spuren zu verschwenden, die sich als Sackgassen erwiesen. Aber genau das war heute Morgen passiert.

Schon ab halb sieben war er in diesem verdammten Schuppen gewesen, nur für den Fall, dass der Stammkunde, den die Kellnerin als Paul Everett identifiziert hatte, früher kommen sollte als sonst um halb acht.

Aber er kam nicht nur nicht früher, er kam überhaupt nicht.

Na toll. Bei dem Glück, das Patrick bis jetzt hatte, musste der Bursche wahrscheinlich ausgerechnet heute Morgen dringend zum Arzt.

Patrick zog sein Frühstück so lange hin, wie es nur ging. Er bestellte pochierte Eier – von denen er wusste, dass die Zubereitung eine Weile dauerte – und Toast, ließ sich dreimal Kaffee nachschenken, und bei jedem Happen und Schluck ließ er sich Zeit, bis er vor lauter Koffein fast über dem Boden schwebte. Schließlich hatte er der Kellnerin seine Handynummer gegeben und fünfzig Dollar Trinkgeld zugesteckt und sie gebeten, ihn sofort anzurufen, falls der Typ doch noch vorbeikommen sollte. Natürlich ohne dem Gast etwas davon zu sagen, dass Patrick ihn suchte. Unausgesprochen schwang mit, dass dann noch mehr Geld auf sie wartete. Sie hatte sofort zugestimmt, mit Dollarzeichen in den Augen.

Dann hatte Patrick den ganzen Morgen lang Pauls Foto den Pendlern unter die Nase gehalten. Ergebnislos. Er hatte gerade noch genug Zeit, das ausgedehnte Frühstück im Fitnessraum seines Hotels wieder abzutrainieren, zu duschen und sich zum Mittagessen umzuziehen. Die meisten fänden so einen entspannten Arbeitstag prima. Jede Menge kostenloses Essen, keine anstrengenden Aufgaben. Patrick sah das anders. Wenn bei dem Lunch auch nichts herauskam, würde er jemandem eine reinhauen.

Um zwanzig nach zwölf lief er unter dem grünen Baldachin zum Eingang des Monocle Restaurants auf dem Capitol Hill. Das Restaurant war erstklassig, aber nicht groß. Von dem Foyer aus konnte er problemlos die Tische überblicken. Weder der Abgeordnete noch Fenton waren zu sehen. Er war also vor ihnen angekommen. Das war gut. Er wollte schon an seinem für ihn reservierten Tisch sitzen und unverdächtig erscheinen, wenn die Zielpersonen auftauchten.

Lange brauchte er nicht zu warten.

Er hatte gerade sein iPad aufgeklappt und tat so, als wäre er auf irgendetwas voll konzentriert, als Mercer hereinkam, kurz darauf

Fenton. Die beiden Männer schüttelten sich eifrig die Hand.

Patrick erkannte sie von den Fotos, die er von Ryan hatte, aber vermutlich hätte er sie sowieso erkannt. Mercer gab oft Interviews im Fernsehen, und Fentons Bild war häufig in den Wirtschaftsseiten der New Yorker Zeitungen zu sehen.

Von der Statur her waren beide nicht sonderlich beeindruckend, aber jeder von ihnen besaß eine ganz individuelle, gebieterische Präsenz. Mercer war wesentlich jünger, vermutlich Mitte vierzig, und er war ein begeisterter Sportler, also muskulös und durchtrainiert. Fenton sah für einen Mann über sechzig auch ziemlich gut aus, dafür sorgten die vielen Stunden auf dem Golfplatz. Doch war er etwas untersetzter als Mercer. Sein grau meliertes Haar war immer noch voll, und auch im Winter war er sonnengebräunt. Klar. An ihm erkannte man Geld und Macht sofort. Mercer wollte sich den Luxus von Sonnenbräune im Dezember wahrscheinlich nicht leisten. Seine Wähler könnten denken, er würde nur faul auf der Sonnenbank liegen.

Ein Kellner reichte Patrick die Speisekarte und füllte sein Wasserglas, sodass Patrick seine abschätzende Musterung der beiden abbrechen musste. Der Maître d'hôtel führte Mercer und Fenton zu ihrem Tisch. Patrick hielt den Kopf gesenkt, konzentriert auf den Monitor seines iPad. Er bedankte sich bei dem Kellner und studierte die Speisekarte, bis die beiden an ihm vorbei waren. Beinahe hätte er laut aufgelacht, als er sah, welchen Tisch sie bekamen – direkt schräg rechts von ihm. Dieser Ryan war ein verfluchter Zauberer.

Nun, langsam wurde es Zeit, dass Patrick eine seiner eigenen beneidenswerten Fähigkeiten zum Einsatz brachte. Er besaß die seltene Eigenschaft, sämtliche Aktivitäten und den Lärm in seiner Umgebung ausblenden zu können und sich ganz auf das zu konzentrieren, was ihn interessierte – ob das eine Unterhaltung war, ein Text im Internet oder ein Fußballspiel. Wenn er sich auf diese einzigartige Weise konzentrierte, konnte ein Erdbeben einsetzen, und er würde es überhaupt nicht mitbekommen.

Er selbst hielt diese Fähigkeit für ein Geschenk. Seine Frau hielt es für etwas ganz anderes – besonders wenn sie ihn etwas fünfmal hintereinander fragte, ohne eine Antwort zu bekommen.

Bevor er sich derart einstimmen konnte, kam der Kellner wieder. „Was darf ich Ihnen bringen, Sir?"

„Einen Angusbeefburger bitte, mit extra viel Pfeffer."

„Wie wünschen Sie ihn?"

„Medium, bitte."

„Und zu trinken?"

Patrick zeigte auf sein Glas. „Im Augenblick reicht Wasser. Später vielleicht noch einen Kaffee." Er gab die Karte zurück. „Vielen Dank."

„Sehr wohl, Sir." Der Kellner war gut ausgebildet. Er spürte, wenn ein Gast in Ruhe gelassen werden wollte. Er nahm die Karte und verschwand.

Von seinem idealen Platz aus hatte Patrick keine Schwierigkeiten, der Unterhaltung zwischen Fenton und Mercer zu folgen. Bis jetzt hatte er nichts Wichtiges verpasst, sie waren noch dabei, Höflichkeiten auszutauschen.

„Sie sehen prima aus, Cliff", sagte Fenton gerade. „Vielleicht ein bisschen erschöpft. Aber Ihre Mühen werden ja bald belohnt werden. Die Sitzungsperiode des Kongresses ist bald vorbei, und dann können Sie nach Hause fahren und die Feiertage mit Ihrer Familie genießen. Wie geht es Mary Jane denn so?"

„Prima." Mercers Lächeln wirkte gezwungen, aber Patrick war nicht sicher, ob das bei ihm immer so war oder ob er sich in Fentons Gegenwart unwohl fühlte. „Sie freut sich darauf, mich wieder mal um sich zu haben." Er schmunzelte. „Und vor allem darauf, dass die Kinder nach Hause kommen. Nächste Woche sind die letzten Prüfungen vorbei, dann fliegen die Zwillinge ein."

Fenton zog die Brauen zusammen, als er versuchte, sich zu erinnern. „Tom studiert auf der Caltech, nicht wahr?"

Mercer nickte. „Und Lisa auf der Northwestern. Ich kann kaum glauben, dass sie schon ihr erstes Semester hinter sich haben. Für mich ist die Zeit nur so vorbeigeflogen. Für Mary Jane hat es Ewigkeiten gedauert, bis sie zurückkommen. Ich glaube, sie freut sich direkt darauf, mal wieder jede Menge Wäsche waschen zu können. Der Himmel weiß, was die beiden alles nach Hause schleppen werden."

„Alles nur Einser, könnte ich mir vorstellen", bemerkte Fenton.

„Sie machen sich gut." Mercer klang ganz wie der stolze Vater. „Aber vor allem genießen sie das, was die glücklichste Zeit ihres Lebens ist, wie sie später noch erkennen werden."

„Sie sind also erfolgreich. Offenbar kommen sie ganz nach ihrem Vater. Gute Gene pflanzen sich fort. Sie machen hier in Washington einen prima Job. Ich bin sehr beeindruckt."

„Das weiß ich zu schätzen." Mercer räusperte sich. „Während des letzten Wahlkampfs war Ihre Unterstützung entscheidend. Aber ich glaube, das wissen Sie selbst."

„In der Tat." Fenton unterbrach sich, als der Kellner zu ihnen kam, und hob eine Hand. „Ich brauche die Karte nicht. Ich nehme die Krabbenpastete und ein Glas Sauvignon Blanc." Er blickte zu Mercer. „Wissen Sie auch schon, was Sie möchten?"

„Das tue ich." Mercer lächelte dem Kellner freundlich zu. „Das Chicken Club Sandwich und ein Sodawasser. Ich habe noch den ganzen Nachmittag Sitzungen", erklärte er Fenton. „Da lasse ich den Wein lieber weg."

„Selbstverständlich", sagte der Kellner und ging.

Danach trat ein ungemütliches Schweigen ein, was an Mercer zu liegen schien. Als ob ein Elefant im Raum wäre. Patrick wusste bloß nicht, was Mercer auf der Seele lag und ob er es ansprechen würde.

Patrick beugte sich vor, schob das iPad in die richtige Position, startete die *FaceTime-App* und schaltete die rückseitige Kamera ein, um das Gespräch von Mercer und Fenton aufzuzeichnen. Gleichzeitig lauschte er konzentriert und studierte die Gesichter der beiden über den Bildschirm hinweg.

Unglücklicherweise brachte der Kellner ausgerechnet jetzt sein Mittagessen. Der arme Kerl konnte nichts dafür, dass Patrick einen Auftrag ausführte, der nichts mit Essen zu tun hatte. Trotzdem war die Unterbrechung denkbar unpassend.

„Ihr Burger, Sir."

„Danke schön." Patrick nickte höflich und hoffte, dass der Kellner sich schnell wieder verzog. Der kapierte zum Glück sofort und blieb nur lange genug, um Patrick mitzuteilen, er solle ihn rufen, wenn er etwas brauchte.

„Gibt es wegen der Verträge zu den Marineanlagen etwas Neues?", fragte Fenton mit gesenkter Stimme.

Aha. Endlich kamen sie zum Geschäftlichen.

Patrick ergriff seinen Burger mit einer Hand und biss hinein, während er beobachtete, wie Mercer reagierte.

Zu seiner Überraschung schien der Abgeordnete geradezu erleichtert zu sein, dass Fenton dieses Thema anschnitt. Was immer Mercer zu schaffen machte, das war es offenbar nicht.

„Machen Sie sich da mal keine Sorgen", versicherte er Fenton. „Ich habe schon mit dem Army Corps of Engineers gesprochen. Ihre Firma wird die Regierungsaufträge bekommen."

„Exzellent." Fenton wirkte erfreut, aber nicht überrascht. Anscheinend war er daran gewöhnt, dass Mercer solche Dinge für ihn regelte. „Freut mich, das zu hören. Wann wird das offiziell verkündet?"

„Bald. Aber Sie können da ganz entspannt sein. *Fenton Dredging* hat einen ausgezeichneten Ruf und ist in der Region stark vertreten. Ich musste gar keinen Druck ausüben, um eine einstimmige Zustimmung für meine Empfehlung zu bekommen."

Okay, Fenton war also an Aufträgen der US-Regierung interessiert. Das war wenig überraschend. Er besaß eine Baufirma für maritime Anlagen, und Regierungsaufträge zu ergattern bedeutete große Profite – die Mercer ihm verschaffte. Eine Hand wusch die andere. Und Fenton hatte seinen Einfluss spielen lassen, um Mercers Wahl zu sichern.

Das mochte ein bisschen anrüchig sein, aber so lief das überall in der Politik. Außer es steckte noch mehr dahinter. Wie tief steckte Mercer in Fentons Tasche?

Mercer fuhr fort, als wolle er Patricks Frage beantworten.

„Und wie sieht es mit diesem neuen Hotel in Southampton aus? Ich kriege enormen Druck von beiden Seiten – den Befürwortern und den Gegnern."

„Von welcher Seite kommt denn der größte Druck?", wollte Fenton wissen. Er klang allerdings nicht sonderlich besorgt.

„Das ist so ziemlich fifty-fifty. Und beide Seiten haben recht gute Argumente. Einerseits der finanzielle Vorteil, andererseits die Störung des behaglichen Lebens. Sie können mir glauben, ich persönlich finde die Investitionen und die neuen Arbeitsplätze in meinem Wahlkreis großartig. Aber ich wohne ja schließlich auch da. Ich verstehe auch die andere Seite. Ganz egal, welche Stellung ich in dieser Sache beziehe, das wird einen sehr lauten Aufschrei geben – da muss ich irgendwie den Deckel draufhalten. Von Ihnen möchte ich wissen, welche Haltung Sie einnehmen. Sind Sie für dieses Projekt oder dagegen?"

„Das wissen Sie doch. Ich bin Geschäftsmann. Für mich sind Profite wichtiger als der Widerwille der Lokalbevölkerung gegen Veränderungen."

„Warum zögern Sie dann, den Vertrag zu unterschreiben, erst bei Everett, jetzt bei Morano?"

„Dafür hatte ich meine Gründe." Fenton umging die Frage, wollte seine Gründe für sich behalten. „Aber das alles wird sich bald regeln. Ich habe vor, den Vertrag zu unterschreiben und die Kanalvertiefung zu übernehmen. Dieses Hotel wird Millionen einbringen. Und wenn ich zulasse, dass eine andere Firma einen Auftrag übernimmt, den meine besser ausführen kann, lasse ich mir eine Menge Geld entgehen."

Mercer atmete resigniert aus, obwohl er sich nicht anmerken ließ, ob ihn das überraschte. „Also werden Moranos gecharterte Jachten und Fähren den direkten Weg zu dem neuen Dock des Hotels nehmen können."

„Ja, das werden sie. Ein professionell vertiefter und verbreiterter Kanal wird sie hinbringen." Fenton warf Mercer einen entschlossenen Blick zu, als ihre Teller gebracht wurden. „Wenn ich Sie wäre, würde ich meine Wähler langsam darauf vorbereiten, dass jede Menge Kapital in den Wahlkreis strömen wird – aber natürlich wird es störende Bauarbeiten geben, riesige Gebäude werden die Landschaft verschandeln, und dann werden Massen von Leuten kommen."

„Keine Sorge. Wir haben schon Strategien ausgearbeitet, egal, wofür Sie sich entscheiden würden. Ich hatte nicht die Absicht, in letzter Minute improvisieren zu müssen. Allerdings ahnte ich schon, wie Ihre Entscheidung ausfallen würde."

„Sehr gut. Dann sind wir uns ja einig."

„Ja." Mercer machte eine Pause und spielte nervös mit dem Silberbesteck, während der Kellner ihre Teller vor ihnen arrangierte, Fentons Weinglas vor ihn hinstellte und eine Flasche sprudelndes Wasser öffnete.

Patrick musterte den Abgeordneten, als der Kellner ihm Wasser eingoss. Er wartete darauf, dass der Kellner verschwand. Der Elefant war wieder im Raum. Ging es um das Hotel, oder zog Mercer noch andere Fäden für Fenton?

Patrick biss noch einmal in seinen Burger, während der Kellner die üblichen gastfreundlichen Fragen stellte und sich entfernte.

Einige Sekunden herrschte Schweigen am Tisch. Patrick wartete gespannt. Fenton nippte an seinem Wein. Mercer starrte in sein Wasserglas.

Endlich sah er auf, trank hastig, als müsse er sich für ein besonders heikles Thema stählen.

Was dann kam, war das Letzte, was Patrick erwartet hatte.

„Ihre Nichte – Amanda – wie geht's dem Baby denn?"

Fenton setzte sein Weinglas ab. Zum ersten Mal legte er eine heftige emotionale Reaktion an den Tag. „Gar nicht gut." An seinem Kiefer zuckte ein Muskel. „Amandas Sohn verliert diese Schlacht jeden Tag ein bisschen mehr. Ich glaube nicht, dass er noch lange durchhalten kann."

Man hörte die Beherrschung in seiner Stimme. Er war eindeutig wütend – aber Patrick wusste nicht, ob auf die Situation, die Ärzte oder seine eigene Unfähigkeit zu helfen.

„Es tut mir sehr leid, das zu hören", erwiderte Mercer – ganz vorsichtig, als ob er auf einem Hochseil balancieren würde.

„Das reicht nicht, Cliff. Ich verlange mehr von Ihnen als Ihr Mitleid."

Es klang beinahe wie ein militärischer Befehl, und der Abgeordnete stutzte. „Mehr? Was kann ich Ihnen denn sonst noch anbieten? Mein Geld brauchen Sie ja doch bestimmt ..."

„Nein, das brauche ich nicht." Fenton schnitt ihm das Wort ab. „Ich brauche einen passenden Spender. Und zwar sofort." Er beugte sich vor und verschränkte die Finger ineinander. Amanda hat irgendeine Ermittlungsfirma engagiert, um herauszufinden, ob Paul Everett noch lebt, und ihn aufzuspüren. Wir wissen beide, dass ich nicht warten kann, ob da etwas herauskommt. Ich will, dass Sie sich testen lassen. Und zwar sofort."

Mercer war schon wieder verblüfft. „Wieso das denn? Um Amanda von der Suche nach Everett abzulenken?"

„Sie wissen verdammt genau, wieso – und dass es sehr gut möglich ist, dass Sie ein geeigneter Spender sein könnten. Aber meine Gründe spielen überhaupt keine Rolle. Am Ende zählt bloß, dass mein Großneffe meine einzige Chance ist, das ganze Geschäftsimperium eines Tages an einen Blutsverwandten vererben zu können. Diese Chance will ich nicht verlieren. Also tun Sie einfach, was ich von Ihnen verlange."

„Und wie soll ich das rechtfertigen – nicht nur gegenüber dem Rest der Welt, sondern auch gegenüber Mary Jane?"

„Das ist doch einfach. Ich bin doch kein Fremder für Ihre Familie. Ich war in Ihrem Haus zum Abendessen eingeladen, ich habe Ihre Karriere von Anfang an unterstützt. Ihre Frau schätzt mich. Sie weiß, was meine Nichte gerade durchmachen muss. Sagen Sie ihr, wie verzweifelt Amanda ist. Dasselbe gilt für Ihre Wähler. Kündigen Sie das doch öffentlich an. Amanda ist doch schließlich auch eine Einheimische. Die Tatsache, dass ihr Abgeordneter sich so sehr um eine seiner Wählerinnen sorgt, um ihr auf diese überaus persönliche Art zu helfen, bringt Ihnen bei der nächsten Wahl jede Menge Stimmen ein. Außerdem reden wir doch bloß über einen Bluttest, um Himmels willen. Ich verlange ja nicht von Ihnen, ein Organ zu spenden."

Mercer schien schweigend darüber nachzudenken.

„Das ist keine Bitte, Cliff. Ich verlange es von Ihnen. Betrachten Sie das, was ich eben gesagt habe, als zusätzlichen Bonus. Aber an dem Test selbst führt kein Weg vorbei. Sie bringen das im Southampton Hospital hinter sich, wo Ihre hilfreiche Tat die größte Wirkung entfalten wird. Sie fliegen heute Abend mit mir zurück und lassen sich morgen testen, dann werden es alle Abendnachrichten bringen. Ihr Büroleiter hat den ganzen Nachmittag und den Abend zur Verfügung, um die Neuigkeit unter die Leute zu bringen. Ich möchte auch, dass Ihre Zwillinge getestet werden. Das können sie an ihren jeweiligen Universitäten erledigen lassen. Hilfreiche Hände, die sich von Kalifornien bis nach Long Island ausstrecken."

„Die Zwillinge?" Mercer klang, als müsse er sich übergeben. „Wie soll ich das denn erklären?"

„Da gibt es nichts zu erklären. Sie sind nun mal alle eine hilfsbereite Familie. Das schließt Mary Jane ein. Sie ist eine liebende Mutter. Nehmen Sie sie gleich mit, und lassen Sie sie auch testen. Sie hat sich achtzehn Jahre lang hingegeben, um Ihre Kinder großzuziehen. Wahrscheinlich wird sie voller Begeisterung mitkommen. Denken Sie doch mal, wie überwältigend Ihre Fotos auf den Titelseiten auf Ihre Wähler wirken werden."

„Großer Gott." Mercer drückte sich die Finger gegen die Schläfen. „Wie soll ich damit nur durchkommen? Egal, wie man das dreht, es wird Fragen geben."

„Lassen Sie sich was einfallen. Dafür haben Sie schließlich Ihre Leute. Sagen Sie, bei unserem Geschäftsessen heute sei Ihnen klar geworden, wie dringend die Lage ist." Fenton sah sich kurz um. „Wir sitzen in einem Restaurant auf dem Capitol Hill, Cliff. Wahrscheinlich weiß halb Washington längst, dass wir hier sind, und fragt sich, worüber wir reden. Dann werden sie es alle wissen. Wir haben vereinbart, dass Sie die Vertiefung und Verbreiterung des Kanals durch *Fenton Dredging* unterstützen, um die Hamptons voranzubringen.

Dann haben Sie sich nach Justin erkundigt. Ich habe Ihnen erzählt, wie schlimm es um ihn steht. Sie sind sofort aktiv geworden und haben alle Mitglieder Ihrer Familie angerufen." Fenton wedelte ungeduldig mit der Hand. „Ich könnte auch Ihr Wahlkampfmanager sein. Ich habe gerade das ganze Drehbuch für Ihren nächsten Wahlkampf geschrieben. Und jetzt tun Sie, was ich sage."

Es war deutlich zu sehen, dass Mercers Gedanken rasten. „Ich habe morgen früh Termine."

„Verlegen Sie sie auf den späten Nachmittag. Sie werden rechtzeitig zurück sein. Mein Privatjet bringt Sie her." Fenton wandte sich seiner Krabbenpastete zu. „Und jetzt essen Sie. Dann erledigen Sie Ihre Anrufe. Übers Geschäftliche können wir im Flieger noch sprechen."

„Sir?"

Patricks Konzentration wurde durchbrochen, als er merkte, dass der Kellner auf ihn einredete, wahrscheinlich schon seit ein oder zwei Minuten. „Ist alles in Ordnung?"

Patrick betrachtete seinen kaum angebissenen Burger und nickte. „Herausragend. Ich bin nur gerade ganz in meiner Arbeit aufgegangen. Aber jetzt habe ich alles Wichtige erledigt und kann mich dem Essen widmen."

Was er tat, während er Casey eine SMS schickte. Anrufen würde er später, wenn er in seinem Hotelzimmer für sich war.

Aber, verflucht, es war toll, endlich mal voranzukommen.

Und dann noch in großen Schritten.

10. KAPITEL

Casey hockte auf Ryans Tischkante, kraulte Heros Ohren und ließ sich von Marc auf den neusten Stand bringen, als Patrick anrief.

„Bleib kurz dran", sagte sie zu Marc. „Ich will wissen, was in D. C passiert."

Sie wechselte die Leitung. „Patrick. Deine kryptische Nachricht habe ich bekommen. Also, was hast du rausgekriegt?"

„Beim Frühstück gar nichts. Aber eine ganze Menge beim Mittagessen."

„Tja, dann stecke ich in einem Dilemma", erwiderte Casey. „Ich habe dich und Marc gleichzeitig in der Leitung, und ihr habt beide wichtige Neuigkeiten. Wer kommt zuerst?"

„Rede mit Marc", antwortete Patrick schnell. „Ich bin hier fertig. Ich bin schon am Flughafen, und der Flieger geht gleich. In ein paar Stunden bin ich zurück."

„Kann deine Information bis dahin warten?"

„Ja. Das wird sie sowieso müssen. Ryan muss dabei sein, wenn wir das durchgehen. Ist er im Büro?"

„Sicher." Casey warf einen Blick hinüber, wo Ryan vor seinem Monitor hockte. Er war gerade dabei, sich John Moranos frühere Beschäftigungsverhältnisse anzusehen, um herauszufinden, woher er so viel Geld hatte. „Ich sitze gerade bei ihm in der Höhle. Aber nicht mehr lange."

„Wieso nicht? Ich brauche deine Meinung genauso wie Ryans scharfes Auge."

„Kann ich dir meine Meinung nicht auch übers Telefon sagen?"

„Wahrscheinlich schon. Warum?"

„Weil ich gleich in die Hamptons rausfahre. Das ist eine lange Geschichte. Erzähl ich dir alles später. Lass mich jetzt mit Marc reden. Guten Flug." Sie wechselte erneut die Leitung. „Hey, Marc. Patrick ist auf dem Heimweg mit neuen Informationen, er klingt ganz aufgeregt."

„Bis er da ist, bin ich auch wieder im Büro", erwiderte Marc. „Ich esse gerade was in Simon's Beach Bakery Café. Das ist der Laden mit der gelben Markise, die man von Amandas Wohnung sehen kann, gleich die Straße runter."

„Ja, ich erinnere mich. Amanda hat erwähnt, dass sie und Paul dort oft gegessen haben."

„Ich verstehe jetzt auch, warum", teilte Marc ihr trocken mit. „Die Kuchen sind großartig. Heute Nacht mache ich hundert Liegestütze extra. Aber das ist es wert."

„Iss so viel davon, wie du willst. Du hast jede Menge Zeit. Du kommst noch nicht zurück. Wir treffen uns da draußen. Heute Abend haben wir eine Verabredung mit Lyle Fenton."

„Tatsächlich?"

„Sobald ich mit Amanda geredet habe. Ich bin gleich auf dem Weg ins Krankenhaus. Dann muss ich mich durch den Feierabendverkehr raus nach Long Island kämpfen." Casey warf einen Blick auf die Uhr. „Jetzt ist es halb vier, vielleicht schaffe ich es noch vor der Rush Hour. Redest du im Simon's mit jemand Bestimmtem?"

„Mit allen und jedem, von Simon, dem Besitzer, über die Angestellten bis zu den Gästen. Es ist ein beliebter Treffpunkt, nicht nur während der Saison. Jede Menge Einheimische unter den Stammgästen. Vielleicht hat jemand was Wichtiges über Paul zu sagen."

„Die Nachbarn und Freunde hast du also schon abgehakt?"

„Im Wesentlichen, ja. Sie waren alle bereit, mit mir zu reden, aber ich konnte nichts von Bedeutung herausfinden. Wenn der Bursche noch ein zweites Leben führte, hat er das sehr gut verborgen."

„Das würde ich auch, wenn ich in irgendwas Kriminelles verwickelt wäre."

„Klar. Jedenfalls muss ich hier noch einiges erledigen. Eigentlich wollte ich Schluss machen und zurückfahren, damit ich auf dem Expressway nicht zu lange brauche. Aber jetzt habe ich noch ein paar Stunden, bis du kommst. Ich will mit einigen der Auftragnehmer reden, die Paul angeheuert hat."

„Gute Idee." Casey war in voller Fahrt. „Übrigens, wenn Pauls Freunde und Nachbarn nichts Interessantes zu sagen hatten, dann hat das Interview mit Morano wohl was gebracht? Hast du deshalb angerufen? Hat Morano was gesagt, das mit Paul zu tun hat?"

„Nichts wirklich Eindeutiges. Aber, Casey, der Bursche ist viel zu glatt. Er hat auf meine Fragen geantwortet wie ein routinierter Politiker. Damit meine ich nicht, dass er daran gewöhnt ist, mit der Presse zu sprechen. Bisher hat er wahrscheinlich höchstens mal einem Lokalblatt ein Interview gegeben. Er hat sich mehr als notwendig vorbereitet oder wurde von jemand vorbereitet, nicht nur, was er sagen sollte, sondern auch, wie er es sagen sollte. Ich nehme ihm ja noch ab, dass es ihm Spaß macht, über sein tolles Projekt zu reden. Aber als ich Paul Everett erwähnte, ging er damit viel zu entspannt um."

„Auf welche Weise?"

„Sodass man glauben könnte, Paul wäre nicht umgebracht worden, sondern hätte sich bloß eine Gelegenheit durch die Lappen gehen lassen. Wenn der eigene Vorgänger ermordet wird, das würde doch jeden nachdenklich machen. Aber nicht Morano. Er hat das weggelacht, als hätte ich einen blöden Witz gemacht. Gleichzeitig wurde er misstrauisch, wieso ich überhaupt etwas über Everett wissen wollte. So glatt er auch ist, ich merkte, wie er seine Antennen ausfuhr. Das ganze Interview lief irgendwie komisch. Nichts Konkretes, worauf man mit dem Finger zeigen könnte. Bloß mein Bauchgefühl."

„Das reicht mir."

Und das war immer so. Nicht nur, weil Marc beim FBI als Profiler gearbeitet hatte. Sondern auch, weil er eben Marc war. Jedes einzelne Mitglied des Teams von *Forensic Instincts* hatte dieselbe besondere Fähigkeit – jeder auf seine ganz besondere Weise –, Dinge einfach zu wissen. Alle zusammen machten *Forensic Instincts* daher so außergewöhnlich.

„Okay", sagte sie. „Ich schlage Folgendes vor: Mach dein Ding bei Simon's, erledige deine anderen Gespräche, und bring den Mietwagen zurück. Ich rufe Claire an. Sie, Patrick und Ryan können sich hier zusammensetzen, sobald Patrick gelandet ist. Ich fahre raus in die Hamptons. Sobald ich da bin, machen wir alle eine Telefonkonferenz." Casey unterbrach sich. „Da wir gerade von Claire reden, es gibt noch was, das du wissen solltest. Sie hatte heute Morgen einige sehr betrübliche Empfindungen."

„Worüber?"

„Über das Baby. Also habe ich Amanda angerufen. Justin geht es wesentlich schlechter. Sein Fieber ist gestiegen, sie wollen eine Computertomografie seiner Brust machen und noch ein paar andere invasive Tests. Der Arzt meint, er hätte irgendeine sich ausbreitende Lungeninfektion. Die Atmung des Babys macht ihm Sorgen. Er will ihn wahrscheinlich an eine Lungenmaschine anschließen. Es sieht nicht gut aus. Amanda auch nicht. Sie ist beinahe hysterisch."

Marc atmete hörbar aus. „Diese arme Frau. Und das arme, unschuldige Kind."

„Das ist auch ein Grund, warum ich erst im Krankenhaus vorbeifahre. Vielleicht kann ich sie beruhigen, wenn ich ihr ein bisschen zu hoffen gebe. Ich erzähle ihr, was du alles machst und dass Patrick mit wichtigen Informationen auf dem Heimweg ist. Da muss ich allerdings vorsichtig sein, denn ich nehme an, dass es dabei um Lyle Fenton geht. Amanda soll noch nicht wissen, dass wir ihn in Verdacht haben. Aber der wird immer größer. Fenton ist bei alldem der einzige gemeinsame Nenner. Ich habe so das Gefühl, dass Amandas Onkel Lyle mit dem Verschwinden von Paul Everett zu tun haben könnte."

„Wäre wirklich keine Überraschung."

„Wie ich sagte, wir beide besuchen ihn heute Abend. Ryan sagt, er landet am späten Abend, gerade rechtzeitig zum Abendessen. Wir werden zum Dessert auftauchen. Unsere Fragen werden sich alle um Paul drehen – wie er so war, warum oder warum nicht Fenton mit ihm zusammenarbeitete, ob er je etwas darüber gesagt hat, wo er hinwollte, falls er die Hamptons je verlassen sollte – in der Art. Es soll so aussehen, als ob wir nichts anderes wollten als Fentons Hilfe bei der Suche nach dem Vater von Amandas Baby. Was ja auch stimmt. Aber währenddessen sehen wir uns diesen Mann mal ganz genau an. Egal, wohin wir auch schauen, er gerät immer ins Blickfeld."

Casey verzog nachdenklich den Mund, nachdem sie das Gespräch mit Marc beendet hatte.

„Willst du nicht langsam …" Ryan drehte sich zu Casey um und unterbrach sich. „Oh-oh. Den Blick kenne ich doch. Was immer dir gerade eingefallen ist, für mich bedeutet es noch mehr Arbeit."

Sie grinste. „Du verbringst zu viel Zeit in Claires Gegenwart, Ryan. Du entwickelst dich auch noch zum Hellseher. Außerdem lügst du wie gedruckt. Du liebst das doch. Je mehr du zu tun hast, desto glücklicher bist du."

„Ja, na ja, aber erzähl das bloß nicht den anderen." Ryan wurde ernst. „Also, worum geht's?"

Casey erhob sich und schlüpfte in ihren Mantel. „Ich möchte, dass du dir noch mal Paul Everett vornimmst", sagte sie. „Die Ergebnisse brauche ich, bevor ich nach Westhampton rausfahre."

Ryan zog die Brauen zusammen. „Was soll ich denn tun? Noch weiter zurückgehen? Oder tiefer graben? Ich habe mir seinen berufsmäßigen Hintergrund bereits ganz genau angesehen. Willst du seine schulische Laufbahn haben? Seine Noten im College? Seinen Uniabschluss?"

„Nein. Ich möchte, dass du seinen ganzen Lebensweg mit dem von John Morano vergleichst. Dessen Hintergrund hast du dir bis jetzt nur oberflächlich angesehen. Sieh bitte noch mal genauer nach. Mit allen möglichen Einzelheiten. Dann schau nach, ob er und Everett jemals zur selben Zeit am selben Ort waren – wo immer sie sich begegnet sein könnten. Wenn du bis in die Schulzeit zurückgehen musst, dann mach das. Ich will ganz sichergehen, dass die beiden sich nicht doch kannten."

„Um ausschließen zu können, dass Morano nicht doch etwas mit Everetts Verschwinden zu tun haben könnte."

„Ganz genau."

„Ist schon so gut wie erledigt." Ryans Finger flogen bereits über die Tastatur. „Bis zu unserer Telefonkonferenz hast du die Antworten."

Der Mann parkte nur ein paar Gebäude von dem Sandsteinhaus entfernt, der Wagen war hinter einem Müllberg auf der Straße verborgen. Die Dämmerung brach bereits über der Stadt herein, die Dezembertage waren unglaublich kurz. Der Mann war ganz in Schwarz gekleidet und in dem schwindenden Tageslicht beinahe unsichtbar. Trotzdem wollte er kein Risiko eingehen. Als Casey aus dem Haus kam, beugte er sich tief hinter das Lenkrad. Sie überquerte die Straße und betrat eine Tiefgarage. Wenige Minuten später kam der Van des FI-Teams die Rampe hoch, bog links ab und fuhr davon.

Er wartete ein paar Augenblicke.

Dann legte er den Gang ein, fädelte sich in den Verkehr ein und folgte ihr.

Claire saß mit gekreuzten Beinen auf ihrem Futon, mit dem Gummiherz in der Hand, das Amanda ihr geliehen hatte. Dieses kleine Andenken an Paul löste bei ihr die stärksten Reaktionen aus. Sie konnte spüren, wie diese binäre Energie gleich einem Fluss durch sie hindurchströmte. Sie sah Paul vor ihrem inneren Auge und fühlte seine widerstreitenden Emotionen. Doch plötzlich sah sie ihn nicht mehr vor sich, und die Gefühle, die das Herz ihr übermittelte, verwandelten sich in nichts.

Sie kam nicht dahinter, was der Grund dafür sein mochte, und das trieb sie in den Wahnsinn. Sie musste diese Spinnweben aus ihrem Hirn verscheuchen und versuchen, zum Kern ihrer seltsamen Reaktionen vorzudringen. Ihr Bauchgefühl sagte ihr, dass sie dann etwas Konkretes finden würde, mit dem sie arbeiten könnte.

Claire fuhr zusammen, als ihr Handy klingelte. Bei ihren Bemühungen, hinter das Geheimnis von Paul Everetts Energien zu kommen, wollte sie nicht gestört werden. Wer immer das war, er sollte später noch mal anrufen.

Doch der Signalton drang unerbittlich in ihre inneren Bereiche vor. In der Absicht, auf „Ignorieren" zu drücken, damit der Anrufer eine Nachricht hinterlassen konnte, angelte sie nach dem Gerät und warf einen Blick auf das Display. Es war Casey. Einen Anruf von ihr konnte sie nicht einfach unbeachtet lassen. Nicht in dieser brenzligen Situation.

Stattdessen schob sie ihren eigenen Frust beiseite, drückte auf „Annehmen" und hob das Handy ans Ohr. „Hi, Casey."

„Hi. Tut mir leid, dass ich dich störe. Ich weiß ja, dass du mit diesen persönlichen Gegenständen arbeitest, die du von Amanda hast. Aber ich wollte dich auf dem Laufenden halten und dich bitten, für ein paar Stunden ins Büro zu gehen. Wir machen später eine Telefonkonferenz mit dem ganzen Team, damit …"

„Stopp." Claire unterbrach Casey scharf. „Ich wollte dir nicht ins Wort fallen, aber irgendwas stimmt nicht."

„Was? Du meinst, mit dem Baby?"

„Nein, bei dir. Dieses Gefühl, das ich neulich hatte. Jetzt ist es wieder da. Casey, jemand beobachtet dich." Sie zögerte. „Wo genau bist du?"

„Im Wagen."

„Dann wirst du von jemandem verfolgt. Er ist ganz in Schwarz gekleidet. Sein Gesicht kann ich nicht klar erkennen, nur einen Umriss im Schatten. Aber er strahlt eine dunkle Energie aus. Verriegele die Türen. Und fahr nicht an irgendwelche abgelegenen Orte. Bleib im dichten Verkehr."

„Da mach dir mal keine Sorgen", erwiderte Casey trocken und suchte im Rückspiegel nach verdächtigen Fahrzeugen. „Ich bin mitten in Manhattan. Ich fahre kurz beim Krankenhaus vorbei und dann raus in die Hamptons. Das ist ungefähr so abgelegen wie der Times Square in der Silvesternacht." Sie rutschte im Sitz hin und her. Trotz ihrer flapsigen Reaktion war ihr nicht wohl bei der Sache. „Ist er bewaffnet?"

105

„Das weiß ich nicht." Claire klang außerordentlich beunruhigt. „Aber er verfolgt uns und Amanda zu einem Zweck. Irgendwann wird er etwas unternehmen. Und was immer das ist – es ist bedrohlich. *Er* ist bedrohlich."

„Ich verstehe." Casey wünschte bloß, sie könnte herausfinden, welcher Wagen in dem auf mehreren Spuren dahinfließenden Verkehr hinter ihr her war. „Ich sorge dafür, dass ich keine Sekunde allein bin. Ich parke nicht in der Tiefgarage des Krankenhauses … da müsste ich durch einen Tunnel laufen, um in das Gebäude zu kommen. Ich fahre zu einem der Parkplätze an der 69th Street zwischen First und Second Avenue. Da kann ich den Wagen abstellen und mich unter die Leute mischen. Es ist gerade Feierabend. Jede Menge Menschen kommen aus ihren Büros und wollen nach Hause. Da falle ich überhaupt nicht auf."

„Das ist gut. Bei diesem Tunnel habe ich gar kein gutes Gefühl. Da wärst du nicht sicher. Aber das Krankenhaus steht auch unter Beobachtung." Claire presste die Finger an ihre Schläfen. „Ich spüre so ein Hämmern im Kopf. Da passiert gerade zu viel gleichzeitig. Aber nichts davon ist gut."

„Passiert mit dem Baby auch was?", fragte Casey schnell.

Claire schwieg eine Sekunde. „Geh zu Amanda", erwiderte sie dann mit tiefer und angespannter Stimme. „Sie braucht dich jetzt."

11. KAPITEL

Die letzten Meter vom Parkplatz bis zum Krankenhaus rannte Casey fast. Minuten später war sie in der Abteilung für Knochenmarktransplantation. Es war alles ganz still ... zu still. Es war nicht diese Art Stille, die auf einer Station mit so ernsten Fällen nun einmal herrschte, sondern eine andere Art Stille, die Casey sofort verriet, dass etwas nicht in Ordnung war.

Sie hielt die erste Schwester an, die ihr über den Weg lief.

„Ist Amanda Gleason hier? Sie müsste bei ihrem Sohn Justin sein."

„Und wer sind Sie?", wollte die Schwester wissen.

„Ein Freundin von ihr. Ich heiße Casey Woods. Wäre nett, wenn Sie mich zu Amanda bringen könnten."

„Sie ist nicht hier, Ms Woods. Sie ist bei Justin, aber auf der pädiatrischen Intensivstation. Mehr kann ich Ihnen leider auch nicht sagen."

Großer Gott, dachte Casey stumm. „Wo befindet sich die?"

Die Schwester beschrieb ihr den Weg. „Aber dort wird man Sie nicht reinlassen."

„Das weiß ich. Ich möchte Amanda nur wissen lassen, dass ich da bin."

Casey rannte weiter und war völlig außer Atem, als sie vor der verschlossenen Tür der Intensivstation ankam. Sie drückte auf den Knopf, musste Ewigkeiten warten, bis sich jemand meldete, der jedoch tatsächlich Amanda informierte, denn sie kam ein paar Minuten später heraus. Sie bewegte sich wie ferngesteuert und hatte tiefe Sorgenfalten im blassen Gesicht.

„Was ist passiert?", fragte Casey ohne Vorrede.

„Die Ergebnisse der Bronchoskopie sind da", erwiderte Amanda tonlos. „Justin hat jetzt auch eine bakterielle Lungenentzündung. Zusätzlich zu der Parainfluenza. Dr. Braeburn hat ihn an ein Beatmungsgerät angeschlossen. Er bekommt kaum noch Luft, Casey." Amanda liefen Tränen über die Wangen, ihre Stimme versagte. „Die Situation ist so gefährlich, dass ich es kaum noch aushalte. Wenn die Antibiotika nicht wirken ... Wenn das Beatmungsgerät nicht mehr ausreicht ..."

„Sagen Sie nicht so was", unterbrach Casey. „Daran dürfen Sie nicht einmal denken."

„Wie soll ich das denn anstellen?" Amanda hob hilflos beide Hände. „Der Arzt kann auch nichts anderes mehr sagen, als dass wir jetzt ganz dringend einen Spender finden müssen."

„Wir werden Paul finden." Casey zögerte keine Sekunde. „Das versichere ich Ihnen. Marc befragt in diesem Augenblick Leute in der Simon's Beach Bakery, und Patrick ist auf dem Rückflug aus Washington mit Informationen, die offenbar wichtig sind. Und Justin ist ein Kämpfer – das haben Sie selbst gesagt. Er wird durchhalten, bis wir Paul gefunden haben." Das muss er einfach, dachte sie bei sich.

Amanda nickte zweifelnd. „Ich muss wieder rein. Die Schwester sagte, Sie müssten mich unbedingt sehen."

„Das stimmt." Jetzt wurde es heikel. „Wir sind dabei, mit jedem zu reden, der Paul kannte, wenn auch nur ganz flüchtig. Jetzt müssen wir dringend mit Ihrem Onkel sprechen."

„Meinem Onkel?" Amanda blinzelte. „Wieso? Er hat Paul doch kaum gekannt. Und wenn er irgendetwas wüsste, hätte er es mir sofort nach Justins Diagnose erzählt."

„Das hätte er ganz sicher. Aber nach unseren Erfahrungen besitzen die Menschen oft Informationen, von denen ihnen gar nicht klar ist, dass sie sie haben. Es ist durchaus möglich, dass Ihr Onkel mal etwas aufgeschnappt hat, vielleicht bei einer beiläufigen Unterhaltung oder einer geschäftlichen Besprechung, das ihm damals so unwichtig erschien, dass er es sofort vergessen hat."

„Und Sie glauben, Sie könnten in der Lage sein, seinem Gedächtnis auf die Sprünge zu helfen." Amanda klang eher nachdenklich als misstrauisch. Aber sie hatte ja auch keinen Grund zu der Annahme, dass Casey nicht vollkommen aufrichtig sein könnte. „Ich glaube nicht, dass das was bringt. Onkel Lyle hat ein Gedächtnis wie ein Elefant. Andererseits glaubt er immer noch, dass Paul tot ist – und an Tote verschwendet er normalerweise keinen Gedanken mehr. Einen Versuch könnte es vielleicht wert sein."

Die Gelegenheit ließ Casey sich nicht entgehen. „Bei Justins Zustand sollten wir keine Sekunde verschwenden. Ich würde gern heute Abend noch in die Hamptons rausfahren, Marc auflesen und dann rüber nach East Hampton, wo Ihr Onkel sein Anwesen hat. Dann könnten wir sofort mit ihm sprechen. Meinen Sie, er wäre dazu bereit?"

„Sicher – wenn er denn da ist." Amanda runzelte die Stirn. „Ich habe keine Ahnung, wie sein Terminkalender aussieht. Er könnte überall sein, vielleicht sogar hier in Manhattan." Sie holte ihr Handy heraus und schaltete es wieder an; da auf der Intensivstation Handys natürlich verboten waren. „Ich frage mal kurz nach, damit Sie die lange Fahrt nicht umsonst machen."

Casey wartete ungeduldig. Es dauerte mehrere Minuten, in denen Amanda offenbar einige Male weiterverbunden wurde, bis sie das Gerät wieder abschaltete.

„Das am Schluss war Frances, seine Haushälterin", erklärte sie. „Anscheinend war mein Onkel unten in Washington. Aber er kommt heute Abend zurück. Sie hat ihn erreicht, und er meinte, Sie und Marc könnten heute Abend um acht vorbeikommen. Schaffen Sie das?"

„Das klappt schon." Casey drückte ihre Hand. „Gehen Sie jetzt wieder rein zu Justin. Aber verlieren Sie die Hoffnung nicht."

„Das versuche ich. Aber es wird mit jedem Rückschlag schwerer." Amanda presste die Lippen zusammen. „Fahren Sie los. Wenn mein Onkel Ihnen helfen kann, dann wird er das auch tun."

Das wird er in der Tat, dachte Casey. *Viel mehr, als ihm selber klar sein wird.*

Amanda sah Casey nach und versuchte, die in ihr aufsteigende Panik zu bekämpfen, die alles andere überlagerte. *Forensic Instincts* wollte mit ihrem Onkel reden. Für die war das vielleicht ein Schritt in die richtige Richtung. Aber ihr kam es vor wie hoffnungsloses Greifen nach Strohhalmen. Selbst wenn Onkel Lyle sich an irgendetwas Wichtiges über Paul erinnern sollte – was sie stark bezweifelte –, wie lange sollte es dann noch dauern, bis sie irgendetwas Konkretes in Erfahrung brachten und Paul fanden? Wochen? Noch länger?

Vielleicht hatte Justin nur noch Tage zu leben.

Langsam wurde es Zeit, dass sie nach ihren eigenen Strohhalmen griff.

Als Melissa die Idee zum ersten Mal aufbrachte und sie dazu drängen wollte, nicht alles auf eine Karte zu setzen, hatte Amanda nichts davon gehalten. Aber jetzt ging es Justin noch schlechter, und Amanda war längst jenseits der Verzweiflung. Außerdem war die Idee durchaus vielversprechend. Schließlich hatte sie auch so ihre Kontakte. Melissa würde alles arrangieren.

Das Team von *Forensic Instincts* brauchte davon nichts zu wissen. Es würde sie nur von der gegenwärtigen Richtung ihrer Ermittlungen ablenken, und es würde sie zudem verärgern, beides wäre von Amanda nicht von Vorteil. Sie hatte nichts anderes vor, als noch mehr Leute nach Paul suchen zu lassen.

Und vielleicht, vielleicht würde die richtige Person – jene Person, die Paul gesehen hatte – irgendwo da draußen sein und auf ihren Hilferuf reagieren.

FBI
Außenstelle New York
26 Federal Plaza, Manhattan
Büro des stellvertretenden Direktors

Supervisory Special Agent Neil Camden, Chef der Ermittlungsgruppe, die die kriminellen Unternehmungen einer Mafiafamilie namens Vizzini untersuchte, mochte es gar nicht, sich Vorhaltungen anhören zu müssen. Schon gar nicht vom Leiter des New Yorker Büros.

Aber nichts anderes passierte in diesem Augenblick.

James Kirkpatrick, sein direkter Vorgesetzter im Hauptquartier unten in Washington, D.C, Chef der Abteilung für organisiertes Verbrechen auf den amerikanischen Kontinenten, war im Voraus von dieser Besprechung in Kenntnis gesetzt worden. Und war gar nicht begeistert. In Anbetracht der gewaltigen Ressourcen, die in diese Operation gesteckt worden waren, war das allerdings auch keine Überraschung. Es führte bloß dazu, dass Camden sich noch ineffizienter vorkam.

„Was haben Sie und Ihr Team denn die ganze Zeit überhaupt gemacht?", wollte der stellvertretende Direktor Gary Linden wissen. „Ich habe mich bei dieser Sache richtig aus dem Fenster gelehnt. Da erwarte ich Ergebnisse. Die Ermittlung hat absolute Priorität. Wir haben nur begrenzt Zeit und noch begrenztere Mittel."

„Das ist mir klar, Sir." Camden spürte den Schweißfilm auf seiner Stirn. „Und wir machen Fortschritte. Es ist jetzt eine feststehende Tatsache, dass Lyle Fenton in diese Angelegenheit verwickelt ist."

Linden nickte knapp. „Das ist keine große Überraschung mehr."

„Außerdem hat die Minikamera, die wir in John Moranos Büro installiert haben, seine Zahlungen an die Mafia aufgenommen. Wir haben die Bilder ausgewertet. Es handelt sich eindeutig um Mitglieder der Vizzini-Familie. Und da die Vizzinis die Gewerkschaftsbosse in der Tasche haben, kann keine Baufirma mit den Bauarbeiten anfangen, solange die Bedingungen den Vizzinis nicht zusagen."

„Toll", sagte Linden sarkastisch. „Das ist doch alles nichts Neues. Glauben Sie, ich hätte Ihre Ermittlungsgruppe darauf angesetzt, bloß um ein paar Ganoven zu schnappen, die Bestechungsgelder einsammeln, oder um herauszukriegen, dass die Mafia Gewerkschaften kontrolliert? Was wir wirklich herausfinden müssen, ist, wer eigentlich hinter dieser ganzen Operation steckt. Ich betone, der ganzen Operation, nicht bloß hinter irgendwelchen erpresserischen Machenschaften. Könnte es Fenton sein? Jemand anders? Sind noch andere Mafiafamilien beteiligt? Wer schmeißt da eigentlich für die Vizzinis den Laden? Das will ich alles wissen – und außerdem will ich dafür Beweise haben, um vor Gericht gehen zu können. Sonst sehen wir doch aus wie die letzten Volltrottel, die einem toten Gaul die Sporen geben."

Camden nickte. „Ich verstehe, Sir. Wir stehen ja kurz vor dem Durchbruch. Wir brauchen nur noch ein bisschen Zeit."

„Uns läuft aber die Zeit davon. Und das Geld geht uns auch aus. Sie müssen herausfinden, wer hinter allem steckt, und die Beweise besorgen, die wir für eine Verurteilung brauchen. Und zwar nicht bald, Camden. Gestern."

Zur vereinbarten Zeit saßen Casey und Marc in Amandas Apartment auf dem Sofa im Wohnzimmer und wählten sich in die Telefonkonferenz ein.

„Alle versammelt?", begann Casey.

„Komplett", antwortete Ryan für die ganze Gruppe. „Alle da, einschließlich Hero, der meine Kekse frisst und auf meine Schuhe sabbert."

„Prima. Patrick, fangen wir am besten mit dir an, denn mit Marc habe ich schon gesprochen. Er bringt euch hinterher auf den neusten Stand. Was hast du in Washington herausgefunden?"

Patrick trug kurz und bündig vor. Er fing an mit dem Hinweis in dem Coffee Shop, der bisher zu nichts geführt hatte, und berichtete dann, was er bei Fentons und Mercers gemeinsamem Mittagessen in Erfahrung bringen konnte. „Ich hoffe immer noch, dass sich diese Kellnerin bald meldet", schloss er. „Ich befürchtete, ihn vielleicht zu verschrecken, wenn ich mich noch länger dort aufhielte – immer angenommen, dieser Stammkunde war tatsächlich Paul Everett –, obwohl Evelyn sich ziemlich sicher zu sein schien. Diese Spur ist also auch noch nicht ganz kalt. Aber das Mittagessen, das war dann wirklich ein Quell der Erkenntnis."

„Und das ist noch weit untertrieben", stimmte Casey zu. „Dass Fenton diesen Mercer ganz klar in der Tasche hat, ist noch das Wenigste, denn so eine große Überraschung ist das ja nicht. Also konzentrieren wir uns mal auf das Wesentliche, nämlich dass Fenton ihn praktisch an die Wand quetschte, um ihn dazu zu zwingen, noch am selben Abend mit ihm zurück nach Hause zu fliegen und sich gleich morgen einem Test zu unterziehen, ob er als Spender für Justin infrage kommt. Da geht es doch nicht um irgendwelche politischen Vorteile, die das Mercer vielleicht einbringen könnte. Das ist eine ganz persönliche Angelegenheit. Und Fenton verlangt außerdem noch, dass Mercer auch seine Kinder testen lässt. Nach dem, was du gerade gesagt hast, Patrick, ist ihm Mercers Frau erst hinterher eingefallen, sozusagen um den Anschein wahren zu können."

„Das ist richtig." Patrick war voller Eifer. „Ich habe alles mit dem iPad aufgenommen, ihr könnt es euch also selbst ansehen. Außerdem habe ich verfolgt, was seither passiert ist. Gerade mal eine Stunde nach dem Essen hat Mercers Presseabteilung eine Presseerklärung herausgegeben, die fast wörtlich der Geschichte folgt, die Fenton sich beim Essen hat einfallen lassen. Eine heroische Tat des Abgeordneten und seiner ganzen Familie, um einen todkranken Säugling zu retten, dessen Mutter in Mercers Wahlkreis wohnt. Morgen früh wird die Lokalpresse dieses Krankenhaus in den Hamptons belagern. Jede Menge Schnappschüsse des heldenhaften, mitfühlenden Abgeordneten, tolle Artikel voller Lobeshymnen."

„Ohne jeden Zweifel. Aber wir wissen ja alle, dass Mercer das nicht aus reiner Menschenliebe tut." Casey machte eine Pause. „Ryan …"

„Schon dabei", ließ Ryan sich vernehmen. „Mein Gesichtserkennungsprogramm und ich sind bei der Arbeit. Wir vergleichen die Gesichtszüge, Knochenstruktur und so weiter, von Fenton und Mercer. Wenn es irgendwelche körperlichen Eigenschaften gibt, die eine genetische Verwandtschaft nahelegen, werden wir sie finden. Ich habe mir außerdem so viele Fotos wie möglich von den Zwillingen besorgt. Was sie so bei Facebook gepostet haben, ist ganz gut, aber leider nicht gut genug für mich. Ich suche noch nach besseren. Um auch nur die kleinste Ähnlichkeit zwischen Fenton und den Mercers feststellen zu können, muss ich so präzise wie möglich arbeiten. Aber keine Sorge. Ich hacke mich überall rein, wo ich reinmuss. In einer

Stunde habt ihr die Ergebnisse."

„Das habe ich nie bezweifelt." Casey kaute nachdenklich auf ihrer Unterlippe. „Somit ändern sich auch unsere Prioritäten, wenn Marc und ich nachher mit Fenton reden."

„Macht die Liste jedenfalls noch länger", kommentierte Marc.

Seine Stimme brachte Claire dazu, ein anderes Thema anzusprechen. „Marc, bei deiner Begegnung mit John Morano ist dir etwas aufgefallen. Was war das?"

„Ich habe ihr erzählt, was du gesagt hast, Marc", steuerte Ryan mit diesem „Erwischt-Tonfall" bei, den er nur bei Claire an den Tag legte. „Diesmal ist sie nicht ‚Claire-voyant'. Sie hat sich auch angesehen, was meine Recherchen über den Hintergrund von Everett und Morano bis jetzt ergeben haben. Ihre Frage basiert auf Tatsachen, nicht auf übersinnlicher Inspiration."

Claire seufzte gottergeben. „Ich habe nur was gefragt, Ryan, nicht was verkündet."

„Wollte nur sichergehen, dass das klar ist."

„Ist es", versicherte Marc ihm mit einem schiefen Grinsen. „Was Morano angeht, der Kerl war viel zu gut vorbereitet. Und viel zu unbesorgt darüber, ob der Mord an seinem Vorgänger Paul Everett irgendwelche Auswirkung auf den Bau seines Fünfsternehotels haben könnte. Irgendwas stimmt da nicht. Ich weiß bloß nicht, was."

„Meine Hintergrundrecherche von Everett und Morano läuft noch, ich schaffe so viele Einzelheiten ans Tageslicht wie möglich." Ryan überflog, was seine Arbeit bisher ergeben hatte. „Ich habe alle Firmen überprüft, bei denen oder für die sie je gearbeitet haben, alle Vereinigungen, in denen sie Mitglied waren, sämtliche Zertifikate, die sie je erwarben. Ich habe ihre finanziellen Verhältnisse genau analysiert, jedes einzelne Konto. Als Nächstes nehme ich mir die Familien vor, bis hin zu den letzten entfernten Verwandten, die sich möglicherweise kennen könnten. Danach sehe ich mir den Ausbildungswerdegang und die Schullaufbahn an, einschließlich aller begleitenden Aktivitäten, von Ferienlagern im Sommer bis hin zu den Sportteams. Wenn es sein muss, gehe ich zurück bis zum verdammten Kindergarten. Aber bis jetzt sind sie sich nirgends über den Weg gelaufen oder werden im selben Zusammenhang erwähnt."

„Nicht bis zu dem Hotelprojekt und der Kontroverse darum", warf Marc ein.

„Genau. Sobald das ins Spiel kam, stand in den Zeitungen jede Menge über die bevorstehende Invasion der ‚Citidiots‘ aus Manhattan und die unterschiedlichen Ansichten der Einheimischen. Aber selbst wenn Morano und Everett in diesem Zusammenhang im selben Artikel erwähnt wurden, dann völlig unabhängig voneinander. Everett wurde ermordet. Morano sicherte sich sein begonnenes Projekt. Punkt."

„Haben sich die Zeitungen überhaupt näher mit dem Mord befasst?", fragte Casey. „Irgendwelche Spekulationen, wer Paul umgebracht haben könnte?"

„Hier und da ein Absatz über den ungeklärten Mordfall – aber eher dramatisch als spekulativ. Du weißt schon: ‚War Paul Everett bloß ein unschuldiges Opfer, oder war er ein Spieler ums ganz große Geld, der sich mit den falschen Typen eingelassen und den ultimativen Preis dafür bezahlt hat?‘ Aber das waren alles Nachrichten von gestern, die Artikel erwähnten es nur nebenbei. Eigentlich ging es darum, ob das Hotel nun gebaut werden sollte oder nicht."

„Wie ihr euch erinnert, hat der Mord an Paul schon damals, als er passierte, nicht viel Aufmerksamkeit erregt", rief Marc ihnen ins Gedächtnis. „Deshalb konnte Amanda mir so gut wie keine Medienberichte zeigen, als sie zum ersten Mal zu uns kam. Paul war keine Berühmtheit. Er war bloß ein ausgefuchster Immobilientyp, der eine gute Gelegenheit witterte und zugriff. Aber es wurde noch nicht gebaut, sodass die Öffentlichkeit zum größten Teil noch gar nichts von seinen Plänen wusste. Nur die direkt Betroffenen. Und die hatten keinerlei Anlass, seine Ermordung mit einem Projekt in Verbindung zu bringen, das noch längst nicht unter Dach und Fach war."

„Das ist klar", stimmte Patrick zu. „Sonst hätte auch die Polizei mit mehr Nachdruck in dieser Richtung ermittelt. Hat sie aber nicht." Er zögerte. „Es gibt aber natürlich Leute, die so einen Mord durchziehen können, ohne irgendwelche Spuren zu hinterlassen."

„Paul Everett ist *nicht* tot", stellte Claire fest. „Ich kann auch nicht erklären, wieso ich da so sicher bin, besonders weil ich bei ihm eine so komische und widersprüchliche Energie wahrnehme, aber ich bin es. Ich wünschte bloß, ich könnte eine tiefere Verbindung herstellen. Heute habe ich endlose Stunden damit verbracht, dieses Klebeherz in der Hand zu halten und seine Energie zu analysieren. Es ist, als könnte ich jeden Augenblick ein Fenster öffnen und hineinblicken, aber plötzlich ist es weg. Nicht bloß die Chance, es zu öffnen, sondern das ganze

Fenster. Es ist zum Wahnsinnigwerden."

„Das bestätigt, was mein Bauchgefühl mir schon längst verrät", erwiderte Casey. „Nämlich dass entweder Paul Everett genau das wollte oder derjenige, der Paul Everett aus seinem Wagen geschleift hat. Was bedeutet, Paul ist entweder das Opfer oder selbst ein Verbrecher. Umso mehr Grund, ihn aufzutreiben. Vor allem natürlich für Justin. Aber auch, um ihn entweder der Justiz zuzuführen – oder ihn zu retten. Im Moment ist das Warum hinter allem ziemlich unwichtig. Wichtig ist nur, dass wir ihn finden, weil das Justins einzige Überlebenschance zu sein scheint."

„Dann wissen wir ja alle, was wir zu tun haben", sagte Ryan.

„Ich möchte Amanda im Krankenhaus besuchen", sagte Claire. „Da Casey und Marc nicht da sind, ist das für mich heute Abend die ideale Gelegenheit. Außer ihnen habe ich am meisten Zeit mit ihr verbracht. Ich möchte sehen, wie es ihr und dem Baby geht. Ich würde auch gern etwas berühren, das mit dem Baby in Kontakt war – vielleicht ein Laken oder eine Decke, die er jetzt auf der Intensivstation nicht mehr hat. Und ich möchte feststellen, ob ich auf dem Weg ins Krankenhaus irgendwas Merkwürdiges wahrnehmen kann."

„Was meinst du mit merkwürdig?", fragte Ryan.

„Sie will damit sagen, dass sie fühlt, dass wir beobachtet und verfolgt werden", erklärte Casey. „Wir und Amanda."

„Warum?"

„Das weiß ich nicht", sagte Claire. „Aber es wird immer bedrohlicher."

„Bist du sicher?" Dieses Mal verhöhnte Ryan ihre Begabung nicht.

„Ganz sicher."

„Dann solltest du nicht allein gehen", warf Patrick ein. „Ich komme mit. Ich bin in so was ausgebildet. Vielleicht fällt mir etwas auf, das dir entgeht. Außerdem liegt bei mir gerade nichts Aktuelles an. Und ich will nicht dumm rumsitzen und darauf warten, dass diese Kellnerin mich anruft. Ich muss irgendwas tun."

„Gut." Casey fand die Idee gut. Patrick hatte scharfe Augen, Claire hatte eine übersinnliche Begabung, zusammen wären sie sicher. „Wir wissen also alle, wo jeder von uns heute Abend ist und was er tut. Falls es was Interessantes gibt, melden wir uns bei Ryan. Wenn nicht, sind Marc und ich bis Mitternacht wieder da. Dann können wir weiterreden."

12. KAPITEL

Das Anwesen von Lyle Fenton in East Hampton hätte leicht Platz für einen ganzen vorstädtischen Straßenzug geboten.

Heute Abend fuhr Marc, sodass Casey sich von ihrem Kampf durch die Feierabendstaus hier heraus erholen konnte. Er bog in die mit Pflastersteinen ausgelegte Einfahrt, hielt vor dem Tor, drückte auf einen Knopf und wartete, dass jemand antwortete. Nachdem die bewegliche Kamera über den Van und die Insassen geglitten war und jemand am anderen Ende ihre Identität bestätigt hatte, schwang das schmiedeeiserne Tor auf, und sie durften passieren.

Mit Ryans Nachtsichtkamera schoss Casey ein paar Fotos des Grundstücks und des herrschaftlichen Hauses, während der Van sich einige Serpentinen an einem Gästehaus vorbei zu einem palastartigen Hauptgebäude hochkämpfte.

„Eindrucksvoll", kommentierte Marc trocken. „Wenn auch ein wenig pompös für meinen Geschmack."

Casey verzog die Lippen zu einem Lächeln. Marc hasste Extravaganz, solchen aufdringlichen Protz. „Ja, geht mir genauso. Wäre für mich auch ein bisschen viel. Ich würde mich schon verlaufen, wenn ich mir bloß mal eine Flasche Wasser aus dem Kühlschrank holen will." Sie warf einen Blick auf ihre Kamera. „Man weiß nie, wann solche Fotos nützlich werden könnten. Natürlich glaube ich nicht, dass auf Fentons Rasen irgendetwas Belastendes zu finden sein könnte. Da wird uns Patricks iPad-Videoaufnahme sicher viel mehr nützen. Trotzdem, vielleicht können die anderen auch mal einen Eindruck von der Größenordnung gebrauchen."

„Ganz bestimmt." Für Marc waren visuelle Eindrücke ebenso wichtig wie extreme Gründlichkeit. Je mehr exakte Daten sie zusammentragen konnten, desto besser. „Fenton wird vermutlich ein bisschen raubeinig sein, aber ganz sicher auch ziemlich clever. Kein Mensch baut sich so ein Geschäftsimperium auf, wenn er dauernd in die Scheiße tritt. Ob er nun dreckig ist oder sauber – und wir wissen ja beide, was auf Fenton eher zutrifft –, er hat was im Kopf. Wir müssen hier sehr vorsichtig vorgehen, wenn wir etwas erreichen wollen."

Casey nickte. „Sicher. Ich bin bloß froh, dass wir unser Drehbuch noch mal gründlich durchgegangen sind. Obwohl wir beide wissen, dass wir davon abweichen müssen. Schließlich hat Fenton seinen eigenen Plan – nicht bloß, was er aus uns herauskriegen will, sondern vor allem, was er auf keinen Fall verraten will."

„Dann setzen wir ihn eben unter Druck. Aber wir erledigen das auf jeden Fall."

Casey musterte ihn von der Seite. „Bloß keine Drohungen, Marc. Ich will nicht, dass Fenton dahinterkommt, worauf wir eigentlich aus sind."

„Ich werde dem Typ schon nichts antun." Jetzt war es an Marc, verkniffen zu lächeln. „Was nicht heißt, dass ich das nicht gern würde. Besonders wenn er dafür verantwortlich ist, dass Paul Everett seinem todkranken Kind nicht helfen kann."

„Um das herauszufinden, sind wir ja da." Casey blickte aus dem Fenster, als der Van vor dem Haus zum Stehen kam. Die Eingangstür öffnete sich bereits. „Showtime", murmelte sie.

Lyle Fenton wirkte wie eine Mischung aus einem steinreichen Unternehmer und einem Boxer im Ruhestand. Er war zwar untersetzt, aber eher kompakt und muskulös als schwabbelig. Seine mächtigen Schultern sprengten fast das Jackett seines zweitausend Dollar teuren Anzugs, seine physische Präsenz erinnerte Casey an eine Bulldogge. Er hatte eine rötliche Hautfarbe, was den Eindruck eines harten Burschen noch betonte, und dichtes dunkles Haar mit einigem Grau drin. Aber ob er nun in teuren Klamotten steckte oder nicht, ihm fehlten die Manieren und die Ausstrahlung, die er rüberbringen wollte. Seine Schule waren finstere Gassen gewesen, in denen man sich mit Schlägen oder der Androhung von Schlägen durchsetzte; erst später hatte er seine gegenwärtige Position des Reichtums und der damit einhergehenden Autorität erlangt. Wenn ihm das auf ehrliche Art gelungen war, wäre er ein bewundernswerter Mann. Aber wenn er so schmierig war, wie Casey vermutete, hätte sie für ihn alles andere als Bewunderung übrig.

Er führte sie höchstpersönlich in sein Arbeitszimmer und schloss die Tür hinter sich. „Ms Woods, Mr Devereaux." Er schüttelte ihnen die Hände, musterte Marc kurz, sah dann weg. Marc konnte ziemlich bedrohlich wirken, wenn er wollte, und in diesem Augenblick wollte er das. „Amanda hat mir alles über Ihre Firma erzählt und über Ihre Bemühungen, ihr in dieser fürchterlichen Situation zu helfen. Ich bin Ihnen überaus dankbar."

Okay, der Typ machte ihnen was vor. Das war Casey nach wenigen

Sekunden klar. Er war inzwischen seit ein paar Stunden zu Hause, aber er hatte bis jetzt nicht mal seinen Schlips gelöst, ganz zu schweigen davon, in etwas Bequemeres zu schlüpfen. Er war angezogen wie ein Konzernherr, und er gab den besorgten Onkel. Aber die Fassade war so durchschaubar, wie seine Manieren gezwungen wirkten. Er war der Inbegriff eines reich gewordenen Straßenköters, aber er führte sich auf, als wäre er mit Gouvernanten aufgewachsen und von Privatlehrern auf Eliteuniversitäten vorbereitet worden. Dabei war das eigene Unbehagen an der Aufführung mit Händen zu greifen, von dem übertrieben formellen Händeschütteln über die zusammengekniffenen Lippen bis zu der Tatsache, dass er ihnen nicht gerade in die Augen sehen konnte. Und dieses letzte Detail seiner Körpersprache, nun ja, das roch geradezu nach mehr als bloß einem bisschen Getue.

Lyle Fenton spielte eine Rolle – und das nicht gerade gut.

„Das ist unser Job, Mr Fenton." Casey ergriff mit Absicht seine Hand mit beiden Händen und blickte ihm unverwandt in die Augen. „Wir wurden engagiert, um Amanda zu helfen. Wir wissen es außerordentlich zu schätzen, dass Sie uns so kurzfristig empfangen können."

Ganz wie Casey hoffte, blickte Fenton rasch und überrascht zu ihr. Was sie nicht im Geringsten schockierte. Fenton war daran gewöhnt, sich in einer Männerwelt zu bewegen. Einer starken, selbstsicheren Frau zu begegnen, die auch noch die Chefin zu sein schien, war für ihn eine Seltenheit, vielleicht sogar das erste Mal. Das konnte sie zu ihrem Vorteil nutzen. Mit einem bisschen Glück könnte sie Fenton ein wenig aus dem Gleichgewicht bringen.

„Nehmen Sie bitte Platz." Fenton deutete auf zwei gepolsterte Ledersessel gegenüber seinem Schreibtisch. Der Schreibtisch war beeindruckend – riesig, Mahagoni, teuer –, und an der Wand dahinter hingen lauter Fotos, die nichts anderes als Macht ausdrücken sollten. Fenton im Hauptquartier seines Konzerns, umgeben von beflissenen Untergebenen. Fenton beim feierlichen Durchtrennen eines Einweihungsbands vor einem Schild, auf dem „Willkommen in Bayonne, New Jersey" stand. Auf einem anderen Foto warf er eine an einem Seil befestigte Champagnerflasche, um eins seiner Schiffe zu taufen, im Hintergrund ragten Kräne über Fentons großer und teurer Flotte auf.

Mitten unter all den anderen Bildern hing ein Foto mit einem Rahmen aus Marmor, auf dem eine schlanke, beeindruckende Jacht abgebildet war, die mit dem Namen *Big Money* protzte.

118

Das alles – der Tisch und die Wand dahinter – sollte seinen Gästen sagen, dass Fenton es geschafft hatte.

„Kann ich Ihnen etwas bringen lassen?", fragte er, bevor er sich in den weichen ledernen Chefsessel setzte. „Vielleicht ein Glas Wein? Oder hätten Sie lieber einen Softdrink?"

„Nein danke", antwortete Marc für beide in diesem besonderen Tonfall. Knapp und hart. Auch er befand sich auf einer Bühne und zeigte Fenton, womit er es zu tun bekommen würde. Nämlich mit unbezwinglicher physischer und mentaler Kraft. Weder der erfolgreiche Geschäftsmann noch der abgebrühte Straßenkämpfer konnten ihn einschüchtern. „Hübscher Kahn." Marc zeigte auf das Schiff in der Mitte.

Fenton lächelte stolz. „Mein erster. Läuft nach all diesen Jahren immer noch wie eine Eins. Sind Sie ein Seemann, Mr Devereaux?"

„Darauf können Sie wetten. Ich war bei der Navy."

„Navy SEALs", fügte Casey hinzu.

„Ah ja, ich verstehe." Wieder schien Fenton leicht aus der Fassung zu geraten – als müsste er über seiner Liga spielen. Bei dieser Unterredung hatte er sich vielleicht während der ersten dreißig Sekunden in seiner Rolle wohlgefühlt. Dann war es verflogen.

Casey musste beinahe lachen.

„Wir würden gern sofort anfangen." Marc kam zum Thema, während Fenton noch im Nachteil war. „Wie Sie ja wissen, läuft die Uhr gegen uns."

„Natürlich, das weiß ich." Der besorgte Ausdruck in seinem Gesicht schien allerdings echt. Er lehnte sich in seinem Sessel zurück und faltete steif die Hände. „Wie kann ich Ihnen helfen? Ich habe Amanda bereits einen Blankoscheck angeboten – was immer sie braucht, um meinetwegen weltweit nach einem Spender zu suchen. Sie ist allerdings darauf fixiert, nur der Vater des Kindes käme als Spender infrage. Ich habe ihr auch angeboten, Ihr Honorar zu bezahlen. Aber sie hat ihren Stolz. Weitere finanzielle Hilfe von mir will sie nicht akzeptieren."

„Da wir gerade vom Vater des Kindes reden, aus diesem Grund sind wir hier", erwiderte Casey, zückte Stift und Notizblock. „Erzählen Sie uns etwas über Paul Everett. Was haben Sie von ihm gehalten? Wie gut haben Sie ihn gekannt? Wie haben Sie auf seine angebliche Ermordung reagiert?"

„Angeblich?" Fenton hob die Brauen. „Wollen Sie damit ausdrücken, dass Sie mit Amanda in dem Glauben übereinstimmen, er wäre noch am Leben? Oder wollen Sie nur jeden Stein umdrehen, um sicherzugehen, dass er wirklich tot ist?"

„Sie meinen, wir gehen dieser Theorie nur nach, um Amanda – oder Ihnen – so viel Geld wie möglich abzuknöpfen." Casey sprach Fentons Gedanken laut aus und fuhr unmittelbar fort, ohne auf seine Bestätigung zu warten. „Nein, Mr Fenton, wir reden Ihrer Nichte nicht nur nach dem Mund. *Forensic Instincts* ist bekannt dafür, dass wir unsere Fälle direkt angehen und mit unseren Klienten Klartext reden. Wenn wir überzeugt wären, dass Paul Everett nicht mehr am Leben ist, würden wir Amanda unsere Überzeugung und die Gründe dafür darlegen. Außerdem würden wir sie auffordern, unsere Dienste nicht länger in Anspruch zu nehmen. Unsere Firma steht finanziell solide da, da können Sie ganz beruhigt sein. Wir haben es nicht nötig, unsere Klienten auszuquetschen. Und das würden wir auch niemals tun. Das Wachstum unserer Firma hängt von unserem guten Ruf ab. Ich bin sicher, ein Mann in Ihrer Position kann das nachvollziehen."

„Selbstverständlich." Lyle Fenton war jetzt ganz eindeutig aus dem Gleichgewicht. Was immer er von diesem Treffen erwartet hatte, es war etwas völlig anderes gewesen. „Ich wollte Ihnen nicht zu nahe treten. Ich bin allerdings überrascht, dass Sie so sicher zu sein scheinen, was Paul betrifft. Gibt es irgendwelche Beweise dafür, dass er noch lebt?"

„Bis jetzt nichts Konkretes", erwiderte Marc. „Wir haben jedoch Hinweise, die überzeugend genug sind, um dem mit Nachdruck nachzugehen. Mehr können wir nicht sagen. Wir haben eine Schweigepflicht gegenüber unseren Klienten. Ich bin sicher, Sie verstehen das. Außerdem bin ich überzeugt, dass Amanda Ihnen jede direkte Frage beantworten wird, die Sie ihr stellen." Er beugte sich vor und stützte seine Hände auf seine Knie. „Paul Everett?", drängte er.

„Ja ... Paul." Fenton rief sich die Ansprache ins Gedächtnis, die er innerlich vorbereitet hatte, und schien sich zu entspannen. „Besonders gut habe ich ihn nicht gekannt. Er brachte auf seinem Gebiet einen prima Ruf mit, als er in diese Gegend kam. Und seine Idee, aus dieser Bootsanlegestelle und dem kleinen Serviceladen für die Fischer ein Luxushotel mit Hafen für Jachten und Fähren aus Manhattan zu machen, war faszinierend. Sie hatte viel Potenzial, Arbeitsplätze zu schaffen, Geld hierherzulocken ..."

„Und Touristen", vollendete Casey.

„Exakt. Aus genau diesem Grund war ich so zwiegespalten, ob

ich mich an seinem Projekt beteiligen sollte oder nicht. Eine meiner Firmen sollte den Kanal vertiefen und verbreitern, und die hätte in sehr großem Ausmaß davon profitiert. Aber ich bin nicht nur ein Geschäftsmann, Ms Woods. Ich bin auch ein Einheimischer, und ich habe einen Sitz im Southampton Board of Trustees. Ich war verpflichtet, zuerst darauf zu schauen, was für meine Gemeinde das Beste sein würde."

„Was erklärt, wieso Sie nicht bei Paul eingestiegen sind."

„Es erklärt nicht nur, warum ich seinen Auftrag für meine Firma nicht annehmen wollte, sondern auch, warum ich ihm nicht meine volle Unterstützung zur Verfügung gestellt habe. Ich war verpflichtet, bei meinen Abwägungen auf gebührende Sorgfalt zu achten. Alle möglichen Genehmigungen mussten erteilt werden – betreffend die Umwelt, die mögliche Lärmbelästigung und so weiter, die Sicherheit der technischen Anlagen und der Gebäude, nicht zuletzt das Baurecht. Und ich hatte keine Ahnung, ob der Stadtrat mitspielen würde – und sich möglicherweise den Zorn der Bevölkerung zuziehen würde, wenn er es täte. Ich war verpflichtet, zunächst herauszufinden, was meine Gemeinde von der Sache hielt, bevor ich mich festlegen konnte."

Der reinste Pfadfinder, dachte Casey voller Abscheu.

„Wir wissen, dass Ihre Nichte mit Everett eine enge Beziehung eingegangen war", sagte sie. „Hat Sie das nicht veranlasst, ihm zu helfen?"

„Nein." Fentons Antwort kam schnell und entschlossen. „Ich vermische meine geschäftlichen nicht mit meinen persönlichen Angelegenheiten. Sonst hätte ich mein geschäftliches Imperium gar nicht aufbauen können."

„Hat Everett Sie je dazu gedrängt?", fragte Marc.

Fenton zuckte mit den Schultern. „Er war ebenfalls Geschäftsmann. Und er sah die Gelegenheit vor sich, den großen Reibach zu machen. Kam er immer wieder mit der Bitte, doch bei ihm einzusteigen? Aber sicher. Hat er mich deswegen je belästigt oder drangsaliert? Nein. Ich weiß nicht, was ich Ihnen sonst noch sagen kann."

„Wir würden gern Ihre Einschätzung hören, ob Sie Paul Everett für ebenso rechtschaffen hielten, wie Amanda es tat", präzisierte Casey.

„Hat er Sie je bedroht? Haben Sie irgendeinen Grund für die Annahme, er könnte vielleicht nicht immer ausschließlich legale Methoden angewendet haben, um an sein Ziel zu gelangen – Erpressung, Bestechung, sich mit den falschen Leuten abgeben?"

„Genau", sagte Marc. „Die Art Leute, die Dinge erledigen, Hindernisse aus dem Weg räumen können – natürlich für einen Preis."

Fenton hob die Brauen. „Reden wir hier über organisiertes Verbrechen?"

„Ich weiß nicht. Tun wir das?"

Marcs Tonfall schien Fenton leicht aus der Fassung zu bringen. Oder war es seine subtile Andeutung, Fenton könnte über solche Dinge Bescheid wissen?

„Falls Everett etwas mit der Mafia zu tun hatte, dann wusste ich jedenfalls nichts davon", sagte er schnell, ohne die Stimme zu erheben. Aber seine Augen wanderten ständig umher, niemals sah er einen von ihnen direkt an. „Aber ich nehme an, ganz unmöglich ist das wohl nicht. Schließlich wird niemand umgebracht – oder gewaltsam entführt –, ohne dass es dafür einen Grund gibt. Aber wie ich sagte, wir waren nicht befreundet. Ich habe nicht die geringste Ahnung, mit wem er sich umgab oder was seine Geldquellen waren."

„Aber was würden Sie sagen – Sie persönlich –, was er für ein Mensch war?" Casey entschloss sich, das Gespräch in eine weniger konfrontative Richtung zu lenken.

Fenton schürzte die Lippen, als müsse er über die Antwort nachdenken. „Insgesamt war er ein angenehmer Bursche. Persönlich kamen wir gut miteinander aus. Aber ich merkte schnell, dass es nicht viel brauchte, um ihn in Wut zu versetzen. Mehrere Male wurde ich Zeuge, wie er am Telefon Geschäftspartner zusammenstauchte. Andererseits ist das im Immobiliengeschäft nun wirklich nichts Ungewöhnliches. Paul war Perfektionist. Seine Bauträger waren das nicht immer, ebenfalls nicht ungewöhnlich. So etwas führt zu Auseinandersetzungen."

„Sie würden also sagen, er hatte ein gewisses Temperament?"

„Ich denke schon, ja."

Wie passend, dachte Casey. *Interessant, dass Amanda bei ihrer Beschreibung von Paul nie etwas davon erwähnt hat.*

Casey verfolgte den Punkt weiter, weil sie neugierig war, ob Fenton sie damit in eine bestimmte Richtung locken wollte. „Würden Sie sagen, Paul könnte sich mit seinem Temperament Feinde gemacht haben?"

Noch ein Schulterzucken. „Vermutlich. Aber die meisten erfolgreichen Geschäftsleute haben Temperament und Feinde. Das heißt noch lange nicht, dass sie zu Gewalt greifen oder sich in illegale Machenschaften verwickeln lassen."

Aber wir sollen denken, dass es bei Paul so war. Und du willst so weit wie möglich auf Abstand von ihm gehen. Du bist schließlich nur der gute Samariter.

Es wurde Zeit, ihn mal zu überrumpeln.

„Und wie ist das mit John Morano?", fragte Casey.

Fenton starrte sie verblüfft an. „Was soll mit ihm sein?"

„Kommen Sie mit ihm genauso gut zurecht? Er hat schließlich das ganze Projekt übernommen, nachdem Everett von der Bildfläche verschwunden war. Werden Sie bei ihm einsteigen?"

Fenton hatte eindeutig das Gefühl, auf einem heißen Stuhl zu sitzen. „Bis jetzt war ich mir nicht sicher. Ich hatte immer noch dieselben Vorbehalte wie bei Paul. Aber gerade heute haben Morano und ich ein mündliches Übereinkommen geschlossen. Diese Ausbaggerfirma, die mir gehört, wird den Auftrag annehmen, den Kanal auszubaggern, damit die größeren Schiffe die Marina des zukünftigen Hotels erreichen können."

„Wirklich?" Marc hob eine Braue. „Woher dieser Sinneswandel? Wissen Sie jetzt, wie der Stadtrat abstimmen will und wie die Einwohner sich dazu verhalten werden? Oder machen Sie einfach lieber ein Geschäft mit Morano als mit Everett?"

„Ich hatte überhaupt nichts gegen Paul Everett, Mr Devereaux. Das habe ich Ihnen bereits gesagt. Meinen Sie, ich hätte meine Nichte ermutigt, eine Beziehung mit ihm einzugehen, wenn es anders gewesen wäre?"

„Selbstverständlich nicht." Casey spürte Fentons wachsende Erregung und wollte ihn etwas besänftigen. „Wir versuchen lediglich, Hinweise darauf zu bekommen, wie Paul Everetts Verstand gearbeitet hat. Sie sind wie er ein cleverer Geschäftsmann, und Sie können sich auf Ihr Bauchgefühl verlassen. Wir legen größten Wert auf alles, was Sie uns erzählen können. Vielleicht gibt es ja etwas, worüber Sie bisher gar nicht nachgedacht haben, weil Sie annehmen mussten, Paul sei tot und es würde sowieso keine Rolle mehr spielen."

Es klappte tatsächlich. Fenton beruhigte sich. „Das verstehe ich. Aber um Ihre Frage zu beantworten, nein, mein Sinneswandel hatte nichts mit Paul zu tun. Ich hatte inzwischen lediglich ausreichend Zeit, um sowohl mit meinesgleichen als auch mit sonstigen Anwohnern zu sprechen. Im Großen und Ganzen herrscht Konsens, dass zukünftige Arbeitsplätze und Einnahmen die Unbequemlichkeiten zusätzlicher

123

Verkehrsströme aufwiegen. Daher hoffe ich, die richtige Entscheidung für meine Gemeinde getroffen zu haben."

„Ich vermute, Ihr Gremium stimmt mit Ihnen überein?"

Fenton nickte. „Ich denke, Morano bekommt die notwendigen Genehmigungen, um mit den Bauarbeiten zu beginnen."

„Das klingt großartig." Casey achtete darauf, ganz unverbindlich zu klingen. „Übrigens, ich meine mich zu erinnern, dass Sie ein großer Unterstützer des Kongressabgeordneten Mercer sind."

Wie Casey hoffte, kam das für Fenton völlig unerwartet. Man musste kein Psychologe sein, um seine Reaktion mitzukriegen. Verblüffung. Unbehagen. Seine Augen wurden groß, und seine Halsschlagader pochte.

„Das stimmt tatsächlich." Der Straßenkämpfer in Fenton kam zum Vorschein. „Wieso? Was hat der Abgeordnete damit zu tun?"

„Ich bin nur neugierig, welche Position er in dieser Sache einnimmt. Bisher schien er sich etwas doppelbödig auszudrücken."

„Doppelbödig? Ich würde sagen, er hat das Pro und Kontra abgewogen, genau wie ich. Er möchte natürlich auch tun, was für seinen Wahlkreis das Beste ist."

„Sie haben mit ihm darüber diskutiert?"

„Das habe ich. Er scheint derselben Ansicht zu sein wie ich. Das hat zu meiner Entscheidung beigetragen."

„Hat der Abgeordnete auch Paul Everett gekannt?"

„Höchstens flüchtig. Ich habe sie mal bei einer politischen Veranstaltung einander vorgestellt – übrigens dieselbe Veranstaltung, wo Amanda und Paul sich zum ersten Mal begegnet sind."

Casey tat, als sei sie verwirrt. „Wenn sie sich vorher nicht kannten, wieso war Everett dann überhaupt da?"

„Paul war auch ein Anhänger des Abgeordneten. Er glaubte, das wäre der richtige Mann für Washington. Er hat für seinen letzten Wahlkampf gespendet. Also hat er eine Einladung bekommen." Fenton reichte es allmählich. „Was reden wir denn jetzt über den Abgeordneten? Sie können doch unmöglich annehmen, der hätte etwas mit Pauls Verschwinden zu tun?"

„Natürlich nicht", versicherte Casey ihm. „Wir dachten nur, wenn sie sich kannten, könnten wir vielleicht mit dem Abgeordneten sprechen. Aber Sie sagen, die beiden kannten sich kaum."

„Ich bezweifle, dass sie mehr als ein Dutzend Worte gewechselt haben. Glauben Sie mir, der Abgeordnete kann Ihnen gar nichts erzählen."

„Das glaube ich Ihnen. Offensichtlich sind Sie und der Abgeordnete Mercer enge persönliche Freunde. Das ist doch wunderbar."

Fenton passte gar nicht, in welche Richtung das Gespräch lief. „Wie es sich ergab, sind unsere Familien seit vielen Jahren miteinander bekannt. Aber was führt Sie zu der Annahme, wir seien persönlich eng miteinander befreundet?"

„Wir haben auf dem Weg hierher die Nachrichten gehört", erklärte Marc. „Es wurde berichtet, dass der Abgeordnete Mercer aus Washington eingeflogen ist, um sich testen zu lassen, ob er als Spender für Justin infrage kommt."

„Ach ja, jetzt verstehe ich." Fenton beruhigte sich wieder. „Ja, das stimmt. Das hat allerdings nichts damit zu tun, dass wir Freunde sind – obwohl auch das der Wahrheit entspricht. Cliff ist einfach so. Es liegt ihm in der Natur, sich um Menschen zu kümmern, egal, ob es um viele geht oder nur um einen einzigen. Ich habe ihm erzählt, wie ernst es um Justin steht. Er zögerte keine Sekunde, sondern bot sofort an, sich selbst und seine ganze Familie testen zu lassen."

„Es ist schön, mal zu hören, dass ein Politiker auf diese Weise beschrieben wird. Die meisten von denen würden solche Dinge doch nur tun, um die Öffentlichkeit zu beeindrucken."

„Aber nicht Cliff. Das ist ein durch und durch anständiger Mensch. Und auch ein herausragender Vertreter des Volkes."

„Das erklärt natürlich, warum Sie so bedeutsam für seinen Wahlkampf waren", merkte Casey an.

Die Bemerkung schmeckte Fenton nicht. „Er ist der beste Abgeordnete, den dieser Wahlkreis seit sehr langer Zeit hatte. Falls Sie damit andeuten wollen, hier würde bloß eine Hand die andere waschen, liegen Sie falsch. Wenn Sie den Abgeordneten kennen würden, dann wüssten Sie, dass man ihn nicht kaufen kann."

„Davon bin ich überzeugt. Allein die Tatsache, dass Sie ihn so hoch schätzen, spricht Bände."

Falls Fenton die Zweideutigkeit dessen, was Casey gesagt hatte, bewusst war, ließ er es sich nicht anmerken. „Da bin ich nicht der Einzige. Cliff hat seinen Sitz mit einem Erdrutschsieg errungen. Meine Hilfe brauchte er dazu ganz sicher nicht."

Casey nickte. Es wurde Zeit, dieses Gespräch zum Abschluss zu bringen – für den Moment. „Marc und ich wollen Sie nicht länger aufhalten, Mr Fenton." Sie erhob sich, und Marc folgte sofort. „Danke, dass Sie uns Ihre Zeit geschenkt haben."

Fenton kam ebenfalls auf die Füße, aber er war sichtbar verstört von dem abrupten Ende einer Unterhaltung, die ganz anders verlaufen war, als er gedacht hatte. „Ich bin nicht sicher, ob ich Ihnen helfen konnte."

„Sie haben uns einen weiteren Einblick in die Persönlichkeit von Paul Everett verschafft. Mehr haben wir gar nicht erwartet. Alles Übrige – die Schwerstarbeit – können Sie uns überlassen." Casey gab ihm eine Visitenkarte. „Wenn Ihnen sonst noch etwas einfällt, rufen Sie bitte an, jederzeit, egal ob Tag oder Nacht. Wir arbeiten rund um die Uhr, um Justins Vater zu finden."

„Wozu Sie allerdings nicht mehr viel Zeit haben", ergänzte Fenton, dem wieder echte Besorgtheit im Gesicht geschrieben stand.

„Wir kreisen ihn langsam ein." Marc klang eher bedrohlich als beruhigend. Zum Teil war das die Rolle, die er spielte, zum Teil aber auch seine Persönlichkeit. „Ich habe Amanda versprochen, dass wir Everett finden, und das werden wir auch – welche Mittel dazu auch immer notwendig sein sollten."

Fenton hielt Marcs festem Blick nur eine Sekunde stand, dann fuhr er sich mit der Zunge über die Lippen und sah weg. „Das kann ich nur hoffen. Amanda schwört auf Sie. Und ich bin mir natürlich Ihres Rufs bewusst. Ich hoffe sehr, dass Sie ihm bei diesem Fall gerecht werden."

Fünf Minuten später saßen Casey und Marc wieder im Wagen und rollten die Serpentinen hinab zum Tor.

„Was für ein Mistkerl", meinte Marc. „Der hat auf so viele Arten Dreck am Stecken, dass wir gar nicht mitzählen können."

„Kein Widerspruch." Casey wartete, bis das Tor aufschwang, und bog in die Hauptstraße ein. „Eins allerdings ist echt an ihm, nämlich seine Gefühle für Justin. Er macht sich wirklich große Sorgen. Bestimmt genug, um zu versuchen, die Sache wieder geradezubiegen, wenn er wirklich etwas mit Paul Everetts Verschwinden zu tun haben sollte."

„Da wäre ich nicht so sicher", murmelte Marc. „Sein Selbsterhaltungstrieb ist stärker als alles andere, sogar als seine Sorge um das Leben des Babys."

„Nein", widersprach Casey, „sein Selbsterhaltungstrieb ist gerade der Grund, warum er das Leben des Babys retten will. Justin ist sein einziger männlicher Erbe, damit steht er für sein ganzes Vermächtnis, und das ist das Einzige, was ihm wirklich am Herzen liegt."

„Du glaubst, er *will*, dass wir Everett finden?"

„Das habe ich nicht gesagt. Ich glaube, er will Everett selber finden. Wahrscheinlich glaubte er wirklich, er wäre tot. Es würde mich auch nicht überraschen, wenn er auf irgendeine Weise darin verwickelt wäre. Was immer da passiert ist. Wenn er eine gewisse Schuld daran trägt, wird er vermutlich alles unternehmen, um Paul vor uns zu finden. So könnte er dafür sorgen, dass Paul für sich behält, was immer er gegen ihn in der Hand hält, und ihn danach erneut verschwinden lassen, dieses Mal aber endgültig. Keine Ahnung, ob er Paul einfach Geld gibt, damit er sich nie wieder blicken lässt, oder ihn umbringen lässt. Auf mich wirkt dieser Kerl jedenfalls, als wäre er zu beidem fähig."

„Auf mich auch. Du hättest mich ihm doch die Seele aus dem Leib prügeln lassen sollen. Dann würde ich mich jetzt wesentlich besser fühlen."

Casey konnte Marcs Frust nachvollziehen. Solche Bemerkungen gab er höchst selten von sich – und würde dergleichen natürlich niemals in die Tat umsetzen. Er war viel zu diszipliniert, um zu körperlicher Gewalt zu schreiten, außer es gab nichts anderes mehr, das sinnvoll erschien. In diesem Fall hätte es nur dazu geführt, dass *Forensic Instincts* den Auftrag los wäre und Marc in den Knast wandern würde – und nichts davon würde ihnen dabei helfen, Paul Everett zu finden.

„Als wir auf Mercer zu sprechen kamen, ist er beinahe ausgeflippt", bemerkte sie.

„Meinst du?" Marc runzelte die Stirn. „Jedenfalls läuft da irgendwas, und dabei geht es nicht nur um Politik. Obwohl für Mercer, dadurch, dass er Fentons Geld im Rücken hatte, sicher alles einfacher war. Bloß gut, dass Ryan dieses Gesichtserkennungsprogramm laufen lässt. Ist ja schon interessant zu wissen, ob wir uns auf der richtigen Fährte befinden."

„Das weißt du doch genauso gut wie ich. Irgendeine Blutsverwandtschaft ist da vorhanden. Wie eng die ist und vor allem warum sie geheim gehalten wird, das sind die Fragen, auf die wir Antworten finden müssen."

„Okay, wir wissen also, Fenton war wegen Mercer echt beunruhigt." Marc kniff die Brauen zusammen. „Aber bei Morano ist er auch ausgeflippt. Warum bei dem, aber nicht bei Everett – besonders wenn er mit dessen Verschwinden zu tun hat?"

„Vielleicht nur, weil er seinen ganzen Vortrag über Everett vorher eingeübt hat, und er hat überhaupt nicht erwartet, dass wir auf Morano zu sprechen kommen würden." Casey fuhr Richtung Westhampton Beach, um Marcs Sachen einzusammeln und dann zurück nach New York City zu fahren. „Fenton führte sich auf wie ein Schauspieler, aber er war nicht besonders gut darin. Zuerst wollte er uns mit seinem Reichtum und seinem Auftreten einschüchtern – bis hin zu diesem Maßanzug, den er unbedingt anbehalten wollte."

„Ja, das ist mir auch aufgefallen. Ziemlich durchsichtiges Manöver. Normalerweise läuft kein Mensch länger wie ein Pinguin herum als unbedingt notwendig. Man sollte annehmen, dass er was Bequemeres anhat, wenn er schon seit Stunden zu Hause ist."

„Das hätte jeder. Kommen wir mal zu Paul. Fenton hat seine Litanei über Paul aufgesagt, als hätte er sie auswendig gelernt. Er ließ sich nicht aus dem Konzept bringen, bis wir mögliche Verbindungen zur Mafia erwähnten. Da haben wir einen Nerv getroffen. Als wir nachfragten, wie Morano es geschafft hat, dass er seine Meinung über das Hotelprojekt änderte, passierte dasselbe. Das hat Fenton beinahe umgeworfen. Wieso? Stecken Fenton und Morano unter einer Decke?"

„Würde mich jedenfalls nicht überraschen", erwiderte Marc. „Aber andererseits, Morano schiebt irgendwem Geld zu. Paul tat das auch, dieselben Summen im selben Zeitabstand. Wem? Ich würde da als Erstes an Fenton denken."

„In diesem Fall würden sie nicht unter einer Decke stecken, sondern auf der gegnerischen Seite stehen."

„Genau. Ich hab dir ja erzählt, dass ich bei Morano auch den Eindruck hatte, er würde schauspielern. Vielleicht hat er hinterher Fenton berichtet, dass dieser Robert Curtis während des Interviews auch nach Everett gefragt hat. Vielleicht hatte er Angst, das *Crain's*-Wirtschaftsmagazin könnte daran interessiert sein, auch mit anderen an dem Projekt beteiligten Leuten über Everett zu reden."

„Was erklären würde, wieso Fenton sich so genau zurechtgelegt hat, was er über Everett sagen wollte."

Marc lachte. „Übrigens würde es auch Fentons erste Reaktion erklären, als er mich erblickte. Wenn Morano mich ihm beschrieben hat, muss Fenton mich erkannt haben – und zwar nicht als Robert Curtis."

Er schnitt eine übertriebene Grimasse. „Und ich dachte, meine bloße Erscheinung hätte ihn verängstigt."

„Hat sie wahrscheinlich auch. Erst recht, wenn er eins und eins zusammengezählt hat." Casey seufzte. „Wenn du recht hast, heißt das, die sind längst hinter uns her. Ich wusste zwar, dass das irgendwann unvermeidlich passieren würde. Aber es wäre mir schon lieber gewesen, wir hätten es noch eine Weile hinausschieben können. Ab jetzt werden sowohl Morano wie auch Fenton auf der Hut sein. Und Mercer auch, falls er mit drinsteckt. Ganz sicher wird Fenton gegenüber Amanda irgendetwas zur Sprache bringen, damit sie entweder wütend auf uns wird oder uns nicht mehr über den Weg traut." Sie warf ihm einen kurzen Blick zu. „Zu dir hat sie Vertrauen, Marc. Ich finde, du solltest so schnell wie möglich versuchen, den Schaden zu begrenzen."

„Wie viel soll ich ihr erzählen?"

„Sag ihr, wir wären im Gespräch mit ihrem Onkel sehr direkt gewesen und bei allen möglichen Themen in die Tiefe gegangen. Dass ihm einige unserer Fragen gar nicht zu passen schienen. Wir hatten nicht die Absicht, ihn zu verärgern, aber wir mussten alles abdecken, jeden Stein umdrehen – und das schloss natürlich die Möglichkeit ein, dass Paul in kriminelle Aktivitäten verstrickt war. Wir wären aber sicher, er versteht das, denn er möchte ja auch, dass wir Justins Vater finden."

„Schon kapiert. Die reine Wahrheit, nur ein bisschen parfümiert."

„Genau. Egal, was er ihr erzählt, sie wird nicht besonders heftig darauf reagieren. Schließlich haben wir Fenton nicht direkt irgendetwas vorgeworfen. Wenn er ein schlechtes Gewissen hat, ist das sein Problem." Casey zuckte mit den Schultern. „Ich habe so das Gefühl, je tiefer wir graben, desto mehr werden wir finden, was Fenton belastet. Irgendwann werden wir Amanda darüber ins Bild setzen müssen. Aber im Augenblick hat sie schon genug Last auf den Schultern. Sie hat vor allem Justin im Kopf, und anders sollte es auch gar nicht sein. Die Sorgen ihres Onkels haben keine Priorität für sie. Und wenn sich herausstellt, dass Fenton etwas mit Pauls Verschwinden zu tun hat … Dann werden ihr, sagen wir mal, seine verletzten Gefühle nicht allzu viel ausmachen."

Marc warf einen Blick auf seine Uhr. „Holen wir meine Sachen, und dann schnell zurück ins Büro. Ich will wissen, was Ryan bis jetzt herausgefunden hat."

„Und was Claire und Patrick bei ihrem Besuch bei Amanda im

129

Krankenhaus in Erfahrung bringen konnten. Keiner hat angerufen oder eine SMS geschickt. Was ja nur heißen kann, dass es noch keine Ergebnisse gibt."

In diesem Augenblick klingelte Caseys Handy. „Unbekannte Nummer" stand auf dem Display. Das könnte jeder sein, auch jemand, der gefährlich war. Was Casey niemals davon abhielte, den Anruf entgegenzunehmen; es machte sie nur vorsichtig. Sie schaltete die Freisprechanlage ein.

„Casey Woods."

„Kyle Hutchinson", meldete sich eine tiefe männliche Stimme.

„Hutch." Sie war beinahe überwältigt vor Erleichterung. Mit Hutch hatte sie am wenigsten gerechnet. Sie war so auf die augenblickliche Ermittlung konzentriert, dass der Anruf von einem Außenstehenden völlig unerwartet kam. Hutchs Stimme war eine willkommene Ablenkung, die sie sehr erfreute. Besonders da sie seit Wochen nicht mehr miteinander gesprochen hatten, was selten vorkam. „Bist du wieder in Quantico?"

„Nein, habe gerade einen Auftrag in Europa hinter mich gebracht. Zwischenstopp in London. Morgen fliege ich zurück in die Staaten."

Hutch lieferte keine weiteren Erklärungen, und Casey fragte nicht nach. Obwohl sie eine sehr enge Beziehung hatten, war ihr klar, dass sie nicht neugierig sein durfte. Hutch arbeitete in der Abteilung für Verhaltensanalyse des FBI, und wie üblich beim FBI erfuhr jeder nur so viel, wie er unbedingt wissen musste. Vor Kurzem war er von der Unterabteilung, die sich mit Verbrechen an Kindern befasste, versetzt worden zu Verbrechen an Erwachsenen, und seitdem ging es ihm viel besser. Das alte Betätigungsfeld hatte begonnen, ihm zuzusetzen. Misshandelte Kinder, ermordete Kinder oder noch Schlimmeres. Es hatte ihm gereicht.

Ihre Fernbeziehung dauerte nun schon ein paar Monate, und bisher klappte es ganz gut. Beruflich hatten sie nur einmal miteinander zu tun gehabt – bei der Kindsentführung, die *Forensic Instincts* im Oktober bearbeitet hatte. Casey und Hutch waren mit den Köpfen aneinandergerasselt – es war nicht schön gewesen.

„Hallo, Hutch", ließ Marc sich vernehmen. „Ich sitze mit ihr im Wagen, nur damit du nicht irgendwas sagst, das mich rot werden lässt."

Ein Lachen drang aus dem Lautsprecher. „Danke für die Warnung." Hutch und Marc kannten sich aus gemeinsamen Tagen beim FBI und waren befreundet. Tatsächlich war Marc es gewesen, der Casey ihm vorgestellt hatte.

„Arbeitet ihr um diese Zeit?", fragte Hutch.

„Rund um die Uhr." Casey atmete hörbar aus. „Ein schwieriger Fall."

„Das kannst du mir alles morgen Abend erzählen. Ich lande kurz vor sechs Ortszeit am JFK – gerade rechtzeitig, um dich zum Abendessen auszuführen."

Casey blinzelte. „Du kommst nach New York?"

„Jawohl. Habe wochenlang ohne Unterbrechung gearbeitet. Jetzt soll ich mich ein paar Tage erholen. Dachte, die kann ich doch im Big Apple verbringen."

„Das ist ja großartig." Casey mochte es gar nicht, zwischen Job und Privatem hin- und hergerissen zu sein. „Aber Hutch, dieser Fall, den wir gerade …"

„Mach dir da mal keine Sorgen. Ich bin zufrieden, wenn wir uns hin und wieder kurz sehen können. Ansonsten werde ich schlafen wie ein Toter und fressen wie ein Scheunendrescher. Ich bin ausgehungert und erledigt."

„Okay." Casey war schon wieder erleichtert. Hutch hatte etwas ungemein Beruhigendes an sich. Er wusste immer, welche Linie er nicht überschreiten durfte. Schließlich war er ein Cop gewesen, und nun war er beim FBI. Er hatte Nerven aus Stahl. Sie hatte auch eiserne Nerven, aber manchmal so ihre Probleme, gewisse Linien nicht zu überschreiten. Manchmal machten ihre Fälle ihr mehr zu schaffen, als sie zulassen wollte. Hutch half ihr, wieder ins Gleichgewicht zu kommen.

„Dann also bis morgen", sagte er. „Du kannst Hero schon mal sagen, dass er sein Körbchen mit mir teilen muss."

Casey lächelte und unterbrach die Verbindung.

„Weißt du, was", dachte Marc laut nach. „Vielleicht könnten wir Hutch um Hilfe bitten, wenn wir das mit Amanda geklärt haben. Wir sagen ihr einfach, er wäre ein Berater vom FBI. Er könnte uns einen ganz neuen Blick auf den Fall verschaffen."

Casey hob die Brauen. „Hutch und ich sollen wieder zusammenarbeiten? Da könnten die Verluste hoch sein."

13. KAPITEL

Amanda musste eine halbe Stunde drängen und flehen und erklären, was sie erreichen wollte, bis die Belegschaft der Intensivstation ihrer Bitte entsprach.

Kurz vor sieben Uhr abends erschien ein Kameramann mit seinem Assistenten, beide waren mit Amanda befreundet. Sie dankte ihnen überschwänglich für den riesigen Gefallen und gab ihnen ein paar knappe Instruktionen – sie brauchten nur durch die Glasscheibe ein fünfminütiges Video von Justin aufzunehmen, wie er in seiner Krippe schlief. Dann mussten sie die Nacht durchmachen, um am nächsten Morgen einen fertigen Clip bei YouTube hochladen zu können.

Das war nicht leicht, aber es war zu schaffen.

Die Aufnahme ging ohne Probleme vonstatten. Die ganze Angelegenheit dauerte gerade mal siebzehn Minuten, dann waren die beiden wieder verschwunden.

Die Auswirkungen würden noch erheblich längere Zeit zu spüren sein.

Kurz nach Mitternacht versammelte sich das ganze Team, erschöpft und mit rot unterlaufenen Augen, um den langen Mahagonitisch im großen Konferenzraum.

An einer Wand flammten bei ihrem Eintritt von der Decke bis zum Fußboden mehrere Monitore auf. Auf jedem Bildschirm pulsierte ein grüner Strich von links nach rechts.

„Hallo, Team", wurden sie von Yoda begrüßt. Die grüne Linie auf den Monitoren schlug in Übereinstimmung mit der Frequenz seiner Stimme aus. „Die Raumtemperatur beträgt im Moment 20,3 Grad. Durch die Körperwärme, die fünf menschliche Wesen und ein Hund ausstrahlen, wird die Raumtemperatur in acht Minuten und dreizehn Sekunden auf genau 21,1 Grad ansteigen. Soll ich bei dieser Temperatur bleiben?"

„Prima, Yoda", erwiderte Casey. „Uns geht's gut."

„Gut?", wiederholte Ryan automatisch. „Wie viel Schlaf hast du in den letzten Tagen gekriegt?"

„Wenn du mich damit meinst, ich schlafe nie, Ryan", teilte Yoda mit. „Du hast mich so programmiert, dass ich keinen Schlaf brauche.

Lumen, Equitas und Intueri wurden extra dafür entwickelt, meine Dienste jederzeit zu garantieren."

Damit bezog Yoda sich auf die drei Server unten in Ryans Höhle. Die Namen hatte Ryan selbst ausgesucht, es waren die lateinischen Begriffe für Licht, Gerechtigkeit und Intuition.

„Ich stehe vierundzwanzig Stunden am Tag, dreihundertfünfundsechzig Tage im Jahr zur Verfügung", fuhr Yoda fort. „Und dreihundertsechsundsechzig in jedem Schaltjahr, plus/minus einer Sekunde hin oder her, wenn notwendig, außer natürlich im Schaltjahr 2100, bedingt durch den Schaltjahr-Algorithmus."

„Lieber Himmel, Ryan, und du hältst dich für Supermann", sagte Claire trocken, aber mit einem Grinsen im Gesicht. „Yoda ist dir weit überlegen, er braucht keinen Schlaf und ist viel angenehmer im Umgang."

„Vielen Dank, Claire", sagte Yoda höflich.

„Ach, haltet doch die Klappe, alle beide." Ryan sah aus, als würde er bei seiner eigenen Schöpfung am liebsten einen Kurzschluss verursachen. „Yoda, gib endlich Ruhe. Wir rufen dich schon, wenn wir dich brauchen."

„Ganz wie du möchtest, Ryan." Yoda verstummte, und die glühenden Linien verblassten.

„Da du Yoda nun wieder in seine Schranken gewiesen hast, könnten wir uns vielleicht damit beschäftigen, was wir heute Abend jeweils erreicht haben?", fragte Casey barsch. „Und damit meine ich nicht deinen Schlafmangel, Ryan. Den kannst du für dich behalten."

Diese Stimmlage war Ryan vertraut. Casey war nicht in der Stimmung für irgendwelchen Blödsinn.

Er nickte. „Tut mir leid. Fürs Protokoll möchte ich nur noch anmerken: Alles, was Yoda weiß, hab ich ihm beigebracht." Er konnte einfach nicht widerstehen, das hinzuzufügen und Claire einen Seitenblick zuzuwerfen. „Wie auch immer, soll ich anfangen?"

„Eigentlich finde ich, Marc und ich sollten zuerst berichten. Damit haben wir eine gute Grundlage für Lyle Fenton. Dann sollten wir allerdings hören, was dein Gesichtserkennungsprogramm uns zeigt."

Casey und Marc berichteten in allen Einzelheiten über ihre Begegnung mit Fenton und welche Schlüsse sie daraus zogen.

„Kapiert", fasste Ryan für das ganze Team zusammen. „Ein fieser Typ und ein Kerl mit Dreck am Stecken."

„Gibt's da einen Unterschied?", wollte Claire amüsiert wissen.

„Aber sicher. Ein fieser Typ ist ein schleimiger Kerl mit Dreck am Stecken."

„Ah. Danke für die Aufklärung."

„Gern geschehen." Ryan schürzte die Lippen. „Dass Fenton ausflippte, als ihr Mercer ins Spiel gebracht habt, das kann ich erklären – obwohl wir die Antwort wahrscheinlich alle schon kennen."

„Nun mach schon", drängte Casey.

„Ich erspare euch die mathematischen Einzelheiten und komme gleich zum Wesentlichen. Jedenfalls habe ich eine ganze Menge verschiedener Algorithmen zur Gesichtserkennung durchrechnen lassen, um festzustellen, ob das Ergebnis immer dasselbe ist. Ist es. Die Chance, dass Lyle Fenton und der Kongressabgeordnete Mercer verwandt sind, beträgt mehr als achtzig Prozent. Dieser Prozentsatz sinkt ein wenig, wenn man Fenton mit Mercers Zwillingen vergleicht, und sogar erheblich beim Vergleich zwischen Mercer und Amanda. Das ist allerdings nicht anders zu erwarten, denn die sind ja dann jeweils um mehrere Ecken miteinander verwandt. Trotzdem sind diese Prozentsätze immer noch hoch genug, um den Schluss nahezulegen, dass zwischen ihnen allen eine Blutsverwandtschaft existiert. Das Wichtigste ist, dass meiner Ansicht nach Clifford Mercer der Sohn von Lyle Fenton ist."

„Schockierend ist das nicht gerade. Aber es verleiht unserer Ermittlung eine ganz neue Dimension." Casey klopfte mit den Fingernägeln auf den Tisch – das machte sie immer so, wenn sie eine neue Lage analysierte und verarbeitete. „Dass Mercer unehelich geboren wurde, würde seiner Karriere heutzutage nicht mehr schaden. Aber die Tatsache, dass sein leiblicher Vater aus dieser Beziehung große Vorteile schlagen kann – also, das ist eine ganz andere Geschichte. Es ist ja schon schlimm genug, wenn einen jemand in der Tasche hat. Aber wenn dieser Jemand insgeheim der eigene Vater ist? Der auch noch die Macht hat, die eigene Karriere zu ermöglichen, zu steuern und womöglich zu ruinieren? Das wäre ein Skandal, nach dem sich die Medien die Finger lecken." Sie sah Ryan fragend an. „Wer ist denn Mercers Mutter?"

„Mercers Mutter *war* Catherine Mercer, geborene Wilmot. Vor vier Jahren an Krebs gestorben." Ryan warf einen Blick auf seine Notizen. „In ihrer Vergangenheit ist nichts Auffälliges zu finden. Typische Mittelklasse. Geboren und aufgewachsen in einem der weniger wohlhabenden Viertel von Bridgehampton. Heiratete mit einundzwanzig einen gewissen Warren Mercer, einen reichen Anwalt, der erheblich älter war als sie. Auch wieder geradezu klassisch: Sie war seine Sekretärin."

„Lass mich raten: Clifford war das einzige Kind und der Augapfel seines Vaters."

„Genau." Ryan warf seiner Chefin einen bewundernden Blick zu. „Gut geraten."

„Dazu muss man kein Einstein sein", erwiderte Casey. „Wenn es noch andere Kinder gegeben hätte, wäre es nicht so entscheidend gewesen, aus der Identität des leiblichen Vaters ein Geheimnis zu machen. Der Gatte wäre durch die anderen Kinder immer noch an seine Frau gebunden. Aber bei einem Einzelkind, noch dazu bei einem Sohn? Mit einer solchen Nummer hätte diese Catherine ihre Ehe aufs Spiel gesetzt."

„Können wir sicher sein, dass Clifford Mercer nicht adoptiert worden ist?", fragte Claire. „Oder sollen wir einfach annehmen, dass Catherine eine Affäre mit Lyle Fenton hatte?"

„Tut mir leid, deiner naiven Gutgläubigkeit einen Dämpfer versetzen zu müssen, Claire-voyant, aber die hatten jahrelang eine heiße Sache am Laufen", teilte Ryan ihr mit. „Ich habe mit ein paar von Catherines alten Freundinnen gesprochen. Anfangs waren sie ziemlich zurückhaltend. Aber ich habe sie schließlich dazu gebracht, mit mir zu reden."

„Wie hast du denn das geschafft?", wollte Claire wissen. „Ich kann mir nicht vorstellen, dass sie an einem Tauschgeschäft interessiert waren – deine alten Supermann-Hefte gegen ein bisschen Klatsch."

„Nee. Für Tauschgeschäfte bestand gar kein Anlass." Ryan war nicht verärgert, eher amüsiert. „Ich musste nur ein bisschen Finesse einsetzen. Hab ihnen erzählt, ich würde für den Abgeordneten Mercer arbeiten und hätte den Auftrag, den guten Namen seiner Mutter zu schützen, damit seine politische Zukunft keinen Schaden nehmen kann. Ich bat sie, mir zu erzählen, was sie über die Affäre wussten, damit ich eventuelle Gerüchte aus dem Weg räumen kann. Als loyale Freundinnen waren sie dazu natürlich bereit."

„Und was ist mit Warren Mercer?", wollte Claire wissen. „Haben sie gesagt, ob er Bescheid wusste? Oder ahnt er nach all diesen Jahren immer noch nichts? Ist er überhaupt noch am Leben?"

„Der ist putzmunter", versicherte Ryan ihr. „Er war der Anwalt von Lyle Fenton. Die beiden haben auch zusammen Golf gespielt."

„*Haben gespielt?*" Casey war die Vergangenheitsform nicht entgangen.

„Richtig – haben gespielt. Etwa um die Zeit von Catherines Tod ging das alles den Bach runter. Warren Mercer wollte nicht länger Fentons Anwalt sein. Soweit ich feststellen konnte, hatten sie danach weder geschäftlich noch privat miteinander zu tun."

„Das riecht nach einem Geständnis auf dem Sterbebett", mutmaßte Marc. „Wahrscheinlich wollte Catherine ihr Gewissen erleichtern. Ihr Sohn war bereits ein erwachsener Mann, um den sie sich keine Sorgen mehr zu machen brauchte. Sie hatte wohl Grund zu der Annahme, dass ihr Mann den Kontakt zu Cliff nicht abbrechen würde, nicht, nachdem er mehr als vierzig Jahre lang sein Vater gewesen war."

„Das denke ich auch." Casey hatte immer noch die Brauen zusammengezogen. „Die Frage ist, ab wann wusste Fenton Bescheid? Hat sie es ihm auch erst auf dem Sterbebett gebeichtet? Oder wusste er es schon vorher? Clifford Mercer hat ihm bestimmt nichts davon gesagt. Als seine Mutter starb, war er bereits ein Mann von einigem politischen Gewicht. Dass jemand wie Fenton auf diese Weise Macht über ihn bekam, wäre das Letzte gewesen, was er wollte. Nein, ich schätze, Fenton wusste längst Bescheid. Aber seit wann?"

„Wenn du wissen willst, was mein Bauchgefühl mir sagt", erwiderte Marc, „dann schon seit Langem. Vielleicht wusste er es schon, bevor Cliff überhaupt auf die Welt kam. Wir reden hier von einem mit allen Wassern gewaschenen Kerl. Und betrachtet man den Zeitraum der Affäre, musste er zumindest vermuten, dass er Cliffords Vater sein könnte. Auf der anderen Seite, falls Catherine ihm versichert haben sollte, das Kind wäre doch von ihrem Mann, ist Fenton wahrscheinlich ein Stein vom Herzen gefallen. Fenton ist alles Mögliche, aber ganz sicher kein Familienmensch."

„Dem kann ich nur zustimmen", meldete sich Patrick zum ersten Mal. „Ich habe die beiden bei ihrem Mittagessen beobachtet. Dass sie in der Öffentlichkeit förmlich miteinander umgehen, kann Tarnung sein. Aber da war überhaupt keine Vater-Sohn-Beziehung erkennbar. Gerade bei persönlichen Belangen waren sie besonders distanziert. Fenton erkundigte sich nach den Zwillingen ganz so, wie man halt der Höflichkeit halber nach den Nachbarskindern fragt. Aber er war viel interessierter am Geschäftlichen als an der Familie. Außer als es um Justin ging. Dann hatte er nur noch eins im Kopf. Er hat Mercer ja praktisch gezwungen, sich testen zu lassen."

„Weil Justin für ihn die Zukunft bedeutet", ergänzte Casey. „Ein neues Leben, wie ein weißes Blatt Papier, das darauf wartet, dass jemand etwas daraufschreibt. Und dieser Jemand will Fenton sein. Justin ist seine unerwartete letzte Hoffnung, sein ganzes Imperium weitervererben zu können. Als der Abgeordnete geboren wurde, hat Fenton noch gar nicht in diese Richtung gedacht. Da war er selbst noch jung, und die Zukunft kümmerte ihn nicht."

„Wir sollten nicht vergessen, dass es Vaterschaftstests mittels DNA erst seit den Achtzigern gibt", warf Ryan ein. „Selbst wenn Fenton zum Zeitpunkt von Cliffs Geburt einen Test hätte machen lassen, wäre das Ergebnis nicht zweifelsfrei gewesen. Aber ich bezweifle, dass ihm überhaupt so eine Idee kam. Ich stimme Marc zu. Ich bin sicher, er war erleichtert und ließ die Sache auf sich beruhen."

„In Wahrheit wollte er gar nicht wissen, ob er ein Kind hatte oder nicht." Claires graue Augen waren voller Abscheu. „Aber irgendwann fand er es doch heraus. Und trotzdem hat er sich verzogen? Nein, die eigentliche Frage ist, was hat ihn veranlasst, wieder zurückzukommen? Weil er etwas von Clifford Mercer wollte?"

Casey wandte sich ihr zu. „Spürst du gerade irgendetwas?"

„Nein." Claire schüttelte den Kopf. „Ich rate genauso wie ihr. Vergiss nicht, ich bin weder Fenton noch Mercer je begegnet."

„Vielleicht wird es Zeit, dass du sie triffst. Vielleicht sollten wir das alle mal."

„Du willst morgen bei diesem Krankenhaus auftauchen, wo er sich testen lässt." Was Marc sagte, war nicht geraten, sondern eine Schlussfolgerung.

„Unbedingt. Und nicht nur ich. Du auch und Claire. Hero nicht zu vergessen. Er soll mal an diesem Abgeordneten schnuppern. Wer weiß, wie korrupt der wirklich ist? Nicht nur, weil Fenton ihn in der Tasche hat, sondern was Schlimmeres. Vielleicht steckt er hinter Paul Everetts Verschwinden? Nach allem, was wir jetzt wissen, könnte Everett die Wahrheit über Mercer und Fenton herausgefunden und sie damit erpresst haben. Vielleicht spielt das bei seinem Verschwinden eine Rolle. Wenn ja, gehört Mercer auch auf die Liste der Leute, die wissen, wo er jetzt steckt." Caseys Blick wanderte zu Patrick. „Deine Augen hätte ich auch gern dabei, aber das können wir nicht riskieren. Schließlich hast du in dem Restaurant praktisch neben den beiden gesessen. Wenn Mercer dich erkennen sollte, fliegt uns die ganze Ermittlung um die Ohren."

„Das ist schon in Ordnung." Patrick wedelte Caseys Entschuldigung mit einer Hand weg. „Erstens hast du recht. Zweitens habe ich vor, ein paar eigene Nachforschungen auf die altmodische Art anzustellen. Ich sehe mal zu, was ich alles über Fenton und Mercer ausgraben kann und ob es beiderseitige Verbindungen zu Paul Everett gab. Dann hätten wir vielleicht einen weiteren Ermittlungsstrang."

„Gut." Caseys Blick wanderte von Patrick zu Claire und wieder zurück. „Dann seid ihr jetzt dran. Was ist heute Abend passiert, als ihr Amanda im Krankenhaus besucht habt?"

„Ladies first", sagte Patrick und bedeutete Claire zu beginnen.

Claire atmete geräuschvoll aus. „Keine Veränderung bei Justin. Er hält durch, aber er kämpft um sein Leben." Sie schluckte schwer. „Ich durfte ihn nur durch eine Glasscheibe sehen. Er hängt an so vielen verschiedenen Geräten. Mit dem Beatmungsgerät kriegt er wieder besser Luft, und die Antibiotika kämpfen gegen die Infektion. Aber er ist so winzig. Keine Ahnung, wie lange er noch kämpfen kann." Sie schluckte wieder, um sich unter Kontrolle zu bekommen. „Unabhängig davon, mit Amanda ist irgendwas los. Das habe ich sofort gespürt, als sie aus der Intensivstation kam, um uns zu begrüßen. Sie fühlte sich nicht wohl in unserer Gegenwart und schien zu wünschen, dass wir wieder verschwinden. Sie redete sehr schnell und versicherte mehrmals, es sei nicht notwendig, dass wir länger blieben, ihr ginge es gut, und sie wollte wieder zurück zu ihrem Sohn. Aber das war nicht alles. Ich konnte ihre Beunruhigung und ihre Ungeduld regelrecht spüren. Das hatte nicht nur mit Justins Zustand zu tun. Das war noch etwas anderes."

Casey runzelte die Stirn. „Eine Reaktion auf unser Treffen mit ihrem Onkel konnte es jedenfalls noch nicht sein. Wir sind erst um acht bei ihm angekommen."

„Und zu der Zeit hatten wir das Krankenhaus längst wieder verlassen." Claire schüttelte den Kopf. „Nein, mit ihrem Onkel hatte es nichts zu tun. Ich glaube, Amanda hat noch jemand anders erwartet. Aber wer immer das war, wir sind ihm noch nie begegnet."

„*Ihm?*" Ryan grinste anzüglich.

Claire verdrehte die Augen. „Ihr heimlicher Liebhaber war es nicht, Ryan. Es ging um etwas Geschäftliches. Und ich glaube, es hatte mit Justin zu tun."

„Aber wieso wollte sie euch nichts davon erzählen?", fragte Casey. „Was könnte es sein, von dem wir nichts wissen sollen?"

„Das kann ich nicht beantworten." Claire hob die Hände in einer ratlosen Geste. „Ich habe ein paar Fragen gestellt, aber das machte sie nur noch nervöser und distanzierter, was die Energie zwischen uns irgendwie vernebelte. Also ließ ich das sein. Ich beschloss, dass es mehr bringen könnte, wenn ich es am Morgen noch einmal versuche, wenn sie nicht so unter Anspannung steht und ich deutlicher spüren kann, was los ist."

„Okay", stimmte Casey zu. „Wir finden heraus, um welche Zeit der Abgeordnete sich testen lassen will, und gehen vorher oder nachher zu Amanda."

„Er soll vormittags um elf in dem Krankenhaus auf Long Island sein", erklärte Ryan. „Perfektes Timing für die Abendnachrichten. Er und seine Frau lassen sich Blut abnehmen, beantworten die Fragen der Reporter und verschwinden wieder. Noch vor dem Abendessen ist er zurück in Washington."

„Okay, dann fahren wir zuerst nach Southampton und nachmittags zum Sloane Kettering. Ich möchte sowieso, dass Marc versucht, bei Amanda den Schaden zu begrenzen, falls Fenton ihr gegenüber unsere Unterhaltung so hinstellt, dass sie sauer auf uns werden könnte." Casey wandte sich an Patrick. „Und was ist mit dir? Du hast offenkundig auch etwas herausgefunden."

„Das stimmt." Er nickte. „Zunächst mal, Claire hatte recht. Wir wurden eindeutig verfolgt. Hin und zurück. Und wer immer das war, er ist ein Profi. Er blieb so weit zurück, dass ich das Nummernschild nicht erkennen konnte. Und als wir in den Parkplatz bogen, fuhr er vorbei, ein Wagen mit getönten Scheiben, sodass ich nicht erkennen konnte, wer drinsaß. Aber er war hinter uns auf der Hinfahrt und zwei Wagen hinter uns auf dem Weg zurück. Ich könnte versuchen, Bilder von den Überwachungskameras des Krankenhauses zu bekommen, aber ich kann jetzt schon garantieren, dass darauf nichts zu erkennen sein wird."

„Irgendwen machen wir nervös", murmelte Claire. „Und das sind nicht bloß Profis. Die sind gefährlich."

„Dann würde ich sagen, machen wir sie noch nervöser." Marc hatte stählerne Entschlossenheit in der Stimme. „Irgendwann machen sie einen Fehler, und dann wissen wir, mit wem wir es da zu tun haben."

14. KAPITEL

Als Ryan endlich ins Bett krabbelte, war es schon nach fünf Uhr morgens. Viel Schlaf würde er nicht mehr bekommen. Aber immer noch mehr als der Rest des Teams. Die mussten gegen neun aufbrechen, sobald der schlimmste Berufsverkehr vorüber war. Darum beneidete er sie nicht. Er konnte wenigstens noch fünf Stunden schlafen, bevor er wieder gebraucht wurde.

Damit war es vorbei, als um halb neun die Titelmusik von *Star Wars* gleich dreifach durch den Raum schallte – aus seinem BlackBerry, seinem iPhone und seinem HTC Droid.

Er fuhr im Bett hoch, langte nach dem BlackBerry, das auf dem Nachttisch am nächsten lag. Auf dem Display stand „Yoda". Auf den anderen Geräten würde derselbe Name stehen. Eindeutig ein Notfall.

„Ja, Yoda, ich bin's." Er gab der Stimmerkennung eine Zehntelsekunde Zeit.

„Ryan", erwiderte Yoda. „Der Kommunikationsserver ist überlastet. Ich wiederhole, der Kommunikationsserver ist überlastet."

Ryan blinzelte sich den Schlaf aus den Augen, aber er war völlig verwirrt. Wieso, zum Teufel, sollte der Kommunikationsserver überlastet sein?

Er sprang aus dem Bett, lief zu seinem Laptop und loggte sich in den Server ein. „Was, zum …?" Er starrte auf die Menge der Anrufe, die gleichzeitig eingingen. „Bin gleich da, Yoda."

Nach zwanzig Minuten in der U-Bahn saß Ryan in seiner Höhle, hämmerte auf die Tastatur und sah sich die Bescherung an. Ihre Klientin hatte einen Riesenfehler gemacht und bei *Forensic Instincts* eine Kommunikationskrise ausgelöst.

Er sah sich auf YouTube das Video an, leitete die eingehenden Antworten auf Amandas flehende Bitten zur Voicemail weiter und rief Casey an.

„Was gibt's?", fragte sie, während sie ihr Haar mit einem Handtuch trocknete.

„Das kann ich dir sagen. Amanda ist letzte Nacht an die Öffentlichkeit gegangen. Und zwar in ganz großem Stil, mit einem Video auf YouTube. Unser Server wird mit den ganzen Anrufen gar nicht fertig. Du solltest sofort eine Armee von Telefonagenten einfliegen lassen, oder wir geraten in echte Schwierigkeiten. Streich das, wir sind schon in Schwierigkeiten."

„Ryan, beruhige dich." Casey warf das Handtuch zur Seite. „Wo bist du? Und was hat Amanda getan?"

„Ich bin unten. Komm runter, und sieh es dir selber an. Dann musst du sofort eine Zeitarbeitsfirma anrufen – oder wen immer du in solchen Fällen anrufst –, damit Leute kommen, die die verfluchten Anrufe entgegennehmen können."

„Bin sofort da."

Casey war bereits angezogen. Sie schnappte sich ihr BlackBerry und rannte die vier Stockwerke runter in den Keller. Ryan stand hinter seinem Tisch, eindeutig überfordert von all den roten Lichtern, die in seiner Höhle gleichzeitig aufblinkten.

„Yoda hat mich alarmiert", erklärte er. „Die Telefonleitungen glühen. Hier, sieh dir an, weshalb." Er winkte sie heran.

Sie lief zu ihm und starrte auf den Monitor, während er auf YouTube ging und das Video aufrief.

Amanda war deutlich zu erkennen. Sie stand in einem Flur der Intensivstation der Pädiatrie des Sloane-Kettering-Krankenhauses, vor der Glasscheibe, hinter der Justin in seiner Krippe lag, der Vorhang war offen. Der Betrachter konnte das Baby sehen sowie die ganzen medizinischen Apparate, an denen es hing. Amanda erklärte mit brechender Stimme und unter Tränen, warum sie sofort einen Spender finden mussten. Sie hielt ein Foto von Paul in die Kamera und verkündete, er wäre der Vater des Kindes und der ideale Spender, aber er war verschwunden und wusste gar nichts vom Zustand seines Sohnes. Sie flehte alle Welt an, sofort anzurufen, wenn jemand irgendetwas über Paul Everett oder seinen Aufenthaltsort wusste. Am Schluss sagte sie, es ginge im wahrsten Sinne um Leben und Tod, und bat darum, ihr Kind zu retten.

Während des ganzen dreiminütigen Videos waren Name und Telefonnummer von *Forensic Instincts* unten eingeblendet.

„Verdammt." Casey fuhr sich mit der Hand durch das zerzauste Haar. „Ich kann nicht glauben, dass sie das tatsächlich gemacht hat."

„Ich auch nicht. Also, was sollen *wir* jetzt unternehmen?"

Casey ging bereits die Kontakte auf ihrem BlackBerry durch. „Ich rufe den Ersten meiner Telefonkette der New York University an."

Ryan kapierte sofort. Alle im Team wussten, dass Casey alle zwei

Wochen ein Verhaltensforschungsseminar für Psychologiestudenten an der NYU gab. „Telefonketten sind für abgesagte Seminare da", rief er ihr ins Gedächtnis.

„Das stimmt." Casey fand die richtige Nummer und drückte auf „Verbinden". „Aber die Studenten müssen vor Weihnachten ein paar praktische Stunden ableisten, und ich bin sicher, die meisten haben das auf die lange Bank geschoben. Jetzt kriegen sie eine tolle Gelegenheit, diese Stunden abzureißen und gleichzeitig einzigartige Erfahrungen in Bezug auf das menschliche Verhalten zu machen." Sie grinste. „Selbst wenn sie erst bei Morgengrauen nach einer Party oder nach dem Büffeln für die Semesterabschlussklausuren ins Bett gekommen sind." Sie hielt inne, lauschte. „Hi, Marcy. Casey Woods hier. Können Sie mir einen Gefallen tun?"

Eine Minute später legte sie auf. „Marcy ruft den Nächsten auf der Liste an. In diesem Seminar sitzen zehn Leute. Sieben oder acht von denen kommen bestimmt. Unser Server wird schon nicht explodieren. Aber ich vielleicht." Sie verzog das Gesicht. „Ich verstehe ja, dass Amanda verzweifelt ist. Aber das hätte sie mit uns absprechen müssen. Nicht bloß, weil sie unsere Nummer angegeben hat. Sondern vor allem, weil unsere ganzen Bemühungen, unsere Ermittlung nicht an die Öffentlichkeit dringen zu lassen, damit zum Teufel sind."

Ryan fluchte. „Selbst wenn wir sie dazu bringen, das Video wieder zu löschen, es ist schon x-tausend Mal angeklickt worden. Das Kind ist bereits in den Brunnen gefallen."

„Ganz bestimmt." Casey seufzte. „Na ja, jetzt wissen wir, was Claire da gestern gespürt hat."

Ryan nickte widerwillig. „Ja, sogar ich muss zugeben, dass Claire-voyant richtiglag. Aber wenn du das ausposaunst, streite ich ab, es je gesagt zu haben."

„Deine Rivalität mit Claire interessiert mich im Augenblick gar nicht." Caseys Gedanken rasten. „Ich bin nicht die Richtige, um mich mit Amanda zu beschäftigen. Jedenfalls jetzt nicht. Dazu bin ich zu wütend auf sie. Und ich will meine Praktikanten hier einweisen, bevor wir nach Southampton aufbrechen. Ich muss auf die Schnelle einen Fragebogen für sie zusammenstellen und ihnen beibringen, wie sie damit umgehen sollen. Irgendwas Schlichtes, das leicht abzuhaken ist, mit dem uns aber trotzdem keine brauchbare Spur entgeht." Sie drückte die Kurzwahltaste, unter der Marcs Nummer auf ihrem Telefon gespeichert war. „Marc soll rüber ins Krankenhaus fahren. Der ist dafür am besten geeignet. Der bewahrt die Ruhe und kann auch Amanda beruhigen."

„Der kann jeden beruhigen – außer denjenigen, denen er die Seele aus dem Leib prügelt", murmelte Ryan.

„Wie wahr."

Marc hob beim zweiten Klingeln ab, klang sofort ganz wach und machte sich gleich auf den Weg. Der Mann war ein Segen. Einmal ein Navy SEAL, immer ein Navy SEAL. Vermutlich hatte er vor Sonnenaufgang schon hundert Liegestütze gemacht. Er schien nie zu schlafen.

Rick Jones, Detective beim New York State Police Department, saß kurz nach Dienstbeginn an seinem Schreibtisch, als das Telefon klingelte.

„Jones", meldete er sich, gleichzeitig den Hörer und einen Plastikbecher mit Kaffee balancierend, um nichts über die Papierberge auf seinem Schreibtisch zu verschütten.

„Die Freundin hat ein Video auf YouTube hochgeladen", teilte ihm die Stimme am anderen Ende mit. „Da ist alles drin, inklusive eines Bildes von ihm und der Bitte, sich zu melden, wenn jemand was über ihn weiß. Es ist seit halb sieben zugänglich und wurde schon über hunderttausend Mal angeklickt. Da ist nichts mehr zu machen. Der Mord an Everett kommt wieder in die Schlagzeilen, und Sie haben die gottverdammten Medien am Hals."

„Was soll ich Ihrer Meinung nach tun?", fragte Jones.

„Nehmen Sie sich die ganze Akte wieder vor."

„Was für eine ganze Akte? Das sind bloß ein paar Blätter."

„Blasen Sie's auf. Es muss so aussehen, als ob Sie gründlich ermittelt hätten. Datieren Sie alles zurück. Vernichten Sie alles, was darauf hindeutet, dass Sie den Fall der Küstenwache zugeschoben haben. Die Medien werden überall herumschnüffeln. Und das ist für uns alle gar nicht gut. Ist das klar?"

„Glasklar."

„Gut. Dann los – geben Sie Gas."

Marc saß im Wartebereich vor der Intensivstation, trank einen Kaffee und wartete darauf, dass Amanda herauskam.

Als sie endlich kam, war sie unsicher auf den Beinen und wirkte völlig erschöpft. „Hi", sagte sie matt.

„Hi." Marc nahm einen weiteren, beruhigenden Schluck und stellte die Tasse auf einen Tisch. „Wie geht es Justin?"

„Unverändert." Amanda ließ sich auf ein Sofa sinken. Der gelbe Schutzanzug über der Kleidung knisterte. „Oh." Sie schien den Anzug und die Schutzmaske im Gesicht jetzt erst zu bemerken. Sie nahm die Maske ab. „Die hätte ich wegwerfen sollen, bevor ich rausging. Ich muss eine neue, sterile anziehen, wenn ich wieder reinwill." Sie nahm das Gesicht in die Hände. „Wieso wirken die Antibiotika nicht? Warum geht sein Fieber nicht runter?"

„Es ist ja erst ein Tag vergangen", sagte Marc beruhigend. „Ich weiß, für Sie fühlt sich das an wie eine Ewigkeit. Aber das ist es nicht. Geben Sie der Medizin ein bisschen Zeit."

„Und was dann? Er wird sich die nächste Infektion einfangen." Amanda sah nach oben; der Schmerz stand ihr im Gesicht geschrieben. „Und ich kann nichts dagegen tun."

„Letzte Nacht haben Sie jedenfalls Ihr Bestes gegeben." Marc war direkt, aber nicht unhöflich. Die Frau stand kurz vor einem Zusammenbruch. Sie hatte eine Verzweiflungstat begangen, um Paul vielleicht doch noch zu finden. Sicher, das hatte die Ermittlungen verkompliziert. Und beinahe Ryans kostbaren Server zum Schmelzen gebracht. Aber die Suche war auch zuvor nicht geheim gewesen. Und der Server war nicht abgestürzt. Jetzt saßen genug Studenten im Büro, um die Anrufe entgegenzunehmen.

Wie sollte er da wütend sein? Schließlich hing das Leben ihres Kindes an einem seidenen Faden.

Amanda starrte ihn ausdruckslos an, als wäre sie gar nicht mehr bei sich. Es schien, als würde sie gar nicht kapieren, wovon er redete. Dann dämmerte es ihr langsam. „Sie reden von dem Video."

„Genau. Sehr eindrucksvoll. Klar und knapp, herzzerreißend, tolle Aufnahmen. Sie müssen begabte Freunde haben. Und außerdem haben Sie Ihr Ziel erreicht. Sie haben die Aufmerksamkeit der Welt erregt. Das Video wird wahnsinnig oft angeklickt. Es kommen so viele Anrufe, dass unser Server sich beinahe aufgehängt hat."

„Ist schon irgendwas Nützliches hereingekommen?", fragte sie, beinahe flehend. „Hat jemand irgendwelche Informationen über Paul?"

„Nein. Bis jetzt waren es alles nur Spinner oder Reporter." Marc beugte sich vor, ohne Amanda aus den Augen zu lassen. „Das war nicht

145

gerade die beste Idee, die Sie je hatten. So eine Effekthascherei führt dazu, dass alle möglichen Irren aus ihren Löchern krabbeln. Damit verschwinden wir Zeit und Arbeitskraft. Da eine echte Spur herauszufischen, das ist wie die Suche nach der Nadel im Heuhaufen."

„Das war keine Effekthascherei. Ich habe ein paar Kontakte benutzt, um so viele Menschen wie möglich zu erreichen." Sie musterte sein Gesicht. „Sie sind sauer auf mich. Wenn Ihr Server beschädigt ist, zahle ich das schon."

Marc wäre beinahe in Lachen ausgebrochen, als er sich Ryans Reaktion auf so ein Angebot vorstellte. „Machen Sie sich da mal keine Sorgen. Inzwischen sitzt eine Horde Studenten bei uns im Büro, um die Anrufe entgegenzunehmen." Er hielt inne. „Es passt uns allerdings nicht, dass unsere Telefonnummer jetzt weltweit bekannt ist. Ihnen ist natürlich klar, dass wir Sie von so etwas abgehalten hätten, wenn wir davon gewusst hätten. Deshalb haben Sie gestern gegenüber Claire und Patrick nichts davon erwähnt."

„Da haben Sie recht." Amanda fuhr sich mit der Zunge über die Lippen. „Es war ein kalkuliertes Risiko, aber ich musste es eingehen. Mir war klar, das könnte auch nach hinten losgehen. Die ursprüngliche Idee stammt von Melissa, und der habe ich das gleich gesagt. Aber dann ging es Justin immer schlechter. Da musste ich es einfach versuchen. Ich wusste, dass Sie den Auftrag vielleicht kündigen würden. Aber die Vorstellung, so viele Menschen auf einmal erreichen zu können – und jeder Einzelne könnte Paul vielleicht irgendwo gesehen haben … Ich konnte einfach nicht anders. Ich werde meinen Onkel bitten, eine Belohnung für jede Information über Pauls Aufenthaltsort auszusetzen." Sie hob resignierend die Schultern. „Wie auch immer, wenn Sie derjenige sind, der mir eine Standpauke halten oder mir den Laufpass geben soll, bringen Sie's hinter sich."

Sie wirkte wie ein kleiner Vogel mit gebrochenen Flügeln, und Marc wurde von Mitleid beinahe überwältigt. Gefühle waren normalerweise nicht sein Ding, seine Reaktion kam ihm selber komisch vor. Aber ein kleines Kind … nicht mal ein Kind, ein Neugeborenes – das war seine Achillesferse.

Plötzlich hatte er Bilder vor Augen, wie er sie in den letzten Jahren hatte sehen müssen – Bilder von Kindern, die ihren Eltern entrissen und wie Vieh verkauft oder als menschliche Schutzschilde benutzt und umgebracht wurden, bevor sie ihr Leben beginnen konnten. Es war wie ein abscheulicher Film in einer Endlosschleife. Diese Bilder würden ihn bis an sein Lebensende verfolgen.

Und hier hatte er eine Mutter vor sich, die sich für ihr Kind opfern wollte. Was sollte er ihr da vorwerfen? Wenn Justin überleben sollte, dann nur wegen der Liebe und Hartnäckigkeit seiner Mutter.

Marc hatte den Fall angenommen, ohne zuvor mit dem Team darüber zu sprechen. Für ihn war es von Anfang an etwas Persönliches gewesen, und das war es immer noch.

„Ich bin nicht da, um Ihnen den Laufpass zu geben", sagte er. „Aber ich muss Ihnen sagen, dass Sie nicht noch einmal etwas unternehmen dürfen, ohne zuerst mit uns zu reden, denn solche impulsiven Handlungen bringen meistens nichts, und außerdem haben Sie uns dafür engagiert, den Job zu erledigen, und zwar richtig. Sie müssen uns helfen, nicht uns Steine in den Weg legen. Und jetzt werde ich Ihnen ein großes Glas Orangensaft und ein Ei-Sandwich kaufen. Sie brauchen Proteine und Elektrolyte. Sonst brechen Sie noch zusammen."

Amanda nickte. „Sie haben recht – mit allem. Offenkundig war mein erster Instinkt richtig. Ich hätte das nicht tun dürfen, ohne es mit Ihnen zu besprechen. Es tut mir leid."

„Vielleicht wären Sie von unserer Reaktion überrascht gewesen. Wir halten uns auch manchmal nicht an die Regeln. Wir hätten uns eine bessere Art einfallen lassen können, dieses Video unter die Leute zu bringen. Die sogar noch kontroverser gewesen wäre. Die, auf die richtigen Knöpfe gedrückt, gleichzeitig bestimmte Leute aufgescheucht hätte – ohne dass wir selbst im Rampenlicht stehen würden. Wir hätten eine kostenlose Hotline einrichten können. Unterschätzen Sie uns nicht. Sie haben uns engagiert, weil wir die Besten sind."

Sie lächelte matt. „Ich hab's kapiert. Da wir gerade von den Besten reden, ich hatte noch gar keine Gelegenheit, Ihnen zu danken. Ich habe gerade erst erfahren, dass Ihr ganzes Team sich hat testen lassen. Das war unglaublich nett."

„Wir haben uns halt dazu entschieden", erwiderte Marc.

„Ich bin Ihnen jedenfalls sehr dankbar." Amanda holte erschöpft Luft und erhob sich. „Ich hätte jetzt gern diesen O-Saft und das Sandwich. Ich kann mich kaum noch auf den Beinen halten. Aber für Justin muss ich stark sein."

„Das stimmt." Marc warf einen Blick auf seine Uhr. „Gehen wir runter in die Cafeteria. Ich kann nur noch ein paar Minuten bleiben."

„Ah. Sie haben das kürzere Ende gezogen und müssen sich erst mit mir abgeben, um dann an den Telefonen Schadensbegrenzung zu betreiben."

„Nein." Wie immer redete Marc nicht um den heißen Brei herum. „Ich sagte ja schon, die Telefone haben wir mittlerweile unter Kontrolle. Klar, ein paar von uns sind ganz schön sauer. Besonders Ryan, der aus seinem Schönheitsschlaf gerissen wurde, als Yoda ihn alarmierte, weil der Server drohte heiß zu laufen. Aber da kommt er schon drüber weg. Wie wir alle. Casey meinte bloß, für Sie wäre es am leichtesten, wenn Sie mit mir reden. Und ich muss nicht zurück ins Büro, sondern raus nach Southampton."

„Nach Southampton? Warum denn das?" Amanda war verblüfft, dann wurde sie nachdenklich. „Hat das was mit Ihrer Besprechung gestern mit meinem Onkel zu tun? Das hatte ich völlig vergessen. Wie ist es denn gelaufen? Hat er Sie gebeten, sich mit dem Stadtrat zu treffen?"

Marc zeigte auf die Fahrstühle. „Besorgen wir Ihnen was zu essen. Ich erzähle Ihnen alles auf dem Weg."

15. KAPITEL

John Morano saß in seinem schäbigen Büro und schob die Unterlagen beiseite, die Lyle Fentons Anwalt aufgesetzt hatte. Er rieb sich frustriert die Augen und hatte ein mieses Gefühl im Bauch. Er warf zwei Antacid-Tabletten ein und spülte sie mit Wasser runter. Lieber hätte er einen Bourbon gekippt. Aber es war erst halb zehn Uhr morgens, und er hatte noch ein Treffen vor sich, das sehr hässlich werden konnte. Da wollte er auf jeden Fall alle seine Sinne beieinanderhaben.

Er ging ein unglaublich großes Risiko ein, und er wusste es. Den Vizzinis kein Schmiergeld mehr zu zahlen könnte nach hinten losgehen. Die hatten die Gewerkschaften unter ihrer Kontrolle. Die Lkw-Fahrer. Die Stahlarbeiter. Sogar das Servicepersonal, das in seinem Hotel arbeiten würde. Und damit kontrollierten sie auch ihn. Das ganze Projekt könnte in Gefahr geraten, vielleicht sogar sein Leben. Aber er konnte es sich auch nicht leisten, alle sechs Wochen zwanzig Riesen für nichts zu bezahlen. Seine schwindenden Geldreserven würden nur eine bestimmte Zeit ausreichen. Und es gab auch nur eine gewisse Anzahl von Kontakten, die er gleichzeitig aufrechterhalten konnte, um ihm seine benötigten Vorteile zu sichern.

Er hatte es endlich geschafft, Fenton an Bord zu holen, und damit würde er die notwendigen Genehmigungen bekommen – aber der Preis dafür war viel höher als erwartet. Fenton hatte ihn in der Hand. Fenton bestimmte die Regeln, machte die Profite, brachte seine Investoren ein.

Und übte Druck aus.

Die Dinge gerieten nun in eine kritische Phase. Aber Morano durfte sein Ziel nicht aus den Augen verlieren.

Die Tür ging auf, und Sal marschierte herein, der raubeinige Handwerker, der die Schmiergelder für die Mafia einsammelte. Er trug Jeans und eine Arbeitsweste und schleppte seinen üblichen Werkzeugkasten, obwohl er heute nicht erwarten konnte, mit dem Kasten voller Geld wieder loszuziehen. Das war erst in ein paar Wochen wieder fällig. Nein, bei diesem Treffen ging es um etwas anderes, denn Morano hatte darum gebeten.

Sal machte die Tür wieder zu und setzte sich auf einen Stuhl. Er stellte den Werkzeugkasten auf den Boden und verschränkte die Arme vor der Brust. Seine rechte Hand strich über die Weste, unter der zweifellos eine Pistole steckte.

Morano sah bewusst nicht hin, sondern starrte in Sals pockennarbiges Gesicht.

„Was wollen Sie?", fragte Sal.

„Nachverhandeln." Morano setzte ein entschlossenes Gesicht auf und kam sofort zum Punkt. „Aber diesmal nach meinen Regeln. Wir sind fertig miteinander. Ich zahle nicht mehr. Sagen Sie Ihrem Boss, genug ist genug. Ich löse unsere Verbindung. Bei diesem Projekt gibt es auch noch andere Münder, die von mir gefüttert werden wollen. Ich habe ein verfluchtes Vermögen zusammengekratzt, nur um ihn zufriedenzustellen. Aber all das liegt jetzt hinter mir."

Sal kniff seine dunklen Augen zusammen. „Sie machen da einen monströsen Fehler, Morano. Sie brauchen uns. Und ich muss Sie nicht erst daran erinnern, was mit Everett passiert ist, oder?"

Morano rührte sich nicht. „Soll das eine Drohung sein?"

„Eine Drohung?" Sal zuckte mit den Schultern. „Nennen wir es doch eine hilfreiche Anregung von einem besorgten Geschäftspartner. Was Everett zugestoßen ist, war ein unglücklicher Zufall. Sie sind kein Freund von unglücklichen Zufällen, nehme ich an?"

„Nein. Aber ich bin auch kein Freund davon, ausgenommen zu werden. Sie haben schon genug gekriegt – und dann noch was obendrauf. Wir sind mehr als quitt. Ich habe genug von Ihren Besuchen. Ich will bei meinem Projekt jetzt keine Hindernisse mehr haben."

„Das wird leider nicht möglich sein. Was Sie tun, ist nicht besonders schlau", erwiderte Sal.

„Vielleicht nicht. Aber es ist notwendig." Morano erhob sich langsam und mit ausgestreckten Händen. „So ist das nun mal. Und was jetzt? Haben Sie vor, mich über den Haufen zu schießen?"

Ein schiefes Lächeln umspielte Sals Lippen, als er ebenfalls auf die Füße kam. „Aber nein. Ich werde lediglich Ihre Botschaft überbringen. Vermutlich werden Sie bald eine Antwort erhalten."

Als das *Forensic Instincts*-Team auf den Parkplatz vor dem Backsteingebäude des Southampton Hospital einbog, tummelte sich dort bereits die Presse.

„Wow", kommentierte Casey trocken. „Mercers Presseabteilung verdient eine Lohnerhöhung. Das sind nicht nur die Medien aus dem ersten Wahlbezirk des Staates New York. Die sind aus ganz Long Island, sogar aus Manhattan und Queens. Was bedeutet, dass die großen nationalen Fernsehsender es ebenfalls bringen werden."

„Das liegt aber nicht nur an Mercers Presseleuten. Bestimmt haben die meisten Reporter inzwischen auch Amandas Video gesehen", rief Marc ihr in Erinnerung und musterte die Menge. Casey rollte an einigen Ü-Wagen vorbei, auf der Suche nach einem freien Stellplatz. „Bessere Publicity könnte Mercer sich gar nicht wünschen. Die twittern alle auf ihren Smartphones herum, während sie auf sein Erscheinen warten. Die Nachricht von seiner selbstlosen Tat wird in Minuten durch das ganze Land gegangen sein."

„Wie sollen wir nahe genug an ihn herankommen?", fragte Claire, die auf dem Rücksitz des Vans saß. „Er wird Sicherheitspersonal bei sich haben, wenn er kommt und wenn er geht."

„Das wird gar nicht unser eigentliches Problem sein", bemerkte Marc und schnitt eine Grimasse. „Die haben *Forensic Instincts* längst auf dem Schirm, wenn sie etwas über Paul Everett wissen wollen. Das Problem ist, an Mercer heranzukommen, ohne von den Medien mit Fragen bombardiert zu werden. Sobald die herausfinden, wer wir sind, haben wir keine Chance mehr. Und dann ist da auch noch Lyle Fenton, der bestimmt mit Mercer zusammen hier auftaucht. Der erkennt uns sofort, und dann stellt er sich zwischen uns und den Abgeordneten."

„Vielleicht kriegen wir das hin, ohne uns identifizieren zu müssen." Claire streichelte nachdenklich Heros seidiges Fell. „Jedenfalls bis wir irgendwo mit Mercer allein sind, sodass niemand etwas mitbekommt."

Casey warf ihr im Rückspiegel einen Blick zu. „Da bin ich aber gespannt."

„Ihr beide seid die Einzigen von uns, die Fenton kennt. Mich und Hero kennt keiner. Und wir sind beide ziemlich gute Schauspieler. Nicht wahr, Hero?"

Hero betrachtete sie aus seinen treuen Augen und gab ein tiefes Geräusch von sich. Dann leckte er ihr über die Hand. Er wusste, dass von ihm die Rede war.

„Ich mag es gar nicht, wenn man mich für eine dumme, hilflose Blondine hält", fuhr Claire fort. „Aber manchmal ist das auch von Vorteil. Wenn der Abgeordnete da ist und ins Krankenhaus will, komme ich zufällig mit Hero vorbei. Ich gebe ihm ein leises Kommando, das sonst niemand mitkriegt, und er springt los. Wir werden mit Mercer zusammenstoßen. Ich führe mich so dämlich und mitleiderregend auf, dass seine Sicherheitsleute sich wieder entspannen. Dann flüstere ich Mercer schnell zu, wer ich bin und dass wir uns mit ihm über das Video unterhalten müssen, sobald er und seine Frau ihre Blutproben abgeben haben. Falls Fenton dabei ist, wird ihm das nicht gefallen, aber er wird auch nichts dagegen unternehmen, denn als ihr gestern Abend mit ihm geredet habt, war das Video ja noch gar nicht auf YouTube. Wahrscheinlich will er auch dabei sein, wenn wir mit Mercer reden, aber dagegen können wir nichts tun. Aber immerhin bekommen wir so Zugang, ohne hier einen Aufstand auszulösen."

„Sehr hübsch", begeisterte sich Marc. „Und du hast recht. Fenton wird keine Szene machen – selbst wenn es ihm gar nicht passt, dass wir mit Mercer sprechen. Er wird genauso scharf darauf sein wie wir, dass unsere wahre Identität unter der Decke bleibt. Ein Spektakel in der Öffentlichkeit ist das Letzte, was er will – besonders wenn Mercer dadurch nicht mehr im Rampenlicht steht." Marc nickte. „Das könnte tatsächlich klappen."

„Okay, dann machen wir es so." Casey fand endlich einen Parkplatz in einiger Entfernung des Tumults und stellte den Motor ab. Sie sah auf ihre Uhr. „Mercer sollte jede Sekunde eintreffen."

Noch während sie das sagte, rollte eine Limousine auf den Parkplatz des Krankenhauses.

„Dann los", sagte Casey zu Claire.

Claire legte Hero an die Leine und stieg aus dem Wagen. Sie liefen schnell an den Reihen geparkter Fahrzeuge vorbei und erreichten den Eingang zur selben Zeit wie die Limousine.

Fenton stieg als Erster aus, gefolgt von Mercer, seiner Frau und zwei Leibwächtern, die ihnen den Weg die Treppen hoch zum Eingang bahnten.

Claire flüsterte dem Hund einen Befehl zu. Sofort stürmte Hero los und hätte den Abgeordneten beinahe umgerannt, bevor Claire ihn wieder zu fassen bekam.

„Tut mir schrecklich leid, Sir", sagte sie zu Mercer, atemlos und peinlich berührt. „Der Hund ist ganz nervös wegen all der Aufregung. Ganz ruhig, Junge", befahl sie dem Bluthund.

Der sich tatsächlich setzte und an den Schuhen des Abgeordneten schnüffelte.

Mercer gluckste gut gelaunt und klopfte Hero auf den Kopf. „Ist ja nichts passiert. Beeindruckend, wie der Hund aufs Wort gehorcht.

152

Ich wünschte wirklich, meine Kinder würden nur halb so gut auf mich hören."

Die Sicherheitsleute waren wieder einen Schritt zurückgetreten, aber die Presseleute stürzten sich wie die Geier auf den Abgeordneten. Fenton war etwa ein halbes Dutzend Stufen tiefer auf der Treppe.

Claire wandte allen den Rücken zu, sodass nur Mercer und seine Frau hören konnten, was sie zu sagen hatte. „Mein Name ist Claire Hedgleigh, ich bin von *Forensic Instincts*", flüsterte sie. „Wir müssen mit Ihnen über das Video reden, das Amanda Gleason an die Öffentlichkeit gerichtet hat. Es ist sehr wichtig. Aber wir wollten vermeiden, dass die Medien Wind von der Sache bekommen. Deshalb diese etwas ungewöhnliche Art der Kontaktaufnahme."

Mercer war nur einen kurzen Augenblick verwirrt, was er sich als Politiker kaum anmerken ließ. „Ich weiß Ihre Diskretion zu schätzen. Ich werde dafür sorgen, dass Sie und Ihr Team durch den Hintereingang in das Krankenhaus geführt werden. Sobald man mir Blut abgenommen hat, komme ich zu Ihnen."

Claire nickte. „Vielen Dank." Danach sprach sie wieder normal. „Ich bitte nochmals um Entschuldigung, Herr Abgeordneter. Dieser nicht zu bändigende Hund und ich werden Sie nicht mehr belästigen."

Inzwischen war Fenton zu ihnen getreten, und sie konnte förmlich spüren, wie sein Blick sie durchbohrte. Seine ganze Persönlichkeit strahlte negative Energie aus. Von dem Abgeordneten empfing sie nichts dergleichen, aber bis jetzt war das alles nicht mehr als ein erster Eindruck. Claire musste mehr Zeit in Gegenwart dieser Leute verbringen.

Sie ging weiter und beobachtete aus den Augenwinkeln, wie der Abgeordnete der Menge zuwinkte und rief, er stünde für Fragen zur Verfügung, sobald er und seine Frau die Blutabnahme hinter sich hätten.

Claire wurde wieder einmal vor Augen geführt, warum sie Politik so hasste. Sie fasste die Leine fester und lief eilig zurück zum Van.

„Alles klar", sagte sie zu Casey und Marc, als sie mit dem Hund in den Wagen sprang. „Fahr zur Rückseite des Gebäudes. Dann geben wir ihm eine Viertelstunde oder so. Mercer sorgt dafür, dass jemand uns durch den Hintereingang hineinlässt."

„Gut gemacht", lobte Casey. „Was hast du ihm gesagt?"

„Nur dass wir mit ihm über das Video reden wollen. Er hat sofort begriffen. Er weiß unsere Diskretion zu schätzen. Mehr hat er nicht gesagt. Alles Übrige hat Hero erledigt. Wer hätte gedacht, dass er so ein toller Schauspieler ist?" Claire kraulte dem Hund die Ohren und lächelte. „Er hat nicht nur seine Rolle perfekt gespielt, er konnte auch ausgiebig an dem Abgeordneten schnüffeln. Toller Job, Junge." Sie holte eine kleine Belohnung für den Hund aus einer Tasche, die er sofort gierig verschlang.

„Reden wir mal darüber, was wir in den fünf oder zehn Minuten erreichen wollen, die Mercer uns wahrscheinlich geben wird." Casey legte den Rückwärtsgang ein. „Sie erwarten, dass wir wegen des Videos ziemlich aufgebracht sind. Aber in Wirklichkeit wollen wir uns einen Eindruck von dem Abgeordneten Mercer verschaffen. Wir können auf keinen Fall aggressiv vorgehen. Wir stehen auf derselben Seite, wir wollen Mercer als Verbündeten gewinnen. Da kann er ganz entspannt sein, und Fenton kommt uns auch nicht in die Quere."

„Verstanden, Boss", meinte Marc trocken. „Wir wollen so subtil wie möglich herausfinden, ob Mercers Beziehung zu Fenton etwas mit dem Verschwinden von Paul Everett zu tun haben könnte."

„Genauso ist es. Und das erreichen wir, wenn wir uns ausschließlich an Fragen über das Video halten. Erst mal brauchen wir die Bestätigung, dass Mercer es gesehen hat. Dann verleihen wir unserer Sorge Ausdruck, dass jetzt nicht nur wir wegen des Videos im Rampenlicht stehen, sondern auch Paul. Wir erklären ihnen, wenn Paul sich irgendwo versteckt und nicht gefunden werden will, wird er jetzt noch tiefer untertauchen. Vielleicht können wir Mercer sogar darum bitten, uns dabei zu helfen, die Aufmerksamkeit von Paul abzulenken und auf das Baby zu richten. Er kann die Menschen öffentlich auffordern, sich testen zu lassen, so wie er und seine Frau das gerade getan haben. Das wird er sicher nicht ablehnen."

„Und währenddessen lesen wir zwischen den Zeilen." Marc nickte. „Guter Plan."

„Am meisten möchte ich von dir hören, Claire", sagte Casey. „Nicht unbedingt während der Unterhaltung, sondern hinterher. Ich will wissen, was du von Fenton und Mercer hältst. Alles, was du von ihnen empfangen kannst, Eindrücke oder Energien. Und wir müssen alle auf jedes Detail achten, das uns Aufschluss darüber geben könnte, was zwischen Mercer und Fenton vorgeht. Patrick hat gesagt, in der Öffentlichkeit würden sie sehr förmlich miteinander umgehen. Mal sehen, ob wir denselben Eindruck in einer eher privaten Atmosphäre haben. Alles klar?"

„Aber sicher", erwiderte Marc.

„Absolut", bestätigte Claire.

Einer von Mercers Leibwächtern kam aus dem Hintereingang und ging direkt auf den Van zu.

„Bitte folgen Sie mir", sagte er. „Der Abgeordnete erwartet Sie."

Da Hero im Wagen blieb, ließen sie das Fenster einen Spalt offen. Dann betraten sie hinter dem Personenschützer das Krankenhaus.

Er geleitete sie zu einem Büro, das offenbar jemandem aus der Verwaltung des Krankenhauses gehörte, jetzt jedoch leer war bis auf den Abgeordneten und Lyle Fenton.

„Herr Abgeordneter." Casey schüttelte ihm respektvoll die Hand und zeigte mit einem Lächeln, dass dies eine ganz entspannte Unterhaltung werden würde. „Haben Sie vielen Dank, dass Sie uns auf diese etwas ungewöhnliche Art zu einem Gespräch empfangen." Sie warf Lyle einen Blick zu. „Guten Tag, Mr Fenton. Erfreut, Sie wiederzusehen."

„Ms Woods." Fenton nickte knapp. „Cliff, das sind Casey Woods, Marc Devereaux und …" Er zog fragend die Brauen zusammen.

„Claire Hedgleigh", soufflierte Mercer mit breitem Lächeln. Der Politiker in ihm vergaß so schnell keine Namen. „Ich bin ja gerade fast über Sie und Ihren Bluthund gestolpert. Dieses Duo vergisst man nicht so leicht."

Claire beugte sich vor und schüttelte ihm ausgiebig die Hand, um so viel wie möglich aus dem körperlichen Kontakt herauszuholen. „Dafür möchte ich mich noch einmal entschuldigen. Aber ich wollte nicht die Aufmerksamkeit der Medien erregen."

„Kein Problem. Ich sagte ja schon, dass ich Ihre Diskretion zu schätzen weiß – und ebenfalls Ihren Einfallsreichtum." Er schüttelte auch Marc die Hand. „Mr Devereaux."

„Herr Abgeordneter." Marc lächelte. „Schön, Sie kennenzulernen. Ich hoffe, wir haben Ihrer Frau keine Angst eingejagt."

„Aber überhaupt nicht. Ich habe sie zurück zum Wagen bringen lassen. Bei einem weiteren meiner Termine dabeisitzen zu müssen ist das Letzte, was ihr Spaß macht."

„Nur zu verständlich", nickte Marc.

„Dann nehmen wir am besten mal alle Platz", schlug Mercer vor.

„Und die Förmlichkeiten könnten wir auch beiseitelassen. Sie müssen nicht jedes Mal ‚Herr Abgeordneter‘ zu mir sagen, das dauert viel zu lange. Cliff ist der Name.“

Casey ließ sich in einen Sessel sinken. „Und wir sind Casey, Marc und Claire. Hero, den Hund, haben Sie ja schon kennengelernt. Wir gehören alle zu *Forensic Instincts*.“

„Ja, dieser Name prangte auf jedem Monitor der Fernsehteams, an denen ich vorhin vorbeigelaufen bin.“

Damit hatten sie schon die Bestätigung, dass Mercer das Video gesehen hatte.

„Genau.“ Casey ließ das Lächeln aus ihrem Gesicht verschwinden. „Ich bin sicher, Sie können verstehen, wie unglücklich wir über dieses Video sind. Normalerweise versuchen wir uns außerhalb der Medienöffentlichkeit zu bewegen.“ Sie warf Fenton einen Blick zu. „Ich weiß nicht, wie viel Sie Cliff über uns erzählt haben.“

Fenton wirkte genauso steif wie gestern Abend, jedoch noch distanzierter. „Über Ihre Suche nach Paul Everett. Wenig bis gar nichts. Cliff und ich haben über Amanda und ihr Baby geredet. Wir haben beide das Video gesehen. Ich muss sagen, es hat mich ziemlich überrascht, dass Sie Amanda die Erlaubnis gegeben haben, Ihre Firma als Kontaktadresse zu nennen.“

„Das haben wir auch nicht. Bis heute Morgen wussten wir überhaupt nichts von dem Video. Es hat uns ebenso überrascht wie Sie.“ Casey beobachtete Fenton genau. Er konnte ihr immer noch nicht in die Augen sehen, aber er rutschte nicht im Sessel herum oder ließ sonst irgendwelche Anzeichen von Unbehagen erkennen. Gut. Er hatte also auch nicht gewusst, dass Amanda das Video machen ließ. Was nicht weiter überraschend war. Es war nicht seine Angelegenheit. Amanda schien ihn sowieso nicht sonderlich zu interessieren – er wollte ihren Sohn retten, und dafür hatte er seine eigenen Gründe. Andererseits, wenn Paul wegen des Videos aus dem Unterholz kriechen sollte, würde Fenton vor Freude Luftsprünge machen. Dann hätte Amanda ihrem Onkel geholfen, ohne es selbst zu merken.

„Diese ganze Sache mit Amanda und dem Baby ist wirklich tragisch“, sagte Cliff Mercer. „Sie ist eine wunderbare junge Frau und eine sehr talentierte Fotografin. Sie hat Fotos für meinen Wahlkampf gemacht, als ich mich zur Wiederwahl stellte. Sie besitzt mein ganzes Mitgefühl.“

Mercer begann seinen Auftritt, indem er sie wissen ließ, dass er ein gutes Verhältnis zu Amanda Gleason hatte, selbstverständlich ein reines Arbeitsverhältnis.

„Was Sie gerade für sie getan haben, war wirklich sehr nett und überaus großzügig", merkte Casey an. „Nicht viele Volksvertreter sorgen sich so sehr um das Wohlergehen einzelner Wähler."

Mercer zuckte die Achseln. „Wie ich sagte, ich kenne Amanda. Außerdem habe ich ja kaum etwas getan. Blut spende ich sowieso regelmäßig. In diesem Fall war es ausnahmsweise dringend. Dass ausgerechnet ich ein passender Spender sein könnte, ist ziemlich unwahrscheinlich, das weiß Lyle genauso gut wie ich. Aber vielleicht bringt es viele andere Menschen dazu, sich ebenfalls testen zu lassen."

„Genau darauf hoffen wir", fügte Fenton hinzu. „Ich wollte eine Belohnung für denjenigen aussetzen, der sich als passender Spender erweist. Amanda ist jedoch davon überzeugt, nur Paul könnte diese Person sein. Übrigens ist Cliffs Geste viel persönlicher, als einen Scheck auszuschreiben. Das wird die Leute berühren, und viele werden es ihm nachmachen wollen."

Casey fragte sich, ob sie sich abgesprochen hatten. Es wirkte jedenfalls, als ob sie einem Drehbuch folgen würden.

„Kann ich etwas tun, um die Auswirkungen des Videos abzumildern?", fragte Mercer. „Ich könnte dafür sorgen, dass die Anrufe in mein Büro weitergeleitet werden, dann wären Sie nicht länger damit belastet."

Na klar. Und alle Hinweise würden zuerst an Fenton gehen.

„Das wird nicht notwendig sein, auch wenn wir Ihr Angebot zu schätzen wissen", warf Marc ein. „Wir haben bereits Leute, die Anrufe entgegennehmen, und ein Callcenter engagiert, wo eine erste Vorauswahl getroffen wird. So entgehen uns keine Hinweise, und unser Büro ist trotzdem nicht lahmgelegt."

„Was könnte ich sonst tun?"

„Wir hatten gehofft, Sie könnten damit fortfahren, die Aufmerksamkeit darauf zu lenken, wie wichtig es ist, sich testen zu lassen", sagte Claire auf ihre freundliche, mitfühlende Art. „Vielleicht könnten Sie eine öffentliche Erklärung in dieser Richtung abgeben. Dann liegt der Schwerpunkt darauf, ein Kind zu retten – und nicht mehr auf der Suche nach Paul Everett."

Mercer wirkte verwirrt. „Damit habe ich kein Problem. Aber aus welchem Grund wollen Sie denn die Suche nach Justins Vater herunterspielen? Bei ihm besteht doch die größte Chance, dass er als Spender infrage kommt?"

„Ja", erwiderte Casey. „Aber im Augenblick ist er auch eine sehr umstrittene Figur. Die Umstände seines Verschwindens – oder was für seine Ermordung gehalten wurde – deuten darauf hin, dass irgendetwas Illegales vorging. Wir müssen herausfinden, ob Everett Opfer oder Täter dieser kriminellen Aktivitäten gewesen ist. In beiden Fällen wollen wir auf keinen Fall die falschen Leute mit der Nase darauf stoßen, dass ein Team professioneller Ermittler versucht, Everett aufzustöbern."

„Das sehe ich natürlich ein." Mercer nickte. „Aber hat dieses Schiff nicht längst den Hafen verlassen?"

„Bis zu einem gewissen Punkt haben Sie natürlich recht, wegen der ersten drei oder vier Stunden, in denen das Video in seiner ursprünglichen Form zu sehen war. Inzwischen haben wir mit Amandas Zustimmung unsere Telefonnummer durch eine kostenlose Hotline ersetzt und unseren Namen gelöscht. Wenn Sie es sich also jetzt auf YouTube ansehen, werden Sie unten etwas anderes eingeblendet finden. Die Verbindung zu uns dürfte sich so langsam verflüchtigen."

„Ich verstehe." Mercers schneller Seitenblick zu Fenton war kaum zu erkennen. „Selbstverständlich werde ich Ihnen helfen. Ich werde gleich live im Fernsehen auftreten, in …" Er sah auf seine Uhr. „… genau siebzehn Minuten. Ich werde auf Justins Zustand hinweisen und lasse die kostenlose Hotline einblenden, wenn Sie mir die Nummer geben. Der ganzen übrigen Presse lasse ich schriftliche Erklärungen zukommen."

„Dafür sind wir Ihnen überaus dankbar, Cliff." Claire musterte ihn. „Das könnte die entscheidende Wendung bringen und Justins Leben retten."

„Das hoffe ich natürlich auch." Mercer erhob sich. „Falls sonst nichts weiter anliegt?"

„Nur eine kurze Frage noch", sagte Casey schnell. „Mr Fenton sagte uns, Sie hätten Paul Everett kaum gekannt. Da werden Sie uns wohl nicht viel über ihn sagen können. Aber für mich steht fest, dass Sie Menschen sehr gut einschätzen können. Als Sie Everett begegnet sind, ist Ihnen irgendetwas an ihm aufgefallen, das Ihnen unbehaglich war oder Ihren Verdacht erregt hat?"

Man musste keine übernatürlichen Begabungen haben, um die plötzliche Anspannung im Raum zu spüren. Mercer räusperte sich und blinzelte mehrmals. Lyle Fenton wirkte außerordentlich verärgert. Mercer erholte sich zuerst.

„Wie Sie sagten, ich bin ihm vielleicht ein-, höchstens zweimal begegnet. Er war einer meiner enthusiastischsten Unterstützer, deshalb war er ja zu dieser Veranstaltung eingeladen, wo er auch Amanda kennengelernt hat. Man stellte uns einander vor, er redete in den höchsten Tönen von mir und meinem Wahlprogramm, aber das war's auch schon. Er war freundlich, machte einen netten und intelligenten Eindruck. Mehr kann ich Ihnen eigentlich nicht über ihn sagen. Mir ist nichts an ihm aufgefallen, das mich irgendwie irritiert hätte. Andererseits, falls er eine solche Seite gehabt haben sollte, hätte er sie sicher nicht bei so einer Gelegenheit zum Vorschein kommen lassen. Ihm ging es um meine Unterstützung bei der Errichtung dieses Hotels."

„Das stimmt." Casey ließ das Thema genauso schnell fallen, wie sie es aufs Tapet gebracht hatte. Sie hatte, was sie haben wollte. Nun ging es nur noch darum, dass man sich als die besten Freunde voneinander verabschiedete. Schließlich konnte sie nicht wissen, wann und unter welchen Umständen sie noch einmal mit Mercer sprechen mussten – als Verbündete oder als Gegner.

„Vielen Dank für Ihre Zeit, Cliff", sagte sie. „Wir schleichen so wieder raus, wie wir reingekommen sind. Noch einmal unseren herzlichen Dank für Ihre Hilfe."

„War mir ein Vergnügen", erwiderte der Abgeordnete.

Von wegen, dachte Casey. *Ich würde wirklich gern Mäuschen spielen, wenn ihr zwei wieder unter euch seid.*

16. KAPITEL

Casey hatte den Van kaum vom Parkplatz des Krankenhauses gesteuert, als ihr Handy klingelte.

Auf dem Display stand „Unbekannter Anrufer".

Casey warf den anderen einen Blick zu, dann ging sie ran.

„Casey Woods."

„Ms Woods, hier spricht Detective Jones von der New York State Police. Ich muss dringend mit Ihnen über einen Fall sprechen, an dem Sie gerade arbeiten – es geht dabei auch um die Ermordung von Paul Everett."

Casey bremste den Wagen ab und hielt am Straßenrand. „Darf ich fragen, aus welchem Grund, Detective?"

„Ich würde lieber nicht am Telefon über die Einzelheiten sprechen. Wann könnte ich mich mit Ihnen in Ihrem Büro treffen? Es ist wirklich wichtig."

Casey hätte ihm sagen können, dass sie gerade draußen auf Long Island ganz in seiner Nähe vorbeifuhr, doch das tat sie nicht. „Ich bin gerade nicht im Büro", teilte sie ihm stattdessen mit. „Und werde erst in einigen Stunden wieder zurück sein."

„Ich verstehe." Jones räusperte sich. Er hätte sie zu gern gefragt, wo sie gerade war und warum, das konnte sie so deutlich spüren, als ob er es ausgesprochen hätte. Außerdem hatte sie das Gefühl, dass er genau wusste, woran sie gerade arbeitete.

„Wäre es vielleicht einfacher, wenn wir uns anderswo als in unserem Büro treffen würden?" Sie wollte ihn damit wissen lassen, dass es näher zu ihm wäre als zu ihrem Büro. „Ich nehme an, Sie sind in Suffolk County stationiert."

„Ja, in Farmingdale."

„Am Republic Airport?" Dort befanden sich die Büros der Staatspolizei, die für die Countys Nassau und Suffolk zuständig waren.

„Ganz genau."

„Da gibt es doch auch einen Starbucks. Warum treffen wir uns nicht dort um …" Sie sah auf die Digitaluhr am Armaturenbrett. Es war fast Mittag. „Viertel nach eins?"

„Das passt mir gut."

„Also, bis dann."

In dem braunen Sandsteingebäude von *Forensic Instincts* klingelte es an der Tür.

Ryan konnte nicht ausschließen, dass es schon mehrmals geklingelt hatte, bevor er es überhaupt bemerkte. Er hatte konzentriert auf den Monitor seines Computers gestarrt, völlig verloren in seiner eigenen Welt. Doch das Klingeln ließ nicht nach; irgendwer musste schon eine ganze Weile da draußen stehen.

Er warf einen Blick auf einen anderen Bildschirm an der Wand über ihm. Ein Fenster in der Mitte zeigte die Aufnahme der Überwachungskamera über dem Haupteingang. Ein ziemlich großer Bursche war zu erkennen, dessen mächtige Gestalt und bestimmende Persönlichkeit das Bild ausfüllten. Ryan hob überrascht die Brauen und stand auf.

„Augenblick", rief er in ein Mikro. „Komme gleich." Dann rannte er hoch ins Erdgeschoss.

Er gab den Code ein und öffnete die Tür. „Hey", begrüßte er Hutch und ergriff seine Hand. „Was soll das sein – ein Überraschungsbesuch?"

„Keinesfalls." Hutch kam herein und stellte seinen Koffer auf den Boden. „Nur eine überraschende Ankunftszeit. Die Maschine ist früher gelandet."

„Guten Tag, Hutch", ließ Yoda sich vernehmen. „Deine Körpertemperatur ist niedrig. Bei Winterwetter empfiehlt es sich, einen Mantel zu tragen. Eine heiße Tasse Tee wird deine Körpertemperatur wieder auf normale 37 Grad erhöhen."

„Danke schön, Yoda", erwiderte Hutch. „Aber ich nehme lieber eine heiße Dusche."

„Das ist ebenfalls eine zufriedenstellende Maßnahme."

„Wie meinst du das, dein Besuch kommt nicht überraschend?", unterbrach Ryan das Geplänkel. „Weiß Casey, dass du kommst?"

„Klar. Seit gestern."

Ryan verdrehte die Augen. „Mir sagt keiner was."

„Würde ich nicht persönlich nehmen." Hutch klopfte ihm auf die Schulter. „Casey klang extrem angespannt, als ich mit ihr telefonierte, also ist sie wohl mal wieder völlig besessen von dem Fall, am dem ihr gerade arbeitet. Klingt ja wirklich nach einer verzwickten Sache."

Ryan hob erneut die Brauen. Wenn es darum ging, aktuelle Fälle nicht mit Außenstehenden zu besprechen, nicht einmal mit Hutch, war Casey normalerweise eisern. „Sie hat dir davon erzählt?"

„Ach was. Ich habe nur diese Intensität in ihrer Stimme bemerkt.

Also habe ich euch mal gegoogelt, um zu sehen, ob ihr gerade in irgendwelchen Medien erwähnt werdet. Und habe dieses Video auf YouTube gefunden. Schien mir nicht die Art Reklame zu sein, die ihr sonst manchmal macht. Also vermute ich mal, das hat sich eure Klientin auf eigene Faust geleistet?"

„Oh Mann. Das hat uns von hinten angesprungen. Du brauchst bloß Yoda zu fragen. Der hat mich aus dem Schlaf gerissen, als ich mich gerade hingelegt hatte. Unsere tolle Klientin hätte beinahe unseren Kommunikationsserver eingeschmolzen."

„Das ist korrekt", bestätigte Yoda.

„Aber das haben wir inzwischen wieder unter Kontrolle. Wenn du dir das Video noch mal ansiehst, wirst du feststellen, dass die Kontaktinformationen jetzt geändert sind. Das war das Erste, was Casey getan hat."

„Kann ich mir vorstellen." Hutch grinste schief – das Einzige, was je seinen finsteren Gesichtsausdruck aufhellte. Er wirkte noch immer von Kopf bis Fuß wie der Bulle aus der Hauptstadt, der er gewesen war, bevor er zum FBI ging, bis hin zu der Narbe an seiner linken Schläfe. Trotz seines trockenen Humors ruhte er auf eine verschlossene Art in sich, die die meisten Leute sofort verunsicherte. Er konnte andere Menschen stumm abwartend niederstarren, bis sie nicht mehr anders konnten, als zu reden. In seinem Beruf war das ein unschätzbarer Vorteil, aber leider war er auch privat nicht anders.

Hutch war von einem Geheimnis umgeben. Er hatte seine Gefühle immer unter Kontrolle und verriet anderen gegenüber fast nichts von sich.

Casey war die einzige Ausnahme.

„Hat Casey eurer Klientin wenigstens ordentlich den Marsch geblasen?"

Ryan schüttelte den Kopf. „Wir beide waren viel zu sauer, um mit Amanda umgehen zu können. Sie hat Marc ins Krankenhaus geschickt, um sich darum zu kümmern. Aus irgendeinem Grund kann er sie immer beruhigen. Sie klammert sich an ihn, als hinge ihr Leben davon ab."

„Das sollte dich nicht überraschen. Er ist nun mal so ein ruhiger Typ, und außerdem gehen ihm Kinder in Gefahr wirklich nahe – bei dieser Klientin ist er eure ideale Bezugsperson."

„Ja, ich weiß." Ryan streckte sich, um seinen verspannten Rücken zu lockern. „Ich würde dir gern mehr erzählen, aber ich kann nicht. Dieser Fall geht einem wirklich an die Nieren."

„Ist das nicht bei allen Fällen so?"

„Bei manchen mehr als bei anderen."

„Schon kapiert." Hutchs blaue Augen blickten suchend hinter Ryan. „Ich nehme an, Casey ist nicht da?"

„Nee. Nur ich und meine To-do-Liste. Casey arbeitet draußen an dem Fall, mit Marc, Claire und Hero, und Patrick läuft sich irgendwo die Füße wund. Wann erwartet sie dich denn?"

„Zum Abendessen. Bis dahin habe ich Zeit für mich. Was auch gut so ist, denn ich bin ganz schön erledigt. In dem Flieger habe ich nicht viel Schlaf gekriegt. Am besten gehe ich mal hoch in Caseys Zimmer, haue mich hin und dusche hinterher, sodass ich wieder als menschliches Wesen erkennbar bin, wenn sie nach Hause kommt."

„Klingt gut. Ich lege auch mal 'ne Pause ein. Drüben im Fitnessstudio. Eigentlich bräuchte ich mindestens zwei Stunden, um das Hirn wieder in Gang zu bringen, aber ich werde mich mit einer begnügen. Die Aufräumarbeiten nach Yodas Alarm haben mich die zweite Stunde gekostet."

„Eine bedauernswerte Notwendigkeit, Ryan", ließ Yoda sich vernehmen. „Ich bitte um Entschuldigung."

„Da ist keine Entschuldigung notwendig, Yoda. Du hast genau das Richtige getan. Aber schließlich habe ich dich programmiert."

„Stimmt auch wieder."

„Wie dem auch sei", sagte Ryan zu Hutch. „Mein Gehirn ist überlastet. Ich gehe jetzt mal Eisen stemmen."

Hutch nickte. Alle wussten, was Ryan für ein Fitnessfreak war. Hutch wunderte sich bloß darüber, dass er bei seinen ständigen Trainingseinheiten und seinen täglichen acht Stunden Schönheitsschlaf überhaupt noch Zeit dazu fand, auch Ergebnisse zu produzieren. Aber dieser Bursche schaffte das alles, und er war auch noch besser als jedes andere Technikass, mit dem Hutch je zu tun gehabt hatte.

„Brauchst du einen Schlüssel?", fragte Ryan. „Wenn du was essen willst, musst du entweder rausgehen oder dir was bringen lassen. Ich bezweifle, dass du in Caseys Kühlschrank viel findest."

„Schon in Ordnung. Ich schlafe lieber. Das Essen hole ich heute Abend nach." Hutch gähnte und griff nach seiner Reisetasche. „Ach ja, Yoda? Ich verspreche dir, dicke Decken zu nehmen. Da steigt meine

Körpertemperatur in null Komma nichts."

„Das ist sehr gut, Hutch."

Hutch ging zur Treppe. „Viel Spaß beim Schwitzen", rief er über die Schulter. „Wir sehen uns in ein paar Stunden."

Die beiden Männer setzten sich in einem verschwiegenen Büro zusammen. Keiner von beiden war sonderlich glücklich.

„Haben Sie das Video gesehen?" Der Untersetzte verschwendete keine Zeit mit Geschwätz.

„Klar hab ich es gesehen", lautete die ebenso knappe Antwort.

„Wir haben ein Problem."

„Und was für eins."

„Wir müssen dieses Video irgendwie löschen oder blockieren. Wir dürfen nicht riskieren, dass er es sieht."

„Das ist nicht das Problem. Er wird es nicht sehen. Aber der ganze Rest der Welt hat es schon gesehen. Irgendjemand wird ihm davon erzählen. Die Frage ist nur noch, wann – vermutlich wird es nicht mehr lange dauern."

„Sie müssen ihn vollständig isolieren", befahl der Untersetzte. „Und zwar schnell. Das ist die einzige Möglichkeit."

Der zweite Mann nickte. „Ich lasse mir was einfallen und kümmere mich darum."

„Kümmern Sie sich noch heute darum."

Der Starbucks Coffeeshop am Republic Airport war überfüllt, so wie jeder andere Starbucks, den Casey je betreten hatte. Manchmal fragte sie sich, ob die Stammkunden möglicherweise mit ihren Laptops da lebten, sich um sechs Uhr morgens ihre erste Tasse holten und den letzten Latte bei Ladenschluss, um sich dazwischen an Brownies und ihrem Drahtlosnetzwerk festzuhalten, bis man sie mit Gewalt rausschmeißen musste. Jetzt war es sogar noch schlimmer, denn es war Mittag, die Schlange reichte bis auf die Straße.

Casey warf einen Blick in das Café und fragte sich, wie sie den Mann herauspicken sollte, mit dem sie sich hier treffen wollten.

Den Gedanken hätte sie sich sparen können. Er erkannte sie sofort.

Detective Jones winkte das Team von *Forensic Instincts* zu dem Tisch, den er sich offenbar schon vor einiger Zeit gesichert hatte. Neben sich hatte er einen großen Kaffeebecher, halb leer, einen angebissenen Blaubeerscone und einen amtlich wirkenden Umschlag. Andere Kunden starrten wütend auf die drei leeren Stühle um den Tisch, die er in Beschlag genommen hatte, was er vollständig ignorierte. Und den wenigen Gästen, die sich beim Personal beschwerten, wurde leise etwas mitgeteilt, woraufhin sie den Mund hielten und sich verzogen.

Man wusste hier also, wer und was Jones war. Mit der State Police wollte sich keiner anlegen.

Jones war von mittlerem Alter, schlanker Gestalt, und sein Kopf wurde langsam kahl. Er trug ein weißes Hemd und einen roten Schlips mit blauen Streifen. Er war offenkundig ein Zivilpolizist und mit Absicht der Inbegriff des Wortes *durchschnittlich*.

„Vielen Dank, dass Sie so kurzfristig kommen konnten", eröffnete er nach der Vorstellung das Gespräch, als alle saßen. Er warf einen zweifelnden Blick auf die Schlange wartender Gäste. „Wollten Sie 'nen Kaffee?"

Casey folgte seinem Blick und grinste schief. „Dann müssten wir uns bis nächste Woche vertagen. Kommen wir lieber gleich zur Sache. Warum wollten Sie so dringend mit uns sprechen?"

Jones verschränkte die Finger ineinander. „Sie ermitteln wegen Paul Everett. Oder genauer, Sie wollen ihn *finden*. Ich persönlich habe die Ermittlungsakte angelegt, und ich habe sie geschlossen, als es nichts mehr zu ermitteln gab. Deshalb hätte ich gern gewusst, was Sie zu der Annahme führt, er könnte noch am Leben sein. Haben Sie etwas herausgefunden, das wir vielleicht übersehen haben?"

„Ich nehme an, Sie fragen das wegen des YouTube-Videos?"

„Ja. Es ist ja kaum zu übersehen."

„Wir haben mit diesem Video nichts zu tun, und es wurde ohne unsere Zustimmung hochgeladen", stellte Casey klar. „Das hat unsere Klientin aus eigenem Antrieb getan. Wir haben überhaupt nichts davon gewusst, bis es zu spät war."

„Warum wurden Ihre Kontaktdaten durch eine kostenlose Hotline ersetzt?"

„Weil wir ihre Veröffentlichung gar nicht schätzen ... und um die Masse der Anrufe bewältigen zu können." Marc antwortete an Caseys Stelle. „Glauben Sie mir, Detective, wenn wir Probleme mit dem Inhalt hätten, hätten wir darauf bestanden, das Video wieder aus dem Netz zu nehmen – oder den Vertrag mit unserer Klientin aufgekündigt. Aber wir haben nichts davon getan. Da die Katze nun mal aus dem Sack ist, können wir nur hoffen, über das Video vielleicht doch noch einen passenden Spender zu finden – was ein bisschen weit hergeholt ist, aber so hat unsere Klientin wenigstens das Gefühl, etwas Nützliches zu tun."

„Was meine Frage noch nicht beantwortet", sagte Jones. „Glauben Sie wirklich, dass Paul Everett noch lebt?"

„Ja", bestätigte Casey rundweg.

„Haben Sie dafür irgendwelche Beweise?"

„Ein Foto, auf dem ein Mann zu sehen ist, den unser Gesichtserkennungsprogramm eindeutig als Paul Everett identifiziert hat. Dieses Foto ist noch keine Woche alt. Wir haben mindestens eine Zeugin, die meint, Everett vor Kurzem gesehen zu haben. Hinzu kommt unser professionelles Bauchgefühl. Wir sind überzeugt, dass er noch lebt."

„Professionelles Bauchgefühl?" Jones hob die Brauen. „Das dürfte kaum Beweiskraft haben. Worauf basiert dieses Bauchgefühl?"

„Auf Erfahrung." Claire meldete sich zum ersten Mal. „Ich habe keine Ahnung, wie gründlich Sie den Hintergrund von *Forensic Instincts* recherchiert haben, Detective, aber ich nehme mal an, Sie haben Ihre Hausaufgaben gemacht. Dann wissen Sie sicherlich, dass ich gewisse intuitive Fähigkeiten besitze. Ich habe keinen Zweifel, dass Paul Everett am Leben ist."

Jones setzte dieses typisch skeptische Gesicht auf, das Claire zu erwarten – und zu ignorieren – gelernt hatte.

„Wir sind eine private Ermittlungsagentur, Detective Jones", rief Casey ihm ins Gedächtnis. „Sie brauchen stichhaltige Beweise, wir nicht. Wir wollen schließlich nicht vor Gericht gehen. Wir versuchen lediglich, den Vater eines sterbenden Säuglings zu finden." Sie lehnte sich vor, stemmte die Ellbogen auf den Tisch und faltete die Hände unterm Kinn. „Drehen wir die Sache doch mal um. Welche wirklich soliden Beweise haben Sie denn dafür, dass Paul Everett tot ist?"

Jones kniff die Augen zusammen. „Soweit ich weiß, haben Sie bei uns angerufen und herumgefragt. Dann wissen Sie die Antworten doch schon."

„So ist es. Und alles, was ich gehört habe, war reine Spekulation, Dinge, die einen Mord zwar nahelegen, aber nicht beweisen. Ohne Leiche können Sie nichts anderes tun, als Hypothesen aufzustellen und Schlussfolgerungen zu ziehen. Aber Sie haben nichts Konkretes in der Hand."

Jones war es in diesem Moment sichtlich unbehaglich. „Vertreten Sie die Theorie, dass der Mann seit acht Monaten mit Gedächtnisverlust durch die Gegend läuft? Oder dass er mit Absicht untergetaucht ist?"

„Gedächtnisverlust halten wir für unwahrscheinlich", erwiderte Marc, nicht weniger sarkastisch als Jones. „Ansonsten ist alles möglich. Bestimmt haben Sie Everetts persönlichen Hintergrund unter die Lupe genommen, seine Geschäfte, mögliche Feinde, seine Freunde und Partner. Für sein Verschwinden könnte es Dutzende von Gründen geben. Aber ehrlich gesagt, ist das Ihr Problem. Wir wollen ihn einfach nur finden."

Jones kniff die Augen zusammen. „Beweismittel zurückzuhalten ist strafbar, Mr Devereaux."

„Und über diesen Fall ohne ausdrückliche Erlaubnis unserer Klientin mit Außenstehenden zu sprechen ist unethisch, Detective Jones. Casey hat Ihnen gerade unseren einzigen Anhaltspunkt offengelegt. Wenn wir mehr hätten, würden wir es Ihnen sagen. Ich war ein FBI-Agent. Ich kenne die Gesetze."

Casey musste ein Lachen unterdrücken. Ja, Marc kannte sich gut mit den Gesetzen aus. Aber er war genauso gut darin, sie zu brechen.

„Wir sind Ihr kleinstes Problem, Detective", schaltete sich Casey wieder in das Gespräch ein. „Wir haben nicht vor, Ihnen irgendwelche Beweise vorzuenthalten, sollten wir über welche stolpern. Aber wir werden weiter nach Paul Everett suchen. Und ich bin sicher, wir werden ihn finden. Unterdessen haben Sie Drängenderes zu lösen. Vor ein paar Stunden hat der Abgeordnete Mercer über die Medien die Öffentlichkeit aufgefordert, nach einem passenden Spender für den kleinen Sohn unserer Klientin zu suchen. Das wird heute Abend in allen Nachrichtensendungen laufen. Sobald die Leute diese Bitte des Abgeordneten und das YouTube-Video miteinander in Verbindung gebracht haben, werden bei Ihnen die Telefone klingeln. Ich kann nur hoffen, dass Sie auf die Fragen vorbereitet sind – und außerdem einen sehr guten Pressemenschen haben. Beides wird für Sie wichtig sein."

Jones' Lippen wurden schmal. „Vielen Dank für den Rat, Ms Woods."

„Gern geschehen." Casey legte ihre Karte auf den Tisch und erhob sich. „Rufen Sie an, wenn Sie weitere Fragen haben. Wir werden umgekehrt dasselbe tun."

Jones beobachtete, wie Casey, Marc und Claire das Café verließen. Draußen führten sie noch einen Bluthund eine Weile spazieren, dann stiegen sie in ihren Van und fuhren davon.

Jones tippte eine Nummer in sein Handy.

„Jones hier", sagte er. „Ich wollte Sie nur kurz warnen. Diese Leute von *Forensic Instincts* sind fähig und schlau. Und sie werden nicht aufgeben. Sie sind bereits dabei, die einzelnen Teile zusammenzufügen. Ich werde meinen Part erledigen. Ich werde die Akte frisieren und für so viel Störfeuer sorgen, wie Sie wollen. Aber ich kann Ihnen jetzt schon sagen, dass Sie nicht mehr viel Zeit haben." Er hielt inne. „Genauso wenig wie ich."

„Wir machen eine Menge Leute nervös", bemerkte Casey, fuhr auf den Highway und gab Gas. „Fenton. Mercer. Und jetzt auch noch die Cops."

„Meinst du, Jones und seine Abteilung wollen nur den eigenen Hintern retten, oder ist da mehr im Spiel?", fragte Marc. „Vielleicht ist dieser Jones auch nicht ganz sauber."

„Irgendwie fängt alles an, sich dreckig anzufühlen", stöhnte Claire erschöpft. „Ich habe heute noch keine einzige positive Energie gespürt – außer als die Mercers ihre Blutprobe abgegeben haben."

„Glaubst du, Cliff Mercer könnte ein passender Spender sein?"

Claire zuckte mit den Schultern. „Ich habe keine Ahnung. Aber das meinte ich auch nicht. Ich hatte nur das Gefühl, dass er froh war, helfen zu können, selbst wenn ihm der Grund dafür nicht passte."

„Hast du sonst irgendetwas wahrnehmen können?"

„Die übliche Masse widerstreitender Emotionen. Als ich ihm die Hand schüttelte, hat mir das beinahe die Handfläche verbrannt. Er war gleichzeitig auf zwiespältige Art nervös, furchtsam, schicksalsergeben und fürsorglich. Er fühlte sich irgendwie in einem Netz gefangen und wusste, dass es zumindest teilweise seine eigene Schuld war." Claire kaute nachdenklich auf ihrer Unterlippe herum. „Es gibt keinen Zweifel, dass Fenton ihn in der Tasche hat und eine enge persönliche Verbindung zu ihm besteht. Was mit Ryans Annahme übereinstimmt, dass er Fentons Sohn ist. Aber wirklich hässliche Sachen konnte ich nur bei Fenton wahrnehmen. Das ist wirklich ein kalter Fisch, der nur an sich selber denkt."

„Wäre er zu einem Mord fähig?", fragte Marc.

Claire atmete laut aus. „Das kann ich dir nicht sagen. Jeder Mensch ist unter bestimmten Umständen zu einem Mord fähig. Heißt das, dass er tatsächlich einen begangen hat? Ich weiß nicht. Das Einzige, was ich spüren kann, ist, wie schuldig er sich fühlt – und in Fentons Fall gibt es nicht die geringsten Schuldgefühle. Falls er ein Verbrechen begangen hat, ohne das im Mindesten zu bereuen, kann ich nichts Eindeutiges wahrnehmen. Aber negative Energie? Die hat er im Überfluss. Hero konnte ihn übrigens auch nicht leiden. Er hat Fenton kaum angesehen, als wir auf diesem Parkplatz auf Mercer zuliefen. An Mercer hat er ausgiebig geschnüffelt, ohne negative Reaktionen zu zeigen. Er hat sich nur den Geruch gemerkt."

„Ich stimme mit Claires Einschätzung überein", sagte Marc. „Mercer ist glatt, ein Politiker halt. Aber ich sehe da niemanden vor mir, der wirklich böse ist. Klar, Daddy hat ihn in der Tasche. Aber das ist ja nicht unser Problem. Paul Everett ist unser Problem. Aber ich glaube einfach nicht, dass Mercer etwas mit seinem Verschwinden zu tun hat – jedenfalls nicht unmittelbar."

„Das sehe ich auch so." Casey verzog das Gesicht. „Aber irgendwas müssen wir übersehen. Ich weiß bloß nicht, was. Aber solange wir nicht dahinterkommen, was wir da übersehen, werden wir Paul Everett nicht finden können."

17. KAPITEL

Kaum hörte er die Stimmen der anderen, kam Ryan nach oben.

„Was Neues?", fragte er und ging in die Hocke, um mit Hero zu spielen.

„Ja und nein." Casey erzählte ihm, was im Krankenhaus passiert war sowie von dem überraschenden Anruf von Detective Jones und dem Treffen.

„Wir machen die Cops nervös." Ryan erhob sich. „Das ist ja interessant. Vor allem weil ich absolut nichts über Everett finden kann, das auf irgendwelche krummen Sachen hindeutet – außer diesen regelmäßigen Abhebungen von der Bank. Bei Morano ist es genau dasselbe. Aber irgendwas muss es geben. Deshalb schlage ich vor, wir lassen mal unser kleines Kriechtier auf Moranos Büro los. Wir müssen langsam dahinterkommen, was da eigentlich wirklich vorgeht – wer da alles kommt und geht, wie die Beziehung zu seinen Bauträgern aussieht und wer alle sechs Wochen zwanzig Riesen aus ihm herauspresst."

„Ah, den Gecko." Casey grinste. „Ich hab mich schon gefragt, wann du ihn ins Spiel bringen willst."

Das „kleine Kriechtier", wie Ryan liebevoll sagte, oder „Gecko", wie die anderen ihn nannten, war ein von Ryan konstruierter Miniroboter. Er sah reichlich merkwürdig aus, aber was ihm an Erscheinung mangelte, machte er durch seine vielseitigen Fähigkeiten wieder wett.

Gecko hatte Saugnäpfe am Ende seiner Beine und war klein genug – nicht ganz so groß wie ein Taschenbuch – und technologisch so ausgefuchst, dass er Wände hochklettern und durch enge Rohre krabbeln konnte. Er war mit mehreren Minikameras und Minimikros ausgerüstet.

Ryan brauchte nichts anderes als Zugang zu Moranos Büro, um Gecko in den Lüftungsschächten oder einer Unterdecke zu platzieren, dann konnte er über seinen Laptop alles sehen und hören, was dort vor sich ging.

In eine alte Holzhütte einzubrechen wäre für Marc ein Kinderspiel. Die Idee war perfekt.

„Das erledigen wir heute Nacht", sagte Marc, als könnte er Ryans Gedanken lesen. „Den Weg raus in die Hamptons finde ich inzwischen im Schlaf."

„Ich kann ja fahren", sagte Ryan. „Dann übernachten wir in

Amandas Apartment. Am nächsten Morgen fahren wir noch mal raus zu Moranos Büro, wenn er da ist, und kleben einen GPS-Positionsmelder unter seinen Wagen. Dann können wir immer feststellen, wo er gerade ist, und sein ganzes Leben ist für uns wie ein offenes Buch." Er warf Casey einen Blick zu. „Das ist doch okay, oder, Boss? Du bist ja sowieso beschäftigt."

„Und das weißt du woher?"

Ryan zeigte mit dem Daumen an die Decke. „Du hast einen Gast, der sich in deinem Bett aufs Ohr gehauen hat. Er kam früher als gedacht, war aber übermüdet. Er meinte, bis zum Abendessen wäre er wieder fit. Ich gehe davon aus, dass ihr die ganze Nacht beschäftigt sein werdet. Wie lange habt ihr euch jetzt nicht gesehen?"

„Vorsicht, Ryan." Casey klang streng, aber sie konnte kaum ein Grinsen unterdrücken. „Wenn du weiter solches Zeug redest, plappere ich alles aus, was ich über dein Liebesleben weiß. Das ist übrigens viel interessanter als meins. Ganz zu schweigen von dieser heimlichen Schwärmerei für …"

„Schon gut, schon gut", unterbrach Ryan. „Meine Lippen sind versiegelt."

„Das wäre das erste Mal", kommentierte Claire, durch Caseys Bemerkung offenbar etwas aus dem Konzept gebracht. Anscheinend war ihr nie der Gedanke gekommen, das ganze Team könnte spüren, dass sich hinter den ständigen Sticheleien zwischen ihr und Ryan etwas anderes verbarg. Was immer das war. Bis jetzt hatte sie nichts dazu bringen können, es selbst einmal zu analysieren. „Dir fehlen doch sonst nie die Worte."

„Tun sie ja auch nicht." Ryan grinste entspannt. „Ich weiß bloß, wann es besser ist, die Klappe zu halten."

Claire errötete und wechselte schnell das Thema. „Hat Patrick sich gemeldet?"

„Er hat vor einer Weile angerufen." Ryan war sichtlich entzückt von Claires Unbehagen. „Er versucht rauszukriegen, wer uns da verfolgt. Aber er will auch mal nach Hause und ein bisschen Zeit mit seiner Frau verbringen. Seit wir diesen Fall übernommen haben, hat er sie kaum zu Gesicht gekriegt."

„Ich denke, wir können alle mal ein paar Stunden Erholung vertragen", sagte Casey und sah Ryan und Marc an. „Lasst uns schnell was essen. Dann könnt ihr euch noch etwas ausruhen, bevor ihr wieder

171

raus in die Hamptons fahrt, und ich gehe nach oben und mache ein bisschen Yoga. Dabei kommen mir manchmal die besten Ideen."

„Wir können uns was kommen lassen, wenn du willst", schlug Ryan vor. „Wir können doch nicht mit Hero in ein Restaurant gehen."

„Nein. Wir können uns nichts kommen lassen." Claires Ton war so eindeutig, dass Ryan schon tot hätte sein müssen, um nicht mitzukriegen, worauf sie hinauswollte. „Hero ist total erschöpft. Da, er schläft doch schon auf seiner Lieblingsdecke. Ich schätze, bis nach oben würde der es gar nicht mehr schaffen."

„Ach ja. Stimmt." Ryan blickte zu Casey. „Wir sehen uns dann später."

Casey versuchte mit aller Anstrengung, nicht zu lachen. „Für ein Team außerordentlich diskreter Ermittler seid ihr ungefähr so unauffällig wie Inspektor Clouseau. Aber danke auch. Ich kann wirklich etwas Privatsphäre brauchen."

Als Casey ihr Schlafzimmer betrat, stand Hutch mittendrin, ein Handtuch um die Hüfte, während er sich mit einem weiteren das Haar trocknete.

„Wow", sagte sie und lehnte sich an die Wand. „Ist das ein frühes Weihnachtsgeschenk?"

Er sah auf, schmiss das Handtuch beiseite und schenkte ihr dieses schiefe Grinsen, bei dem sie jedes Mal dahinschmolz. „Das ist nur die Verpackung. Willst du nicht wissen, was drin ist?"

„Unbedingt." Sie ging zu ihm, entknotete das Tuch um seine Hüfte und ließ es zu Boden gleiten. „Sehr hübsch", murmelte sie, fuhr mit den Händen seine Brust hinauf und schlang ihm die Arme um den Hals. „Bei Geschenken hast du einen tollen Geschmack. Woher wusstest du so genau, was ich mir gewünscht habe?"

„Bloß geraten." Hutch hob Casey hoch, drückte sie an sich und seine Lippen auf ihren Mund. Sie schlang die Beine um seine Taille und erwiderte den Kuss mit der gleichen hitzigen Intensität.

Sie fielen aufs Bett, in Rekordzeit hatte sie nichts mehr an und lag unter ihm.

So war das immer. Das erste Mal war wild, voller sexueller Spannung, die sich in den Wochen, manchmal Monaten, aufgebaut hatte, die sie getrennt waren. Später würden sie es zärtlich in die Länge ziehen, aber jetzt war es ein heftiger Rausch.

Casey wollte ihren Höhepunkt hinauszögern, schaffte es aber nicht. Kaum war Hutch in ihr, schien sie regelrecht überzukochen, sie schrie schon auf, als er das zweite Mal zustieß, bäumte sich auf, damit er noch tiefer eindringen konnte, während sie sich um ihn herum anspannte. Hutch versuchte gar nicht erst, gegen das Unausweichliche anzukämpfen. Seine Hände verkrampften sich im Kissen, er riss den Kopf zurück und stieß einen tiefen Schrei aus, als er sich in ihr ergoss.

Danach war nur noch ihr heftiges Keuchen zu hören, während Hutch reglos auf ihr lag.

„Ich hoffe bloß, dass ich dich nicht zerquetsche, denn ich kann mich nicht bewegen", stöhnte Hutch.

„Keine Sorge." Casey schlang ihm die Arme um den Rücken. Ihre Beine zitterten immer noch. Sie küsste seinen Hals. „Übrigens, ich habe dich vermisst."

„Ja, das Gefühl hatte ich auch. Ich musste die letzten zwei Wochen dauernd kalt duschen. Anderthalb Monate, das ist einfach verdammt lange."

„Wem sagst du das." Casey seufzte zufrieden. „Nur als Warnung: Ich glaube nicht, dass ich dir viel Zeit zum Ausruhen lassen werde."

„Die brauche ich auch nicht." Hutch rollte von ihr, stützte sich auf einen Ellbogen und betrachtete sie. „Du siehst toll aus, nackt und leicht errötet."

Casey lächelte. „Du bist auch ganz hübsch anzusehen." Sie strich ihm das schweißnasse Haar aus der Stirn. „Gerade geduscht und schon wieder ganz klebrig."

„Macht nichts. Ich dusche halt noch mal, aber diesmal nicht allein." Hutch küsste sie langsam und zärtlich, und schon wurde wieder mehr daraus. Hutch rollte auf den Rücken und zog sie auf sich.

Casey kniete auf ihm, drückte das Kreuz durch, um sich noch enger mit ihm zu vereinigen. „Willst du wirklich zum Abendessen ausgehen?", brachte sie hervor.

„Nein." Hutch umfasste ihre Hüften und federte mit ihr auf und ab, sodass beide kaum noch Luft bekamen. „Abendessen wird sowieso völlig überschätzt."

Casey lag im Tiefschlaf, als ihr Handy klingelte.

Sie griff über Hutch hinweg und tastete auf dem Nachttisch herum, bis sie endlich ihr BlackBerry zu fassen bekam.

„Casey Woods", murmelte sie verschlafen.

„Casey?" Es war Amanda. Ihre Stimme klang schrill und zittrig.

Casey war sofort hellwach. Sofort musste sie an Justin denken. „Amanda? Was ist los?"

„Mich hat gerade jemand angerufen." Amanda war beinahe hysterisch. „Ein Mann. Seine Stimme klang irgendwie … komisch."

„Komisch? So als hätte er einen Verzerrer benutzt? Damit man seine Stimme nicht erkennt?"

„Vielleicht. Als wäre er in einem Raum, in dem ständig ein Echo hallt. Aber er wusste, wer ich bin, Casey. Er hat mich mit Namen angesprochen. Er wusste, um welche Zeit ich mal raus auf die Straße gegangen bin, um frische Luft zu schnappen. Er wusste, was ich anhabe. Er sagte, ich soll aufhören, nach Paul zu suchen – und euch soll ich auch sagen, dass ihr damit aufhören sollt."

„Hat er irgendwelche Drohungen ausgestoßen?"

„Nicht direkt. Aber er hat keinen Zweifel daran gelassen, dass er alles beobachten wird, um sicherzugehen. Er hat nicht ausgesprochen, was für Folgen es sonst haben könnte. Aber dafür hat diese Stimme schon gereicht. Und, Casey …" Amanda versagte die Stimme. „Bevor er auflegte, sagte er noch, er würde hoffen, dass mein Sohn Justin wieder gesund wird. Dann war die Leitung tot. Was soll das bedeuten? Hat er vor, meinem Baby etwas anzutun?"

„Nein, es heißt nur, dass er Ihre emotionale Achillesferse kennt." Caseys Gedanken rasten. „Je persönlicher er wird, desto größeren Schrecken jagt er Ihnen ein – und desto eher sind Sie bereit, seine Forderungen zu erfüllen. Er will Ihnen Angst einjagen, Amanda, aber eigentlich ist er es, der Angst hat. Wir kommen der Sache näher. Und das ist keine schlechte Nachricht, sondern eine gute." Sie unterbrach sich. „Wann genau hat er angerufen?"

„Eben erst, vor zwei Minuten. Als er aufgelegt hatte, habe ich sofort bei Ihnen angerufen. Auf dem Display stand keine Nummer, sondern *Unbekannt.*"

„Gucken Sie noch mal, ob irgendwas auf dem Handy drauf ist – ich meine nicht die Anruferkennung. Gibt es verpasste Anrufe oder Nachrichten?"

„Da habe ich sofort nachgesehen, als ich in den Wartebereich kam, wo man das Handy wieder anmachen darf." Amanda konnte sich kaum noch zusammenreißen. „Es gab keine verpassten Anrufe. Ein paar Nachrichten von Freunden und auch Anfragen von der Presse. Niemand hat sofort wieder aufgelegt. Wieso?"

„Hat dieser Mann Sie sofort angerufen – sobald Sie das Gerät wieder angeschaltet hatten?"

„Als ich gerade meine letzte Nachricht abhörte."

„Dann vermute ich, dass entweder er selbst oder jemand, der für ihn arbeitet, sich in dem Krankenhaus aufhält. Sonst konnte er ja nicht wissen, wann genau Sie erreichbar sein würden."

„Oh mein Gott." Amanda war wieder außer sich. „Dann ist er ganz in Justins Nähe."

„Sloane Kettering ist ein riesiges Krankenhaus." Casey kämpfte gegen Amandas verständliche Panik an. „Er könnte an einem Dutzend verschiedener Orte stecken, wo er trotzdem mitbekommt, wann Sie hinaus in den Wartebereich gehen." Casey fuhr sich mit der Hand durchs Haar. „Aber wir gehen jetzt kein Risiko mehr ein. Ich rufe Patrick an, damit er vor der Intensivstation aufpasst."

„Warum Patrick? Wieso nicht Marc?"

„Weil Patrick genau der Richtige dafür ist. Bevor er zu uns kam, hat er als Sicherheitsberater für Großkonzerne gearbeitet, und davor war er dreißig Jahre lang beim FBI. An ihm kommt keiner vorbei."

„Es tut mir leid …" Amanda sog scharf die Luft ein. „Es ist bloß …"

„Ich weiß, dass Sie Marc besonders vertrauen. Aber Sie können uns allen vertrauen. Vertrauen Sie mir. Wenn ich sage, Patrick ist der Richtige, dann ist er das."

„Sie haben recht. Und ich vertraue Ihnen wirklich. Aber im Augenblick bin ich ein Wrack." Sie versuchte, sich mit tiefen Luftzügen zu beruhigen. „Wann kann Patrick hier sein?"

„Ich rufe ihn sofort an." Casey fiel wieder ein, dass Patrick nach Hause wollte, um etwas Zeit mit seiner Frau zu verbringen. Patricks Zuhause war in Hoboken, drüben in New Jersey, aber das bedeutete nur eine kurze Fahrt durch den Holland Tunnel nach Manhattan. „Er wird keine Stunde brauchen. Außerdem sorge ich dafür, dass Ryan sich mal die Aufzeichnungen Ihres Netzbetreibers ansieht. Wenn der Kerl ein Profi ist, werden wir dadurch vermutlich nichts in Erfahrung bringen, aber es kann nicht schaden, es zu versuchen. Amanda, Sie dürfen eins nie vergessen: Niemand hat ein Interesse daran, Ihnen oder Justin zu schaden. Sie wollen nur irgendein Geheimnis bewahren. Was immer das für ein Geheimnis ist – es hat mit Paul zu tun. Also

175

wäre es das Beste, wenn Sie sich ruhig verhalten. Keine weiteren Videos, keine öffentlichen Statements irgendwelcher Art. Überlassen Sie uns die Ermittlungen und das Risiko."

„Gut."

Casey unterbrach die Verbindung und rief Patrick an. Als sie erneut auflegte, war er schon fast aus der Tür raus und auf dem Weg ins Krankenhaus.

„Alles okay?", fragte Hutch, rollte sich auf die Seite und stützte den Kopf auf einen Ellbogen.

„Frustriert."

„Dann war ich nicht so gut, wie ich dachte."

Casey lächelte. „Doch, das warst du. In dieser Hinsicht bin ich gar nicht frustriert. Aber dieser verdammte Fall …"

„Willst du drüber reden?" Hutch spielte mit einer von Caseys roten Locken. Er hatte immer respektiert, dass ihre Fälle ihre Angelegenheit waren und er sich da nicht einzumischen hatte – zumindest solange er nicht das Gefühl hatte, sie könnte sich in Gefahr befinden. Dann galten keine Regeln mehr. Casey beschwerte sich öfter, dass er der reinste Höhlenmensch wäre, obwohl beide wussten, dass das gar nicht stimmte. Hutch war alles andere als ein Sexist. Mit Grace, seiner langjährigen Partnerin beim FBI, arbeitete er nahtlos und respektvoll zusammen. Aber Grace war eine ausgebildete FBI-Agentin, Casey nicht. Und Hutch hatte viel zu viel gesehen, erst als Polizist in Washington, dann beim FBI, um tatenlos zuzuschauen, wenn Casey sich selbst in Gefahr brachte.

Unglücklicherweise schien sie das ständig zu tun.

„Wegen des Videos weißt du ja schon eine Menge darüber", sagte Casey jetzt, während sie mit besorgtem Gesichtsausdruck die Decke anstarrte. „Amanda Gleasons Baby hat einen lebensbedrohlichen Immundefekt. Es braucht dringend eine Stammzellentransplantation. Aber es gibt bisher keinen passenden Spender. Bei seinem Vater bestehen die größten Chancen. Und den müssen wir finden: Paul Everett."

Hutch hob eine Braue. „Und wieso habe ich das Gefühl, das könnte nicht so einfach werden?"

„Weil du ja gerade zugehört hast. Und deine Instinkte sind fast so gut wie meine."

„Schönen Dank für das Kompliment", bemerkte Hutch trocken.

„Was kannst du mir erzählen, ohne deine Verschwiegenheitspflicht zu verletzen?"

„Ich kann dir sagen, dass Paul Everett angeblich tot ist, Opfer eines Mordes, bei dem es keine Leiche gibt. Das ist die offizielle Version der Polizei. Die haben seinen Wagen gefunden, östlich der Hamptons auf Long Island, und auf dem Fahrersitz war jede Menge Blut. Aber keiner von meinem Team hält ihn für tot."

Das musste Hutch nicht erst verarbeiten. „Dieser letzte Teil ist das Einzige, worüber wir reden müssen – oder eben nicht. Bei allem anderen handelt es sich um feststehende Tatsachen, da muss nichts mehr ermittelt werden."

Casey nickte und kaute auf ihrer Unterlippe herum. Dann sah sie Hutch an. „Ich müsste erst mit unserer Klientin reden, aber mal rein hypothetisch, wenn ich dich bitten würde, jemanden zu überprüfen, ob er je dem FBI aufgefallen ist, entweder wegen eines Verbrechens oder als Verbrecher, könntest du das?"

„Du bist nicht sicher, ob dieser Jemand ein Opfer oder ein Täter ist – hypothetisch."

„Genau."

„Ich könnte im Computer nachsehen, sicher. Wenn Bundesgesetze verletzt worden sein sollten, sind wir genauso begierig wie ihr, die Sache aufzuklären."

„Dann werde ich Amandas Erlaubnis einholen. Sie wird sich so eine Chance bestimmt nicht entgehen lassen wollen. Sie will das nicht unter der Decke halten, sie ist ja selbst schon an die Öffentlichkeit gegangen. Je eher wir Paul Everett finden, desto größere Überlebenschancen hat ihr Baby – immer vorausgesetzt, der Vater ist gesund und tatsächlich ein passender Spender. Aber soweit ich das verstanden habe, stehen die Chancen da nicht schlecht."

„Amanda selbst kommt als Spenderin nicht infrage?"

„Bestimmte gesundheitliche Gründe sprechen dagegen", erwiderte Casey vorsichtig.

„Okay." Hutch musterte Casey mit einem wissenden Funkeln in den Augen. „Ruf deine Klientin an. Sonst kannst du eh nicht mehr schlafen. Und für das, was ich noch mit dir vorhabe, solltest du ausgeschlafen sein."

18. KAPITEL

Ryan schaltete die Scheinwerfer aus, verlangsamte auf Schritttempo und bog in einen einsamen Weg an der Shinnecock Bay ein, nicht weit weg von der Bootsanlegestelle.

Marc beobachtete die Gegend durch das Nachtsichtfernglas. „Kein Mensch weit und breit", verkündete er.

„Was für eine Überraschung." Ryan grinste. „Nach ein Uhr morgens in einer Dezembernacht. Da sonnt sich keiner am Strand."

„Nach Sonnenanbetern habe ich auch nicht gesucht, Schlaukopf. Sondern nach irgendwelchen Kiffern oder sonst jemandem, der etwas im Dunkeln an einer abgelegenen Ecke vorhat."

„Dass sich hier irgendwer einen Joint reinziehen oder Dealer Geschäfte abwickeln könnten, kapiere ich ja noch. Um es in dieser Gegend auf dem Rücksitz zu treiben, muss man allerdings wirklich verzweifelt sein. Andererseits, wenn man ein Teenager ist, sind Hormone wichtiger als eine nette Atmosphäre."

„Bestimmt." Marc ließ das Fernglas sinken. „Hol deinen Gecko. Den Rest gehen wir zu Fuß. Obwohl ich dich wahrscheinlich gar nicht brauche. Das ist ja bloß eine Hütte, nicht ein Bürokomplex. Da musst du nicht aufs Dach steigen, um Gecko irgendwo herunterzulassen. Ich knacke das Schloss, sodass man es hinterher nicht feststellen kann, und lege den kleinen Kriecher irgendwo hin."

„Äh ..."

„Schon klar. Außer dir kriegt keiner Gecko in die Finger."

„So ist das. Aber ich muss den richtigen Platz für die Black Box finden. Darüber werden Geckos Aufnahmen erst verschlüsselt und dann an uns gesendet."

„Wie auch immer. Lass uns loslegen."

Sie stiegen aus dem Van. Beide waren ganz in Schwarz gekleidet, Marc trug eine Tasche mit seinen Werkzeugen, Ryan den Gecko. Dann schlichen sie geduckt auf Moranos Hütte zu.

Plötzlich blieb Marc abrupt stehen.

„Warte", flüsterte er und hielt Ryan fest.

Ryan sah sich überrascht um. „Was ist?"

„Da kommt jemand." Marc lauschte. „Klingt wie ein Truck."

Ryan hörte nichts, stellte aber Marcs scharfe Ohren nicht infrage. Das tat keiner im Team. In solchen Augenblicken verwandelte Marc sich wieder in einen Navy SEAL.

„Fährt er in diese Richtung?"

„Ja. Du wirst den Dieselmotor auch gleich hören."

Kurz darauf hörte Ryan tatsächlich das tiefe Brummen eines Dieselmotors. Beide gingen in die Hocke. Die Scheinwerfer eines Pickup-Trucks tauchten auf und näherten sich.

Er hielt gegenüber von Moranos Hütte auf der anderen Straßenseite, der Fahrer machte den Motor aus.

„Was, zum Teufel ...?", flüsterte Ryan. „Was will der hier? Wir wissen, dass Morano nicht da ist, sondern zu Hause. Das haben wir überprüft. Also, was will der hier, und wer ist das?"

„Es sind zwei", stellte Marc mit einem Blick durch das Fernglas fest. „Sie machen irgendwas in der Fahrerkabine. Was sie hier wollen, werden wir ja gleich sehen."

Zwei dunkle Gestalten stiegen aus und liefen schnell, aber irgendwie gestelzt auf Moranos Hütte zu. „Beide schleppen irgendwas", fügte Marc hinzu. „Muss ganz schön schwer sein. Irgendeine Lieferung?"

„Schade, dass wir Gecko und die Black Box noch nicht installiert haben", flüsterte Ryan. „Dann würden wir wissen, was die wollen."

„Finden wir noch früh genug heraus. Wenn sie ohne das Ding wieder abhauen, sehen wir ja, was es ist."

Sie verstummten und warteten.

Die beiden Gestalten stellten ab, was immer sie mit sich schleppten. Einer kniete vor der Tür, der andere drehte eine Runde um die Hütte.

„Morano erwartet sie jedenfalls nicht", bemerkte Marc. „Der Typ an der Tür knackt gerade das Schloss. Die Sache war nicht vereinbart." Marc gab ein wissendes Brummen von sich, als die Tür aufging und der Mann die Hütte betrat. „Wie ich sagte, das Schloss ist kein Problem. Jedes Kind könnte da einbrechen." Dann schwieg er verwirrt. „Was macht denn der andere Kerl? Es gibt doch keine Hintertür."

„Klettert vielleicht durchs Fenster rein?", schlug Ryan vor. „Es muss doch mindestens eins geben, sonst würde Morano da drin ersticken."

„Ja, es gibt zwei Fenster. Aber das ergibt doch keinen Sinn. Sein Partner hat doch schon die Tür aufgekriegt."

Der zweite Mann tauchte wieder auf. Er ging langsam um die Hütte herum und goss aus dem Ding, das er trug, etwas aufs Holz.

„Benzin", stellte Marc fest.

„Ich kann es bis hierher riechen." Ryan unterdrückte ein Husten.

„Die wollen die Hütte abfackeln. Was sollen wir machen?"

Der erste Kerl kam aus der Hütte gerannt. Gleichzeitig flackerte drin Feuer auf.

„Er hat da drin schon was angesteckt – wahrscheinlich einen Stapel Papier oder so. Die Hütte brennt wie Zunder." Marc packte Ryans Arm. „Zu spät. Wir können hier nichts mehr tun. Lass uns abhauen." Er verstärkte seinen Griff, weil Ryan instinktiv aufstehen und wegrennen wollte. „Nein, bleib unten, sonst sehen die uns noch. Zeit, zu zeigen, was du draufhast. Renn wie eine Ente."

In diesem Augenblick ging die ganze Hütte in Flammen auf und sprühte Feuer wie ein Vulkan.

Die Brandstifter rannten zu dem Pick-up.

Ryan kroch so schnell wie möglich hinter Marc her. Sie erreichten den Van, als der Pick-up gerade davonraste. Der Dieselmotor röhrte so laut, dass sonst nichts zu hören war, die beiden Männer drin sahen gar nicht aus dem Fenster.

Ryan kroch zur Fahrerseite. Marc hob den Kopf, um das schmutzverschmierte Nummernschild zu erkennen. Mehr als einen Buchstaben und eine Zahl konnte er in der Dunkelheit nicht ausmachen, und ironischerweise auch das nur, weil die Hütte hinter ihnen niederbrannte.

„Sie sind weg." Marc und Ryan sprangen in den Van. Ryan setzte zurück und gab auf der Straße Vollgas, um so schnell wie möglich von dem Feuer wegzukommen.

Marc wählte bereits den Notruf. „An der Shinnecock Bay brennt es, auf der Hampton-Bays-Seite, an der Lynn Avenue. Sieht ziemlich schlecht aus. Schicken Sie sofort die Feuerwehr dahin." Er unterbrach die Verbindung. „Das wäre erledigt."

„Mist." Ryan fuhr sich mit dem Ärmel über die Stirn. Er klang gleichzeitig verwirrt und aufgeregt. „Das war ja wie im Film."

Marc verzog die Lippen. „Wenn du das sagst."

Ryan sah ihn von der Seite an. „Für dich mag so was ja nichts Besonderes sein. Ich springe mit dem Fallschirm von Gebäuden oder Brücken zusammen mit den besten Basejumpern der Welt. Ich mache solchen Extremsport zum Spaß. Aber ich bin nicht daran gewöhnt, mitten in der Nacht militärische Übungen zu machen, um irgendwelchen Brandstiftern zu entkommen."

„Aber du hast dich doch super gehalten." Das meinte Marc ganz ernst. „Du bist toll in Form. Aber mach dir nichts vor. Man kann ganz gut darin werden, solche Situationen zu bewältigen, aber man gewöhnt sich nie daran. Gewalt bleibt Gewalt."

„Mist", wiederholte Ryan. „Entweder ist dieses Hotelprojekt verflucht, oder es gibt irgendetwas, das den Projektentwickler zum Ziel für Anschläge macht."

Marc nickte. „Was die Theorie bekräftigt, dass Paul Everett zum Opfer wurde, nicht zum Beteiligten an einem Verbrechen. Jemand wollte ihn aus dem Weg haben."

„Aus dem Weg, aber nicht tot. Und jetzt knöpfen sie sich Morano vor." Ryan ließ Luft ab. „Die ganze Sache wird immer merkwürdiger."

„Ja." Marc dachte nach. „Am besten fahren wir gleich zu Morano rüber und kleben den Positionsmelder unter sein Auto. Sobald die Feuerwehr die Ruine gelöscht hat und die Bullen auftauchen, werden sie den Besitzer anrufen. Und dann rast Morano los wie der Blitz."

„Stimmt. Wir können in zehn Minuten da sein, und nach ein paar Minuten sind wir wieder weg. Dann rüber nach Westhampton Beach und zu Amandas Apartment, bevor uns jemand sieht."

Ryan und Marc stiegen gerade die Treppe zu Amandas Apartment hoch, als Ryans Handy klingelte.

„Es ist Claire", sagte er zu Marc, drückte einen Knopf und sagte knapp: „Warte eine Sekunde." Er wartete, bis sie in dem Apartment waren und Marc die Tür geschlossen hatte. „Was gibt's?"

„Alles in Ordnung bei euch?" Claire klang beunruhigt.

„Sicher, warum?"

„Ich habe gerade was gesehen, das mir Angst macht. Ein großes Feuer am Wasser. Ich dachte schon, das könnte was mit euch und Moranos Hütte zu tun haben. Zum Glück hab ich da falschgelegen."

„Du hast ganz recht gehabt." Ryan ließ seine Sporttasche sinken und ließ sich auf das Sofa fallen. „Moranos Büro ist gerade in Flammen aufgegangen, und zwar nicht, weil jemand eine Zigarette weggeworfen hat. Marc und ich haben gesehen, wie zwei Kerle die Hütte mit Benzin übergossen und angezündet haben."

Claire sog scharf die Luft ein. „Wen wollten die umbringen? Morano oder euch beide?"

„Umbringen wollten sie keinen. Morano war zu Hause – das hatten wir überprüft und diese Typen bestimmt auch. Marc und mich haben sie gar nicht gesehen. Wir haben uns versteckt, bis sie weg waren. Dann sind wir so schnell wie möglich abgehauen."

„Ihr wart also gar nicht in der Nähe, als das passierte?"

„Doch, wir waren nahe genug dran. Sozusagen in der ersten Reihe. Aber wir wurden nicht gegrillt."

„Das ist nicht witzig."

Ryan lehnte sich zurück und merkte, dass er lächelte.

„Du hast dir Sorgen um mich gemacht, Claire-voyant. Da bin ich aber gerührt. Wusste gar nicht, dass ich dir so viel bedeute."

„Tust du nicht", schoss Claire, wieder ihr eigentliches Selbst, zurück. „Ich war nur besorgt wegen Gecko. Der ist unersetzlich. Ich wusste schon, dass Marc auf dich aufpassen würde."

Ryan brach in Lachen aus. „Ich bin geschmeichelt. Aber keine Sorge, wir haben es gar nicht bis in das Gebäude geschafft. Gecko war die ganze Zeit in Sicherheit. Er ist in Topform – genau wie ich."

„Aber nicht annähernd so arrogant."

„Aber auch nicht so scharf."

„Ansichtssache", scherzte Claire, bevor sie wieder ernst wurde. „Das war eine Botschaft für Morano."

„Genau. Und zwar eine ziemlich deutliche."

„Wahrscheinlich genauso deutlich wie bei Paul Everett. Die Frage ist, wer sind die, und haben sie vor, Morano ebenfalls verschwinden zu lassen?"

„Irgendwelche Hinweise aus den Weiten des Universums?", stichelte Ryan.

„Keine." Claire blieb ganz bei der Sache. „Ich wünschte, es gäbe welche. Vielleicht hätten wir dann eine Spur, wo Paul Everett steckt."

„Du bist immer noch überzeugt, dass er am Leben ist?"

„Definitiv."

„Ich auch." Ryan schlüpfte aus seinem Parka. „Diese Brandstiftung und Everetts Verschwinden, das riecht doch förmlich nach der Mafia. Aber wie passt Lyle Fenton in das Bild?"

„Weiß ich auch nicht. Aber er spielt eine wesentliche Rolle. Er ist von einer so starken negativen Energie umgeben, dass ich kaum noch etwas anderes spüren konnte, als ich mich im selben Raum wie er befand." Sie hielt inne. „Bist du sicher, dass es euch beiden gut geht?"

„Klar. Bei solchen Sachen ist Marc Vollprofi. Er hat uns beide da sicher wieder rausgebracht, wie bei einem Spezialeinsatz."

Claire zögerte. „Ich weiß, dass Marc an Feuer und jede andere Art von Gefahr gewöhnt ist. Aber du bist das nicht. Dich nimmt so etwas mit. Das ist nur natürlich, Ryan – selbst bei einem eingebildeten Egoisten wie dir."

Ryan fing wieder an zu lachen. „Ist das deine Art, zum Ausdruck zu bringen, dass ich dir doch etwas bedeute, Claire-voyant?"

„Ja, du unausstehliches Scheusal, das ist es."

Ryan hörte auf zu lachen, und sie schwiegen einige Sekunden.

„Vielen Dank", sagte er schließlich ohne scherzhaften Unterton. „Ich finde es toll, dass du dir Sorgen um mich machst. Aber mir geht's gut, ehrlich. Vielleicht fühle ich mich ein bisschen komisch, aber nach einer heißen Dusche und ein paar Stunden Schlaf ist das wieder vorbei."

„Dann will ich nicht länger stören. Wir sehen uns morgen."

„Claire?"

„Ja?"

Diesmal schwieg er länger. „Wir sehen uns morgen."

Er unterbrach die Verbindung, furchte die Brauen und starrte sein BlackBerry nachdenklich an.

„Ach, um Himmels willen, wann hörst du auf, so ein Arschloch zu sein, und unternimmst endlich was?" Marcs Frage schnitt wie ein Messer durch die Stille.

„Was?" Ryan riss den Kopf hoch. Fast hätte er vergessen, dass Marc auch noch da war, so versunken war er in seine Gedanken.

„Du hast mich schon verstanden. Aber wenn du willst, dass ich es ausspreche, von mir aus. Du bist hinter Claire her. Und zwar schon, seit du ihr zum ersten Mal begegnet bist. Also hör auf, dich wie ein Idiot aufzuführen, und schnapp sie dir. Wenn es klappt, prima. Wenn nicht, könnt ihr ja wieder anfangen, euch gegenseitig auf die Nerven zu gehen."

Ryan guckte ihn finster an. „Du musst mir nicht beibringen, wie man sich Frauen angelt."

„Offenbar doch." Marc zog seine Winterjacke und den Pulli aus und griff nach der Sporttasche mit seinen Sachen zum Wechseln. „Ich gehe jetzt unter die Dusche und verbrauche das ganze heiße Wasser. Dann kriegst du die kalte Dusche, die du dringend brauchst."

19. KAPITEL

Als Ryan aus der Dusche kam, telefonierte Marc mit Casey und teilte ihr mit, was passiert war. Ryan zog frische Sachen an und ging ins Wohnzimmer.

Marc sah auf. „Ryan kommt gerade. Ich geb ihn dir." Er reichte ihm das Handy. „Casey", sagte er.

„Dachte ich mir." Ryan hob das Gerät ans Ohr. „Hey, Boss. Marc hat dich aufgeweckt, um dir von unserer langweiligen Nacht zu erzählen?"

„In allen Einzelheiten", erwiderte sie. „Anscheinend hast du dich plötzlich in einen Actionhelden verwandelt."

„Man tut halt, was man kann."

Casey lachte. „Toll, dass du noch ganz der Alte bist. Arrogant und eingebildet wie eh und je. Danke, dass du mich zum Lachen gebracht hast. Das hatte ich gerade nötig."

„Wirklich?" Ryan hockte sich auf eine Sessellehne. „Wenn du mich heute Nacht brauchst, um unterhalten zu werden, dann taugt Hutch nicht viel."

„Hutch ist nicht dazu da, mich zum Lachen zu bringen", erwiderte Casey trocken. „Mehr ist zu diesem Thema nicht zu sagen. Ich wollte auch mit dir reden, weil Amanda vorhin einen Drohanruf gekriegt hat. Keine Nummer, Stimmenverzerrer. Wir sollen aufhören, Paul Everett zu suchen. Er wusste genau, wo sie gerade war, was sie machte, und sogar, was sie anhatte. Er muss also im Krankenhaus gewesen sein."

„Ich soll mich in die Aufzeichnungen ihres Netzbetreibers hacken?"

„Genau. Versuch es."

„Schon so gut wie erledigt." Ryan klappte seinen Laptop auf. „Ist Amanda durch den Wind deswegen?"

„Und wie", erwiderte Casey. „Sie wollte, dass ich sofort Marc zu ihrem Schutz hinschicke. Ich habe stattdessen Patrick angerufen."

„Der ist dazu auch besser geeignet und war in der Nähe", stimmte Ryan zu.

„Allerdings kann er Amanda nicht so gut beruhigen. Aber diesmal konnte ich sie trotzdem überzeugen. Patrick ist sofort losgefahren. Er bleibt die ganze Nacht vor dem Eingang zur Intensivstation. Er und zwei von seinen Kumpels aus der Sicherheitsbranche lösen sich alle acht Stunden ab, sodass Amanda rund um die Uhr beschützt wird, bis diese Sache ausgestanden ist."

„Schlauer Zug."

„Ich gehe gleich morgen früh rüber, um nach ihr zu sehen."

„Du meinst, in drei Stunden?" Ryan blickte auf die Uhr; es war halb vier.

Casey seufzte. „Ja, in drei Stunden. Dann werde ich sie fragen, ob ich Hutch mit ins Boot holen kann. Der wird dann mal überprüfen, ob das FBI irgendwas über Paul Everett hat."

„Das ist auch gut. Sie hat bestimmt nichts dagegen. Schließlich arbeitet er bei der Abteilung für Verhaltensanalyse in Quantico. Allein bei diesem Wort ist jeder beeindruckt." Ryans Finger sausten über die Tasten. „Hau dich besser auch noch mal hin, Boss. Ich rufe an, wenn ich was herausfinde. Ist aber nicht sehr wahrscheinlich, er hat vermutlich ein Wegwerfhandy benutzt. Falls ich mich täusche, erfährst du es als Erste."

Lisa Mercer wusste, dass ihr Vater wieder in Washington war, wo er jeden Morgen um halb sechs zu seiner Joggingrunde aufbrach. Deshalb rief sie ihn sofort an, als sie wieder in ihrem Zimmer im Studentenwohnheim der Northwestern University war und den Anrufbeantworter abhörte, nachdem sie die ganze Nacht mit anderen für die Prüfungen durchgepaukt hatte. Im Mittleren Westen war es vier Uhr morgens.

„Hi, Lisa." Der Abgeordnete klang kein bisschen überrascht, um diese Zeit von seiner Tochter zu hören. In Pasadena, Kalifornien, war es erst halb drei, sonst wäre Tom, der an der Cal Tech studierte, auch schon am Telefon.

„Was ist los, Dad?", fragte sie ohne jede Vorrede. „Ich hab deine Nachricht gekriegt, aber nicht verstanden. Ich habe gelesen, dass du und Mom euch habt testen lassen, wegen dieses armen Babys, und ich finde das super. Aber wieso rufst du mich deswegen an?"

Cliff Mercer kniff die Lippen zusammen und ließ sich auf die unterste Stufe der Treppe sinken, die zum Eingangsbereich seines Washingtoner Apartmenthauses führte. Am liebsten hätte er den Mund nie wieder aufgemacht, um nicht in diese Schlangengrube zu fallen. Aber das war nicht möglich, denn seine Karriere stand auf dem Spiel. Er konnte nur versuchen, diese Angelegenheit so einfach und unschuldig wie möglich erscheinen zu lassen, in der Hoffnung, dass niemand von seinem Geheimnis erfuhr – nicht einmal seine eigenen Kinder. Sie standen seinem Vater – oder besser, dem Mann, der ihn aufgezogen hatte – nicht besonders nahe. Aber er war der einzige Großvater, den sie hatten. Die Einzige, der er sein Geheimnis anvertraut hatte, war seine Frau Mary Jane, und die war genauso entschlossen wie er, es nicht ans Licht kommen zu lassen.

Was den Rest der Welt anging, könnte er seine Träume von höheren Ämtern in den Wind schreiben, wenn die Wahrheit über ihn und Fenton herauskäme.

„Dad?“, wiederholte Lisa.

„Entschuldige, Schatz. Ich hab mir gerade die Schnürsenkel zugebunden. Ich wollte nicht geheimnisvoll klingen. Es ist bloß so, die Mutter dieses Babys, Amanda Gleason, ist eine Fotografin, sie hat beim letzten Wahlkampf Fotos gemacht und auch bei einigen Anlässen während der gegenwärtigen Wahlperiode. Sie ist wirklich nett. Und die Vorstellung, dass sie ihr Baby verlieren könnte … ganz undenkbar. Deshalb haben Mom und ich uns testen lassen. Ich hätte gern, dass du und Tom euch auch testen lasst, sozusagen als Geste des guten Willens. Ich habe keine große Hoffnung, dass irgendwer von uns als Spender infrage kommt, aber wenn es noch mehr Leute im Wahlbezirk dazu bringt, sich testen zu lassen, ist es die Sache wert.“

„Da ich dich kenne, nehme ich mal an, es ist tatsächlich nur eine Geste des guten Willens und nicht irgendeine politische Machenschaft.“

„Selbstverständlich. Ich würde doch nicht einen todkranken Säugling für politische Zwecke missbrauchen.“

Lisa seufzte. „Entschuldige. Das kam nur gerade ganz unerwartet. Was passiert, wenn ich als Spender infrage komme? Muss ich dann ein Organ spenden oder so was?“

„Natürlich nicht. So etwas würde ich nie von dir verlangen. Es ist einfach eine Art Bluttransfusion. Mehr nicht. Aber darüber brauchen wir gar nicht zu reden, bis es dazu kommt, falls überhaupt. Ich kann dich natürlich nicht zwingen. Aber ich weiß doch, was für ein großes Herz du hast. Also dachte ich, fragen kann ich ja mal.“

„Kein Problem. Ich kann nach der letzten Vorlesung rüber ins Evanston Hospital gehen. Aber eine Bitte, Dad: keine Medien, keine Öffentlichkeit. Lass mich das in aller Stille machen. Wenn du unbedingt eine Presseerklärung rausgeben willst, dass deine Kinder sich auch haben testen lassen, dann warte wenigstens, bis die Prüfungen vorbei sind. Tom sieht das sicher genauso. Wir haben gerade genug zu tun, wir können wirklich keine Lokalreporter brauchen, die an unsere Türen hämmern und wissen wollen, wieso wir so aufopferungsvolle junge Leute sind."

„Das versteht sich doch von selbst." Cliff rieb sich die Schläfen. Er fühlte sich wie der schlimmste Rabenvater der Welt. „Die Öffentlichkeit muss überhaupt nichts davon erfahren, wenn dir das lieber ist. Dasselbe gilt für Tom. Der wird sich sicher auch bald melden, und dann sage ich ihm das Gleiche wie dir. Du tust etwas Großartiges, total selbstlos. Amanda wird unglaublich dankbar sein. Ob die Öffentlichkeit davon erfahren soll oder nicht, das ist ganz allein deine Entscheidung."

„Okay." Damit war Lisa beruhigt. „Ich erledige das heute Nachmittag. Hinterher ruf ich dich noch mal an."

„Danke, Schatz. Du bist ein tolles Mädchen."

„Als ob ich das nicht wüsste", scherzte sie. „Bis später."

Cliff unterbrach die Verbindung. Sobald er von seinem Lauf zurück und unter der Dusche gewesen war, würde Tom anrufen. Und dann musste er die ganze Scharade noch einmal aufführen. Die Tatsache, dass er eigentlich gar nicht log, sondern Amanda Gleasons todkrankem Kind wirklich helfen wollte, machte die Sache auch nicht besser. Was er tat, war trotzdem von purem Selbstschutz diktiert. Dabei hatte er sich geschworen, niemals einer von diesen schleimigen Politikern zu werden. Aber nichts anderes war aus ihm geworden.

Die ganze Angelegenheit stank zum Himmel.

Warren Mercer mochte ja ein kaltherziger Hurensohn sein.

Aber Lyle Fenton war ein mieses Schwein.

Patrick kam sofort zu Casey, als er sie im Wartesaal erblickte.

„Wie geht's ihr?", fragte sie.

„Nicht besonders gut. Sie ist ziemlich mitgenommen", erwiderte Patrick. „Ich glaube, dieser Anruf war der Tropfen, der das Fass zum Überlaufen brachte. Justin scheint es auch nicht besser zu gehen, er hängt immer noch an dem Beatmungsgerät. Und als dann dieser Anruf kam … Na ja, du kannst es dir ja vorstellen."

„Aber sie weiß, dass du hier bist?"

„Sicher. In den letzten paar Stunden ist sie dreimal rausgekommen, um sich davon zu überzeugen. Sie hat Angst, dass jemand an mir vorbeikommen und ihrem Kind etwas antun könnte. Wir haben miteinander geredet, und ich glaube, sie akzeptiert mich inzwischen. Natürlich bin ich nicht Marc, aber vielleicht so eine Art Vaterfigur für sie, was sie zu beruhigen scheint. Deshalb lasse ich mich für die nächste Schicht lieber nicht ablösen. Sie fängt gerade an, sich an mich zu gewöhnen. Da will ich ihr nicht gleich wieder Veränderungen zumuten."

Casey klopfte ihm auf den Arm. „Du bist ein toller Typ."

„Das ist wahr. Vielleicht solltest du mich besser bezahlen", erwiderte Patrick gut gelaunt. „Willst du sie jetzt sehen?"

Casey nickte und erklärte ihm, was sie zu erreichen hoffte.

„Prima Idee." Patrick warf einen Blick über die Schulter. Amanda hatte Justins Zimmer gerade verlassen. „Da kommt sie. Sie hat bestimmt nichts dagegen. Die arme Frau ist völlig verzweifelt."

Amanda merkte, dass Casey da war, zog die sterilen Sachen aus und ging zu ihr. Sie sah sie fast flehend an. „Gibt es was Neues?"

„Die Anrufe haben bis jetzt keine neuen Spuren gebracht. Aber durch den Abgeordneten Mercer lässt sich jetzt die Hälfte aller Einwohner der Hamptons testen."

In Amandas Augen flackerte ein Fünkchen Hoffnung auf. „Das war wirklich nett, was er da gemacht hat. Ich weiß, es war mehr ein Gefallen für meinen Onkel, aber immerhin hat er es getan, und jetzt machen es ihm viele andere Leute nach. Ich bin so dankbar! Gestern Nachmittag habe ich in seinem Büro angerufen und ihm meinen Dank ausrichten lassen. Trotzdem wäre es ein Wunder, wenn wir einen anderen Spender finden würden. Und die Chance, Paul zu finden …"

„Ist immer noch sehr groß", vollendete Casey den Satz. „Wir untersuchen gerade ein unerwartetes Vorkommnis, das kein Zufall sein kann. John Morano, das ist der Mann, der jetzt das Hotelprojekt weiterführt, hat auch Pauls kleines Büro übernommen. Ich weiß nicht, ob Sie je da waren, aber es ist bloß eine Holzhütte an der Bootsanlegestelle in der Shinnecock Bay."

„Ich war nur einmal da. Hat Paul da irgendetwas zurückgelassen, das jetzt erst aufgetaucht ist?"

„Darum geht es nicht. Die Hütte ist letzte Nacht abgebrannt. Die Polizei glaubt, es war Brandstiftung."

Amanda riss den Mund auf. „Jemand wollte auch diesen John Morano umbringen?"

Casey schüttelte den Kopf. „Nein, er war gar nicht da. Aber es könnte eine Art Warnung gewesen sein. Und das führt uns zu der Annahme, dass auch Paul wegen dieses Projekts in irgendwelchen Schwierigkeiten gesteckt haben könnte. Wenn wir dahinterkommen, was für Schwierigkeiten das waren, sind wir einen großen Schritt weiter."

Die Hoffnung wich aus Amandas Augen, die sich mit Tränen füllten. „Aber das könnte Wochen dauern. So viel Zeit hat Justin nicht."

„Deshalb bin ich ja hier." Casey ergriff die Gelegenheit, um ihr eigentliches Anliegen zur Sprache zu bringen. *„Forensic Instincts* hat einen Kontakt beim FBI. Hätten Sie etwas dagegen, wenn wir diesem Mann von Ihnen erzählen und ihn um Hilfe bitten? Falls Paul irgendwo in den Akten des FBI auftaucht, könnte unser Kontaktmann das herausfinden."

„Sie glauben wirklich, dass Paul in ein Verbrechen verwickelt ist", sagte Amanda traurig. „Und nicht nur das, Sie glauben sogar, er hätte gegen Bundesgesetze verstoßen. Wer ist dieser Mann, von dem ich glaubte, ich würde ihn kennen?"

„Tun Sie sich das nicht an, Amanda", erwiderte Casey. „Ja, wir sind ziemlich sicher, dass Paul sich plötzlich in irgendeine Art von Verbrechen verstrickt wiederfand. Angesichts seines gewaltsamen Verschwindens ist das ja keine Überraschung. Aber wie ich Ihnen schon sagte, ist es möglich, dass er Opfer und nicht Täter war. Wir wissen das einfach noch nicht. Aber eine Antwort darauf können wir nur finden, wenn wir nichts unversucht lassen. Ich bitte Sie um Erlaubnis, genau das zu tun – mit der Hilfe eines FBI-Agenten."

Amanda nickte. „Selbstverständlich. Sie können jede Hilfe in Anspruch nehmen, die Sie brauchen. Mein Leben ist jetzt sowieso ein offenes Buch." Sie blickte über Caseys Schulter zu Patrick, um sich zu vergewissern, dass er noch da war. „Haben Sie schon irgendwelche Hinweise, wer mich da angerufen hat?"

„Ryan sieht sich die Aufzeichnungen des Telefonanbieters an, aber ich bezweifle, dass wir etwas finden werden." Casey versuchte nicht, die Lage zu beschönigen. „Andererseits wissen wir, dass wer auch immer uns verfolgt und Sie nun angerufen hat, uns unbedingt von Paul fernhalten will. Sobald wir rausfinden, *warum*, haben wir eine Spur, die uns zu Paul führt." Sie schwieg einen Moment. „Sie brauchen sich um Ihre Sicherheit keine Sorgen zu machen. Patrick ist hier für Sie und Justin, und er geht nicht wieder weg. Konzentrieren Sie sich auf Ihren Sohn und darauf, für ihn stark zu bleiben, damit Sie sich um ihn kümmern können."

Bevor Amanda etwas sagen konnte, ertönte in der Intensivstation ein Alarmsignal. Sofort rannten Schwestern und Ärzte los, um sich um den Notfall zu kümmern.

Dr. Braeburn tauchte aus einer anderen Abteilung des Krankenhauses auf und eilte zur Intensivstation.

„Justin", flüsterte Amanda mit Panik in den Augen. Sie lief den Gang entlang. Casey und Patrick folgten ihr.

Die Vorhänge um Justins Krippe waren zugezogen. Eine Schwester kam durch die Glastür, um irgendwelche medizinischen Geräte zu holen. Sie erblickte Amanda und blieb stehen. „Sie können da jetzt nicht reingehen."

„Ist es Justin?", fragte Amanda atemlos. „Was ist mit ihm?"

„Dr. Braeburn kommt zu Ihnen, sobald er kann, um Ihnen alles zu erklären. Ich muss wieder zurück, um ihm zu assistieren."

„Sagen Sie mir doch, was der Alarm bedeutet."

Die Schwester lief bereits wieder zurück. „Es ist das Beatmungsgerät. Ich weiß auch nicht, warum der Alarm losgegangen ist. Bitte, Ms Gleason, lassen Sie uns arbeiten." Sie verschwand in der Intensivstation.

„Oh Gott." Amanda zitterte am ganzen Leib. „Er kriegt keine Luft. Justin kann nicht mehr atmen."

„Befürchten Sie nicht gleich das Schlimmste", mahnte Casey und ergriff Amandas Hände. „So ein Alarm kann aus allen möglichen Gründen losgehen. Das muss gar nichts Ernstes sein. Warten wir einfach, was der Doktor zu sagen hat."

„Casey hat recht", stimmte Patrick zu. „Ich habe sogar schon gesehen, dass Monitore ausgefallen sind. Machen Sie sich nicht verrückt." Er legte ihr eine Hand sanft auf die Schulter. „Der Doktor kommt, sobald er kann."

„Da ist nicht bloß ein Gerät ausgefallen", sagte Amanda. „Die sind schon viel zu lange da drin. Warum? Was ist mit meinem Baby?"

Die Tür schwang auf, und Dr. Braeburn kam heraus.

„Ich kann nicht lange bleiben", sagte er zu Amanda. „Justin wird gerade für einen Eingriff vorbereitet."

„Einen Eingriff." Amanda war kreidebleich. „Was für ein Eingriff?"

„Justin hat einen Pneumothorax – einer seiner Lungenflügel ist kollabiert", erklärte er in verständlicheren Begriffen. „Damit wird das Beatmungsgerät nicht mehr fertig. Wir müssen einen Schlauch einführen, um die entwichene Luft aus seinem Brustkorb zu saugen. Den entfernen wir wieder, sobald die Lunge heilt."

„Und wenn sie nicht ...", begann Amanda.

„Sie sollten nicht in die Richtung denken. Ein Pneumothorax ist nicht ungewöhnlich bei Neugeborenen, die an Beatmungsgeräte angeschlossen sind. Wir haben ihn sofort festgestellt und tun alles Notwendige." Dr. Braeburn wollte zurück. „Bleiben Sie hier bei Ihren Freunden. Ich komme wieder, sobald wir fertig sind. Es könnte etwa fünfzehn Minuten dauern."

„Kann ich nicht bei ihm sein?", flehte Amanda.

Der Doktor zögerte. „Unglücklicherweise nicht. Bei dieser Maßnahme muss alles steril sein."

Sie schluckte schwer. „Hat er Schmerzen?"

„Nein. Er bekommt Schmerzmittel. Ich muss jetzt unbedingt wieder rein." Diesmal drehte Dr. Braeburn sich nicht noch einmal um. Er verschwand hinter der Glastür.

„Oh Gott", hauchte Amanda noch einmal. Sie wandte sich ab, das Gesicht in den Händen, den Kopf gesenkt. „Mein armes Baby." Sie sprach eher mit sich selbst als zu Casey und Patrick. „Er ist so winzig. Wie soll er das überleben? Noch mehr Schläuche. Noch mehr Maßnahmen. Noch mehr Apparate. Er wiegt nicht einmal fünf Kilo. Er kann diesen Kampf gar nicht gewinnen."

„Er wird gewinnen, Amanda", sagte Casey. „Mit dem Schlauch und dem Beatmungsgerät kann er wieder normal atmen. Die Lunge heilt. Dann nehmen sie den Schlauch wieder heraus. Und sobald die Antibiotika wirken, braucht er auch das Beatmungsgerät nicht mehr."

Casey hatte selbst feuchte Augen, aber sie legte nur ruhige Bestimmtheit an den Tag, denn etwas anderes konnte Amanda im Augenblick nicht brauchen.

„Amanda, Sie sind sehr stark", fuhr sie fort. „Und Justin auch. Er ist der Sohn seiner Mutter. Er will leben. Und die Ärzte sorgen dafür, dass er das auch kann."

„Genau wie wir", warf Patrick mit einer Heftigkeit ein, die Casey verblüffte. „Wir werden Paul Everett finden. Sie müssen einfach nur durchhalten. Ich weiß, was unser Team leisten kann. Sie dürfen die Hoffnung nicht verlieren."

Amanda ließ langsam die Hände sinken und sah Patrick an. „Sie haben auch Kinder", stellte sie fest.

„Drei, zwei Töchter und einen Sohn. Für jedes einzelne würde ich mein Leben geben. Ich weiß genau, wie Sie sich fühlen. Dass man selbst nichts tun kann, ist immer das Schlimmste, wenn man Kinder hat. Aber Sie *werden* damit fertig, denn Justin braucht Sie. Alles andere ist unwichtig."

„Sie haben recht. Ich weiß, dass Sie recht haben." Amanda versuchte, sich zusammenzureißen. „Danke. Ich schaffe das."

„Ich kann hierbleiben und mit Ihnen warten", bot Casey an.

„Nein." Amanda schüttelte den Kopf. „Reden Sie mit dem Mann vom FBI. Finden Sie Paul. Das ist das Beste, was Sie für mich und Justin tun können."

„Mach dich auf den Weg, Casey", sagte Patrick. „Ich bin ja da. Und ich glaube, Amandas Freundin Melissa will auch kommen."

„Ja, das stimmt", bestätigte Amanda. „Sie kommt vorbei, sobald sie ihre eigenen Kinder in den Schulbus gesetzt hat. Mehr Unterstützung brauche ich nicht."

„Okay." Casey drückte ihr die Hände. „Rufen Sie an, wenn irgendwas ist. Und Patrick hat recht. Wir werden Paul finden."

Kaum hatte Lyle Fenton von dem Brand bei Morano erfahren, schloss er sich in seinem Büro ein und griff zum Telefon. Er brauchte nicht erst die Ergebnisse der Untersuchung abzuwarten, er wusste sofort, dass es Brandstiftung war.

„Sind Sie wahnsinnig?", brüllte er in den Hörer, sobald jemand abhob. „Stehen wir nicht schon genug im Scheinwerferlicht, wo Paul Everetts Verschwinden jetzt wieder untersucht wird? Und Sie fackeln das Büro seines Nachfolgers ab? Glauben Sie, die Bullen sind Idioten? Die fragen sich bestimmt, ob es da einen Zusammenhang gibt. Wieso, zum Teufel, haben Sie das gemacht?"

„Der Hurensohn wollte uns nicht mehr bezahlen", entschuldigte Franco Paccara das Vorgehen. Paccara war Gewerkschaftssekretär – und ein Mitglied der Vizzini-Familie. „Sie sorgen sich um Ihren Hintern. Und ich sorge mich um meinen."

„Nun, Sie brauchen sich keine Sorgen mehr zu machen", sagte Fenton. „Ich habe die Genehmigungen durchgedrückt. Sie können zwei Monate früher als erwartet mit den Bauarbeiten anfangen. Damit verdienen Sie viel mehr als das bisschen Taschengeld, das Sie aus ihm herauspressen – und Sie wandern nicht ins Gefängnis. Es reicht. Lassen Sie Morano in Frieden."

„Der Kerl hat uns praktisch ins Gesicht gespuckt."

„Und Sie haben seine Hütte abgefackelt, samt seinen ganzen Unterlagen, seinem Computer und was er sonst noch da drin hatte. Hoffentlich hat er eine Sicherungskopie von seinen ganzen Bauplänen gemacht, sonst haben Sie sich selbst ins Knie geschossen. Hören Sie, wahrscheinlich haben Sie ihm eine Heidenangst eingejagt. Von mir aus. Stoßen Sie meinetwegen während des ganzen Projekts Drohungen aus. Aber Sie dürfen nichts mehr *unternehmen*. Ich will es nicht noch einmal mit so etwas wie Paul Everetts Verschwinden zu tun bekommen."

Schweigen am anderen Ende.

Fenton ging aufs Ganze. „Für Sie ist ein kleiner Bonus drin, wenn Sie sich an das halten, was ich sage."

Das weckte endlich Paccaras Interesse. „Wie viel?"

„Was halten Sie von hunderttausend? Die Hälfte gleich, den Rest, wenn die Bauarbeiten abgeschlossen sind. Verteilen Sie ein bisschen was davon an Ihre Jungs, behalten Sie den Rest."

„Na schön. Wir lassen Morano in Ruhe – solange er nicht versucht, uns über den Tisch zu ziehen."

„Dafür sorge ich schon. Verlassen Sie sich drauf."

20. KAPITEL

Hutch saß nur in Jeans am Küchentisch, trank Kaffee und arbeitete an seinem Laptop, als Casey zurückkam.

„Hey." Er warf ihr einen kurzen Blick zu, stand auf und goss ihr auch einen Kaffee ein. „Hier", sagte er sanft. „Du siehst aus, als ob du einen brauchen könntest."

„Du kannst dir gar nicht vorstellen, wie sehr." Sie nahm einen großen Schluck und stellte die Tasse auf den Tisch. „Danke ... Ich ..."

Casey warf sich ihm in die Arme, drückte das Gesicht an seine Brust und schlang die Arme um ihn. „Wenn man das alles direkt mitbekommt ... Was Amanda durchmacht, könnte ich nie aushalten. Unser letzter Fall mit dem entführten Kind war auch schon schlimm, aber das ... Ich glaube, ich will nie Kinder haben."

Hutch stellte seine Tasse ab und umarmte sie. „Das sind immer die schlimmsten Fälle." Er drückte einen Kuss auf ihr Haar. „Ich weiß das. Deshalb habe ich mich ja versetzen lassen."

Sie nickte. „Das ist mir klar. Aber irgendwie hast du es geschafft, das zu verarbeiten. Normalerweise kann ich das auch."

„Ich habe nichts verarbeitet", korrigierte Hutch. „Nur in mich hineingefressen. Es ist nie besser geworden."

Casey holte tief Luft. „Tut mir leid, dass ich mich so schwächlich und kindisch aufführe. Das ist sonst gar nicht meine Art. Ich bin bloß ..."

„Ein menschliches Wesen?", vollendete Hutch. „Liebes, du musst nicht immer die formidable Chefin von *Forensic Instincts* geben. Zumindest bei mir kannst du auch mal einfach nur Casey sein." Er strich ihr mit beiden Händen beruhigend das Rückgrat hoch und runter. „Ich denke, so weit sind wir doch inzwischen, meinst du nicht?"

„Doch", gab Casey zu.

Ihre Beziehung war kompliziert – intensiv, leidenschaftlich –, und sie bedeutete ihnen beiden viel, aber es war eine Beziehung auf große Entfernung. Zwei dickköpfige, unabhängige Menschen, die beide hart arbeiteten und kaum Zeit hatten. Sie redeten lieber nicht über die Zukunft oder darüber, was für eine Art Beziehung sie eigentlich hatten. Es war einfach besser so.

„Was ist denn im Krankenhaus passiert?", fragte Hutch. „Geht es dem Baby schlechter?"

„Ja, vielleicht. Ich weiß nicht genau."

Casey befreite sich aus seiner Umarmung, wischte sich die Tränen aus den Augen und griff nach der Kaffeetasse. „Während ich da war, ging ein Alarm los. Anscheinend spielt Justins Lunge nicht mehr mit. Er wurde gerade notoperiert, als ich ging. Amanda ruft an, wenn sie weiß, wie es ausgegangen ist. Sie steht kurz vor einem Nervenzusammenbruch. Was man ihr wirklich nicht vorwerfen kann. Immer wenn es ein klein bisschen Hoffnung gibt, passiert wieder irgendetwas Schlimmes. Wir müssen Paul Everett unbedingt finden, Hutch. Egal wie."

Auf diesen letzten Satz ging Hutch nicht ein. Anders als Casey musste er sich an strikte Regeln halten und durfte keine Gesetze verletzen. Daher mieden sie solche Themen wie die Pest.

„Hast du Amanda gefragt, ob ich euch inoffiziell helfen kann?"

„Ja. Sie ist einverstanden. Also, der Stand der Dinge ist wie folgt …"

Casey erzählte ihm alles, selbst die Sachen, von denen Amanda gar nichts wusste. Hutch musste auch über ihren Verdacht gegen Lyle Fenton Bescheid wissen, wenn er von Nutzen sein sollte. Nur bei Fentons Beziehung zu dem Abgeordneten Mercer zögerte sie. War es wirklich notwendig, dass Hutch davon erfuhr? Doch. Die Tatsache war nicht nur für die Einschätzung der Gesamtsituation wichtig, sie brachte das Ganze auch auf die Zuständigkeitsebene des FBI, sollte es zu einer behördlichen Ermittlung kommen.

Hutch nippte nachdenklich an seinem Kaffee. „Das ist viel komplexer und vielschichtiger, als ich dachte", sagte er schließlich.

„Genau", erwiderte Casey. „Eine Mafiafamilie und ein Bundespolitiker könnten darin verwickelt sein, aber wir wissen es nicht mit Sicherheit. Irgendwann werden wir es herausfinden. Aber wir haben keine Zeit, denn das Leben eines Babys steht auf dem Spiel. Aber du hast die Möglichkeiten, den Prozess zu beschleunigen. Alles, was du über Paul Everett herausfindest, könnte entscheidend sein." Sie unterbrach sich. „Sobald wir ihn gefunden haben, gehört der Fall dir. Bring ihn zu deinen Leuten beim FBI. Nehmt euch alle vor, die damit zu tun haben. Wenn Fenton sich als Gangster erweist, wäre ich begeistert. Aber was uns angeht, müssen wir nur Justins Vater finden."

„Das ist nur recht und billig." Hutch überlegte bereits, wie er am besten vorgehen sollte. „Ich erledige ein paar Anrufe und schicke einige Mails raus. Mal sehen, was ich alles ausgraben kann."

Zehn Minuten später klingelte Caseys Handy. Sie hockte gerade auf dem Boden und kraulte Heros Bauch, in der Hoffnung, das könnte sie etwas zur Ruhe bringen. Sie blickte auf das Display und ging sofort ran. Es war Patrick.

„Wie sieht's aus?", fragte sie.

„Es hat alles geklappt", teilte Patrick ihr mit. „Justin ist nicht mehr in Gefahr und kriegt wieder Luft. Amanda ist jetzt bei ihm drin. Sie hat mich gebeten, dich anzurufen."

„Gott sei Dank", sagte Casey erleichtert. „Wir müssen die Zeit nutzen, die uns das gebracht hat. Ich habe Hutch gerade alles erzählt. Er hat sich unten in einem der Büros eingeschlossen und ist schon an der Sache dran."

„Gut. Hier ist bisher sonst nichts passiert, keine weiteren Anrufe. Aber das hat nichts zu bedeuten. Irgendwer behält uns im Auge. Ich schätze, er hat sich etwas zurückgezogen, weil er mich nicht recht einschätzen kann. Aber solange wir mit der Suche weitermachen, wird er nicht verschwinden."

„Und das tun wir – mit aller Kraft", betonte Casey.

„Hat Ryan schon irgendwas herausgefunden?"

„Nein, und ich glaube, das wird auch nichts bringen. Der Kerl hat bestimmt ein Wegwerfhandy benutzt, er ist ja kein Amateur. Der will sich nicht mit schlichten Telefonaufzeichnungen schnappen lassen."

„Und was ist mit Moranos Büro? Haben die Cops es schon offiziell zur Brandstiftung erklärt?"

„Noch nicht. Die halten sich sehr bedeckt. Ich werde unseren Freund Detective Jones nachher mal anrufen."

Der Kapitän der Jacht *Big Money* ließ das Display des Sonargeräts nicht aus den Augen, während er den Meeresboden gründlich nach dem speziell modifizierten Container absuchte.

Er lag einige Stunden hinter dem Zeitplan zurück, befand sich fünfzehn Seemeilen vom New York Harbor entfernt und wollte endlich den letzten „Fang" dieser Nacht hinter sich bringen. Der Container war vor zwei Wochen in großer Eile über Bord geworfen worden, wobei man gerade noch der Küstenwache entgangen war, die solche Drogentransporte abfangen wollte. Ursprünglich ein gewöhnlicher alter Schiffscontainer, waren auf allen Seiten größere Teile herausgeschnitten worden, sodass die Kiste sich schnell mit Wasser füllte und sank wie ein Anker. Die mannsgroßen Löcher waren mit Stahlgittern verkleidet, damit keine Fische hineinschwimmen und an den wasserdicht verschlossenen Paketen mit Kokain nagen konnten.

Der Container und sein Inhalt befanden sich auf dem Meeresboden in Sicherheit, aber der Standort, fast in der Mitte des Hudson Shelf Valley, ein langgestrecktes Tal im Meeresboden, das den Lauf des Hudson River fortsetzte, konnte problematisch sein. Das Tal war an manchen Stellen über sechzig Meter tief. Wenn der Container an einer dieser Stellen liegen sollte, wäre es für die Taucher des Schiffs unmöglich, das Kokain zu bergen.

Aber sie hatten Glück.

Der Umriss des Containers tauchte auf dem Display des Sonargeräts in einer Tiefe von lediglich fünfunddreißig Metern auf. Der Kapitän gab dem Maat den Befehl, die beiden Taucher loszuschicken. Nach wenigen Minuten hatten sie in dem eisigen Wasser Stahlkabel an dem Container befestigt, damit er nach oben gezogen werden konnte.

Zwei Stunden später lief die *Big Money* mit ihrer sehr wertvollen und höchst illegalen Fracht im Fenton Marine Dock in Bayonne, New Jersey, ein.

Das Feuer in Hampton Bays wurde als Brandstiftung deklariert.

Allerdings nicht von der Polizei, sondern von den Medien. Die waren wie so oft schneller als die Polizei, vielleicht nicht mit konkreten Beweisen, aber mit der Enthüllung.

Schon nach drei Stunden hatten sie genug am Tatort herumgeschnüffelt, um die Neuigkeit im Dreistaateneck von New York, New Jersey und Connecticut hinauszuposaunen.

Die Fakten waren schließlich eindeutig. Eine mit Benzin übergossene Holzhütte. In der sich das Büro eines Projektentwicklers befunden hatte, der einen millionenschweren Hotelbau plante und dessen Vorgänger vor acht Monaten einem blutigen Mord zum Opfer gefallen war, bei dem keine Leiche gefunden wurde.

So eine Story war ein gefundenes Fressen für jeden ehrgeizigen Reporter.

Casey hörte die Neuigkeit über Kopfhörer, als sie mit Hero im Park joggte. Das erklärte, wieso Detective Jones nicht zurückgerufen hatte. Sie dachte, er wollte sie hinhalten – was er zweifellos auch tat. Aber vor allem wollte er sich die Medien vom Leibe halten.

Das war nicht nur unmöglich, sondern auch so, als wollte er den Stall verriegeln, nachdem das Pferd schon getürmt war.

Casey rannte zurück, eilte ins Haus, ließ Hero von der Leine, der ihr die Treppe herauffolgte, als sie zum großen Konferenzraum ging, in dem eine Wand voller Monitore hing.

„Hallo, Casey, hallo, Hero", wurden sie von Yoda begrüßt.

„Yoda, ich muss alle lokalen Fernsehnachrichten sehen."

„Gibt es Sondersendungen?", wollte Yoda wissen. „Sonst könnte das problematisch sein. Es ist Viertel vor zwölf – um diese Zeit senden die Lokalsender keine Nachrichten."

Casey dachte darüber nach.

„Wie wäre es mit Radio?", fragte Yoda. „Da laufen ständig Nachrichten."

„Im Radio habe ich es schon gehört. Ich will Bilder sehen."

„Ich verstehe. Wie soll ich vorgehen?"

„Was ist um zwölf Uhr mittags? Da müssten doch Nachrichten kommen."

„Korrekt. Sowohl auf CBS als auch auf ABC. Soll ich beide Sender einschalten, und wir warten bis zur vollen Stunde?"

„Ja, Yoda, bitte."

„Sofort." Zwei Bildschirme erwachten zum Leben. „CBS läuft aus deiner Sicht links und ABC rechts. Die Nachrichten beginnen in genau dreizehn Minuten und zwölf Sekunden. Bitte benachrichtige mich, wenn du einen der Sender im Vollbild sehen möchtest."

„Danke, Yoda. Könntest du bitte im Internet nach Berichten über den Brand bei John Moranos Büro suchen, während wir warten?"

„Ich beginne mit der Suche." Ein paar Sekunden später verkündete Yoda: „Keine Treffer gefunden."

„Gut, dann such nach dem Livestream des Lokalsenders der Hamptons und der anderen Sender auf Long Island. Schalte den auf einen der Monitore."

„Sofort. Die Nachrichten beginnen in zwölf Minuten und vierunddreißig Sekunden. Livestream aus dem Internet läuft jetzt."

„Gut."

Wie Casey erwartet hatte, lief die Nachricht von dem Brand bereits auf dem Band, das am unteren Bildrand der Lokalsender durchlief. Ein paar Minuten später brachte CBS einen ersten Livebericht. Offenkundig hatten sie gerade ein Kamerateam da draußen, das eigentlich etwas anderes filmen sollte, in aller Eile umdirigiert. Der Reporter verkündete, er würde noch auf die offizielle Bestätigung der Behörden warten, dass es sich um Brandstiftung handelte. Kurz darauf brachte ABC dieselbe Meldung.

Caseys Handy klingelte. Sie warf einen Blick auf das Display.

„Hallo, Ryan. Bist du bei dem Telefonanbieter fündig geworden? Oder rufst du nur an, um mir mitzuteilen, dass die Brandstiftung gerade im Fernsehen läuft?"

„Aus beiden Gründen", erwiderte Ryan. „Keine Ergebnisse, was das Telefon angeht. Das Wegwerfhandy liegt wahrscheinlich längst auf dem Grund des East River. Gut, dass du auch schon die Nachrichten gehört hast."

„Nicht bloß gehört, ich sehe sie mir gerade an. CBS und ABC bringen es ganz groß."

„Hast du Jones erreicht?"

„Meinst du das ernst?"

Ryan kicherte. „Der dürfte tief in der Scheiße sitzen und gerade versuchen, sich mit einem Teelöffel freizuschaufeln."

„Ganz bestimmt. Aber ich kriege ihn schon noch. Wenn er sich weiter am Telefon verleugnen lässt, fahre ich da raus und spreche mit ihm persönlich." Sie hielt inne. „Bei Justin gab es heute Morgen wieder einen Rückschlag. Das war ziemlich heftig." Sie erzählte Ryan von dem Pneumothorax.

„Was war los?", hörte sie Marc aus dem Hintergrund.

„Bleib dran", sagte Ryan zu Casey. Sie hörte, wie er Marc die Einzelheiten mitteilte.

„Gib mir das Ding", sagte Marc.

Das war nicht weiter überraschend, wenn es um das Kind ging.

„Wie sieht es jetzt bei ihm aus?", fragte Marc ohne weitere Vorrede.

„Im Augenblick geht's ihm gut", sagte Casey. „Aber für wie lange? Ich bin kein Arzt, aber ich habe den Eindruck, dass Justin nicht mehr viele solcher Rückschläge verkraften kann." Sie schluckte. Dann redete sie wie üblich Klartext. „Wenn du wissen willst, ob ich mir größere Sorgen mache als vorher – ja, das tue ich. Die Uhr tickt immer schneller. Und ich habe das Gefühl, wir kommen mit unserer Ermittlung nur hier und da in winzigen Schritten voran, sind aber noch weit von einem Durchbruch entfernt. Hutch ist jetzt mit im Boot. Vielleicht haben wir Glück, und das FBI hat etwas über Paul Everett. Aber darauf sollten wir lieber nicht zählen."

„Ich könnte immer noch Fenton die Seele aus dem Leib prügeln", murmelte Marc ganz ohne seine sonstige Selbstbeherrschung. „Wir wissen doch alle, dass der Dreck am Stecken hat und bis zum Hals in dieser Sache steckt."

„Das stimmt. Trotzdem weiß er auch nicht, wo Paul ist. Er will Justin nicht sterben lassen. Und für uns ist nur wichtig, Paul zu finden. Den Rest können die Gesetzeshüter hinterher erledigen."

„Stimmt. In Ordnung." Marc atmete frustriert aus. „Wir sind hier fertig. Ryan hat den Positionsmelder an Moranos Karre geklebt, bevor er losgerast ist, um sich die Bescherung bei seiner Hütte anzusehen. Dann hat er sich in den Server der Telefongesellschaft gehackt. Jetzt ist er wieder dabei, in Everetts und Moranos Vergangenheit nach Punkten zu suchen, wo sie sich begegnet sein könnten. Das geht im Büro besser als hier. Wir packen zusammen und kommen zurück in die Stadt."

„Gut." Casey wusste genau, was Marc eigentlich im Sinn hatte. „Und ja, Amanda hat nach dir gefragt. Aber Patrick sorgt jetzt für ihre Sicherheit. Amanda vertraut ihm inzwischen auch, sieht wohl so eine Art Vaterfigur in ihm. Du kannst nicht überall gleichzeitig sein, Marc. Wir alle wollen Justin retten. Aber das schaffen wir nicht, wenn wir bei Amanda den Babysitter spielen. Sie muss sich auf uns alle verlassen können, nicht nur auf dich."

„Ich habe gar nicht vor, bei ihr den Ritter in schimmernder Rüstung zu geben", versicherte Marc. „Und ich weiß, was ein Psychofritze von der Sache halten würde – dass ich damit kompensiere, was ich in der Vergangenheit erleben musste. Das stimmt vermutlich sogar. Aber ich bin derjenige, der diesen Fall angenommen hat. Ich fühle mich verantwortlich – nicht nur für Amanda, sondern für das ganze Team."

„Das weiß ich doch." Casey dachte einen Moment nach. „Du hast recht. Auf Long Island könnt ihr nichts mehr ausrichten. Also kommt zurück. Am besten fährst du. Dann kann Ryan auf der Fahrt weiter seinen Laptop bearbeiten."

Die beiden Männer saßen sich in einem Zimmer gegenüber und unterhielten sich leise, aber angespannt.

„Sie wollen sich jetzt Zugang zu den Unterlagen des FBI verschaffen", sagte einer von ihnen.

„Ich weiß. Und das können wir auf keinen Fall zulassen." Der andere Mann hämmerte mit der Faust auf den Tisch. „Was, zum Teufel, müssen wir anstellen, um die verfluchten Ermittler zu verscheuchen?"

„Das wissen wir noch nicht", erwiderte der erste. „Aber wir werden schon noch etwas finden."

Falludscha, Irak

Die Reise war mühsam – und er hatte sie immer noch nicht hinter sich.

Er hatte den ersten Flug zur Ali Al Salem Air Base in Kuwait genommen, dann einen Militärtransport nach Bagdad. Wenn er in der Botschaft stationiert wäre, würde er sich keine großen Sorgen machen. Aber er musste weiter nach Falludscha, zu einem der vorgeschobenen Stützpunkte. Der Landweg war unmöglich, also musste er in einem Armeehubschrauber mitfliegen. Und er hatte keine Ahnung, wann das arrangiert werden könnte. Es gab nicht viele Plätze, keinen geregelten Flugplan, und außerdem wurden die Hubschrauber dauernd von Sandstürmen lahmgelegt, da konnte es Tage dauern, bis er die lächerlichen zehn Meilen bis zu seinem Ziel zurücklegen konnte.

Die ganze Sache war nicht geplant gewesen und womöglich auch unnötig.

Irgendetwas ging vor.

Er wusste bloß nicht, was.

21. KAPITEL

Claire hatte ein ganz seltsames Gefühl.

Sie fühlte eine Täuschung. Ganz eindeutig spürte sie, dass so etwas im Gange war, und zwar innerhalb des Kreises von *Forensic Instincts*.

Sie lief in ihrem Apartment auf und ab. Mit irgendjemand musste sie darüber reden. Aber mit wem?

Ryan.

Warum ihr dieser Name durchs Hirn schoss, wusste sie selbst nicht. Genauso gut könnte sie mit Casey oder Marc oder Patrick sprechen. Aber aus irgendeinem Grund wusste sie, dass Ryan der Richtige war. Diese Aura der Täuschung ging nicht von ihm aus. Sie hing irgendwo anders, verschleiert, aber real. Doch Ryans Aura war sauber.

Vermutlich würden sie deswegen in Streit geraten. Aber das Risiko musste sie eingehen.

Sie tippte seine Nummer ein.

„Hey, Claire-voyant, was gibt's?" Er klang, als wäre er auf etwas anderes konzentriert.

„Bist du wieder im Büro?", fragte sie.

„Nee. Im Wagen. Wieso?"

Statt zu antworten, stellte Claire eine weitere Frage. „Wo im Wagen?"

„Mit Marc auf dem Rückweg in die Stadt." Jetzt war er aufmerksam geworden. „Gibt's ein Problem?"

„Ich bin mir nicht sicher. Ich weiß auch nicht genau, warum ich dich deswegen angerufen habe. Könnte Marc dich bei mir absetzen?"

„Also, *das* klingt aber interessant." Er fiel in den vertrauten, neckenden Ton.

„Ist es auch. Aber nicht so, wie du denkst." Claire ging nicht wie sonst auf das Geplänkel ein.

Ryan merkte das und zögerte. „Klar. Wir sind sowieso gleich in der Stadt. Und ich habe die ganze Zeit durchgearbeitet. Könnte mal 'ne Pause mit Milch und Keksen vertragen."

„Ich habe Sojamilch da und Biokekse, außerdem grünen Tee und drei verschiedene Sorten Säfte ohne Zuckerzusatz."

„Wie soll ich mich da bloß entscheiden", sagte Ryan ironisch. „Was ist mit Blue Moon?"

„Was?" Claire war tatsächlich verwirrt. „Einen blauen Mond kann ich nicht heraufbeschwören. So etwas kommt nur vor, wenn es schon dreimal Vollmond gegeben hat und …"

„Das Bier, Claire, nicht das Mondphänomen."

„Oh." Claire schwieg einen Moment, um diese Information zu verarbeiten. „Ich habe Sam Adams da. Das trinkt mein Vater immer."

„Dem Himmel sei Dank für deinen Vater. Ich bin ungefähr in einer halben Stunde da."

Als Ryan an die Tür klopfte, lief Claire noch immer auf und ab.

„Hi", sagte sie und ließ ihn herein. „Danke, dass du gekommen bist."

„Kein Problem." Ryan sah sich um. Die Atmosphäre war völlig anders als die in seinem Apartment, das von technischen Gerätschaften und Hightechspielzeug dominiert war.

Claire schloss die Tür und wollte ihm sein Bier holen, als sie merkte, was vorging. „Du bist noch nie hier gewesen", stellte sie fest. Sie war so versunken in ihrem unguten Gefühl, dass sie das völlig vergessen hatte. Sie hatte auch vergessen, ihm ihre Adresse zu geben.

„Das stimmt." Ryan spazierte in den Wohnzimmerbereich, immer noch von der Ordnung und der kargen Dekoration fasziniert. „Hübsch hier. Ist es erlaubt, sich auf das Sofa zu setzen? Oder ist das nur zur Show da? Muss ich mich im Lotussitz auf den Boden hocken?"

Claire ignorierte seine Sticheleien. „Ich habe dir meine Adresse nicht gegeben. Woher weißt du, wo ich wohne?"

Ryan grinste breit. „Hat Casey dir das nicht erzählt? Ich hacke mich immer in die Personalakten, wenn jemand neues an Bord kommt. Das macht mich irgendwie vertrauter mit meinen Kollegen."

„Wie beruhigend. Ist das nicht illegal?"

„Eine Menge von dem, was wir tun, ist illegal."

Claire rollte die Augen. „Zum Glück habe ich nichts zu verbergen. Setz dich aufs Sofa. Ich hol dir dein Bier."

Sie ging in die Küchenecke und kam mit einer Flasche Bier und einem Teller Keksen zurück. „Ist es nicht noch ein bisschen früh für Alkohol?", fragte sie.

„Normalerweise schon. Aber nicht nach der Nacht, die ich hinter mir habe."

„Ja, kann ich verstehen." Claire setzte sich ihm mit besorgter Miene gegenüber. „Muss ziemlich schlimm gewesen sein, zusehen zu müssen, wie diese Hütte abbrannte."

203

„Noch viel schlimmer war, dass Marc und ich nicht wussten, ob wir da lebend wieder wegkämen." Ryan nahm einen großen Schluck. „Und jetzt hat Amanda auch noch einen Drohanruf bekommen. Das hat Casey dir doch bestimmt erzählt?"

„Hat sie. Ich habe heute früh im Büro angerufen. Mich überrascht das übrigens nicht. Ich habe ständig das Gefühl, beobachtet zu werden. Nicht nur Amanda, wir alle werden überwacht. Wir müssen irgendeiner Wahrheit nahe kommen, was irgendjemandem nicht passt. Dieser Rückschlag für Justin macht mir mehr Sorgen."

„Ja, das arme Kind. Hoffentlich hält er durch." Ryan presste die Lippen aufeinander. „Ich hätte nie gedacht, dass ich mal derjenige sein würde, der bei uns den Laden zusammenhält. Zumindest nicht außerhalb meines Spezialbereichs. Aber Casey ist ein Wrack, und Marc ist auch völlig durch den Wind. Selbst Patrick macht die Sache zu schaffen, vermutlich weil er selbst Kinder hat. Und du bist ja immer der Inbegriff von Empathie und Mitgefühl. Da bleiben nur noch Hero und ich. Ach ja, und Hutch, der inoffiziell ein bisschen für uns herumschnüffelt."

Claire konnte nicht widersprechen. Angesichts dessen, was sie empfing, beunruhigte es sie sehr, dass alle sich anders verhielten als sonst.

„Also, wieso wolltest du so dringend mit mir reden?", fragte Ryan. „Du hast am Telefon ziemlich angespannt geklungen."

„Bin ich auch."

„Und damit kommst du zu mir. Soll ich schockiert sein? Oder geschmeichelt?"

„Weder noch. Ich habe dich angerufen, weil ich bei dir eine positive Energie wahrnehme. Zumindest in dieser Angelegenheit."

„Was für eine Angelegenheit?"

Claire holte tief Luft. „Wahrscheinlich ist es lächerlich, ausgerechnet den Typ um so etwas zu bitten, der sich in meine Personalakte gehackt hat, aber ich bitte dich trotzdem darum. Was ich gleich sage, muss unter uns bleiben. Das ist sehr wichtig."

„Versprochen."

„Danke", sagte Claire schlicht. Sie wich Ryans fragendem Blick nicht aus. „Ich empfange eine bestimmte, sehr ungewöhnliche negative Energie. Und zwar andauernd; sonst würde ich es dem Stress zuschreiben, unter dem wir stehen. Aber diese negative Energie ist da, und das macht mir sehr große Sorgen."

Ryan schaute sie verblüfft an. „Du hast *mich* hergebeten, um über deine intuitiven Wahrnehmungen zu reden? Bist du sicher, dass *du* noch nicht getrunken hast?"

„Ganz sicher. Ich habe dich hergebeten, weil diese negative Energie nicht von dir ausgestrahlt wird, wie ich schon sagte. Aber sie kommt aus dem Team. Von innen. Und das macht mir richtig Angst."

Ryan sah Claire durchdringend an und stellte die Bierflasche auf den Tisch. „Willst du sagen, jemand bei *Forensic Instincts* tut etwas, das nicht im Interesse des ganzen Teams ist? Dann bist du wirklich verrückt geworden."

Claire fuhr sich mit der Hand durchs Haar. „So eindeutig ist es nicht, nicht wie Schwarz und Weiß. Derjenige muss uns nicht unbedingt hintergehen oder verraten. Es könnte auch sein, dass er oder sie irgendetwas vorhat, das mit dem aktuellen Fall nichts zu tun hat. Aber von dem der Rest des Teams nichts erfahren soll. Wir sind nicht so synchron wie sonst. Da bin ich ganz sicher. Nicht so sicher bin ich, was die Einzelheiten angeht. Oder wer uns da aus dem Rhythmus bringt." Sie sah Ryan beinahe flehend an. „Bitte halte das nicht von vornherein für Blödsinn. Versuch es irgendwie zu überprüfen."

„*Was* denn überprüfen?" Ryan war kurz davor, auszurasten. „Ich werde garantiert nicht bei *Forensic Instincts* nach einem Verräter suchen."

„Ryan, du hörst mir nicht zu. Ich sage nicht, dass einer von uns ein Verräter wäre. Sondern nur, dass jeder von uns bei diesem Fall heftige Reaktionen an den Tag legt, die bei den meisten ganz uncharakteristisch sind. Wir sind alle gut darin, bis an unsere Grenzen zu gehen. Aber jemand strebt in eine andere Richtung, und wir müssen herausfinden, wer das ist. Vielleicht hat dieser Jemand die besten Absichten, vielleicht will er das übrige Team beschützen. Ich weiß es nicht. Aber irgendetwas geht da vor. Und ohne Hilfe kann ich nicht herausfinden, was es ist."

Ryan beruhigte sich etwas, griff wieder nach der Flasche und rollte sie zwischen seinen Handflächen hin und her. „Wenn er gute Absichten hat, warum empfängst du dann negative Energie?"

„Weil es für das, was wir zu erreichen versuchen, hinderlich ist, nicht hilfreich. Das könnte der Person gar nicht klar sein, aber auf jeden Fall verbirgt sie es vor uns anderen. Und das mit Grund. Aber ich spekuliere nur. Ich möchte dich bitten, mal nachzuprüfen, was jeder von uns in den letzten paar Tagen unternommen hat, wenn er nicht mit dem übrigen Team zusammen war. Oder vielleicht sogar, wenn er nicht allein war, aber gleichzeitig sein eigenes Vorhaben verfolgen konnte."

„Du bist einer der moralischsten und ethischsten Menschen, die ich je getroffen habe", erwiderte Ryan. „Ich kann nicht glauben, dass du mich um so etwas bittest."

„Ich kann es selber auch kaum glauben. Aber ich kann mich an niemanden sonst wenden. Und es ist absolut notwendig. Da bin ich ganz sicher."

„Mist." Ryan kippte den Rest des Bieres runter und stand auf. „Weißt du, was noch verrückter ist als das, was du da von mir verlangst? Dass ich das tatsächlich für dich tun werde."

„Ich weiß das wirklich zu schätzen." Auch Claire erhob sich. „Ich fühle mich dabei genauso mies wie du. Wenn ich glaubte, es würde einen anderen Weg geben ... aber es gibt keinen."

„Na schön." Ryan schüttelte den Kopf. „Dabei glaube ich gar nicht an diesen ganzen Mist. Aura. Energie. Wahrnehmungen von weiß der Himmel was. Ich muss genauso durchgedreht sein wie du."

„Vielleicht hast du ja doch ein winziges bisschen Vertrauen zu mir."

„Ich habe jedenfalls keine Ahnung, was ich immer habe, wenn ich in deiner Nähe bin." Er zögerte. „Vielleicht ist es mir auch ganz egal."

Ohne Vorwarnung riss er Claire in seine Arme. Sie hatte kaum Zeit, Luft zu holen oder zu protestieren, und als sie begriff, dass er sie küsste, hatte sie längst keinen Protest mehr im Sinn.

„Du machst mich wahnsinnig", stöhnte Ryan, fuhr ihr durchs Haar und zog ihren Kopf zurück.

Claire wusste gar nicht, wer zuerst wen auszog oder wer in Richtung Bett drängte, sie konnte sich hinterher nur daran erinnern, dass sie plötzlich die Matratze unter sich und Ryans Gewicht auf sich spürte, als er ihr die restlichen Sachen vom Leib riss.

Beide wussten, wenn sie über das nachdachten, was sie da taten, würden sie sofort damit aufhören. Aber sie wollten alles andere als aufhören, also dachten sie eben nicht nach. Sie schalteten das Gehirn aus und überließen dem Körper die Kontrolle.

Sie ließen sich Zeit, genossen jede Zärtlichkeit, erkundeten gierig den Körper des anderen. Ryan war ein erstaunlicher und erfahrener Liebhaber, aber Claire stand ihm in nichts nach. Als Ryan sich endlich zwischen ihre Schenkel schob und tief in sie eindrang, zitterten sie überall vor Verlangen.

Außer ihrem Keuchen und Stöhnen und dem Quietschen des Bettes war nichts zu hören. Dann gab Claire einen wilden Schrei von sich, bog den Rücken durch und erschauerte am ganzen Körper. Ryan kam gleichzeitig und ergoss sich aufbrüllend in ihr.

Danach lagen sie reglos und zitternd auf dem Bett, Ryan drückte sie mit seinem ganzen Gewicht in die Matratze. Das machte ihr gar nichts aus, sie wollte nirgendwo anders sein. Ihre Gliedmaßen fühlten sich an, als wären sie aus Wasser, ihr ganzer Körper zuckte. Ryan bekam kaum Luft und konnte sich nicht bewegen.

Claire hatte nicht die geringste Ahnung, wie viel Zeit vergangen war. Beide waren irgendwie nicht wirklich bei Bewusstsein. Aber irgendwann merkte sie, dass Ryan sich auf die Ellbogen stützte und auf sie herabblickte. Ihre Augen waren geschlossen, sie wollte sie auch gar nicht öffnen. Sie wollte jetzt nicht denken, nicht reden, schon gar nicht über das, was gerade passiert war. Sobald sie die Augen öffnete, wäre alles anders.

„Claire." Ryan ließ ihr keine andere Wahl.

Mit großer Mühe hob sie widerstrebend die Lider.

„Alles in Ordnung mit dir?" Er klang, als wäre er genauso verwirrt wie sie. Er hatte einen völlig ungläubigen Ausdruck im Gesicht.

„Keine Ahnung", brachte sie hervor. „Und mit dir?"

„Wenn ich das wüsste."

Claire schluckte und wandte sich von ihm ab, als die Wirklichkeit wie eine Lawine auf sie einstürzte. Das war Ryan. *Ryan*. Was, zum Teufel, hatte sie sich dabei nur gedacht? Wieso hatte sie sich gerade ihm gegenüber so verletzlich gemacht?

„Wir sollten aufstehen", sagte sie hölzern.

„Ja, sollten wir." Ryan rollte von ihr runter, sprang auf und zog sich hastig wieder an. Dann drehte er sich wieder um und musterte Claire aus halb offenen Augen.

Verdammter Kerl. Selbst verschwitzt und zerzaust sah er unglaublich sexy aus und konnte mit seinem Charme einen Eisberg zum Schmelzen bringen. Und sie lag da völlig nackt auf dem Bett und fühlte sich ausgeliefert.

„Das war ein Fehler", verkündete sie. Sie schaffte es tatsächlich, beinahe normal zu klingen und mit Entschiedenheit zu sprechen.

„Ja, und vermutlich ein großer." Ryan stand offensichtlich neben sich, was Claire ein wenig tröstete. Er lehnte den Kopf zurück und atmete hörbar aus. „Ich weiß nicht, was ich sagen soll."

„Gar nichts. Je weniger wir darüber reden, desto weniger Bedeutung hat es." Claire setzte sich auf und versuchte, so nonchalant zu wirken, wie sie es von Ryans weiß der Himmel wie vielen anderen Bettgefährtinnen vermutete. „Wir sind einfach einem Impuls gefolgt. Es war dumm, aber jetzt ist es vorbei. Machen wir einfach weiter wie vorher, okay?"

Ryan nickte. „Okay." Er strich sich das zerzauste Haar glatt. „Ich gehe nach Hause, dusche und ziehe mich um. Dann fahre ich zurück ins Büro, wo ich überprüfe, was die anderen so gemacht haben. Ich hoffe bloß, dass du falschliegst."

„Das hoffe ich auch, aber ich glaube es nicht."

Ryan nickte noch einmal. Er ging zur Tür, zögerte, drehte sich wieder zu ihr um. „Hör mal, Claire ..."

„Wir sehen uns im Büro", unterbrach sie ihn. Was immer er sagen wollte, sie wollte sich das nicht anhören.

Was er immerhin begriff. „Klar. Bis dann."

Er ging raus und schloss die Tür hinter sich.

Hutch sah es vor sich wie das Menetekel, und was es aussagte, wurde immer unmissverständlicher.

Trotzdem wollte Hutch noch nicht aufgeben.

Seine Ermittlungen hatten ihn in so viele verschiedene Richtungen geführt, als dass er sie noch zählen konnte. Langsam ergab sich ein Muster, das ihm überhaupt nicht schmeckte.

Er lief sich noch ein paar Stunden länger die Füße wund, wollte so gründlich und einfallsreich vorgehen, wie er konnte. Schließlich rief er seinen am höchsten stehenden Kontakt an.

Wieder dieselbe Antwort. Wie ein vorgegebener Text. Knapp und entschieden.

Eine Mauer, die er nicht durchdringen konnte.

Dieses Ergebnis hätte er nie erwartet. Aber jetzt würde er damit leben müssen.

Und Casey auch.

22. KAPITEL

Ryan schob seine Ermittlungen über Paul Everett und John Morano beiseite, um zu erledigen, worum Claire ihn gebeten hatte. Dabei kam er sich vor wie der letzte Dreck. Es gab keine Entschuldigung dafür, im Privatleben der anderen herumzuschnüffeln. Er würde ihnen allen sein Leben anvertrauen.

Wenigstens hatte Claire nicht den Verdacht geäußert, es könnte einen Verräter in ihren Reihen geben. Sie machte sich Sorgen, jemand könnte zweifelhafte Methoden anwenden und nichts davon erzählen, um die anderen zu schützen. War so etwas möglich? Sicher.

Er schnüffelte ein bisschen in den Telefonaufzeichnungen herum, entdeckte nichts Ungewöhnliches und ließ es erst mal sein. Er war völlig mit den Gedanken woanders. Er konnte einfach nicht vergessen, was zwischen ihm und Claire passiert war.

Ein Inferno. Sie hatten praktisch das Laken in Brand gesetzt. Wie sollte er das je vergessen? Ganz zu schweigen davon, es überhaupt zu begreifen?

„Tja, da bin ich wohl umsonst hier runtergekommen", bemerkte Marc trocken, der plötzlich im Eingang stand und Ryan scharf musterte. „Eigentlich wollte ich fragen, was Claire von dir wollte, aber nach diesem Gesichtsausdruck zu schließen, seid ihr kaum zum Reden gekommen."

Ryan warf ihm einen finsteren Blick zu. „Für solche Analysen ist Casey die Expertin. Du verstehst davon nichts."

„Kann schon sein. Aber recht habe ich trotzdem."

„Halt die Klappe."

„So schlimm, was? Und jetzt? Was hast du jetzt vor?"

„Mich wieder an die Arbeit machen." Ryan beugte sich über seinen Computer, sodass Marc den Monitor nicht sehen konnte.

„Und wo steckt Claire?"

„Keine Ahnung."

„Du bist ja noch kratzbürstiger als sonst. Claire macht dir schwer zu schaffen, was?"

Ryan schloss das Fenster auf dem Bildschirm und wirbelte im Stuhl herum. „Musst du dauernd darauf herumhacken? Ausgerechnet du, der du immer so auf deine Privatsphäre bestehst, dass man nicht mal deine Schuhgröße kennt?"

„Schon gut." Marc zuckte mit den Schultern, unbeeindruckt von Ryans verbaler Attacke. „Du siehst halt nur ziemlich mitgenommen aus. Ich dachte, vielleicht willst du drüber reden."

„Ich weiß selbst nicht einmal, was da passiert ist, und ganz bestimmt will ich nicht drüber reden."

„Wie du willst. Aber eins will ich nur sagen, weil ich zehn Jahre mehr auf dem Buckel habe – denk nicht zu viel darüber nach. Es ist halt, was es ist. Schließlich bist du ein schlauer Bursche, Ryan. Du weißt genau, das war nicht nur ein Quickie. Dafür brennt ihr beide zu sehr füreinander."

Ryan mahlte mit dem Kiefer. „Okay, du hast's gesagt. Können wir das jetzt sein lassen?"

„Schon vergessen."

„Und kein Wort zu niemandem."

„Ich tratsche nicht, und das weißt du. Aber an deiner Stelle würde ich nicht damit rechnen, dass Casey nichts mitkriegt."

„Wenn sie was merkt und den Mund aufmacht, sage ich ihr dasselbe."

Marc nickte. „Da Claire nicht der Typ ist, der jemanden anruft, um flachgelegt zu werden, bleibt meine ursprüngliche Frage im Raum: Warum wollte sie dich so dringend sehen?"

Darauf war Ryan wenigstens vorbereitet. „Sie hat irgendwelche komischen Schwingungen empfangen, was unsere Ermittlung angeht." *Immer ganz dicht bei der Wahrheit bleiben, dann muss man sich nicht so viele Lügen merken.* „Sie wusste nichts Genaues, nur dass es mit dem zu tun hat, was ich gerade überprüfe."

„Der Hintergrund von Everett und Morano?"

„Da ich gerade daran arbeite, muss es wohl damit zu tun haben."

„Hat sie irgendwelche Einzelheiten erwähnt?"

„Leider nein." Ryan schüttelte den Kopf und schwang mit dem Drehstuhl zum Bildschirm herum. „Es passte ihr gar nicht, ausgerechnet mich anrufen zu müssen. Sie weiß ja, dass ich nicht viel von ihren Intuitionen halte. Aber ich bin nun mal das Genie, das über Everett und Morano alles rausfinden kann, was es gibt. Da hatte sie keine andere Wahl."

„Tja, so ist das wohl." Ob Marc ihm die Geschichte abnahm oder nicht, konnte Ryan nicht sagen. Marc ließ sich nie das Geringste anmerken, da war er absoluter Profi. „Dann wühl mal schön weiter. Übrigens, ursprünglich hattest du ja vor, Moranos Büro zu verwanzen. Was ist jetzt damit?"

„Lass ihm einen Tag Zeit", erwiderte Ryan. „Morano ist bereits dabei, sich einen Wohnwagen zu mieten, um ein neues Büro darin einzurichten. Bestimmt hat er die meisten seiner Unterlagen noch. Er wäre ja ein Idiot, wenn er nicht Sicherungskopien auf einen USB-Stick gezogen hätte, nur für den Fall. Der ist bald wieder im Geschäft. Dann müssen wir halt wieder ein Versteck für Gecko finden."

Marc lachte. „Klar. Gecko schafft das schon." Er ging zur Tür. „Sag Bescheid, wenn wir wieder raus in die Hamptons müssen. Ich muss hier ein paar Dinge nachprüfen."

„Worüber?"

Marcs Gesicht verriet überhaupt nichts. Aber er blieb mitten in der Bewegung stehen, drehte sich um und sah Ryan durchdringend an, der sich selbst dafür verfluchte, immer so durchschaubar zu sein.

„Über Amanda", erwiderte Marc. „Mit der habe ich nicht mehr geredet, seit Justins Zustand sich verschlimmert hat. Außerdem will ich noch mit Hutch reden. Den habe ich bisher noch gar nicht zu sehen gekriegt. Er will ja herausfinden, ob das FBI was über Paul Everett hat. Ich selber habe da auch noch ein paar Kontakte, vielleicht kann ich ihm helfen." Er machte eine vielsagende Pause. „Wieso? Brauchst du mich für irgendwas?"

„Nein." Diesmal hatte Ryan sich unter Kontrolle. „Ich war nur neugierig. Ich weiß ja, wie nahe dir dieser Fall geht."

„Wenn du meinst, das könnte meine Urteilskraft beeinträchtigen, vergiss es. So etwas kommt nie vor." Noch eine Pause. „Lass es mich wissen, wenn Morano sich in seinem Wohnwagen eingerichtet hat. In diese Dinger könnte ein Kind einbrechen."

Casey saß oben in ihrem privaten Arbeitszimmer vor dem Computer und verfolgte Mercers Pressekonferenz im Internet.

Er war ein charismatischer Redner, der gleichzeitig warmherzig und ernsthaft wirkte – ein Familienmensch mit soliden Wertvorstellungen. Das war zum großen Teil nicht vorgetäuscht, vielleicht nur ein bisschen übertrieben. Wie das ein Politiker eben so machte.

Aber er konnte nicht verbergen, dass ihm die ganze Geschichte mit dem Bluttest nicht passte. Jedes Mal, wenn jemand von der Presse auf seine altruistische Geste zu sprechen kam, verzogen seine Lippen sich zu einem dünnen Lächeln, und Casey konnte beinahe sehen, wie er innerlich zusammenzuckte. Er wollte helfen, dass das Baby überleben konnte. Aber niemand sollte von seiner genetischen Verwandtschaft mit Justin wissen. Außerdem schien Mercer sich von seinem „Vater" eingeschüchtert zu fühlen. Lyle Fenton stand links von ihm. Und Mercer selbst hatte sich von ihm abgewandt, blickte konstant nach rechts, als ob er seinen Rücken wie einen Schutzschild gegen Fenton einsetzen wollte.

Das alles hätte faszinierend sein können, wenn es einen nicht in den Wahnsinn treiben würde. Nichts von alledem konnte für Amanda hilfreich sein. Für sie spielte es keine Rolle, aus welchen Gründen der Abgeordnete diesen Schritt unternommen hatte, nur die Tatsache selbst zählte. Nun konnte man wieder nichts anderes tun als warten. Die Ergebnisse der Tests würden erst in etwa zwei Wochen vorliegen. Bei *Forensic Instincts* wussten alle, dass Amanda und Mercer verwandt waren, aber Amanda selbst ahnte nichts davon. Es war auch nur eine entfernte Verwandtschaft, also sahen die Chancen nicht besonders gut aus.

Paul Everett zu finden wäre immer noch die beste, vielleicht die einzige Möglichkeit, dem Kind zu helfen. Da die Beteiligung von *Forensic Instincts* bereits in aller Öffentlichkeit bekannt war, konnte das Team nicht mehr im Verborgenen ermitteln. Stattdessen waren nun einige, vermutlich sehr gefährliche Leute aufgescheucht worden.

Irgendwelche subtilen Tricks würden keinen Sinn mehr ergeben. Es wurde langsam Zeit, aggressiver vorzugehen.

„Vielleicht solltest du es doch lieber sein lassen."

Casey fuhr zusammen. Sie hatte nicht bemerkt, dass Hutch hereingekommen war.

„Was sein lassen?", fragte sie. „Mercer? Wohl kaum. Ich denke eher, wir sollten ihn mit den Tatsachen konfrontieren."

„Womit – damit, dass er Fentons Sohn ist?"

„Mit der Tatsache, dass wir darüber Bescheid wissen. Und darüber, dass Fenton ihn in der Tasche hat. Vielleicht ist er dann bereit, uns zu sagen, was er sonst noch weiß – zum Beispiel, was Fenton mit Everetts angeblicher Ermordung zu tun hat."

„Ich bezweifele, dass er überhaupt irgendwas weiß." Hutch zuckte mit den Schultern. „Mir ist klar, dass du langsam verzweifelst. Aber ich würde in dieser Richtung lieber nicht weiter ermitteln."

Casey starrte ihn an. „Ich soll nicht ermitteln, ob ein Politiker korrupt ist? Ich kann nicht glauben, dass du so etwas sagst. Verlangt Special Agent Kyle Hutchinson, der ehrenwerteste Mensch auf diesem Planeten, tatsächlich von mir, so etwas auf sich beruhen zu lassen?"

Hutch lächelte, aber seine Augen blickten ernst. „Nein, und ich danke dir für dieses leicht übertriebene Kompliment. Ich schlage nur vor, einen Spender für Justin zu finden und sich nicht von anderen Sachen ablenken zu lassen. Das ist nicht nur meine professionelle Ansicht, sondern auch meine persönliche. Du bist dafür da, dass Amandas Kind wieder gesund wird."

Casey war unbehaglich zumute. Warum sagte er so etwas?

„Hast du deine Kontaktleute erreicht?", fragte sie.

„Ja, zumindest die meisten."

„Gut. Immerhin bist du jetzt schon seit Stunden dabei. Was hat man dir gesagt? Hat das FBI irgendwas über Paul Everett?"

„Man hat mir überhaupt nichts gesagt. Keiner konnte mir irgendwelche Informationen über Paul Everett geben oder über irgendwelche Ermittlungen, die ihn in irgendeiner Art betreffen."

Casey erhob sich langsam und musterte ihn aus zusammengekniffenen Augen. Seine Wortwahl war ihr nicht entgangen. „Das klingt ganz schön vage."

„In Wirklichkeit war es ausgesprochen definitiv." Hutchs Gesicht verriet überhaupt nichts. „Ich habe alles versucht, um dir zu helfen. Aber da ist nichts, was ich dir sagen könnte. Tut mir verdammt leid, Casey. Aber das ist eine Sackgasse."

„Eine Sackgasse", wiederholte sie. „Nichts, was du sagen kannst. Weil dir keiner was sagen kann. Du findest nichts heraus. Ein Fehlschlag nach dem anderen."

„Das ist mir auch klar. Entschuldige. Ich hatte gehofft, ich könnte dir helfen."

„Hast du aber nicht. Was du selber längst weißt. Du hast *nichts* für mich." Die Betonung verriet, wie verletzt sie war.

„Das stimmt." Hutch wich ihrem Blick nicht aus. „Vielleicht solltet ihr die Suche nach einem Spender ausdehnen."

„Vielleicht solltest du mir einfach die Wahrheit sagen."

„Das habe ich gerade getan."

„Du hast das so formuliert, dass du nicht direkt lügst. Aber die Wahrheit? Blödsinn." Casey ging zu ihm. „Was geht hier vor?"

Er biss die Zähne zusammen. „Lass es gut sein, Casey."

213

Sie schwieg eine Weile, musterte sein Gesicht.

„Wow", sagte sie endlich. „Da muss noch viel mehr auf dem Spiel stehen, als ich dachte. Sie haben dir einen Maulkorb verpasst, oder? Was immer da vor sich geht, deine Vorgesetzten wollen nicht, dass *Forensic Instincts* da herumschnüffelt. Es muss um etwas Großes gehen. Kein Wunder, dass wir unsere Gegenspieler so nervös machen. Unsere Suche nach Paul Everett kommt jemandem in die Quere, für den viel mehr auf dem Spiel steht. Everett ist nur ein kleiner Teil von einer viel größeren Sache."

Hutch gab keine Antwort. Aber das musste er auch nicht.

„Ich höre dich laut und deutlich", teilte Casey ihm mit. „Das heißt also, wir müssen herausfinden, was für eine größere Sache das ist."

„Nein." Hutch klang sehr entschlossen. „Euer Job ist es, irgendeinen anderen Weg zu finden, um Justin Gleason zu retten. Paul Everett kommt nicht infrage."

„Das mag die Ansicht des FBI sein. Meine ist es nicht."

„Du spielst mit dem Feuer, Casey. So viel kann ich dir sagen. Ich weiß so gut wie keine Einzelheiten – aber genug, um zu wissen, dass du dich in allergrößte Gefahr begeben würdest. Also, lass die Finger davon."

„Auf gar keinen Fall. Hast du die geringste Ahnung, wie gut die Chancen stehen, dass Paul Everett der einzige geeignete Spender für Justin sein könnte? Wie viele Menschen schon getestet wurden, die nicht infrage kommen? Dass dieser verkommene Onkel, ihr nächster lebender Verwandter, auch nicht geeignet ist? Ist dir nicht klar, dass auch Mercer und seine Kinder nur durch ein Wunder Spender sein könnten?" Zorn flackerte in Caseys Augen auf. „Kapierst du nicht, dass du mich praktisch dazu aufforderst, ein Baby sterben zu lassen, um deine so wertvolle Behörde zu schützen?"

„Ich sage nichts dergleichen." Langsam wurde auch Hutch wütend. „Aber es haben schon ganz andere Leute als ihr – mit ganz anderen Ressourcen – versucht, Paul Everett zu finden, ohne Ergebnis. Das heißt, *Forensic Instincts* kann ihn auch nicht finden. Selbst wenn du recht hättest – und ich bestätige das keineswegs – und er ist Teil irgendeiner gewaltigen Ermittlung der Bundesbehörden, verschwendest du mit deiner Suche nach ihm nur deine Zeit. Die Zeit könntest du viel besser nutzen, indem du einen Spender für Justin findest."

„Weißt du, wo er ist?", wollte Casey wissen.

„Ich habe nicht die geringste Ahnung." Er mahlte mit den Kiefern.

„Und wenn, dürfte ich es dir nicht sagen."

„Du dürftest nicht? Oder du würdest nicht?"

„Beides."

„Verdammt noch mal, Hutch." Casey kochte. „Ich versuche hier, ein Baby zu retten. Und du reitest auf irgendwelchen bürokratischen Regeln herum?"

„Diese Regeln bestimmen nun einmal unser ganzes Rechtssystem. Ohne sie ..." Hutch brach ab und stöhnte frustriert. „Lass uns nicht zum tausendsten Mal darüber streiten. Wir sind in diesem Punkt eben anderer Meinung. Deshalb hast du *Forensic Instincts* gegründet, deshalb bin ich beim FBI."

Casey gab sich alle Mühe, sich zusammenzureißen und die Angelegenheit objektiv zu betrachten. Hutch war eben Hutch, er tat, was er für richtig hielt. Aber bei diesem Fall konnte sie das einfach nicht fassen.

„Wir reden von einem neugeborenen Baby", sagte sie in ganz ruhigem Tonfall. „Ohne eine Transplantation kann er nicht lange überleben. Vielleicht überlebt er sowieso nicht. Hutch, ich will nicht, dass du deine Prinzipien verletzt. Aber erzähl mir, so viel du kannst. Ich werde dann versuchen, die Lücken zu füllen. Bitte. Ich flehe dich an. Ich werde keinem verraten, woher ich die Informationen habe, nicht einmal dem Team."

„Darum geht's doch gar nicht, Casey." Hutch klang ähnlich mitgenommen. „Alles, was ich dir erzählen kann, könnte ich auch deinem Team erzählen. Hier geht es nicht um etwas Persönliches, sondern um Professionelles." Hutch zögerte und suchte nach den richtigen Worten. „Ich habe nicht gelogen. Ich habe keine Ahnung, wo Paul Everett steckt. Oder irgendeine Vorstellung, wie man ihn finden könnte. Ich bin nicht sicher, ob das überhaupt jemand weiß. All diese Informationen unterliegen der Geheimhaltung, davon erfahren nur ganz wenige Leute, die es unbedingt erfahren müssen."

„Ich verstehe schon." Casey überlegte, was Hutch sagte – und was nicht. Paul Everett war Teil einer Ermittlung der Bundesbehörden. Es gab Unterlagen über ihn, die geheim waren. Die Ermittlung musste von großer Bedeutung sein. So groß, dass nicht einmal Hutch etwas in Erfahrung bringen konnte.

„Ist Paul noch am Leben?", fragte sie.

„Auch das weiß ich nicht. Ich kann da nur spekulieren."

„Okay, und wenn du spekulierst?"

„Dann würde ich sagen, dass er wahrscheinlich noch lebt."

„Der Meinung bin ich auch. Sonst würde das FBI nicht unbedingt den Deckel daraufhalten wollen."

„Vielleicht, vielleicht auch nicht." Hutch zuckte mit den Achseln. „Es kann auch sein, dass es ebenfalls der Geheimhaltung unterliegt, wenn da eine Veränderung eintritt oder bereits eingetreten ist. Ich rate nur, aus dem Bauch heraus. Irgendwelche Fakten habe ich nicht."

Casey nickte. „Als du vorhin hier reingekommen bist, passte es dir gar nicht, dass ich mir gerade Mercers Pressekonferenz angesehen habe. Das heißt doch, dass er ebenfalls darin verwickelt ist."

„Dazu kann ich keinen Kommentar abgeben."

„Und Lyle Fenton?"

Hutch ließ eine Hand durch die Luft sausen. „Das war's, Casey. Keine Fragen mehr. Ich habe schon mehr gesagt, als ich durfte. Wenn ich jetzt noch etwas sage, verletze ich nicht nur bürokratische, sondern auch ethische Regeln und breche außerdem meine persönlichen Grundsätze."

Casey hörte ihm genau zu und ließ ihn nicht aus den Augen. Er war dazu ausgebildet, sich nie etwas anmerken zu lassen, und er war sehr gut. Aber in diesem Fall wollte er ihr etwas mitteilen, ohne es auszusprechen.

Was immer für Ermittlungen das FBI durchführte, der Abgeordnete Mercer und Lyle Fenton spielten wesentliche Rollen dabei.

„Casey", fügte Hutch grimmig hinzu, „wahrscheinlich habe ich dir alles andere als einen Gefallen getan, indem ich das beim FBI überhaupt zur Sprache gebracht habe. Die wissen jetzt, dass ihr alles tut, um Paul Everett zu finden, und sie werden alles tun, um euch daran zu hindern."

„Haben sie das ganz offen gesagt?"

„Natürlich nicht, sonst dürfte ich es dir gegenüber auch gar nicht erwähnen. Aber wir sind beide schlau genug, um uns das denken zu können. Dass sie sich ein Amateurvideo deiner Klientin auf YouTube ansehen konnten, ist eine Sache, das mussten sie nicht unbedingt ernst nehmen. Etwas ganz anderes ist es, wenn plötzlich einer von ihren eigenen Leuten ein paar Insider anruft und Fragen stellt. Die meisten Agenten, die ich kenne, wissen von unserer Beziehung. Die ganze Angelegenheit ist ziemlich beschissen."

„Das Risiko mussten wir eingehen", erwiderte Casey. „Du brauchst gar nicht zu sagen, ich soll die Sache fallen lassen, denn das werde ich nicht. Von mir aus soll das FBI sich zu den anderen Typen gesellen, die uns observieren. Eure Agenten werden zumindest nicht versuchen, uns umzubringen."

„Sehr witzig." Hutch verzog das Gesicht. „Ich versuche nicht, dich davon zu überzeugen, das wäre sowieso nur Zeitverschwendung. Aber ich kann in dieser Sache nichts mehr unternehmen – außer mir Sorgen um dich zu machen."

„Dann kann ich auch nicht mehr erwarten." Casey war genauso direkt wie er. „Aus demselben Grund bekommst du nicht die kleinste Information mehr von mir. Vermutlich habe ich meiner Klientin schon genug Schaden zugefügt, indem ich dich mit an Bord holte. Ab jetzt bist du draußen."

„Schön." Hutch zog immer noch ein finsteres Gesicht. „Aber verschwinden werde ich auch nicht."

„Musst du nicht morgen oder übermorgen zurück in Quantico sein?"

„Willst du mich loswerden?"

Casey wollte ein Lächeln aufsetzen, schaffte es aber nicht ganz. „Nein. Dazu bist du zu gut im Bett."

„Das ist nicht witzig, Casey. Ich habe keine Ahnung, wer hier die Fäden zieht. Aber du könntest direkt in ein Minenfeld marschieren."

„Dann können wir nur hoffen, dass ich nicht danebentrete. Denn ich werde Paul Everett finden."

23. KAPITEL

John Morano installierte gerade ein neues Computersystem in dem kleinen Wohnwagen, als Lyle Fenton hereinspaziert kam.

„Prima, Sie verschwenden keine Zeit", verkündete er. „Das mag ich bei Leuten, mit denen ich Geschäfte mache." Fenton warf einen Blick aus einem der Seitenfenster auf die nahe gelegene Bucht. „Gute Idee, am selben Fleck zu bleiben. Ich weiß aus Erfahrung, wie wichtig es ist, bei Bauarbeiten in der Nähe zu sein, sonst setzen da Nachlässigkeit und Faulheit ein."

„Ich bin nicht am selben Fleck geblieben", sagte Morano. „Wir sind hier auf der anderen Seite der Anlegestelle. Drüben stinkt es zu sehr nach Benzin und verbranntem Holz. Außerdem ist der Tatort immer noch abgesperrt."

„So genau hatte ich das auch nicht gemeint." Fenton sprach mit einem harten Unterton – und Morano passte es schon nicht, seine Arbeit unterbrechen zu müssen.

„Tut mir leid, dass ich schlechte Laune habe", entschuldigte er sich. „Das war nicht gerade die beste Nacht meines Lebens."

„Kann ich mir vorstellen."

„Also, was führt Sie her?" Morano lächelte schwach. „Bringen Sie ein Einweihungsgeschenk vorbei?"

Fenton lächelte nicht zurück. „In den Nachrichten hieß es, die Polizei glaubt an Brandstiftung."

„Dazu gehört nicht viel", erwiderte Morano. „Aber die werden nie rausfinden, wer es gewesen ist."

„Die Mafia", sagte Fenton, ohne Ausdruck oder Tonfall zu ändern.

Morano nickte leicht. „Denen hab ich gesagt, sie würden kein Geld mehr von mir kriegen. Also haben sie unmissverständlich klargemacht, was sie davon halten. Wenigstens haben sie mich nicht umgebracht – bis jetzt."

„In Anbetracht der Umstände reden Sie ziemlich sorglos darüber."

„Sorglos?" Moranos Stimme klang hohl. „Ich bin ein nervöses Wrack. Klar, ich wusste, dass sie irgendwas unternehmen würden. Daran hat dieser Kerl, den sie immer vorbeischicken, keinen Zweifel gelassen. Ich wusste bloß nicht, was sie vorhatten. Jetzt weiß ich es. Immerhin fährt die Polizei jetzt öfter hier Streife und behält auch mein Apartment im Auge – bisher wollten die überhaupt nichts tun. Irgendwo anders als an diesen beiden Orten werde ich mich in nächster Zeit nicht aufhalten."

„Die Mafia so zu provozieren erfordert ganz schön Mut", stellte Fenton fest. „Sie sind entweder ziemlich tapfer oder ungemein blöd. Was davon trifft wohl zu?"

„Keins von beidem. Die haben mich ausgepresst, bis ich keine Luft mehr bekommen hab." Morano wirkte wie ein kleiner Vogel in der Falle. „Sie können mir glauben, ich bin nicht selbstmordgefährdet. Aber ich bin auch kein Millionär. Ich habe einfach nicht mehr das Geld, das sie verlangen. Wollen Sie wissen, ob ich mich frage, ob Paul Everett möglicherweise das Gleiche versucht hat, nur dass sie den gleich umgelegt haben? Da können Sie Gift drauf nehmen."

„Würde mir genauso gehen." Fenton war niemand, der die Dinge beschönigte. „Aus diesem Grund habe ich ein paar Leute engagiert, die rund um die Uhr für Ihre Sicherheit sorgen."

„Was?"

„Sie wollten wissen, wieso ich vorbeikomme. Um meine Investitionen im Auge zu behalten. Ich habe keine Ahnung, was mit Paul Everett passiert ist, aber es war auf jeden Fall nichts Gutes. Sie und ich, wir haben gerade einen Vertrag unterschrieben, der für mich sehr lukrativ ist. Da will ich doch nicht, dass Sie mir umgebracht werden. Die Cops können Sie nicht ständig bewachen, dafür haben die nicht das Geld, und sie könnten es auch gar nicht vor den Steuerzahlern rechtfertigen. Also kümmere ich mich darum. Auf Sie wird aufgepasst, bis dieses Hotel fertig und in Betrieb ist."

„Das wird zwei Jahre dauern."

„Weniger", korrigierte Fenton. „Siebzehn Monate. Ich möchte, dass es übernächstes Jahr zu Saisonbeginn eröffnet wird. Am besten wäre eine große Eröffnungsfeier am langen Wochenende des Memorial Day, also Ende Mai. Bis dahin kann ich mir ein paar Leibwächter für Sie schon leisten." Er sah sich in dem Anhänger um. „Ich hoffe, es ist nichts Wichtiges verloren gegangen?"

Morano schüttelte den Kopf. „Ich mache ständig Sicherungskopien von allen elektronischen Dokumenten. Und die wichtigen Akten habe ich jeden Abend mit nach Hause genommen. Diese alte Hütte war ja eine ziemliche Bruchbude, und um die Bucht hängen öfter mal Teenager bis zum Morgengrauen rum. Es wird also keine Verzögerungen geben."

219

„Gut." Fenton nickte. „Dann schlage ich vor, dass Sie mal in die Gänge kommen. In dem Wagen da drüben auf der anderen Straßenseite sitzt immer jemand von meiner Sicherheitsfirma. Die Genehmigungen sind alle durch. Die Mafia wird auch zufrieden sein, sobald die Gewerkschaftsleute ihre neuen Jobs haben. Also wird es Zeit voranzukommen."

„Da haben Sie völlig recht. Und vielen Dank." Morano wirkte sehr erleichtert, dass er nun Schutz genoss, auch wenn er wusste, dass Fenton nur seine eigenen Profite im Sinn hatte. „Ich sorge dafür, dass es innerhalb einer Woche losgeht."

„Tun Sie das."

Casey versammelte das ganze Team um sich, sobald Patrick dafür gesorgt hatte, dass einer seiner Kumpels die nächste Schicht im Krankenhaus übernehmen konnte. Der Mann hieß Roger und machte einen so professionellen Eindruck, dass Amanda schnell beruhigt war. Außerdem verbrachte sie sowieso jede Sekunde bei Justin.

Alle versammelten sich um den Konferenztisch. Die Atmosphäre war angespannt, jeder merkte, dass Casey Wichtiges zu verkünden hatte.

„Guten Tag allerseits", wurden sie von Yoda begrüßt. „Wird irgendetwas benötigt?"

„Nachher, Yoda." Casey schloss die Tür hinter sich und ging zu ihrem Platz am Kopfende des Tischs. „Wir brauchen erst ein wenig Zeit, dann rufen wir dich."

„Sehr gut, Casey. Ich schalte auf Stand-by." Yoda verstummte.

Casey setzte sich und spürte alle Blicke auf sich. Selbst Hero, der sich zu ihren Füßen ausstreckte, blickte voller Erwartung zu ihr herauf.

„Ihr wisst ja alle, dass ich Hutch gebeten habe, uns bei der Suche nach Paul Everett zu helfen", begann Casey und schob die Finger unterm Kinn ineinander. „Er hat den größten Teil des Tages damit verbracht, Leute anzurufen und Mails rauszuschicken. Er hat nichts erreicht."

„Also hat das FBI nichts über Everett", dachte Marc laut nach. „Das überrascht mich. Ich wollte Hutch mal Guten Tag sagen, aber er hat sich in einem Büro eingeschlossen. Da er so lange brauchte, ging ich davon aus, dass er wichtige Sachen in Erfahrung bringt. Da hab ich wohl falschgelegen."

„Nein, hast du nicht." Casey blieb ernst. „Er hat allerhand zu hören gekriegt."

Claire wirkte verwirrt. „Aber du hast doch gerade gesagt, dass er nichts erreichen konnte."

„Sie haben ihm einen Maulkorb verpasst." Marc ließ Casey nicht aus den Augen. „Paul Everett ist in irgendwas verwickelt, aber das FBI will nicht, dass wir darin herumschnüffeln. Wenn sie ihm überhaupt was erzählt haben, darf er es nicht an uns weitergeben."

„Darauf läuft es im Wesentlichen hinaus." Casey nickte. „Ich schätze, viel haben sie ihm sowieso nicht erzählt. Was er trotzdem herausgefunden hat, muss er für sich behalten. Dass ich ihn überhaupt hinzugezogen habe, war ein schlimmer Fehler. Dadurch, dass ich ihm Einzelheiten über den Fall erzählte, habe ich uns und Amanda geschadet. Er weiß jetzt, wie weit wir mit unseren Ermittlungen gekommen und was unsere Trumpfkarten sind, die wir noch ausspielen können. Falls er es für notwendig hält, kann er das alles an seine Chefs weitergeben. Ihr wisst ja, wie prinzipientreu er in diesen Dingen ist. Also, da hab ich einen kapitalen Bock geschossen. Es tut mir leid."

Ryan und Claire tauschten einen Blick – zum ersten Mal überhaupt, seit er ihr Apartment verlassen hatte, sahen sie sich an. Aber jetzt wussten sie, von wem die negative Energie ausging, die Claire spürte, aber nicht festmachen konnte.

Claire nickte Ryan bestätigend zu, bevor sie wieder zu Casey blickte. Er verstand sofort, was sie sagen wollte. Er brauchte nicht weiter den anderen hinterherzuschnüffeln. Alle im Team zogen wieder an einem Strang.

„Das war doch nicht dein Fehler, Casey", sagte Patrick. „Wir wussten alle, dass du Hutch um Hilfe bittest, auch Amanda. Das war eben ein Risiko, das wir eingegangen sind. Marc und ich, wir waren beide auch mal beim FBI – wir wissen, wie der Laden läuft. Wenn der Fall unter Geheimhaltung steht, sind Hutch die Hände gebunden."

„Das muss nicht unbedingt so sein", schränkte Marc ein. „Was genau hat Hutch gesagt – oder nicht gesagt?"

Casey musste beinahe lächeln. Wie immer lag Marc genau auf ihrer Wellenlänge. „Ich konnte aus seinen Antworten herauslesen, dass Paul Everett in einer groß angelegten – und unter Verschluss stehenden – Ermittlung der Bundesbehörden eine Schlüsselrolle spielt. Über Fenton und Mercer wollte er auch nicht reden, also scheinen die für das FBI in diesem Fall ebenfalls von Interesse zu sein. In welcher Hinsicht und wie tief sie darin verwickelt sind, weiß ich nicht. Ich weiß allerdings, dass Paul Everett definitiv noch am Leben ist. Was immer Hutchs Kontaktleute ihm erzählt haben mögen, ich habe gemerkt, dass er davon überzeugt ist. Und wenn er das ist, dann stimmt es auch."

„Ließ er durchblicken, dass entweder Fenton oder Mercer oder beide etwas über Everetts Verschwinden wissen?", fragte Ryan.

„Nein." Casey schüttelte den Kopf. „Das soll nicht heißen, dass sie ihre Finger dabei nicht im Spiel hatten, aber ich glaube nicht, dass sie wissen, wo er jetzt steckt. Wenn das FBI so etwas annehmen würde, wären sie längst vernommen worden."

„Die sind ganz unterschiedlich", ließ Claire sich vernehmen.

„Wer?"

„Fenton und Mercer. Ihre Beteiligung ist von unterschiedlichem Grad. Fenton besitzt eine sehr finstere Aura, die von Mercer ist heller, eher grau, und außerdem verschwommener, als würde er zwischen der hellen und der dunklen Seite stehen."

„Das klingt ja, als wäre er ein verdammter Jedi", murmelte Ryan.

Claire musterte ihn irritiert. „Nein. Er ist zum Teil Opfer, zum Teil aber auch Täter. Mir tut er leid."

„Das sieht dir ähnlich."

„Ryan, lass das." Casey war nicht in der Stimmung für Sticheleien. Außerdem war sie überrascht. Ryan klang nicht, als wolle er Claire bloß auf den Arm nehmen, sondern als fände er ihre Einlassungen regelrecht abstoßend – so etwas leistete er sich normalerweise nicht, schon gar nicht, wenn das ganze Team voll konzentriert über einen Fall diskutierte.

Das schien ihm selbst im gleichen Moment aufzufallen, denn er wirkte plötzlich verlegen und kleinlaut. „Entschuldige, Boss. Ich stehe wegen des Brandes letzte Nacht immer noch unter Spannung."

Caseys Blick wanderte von Ryan zu Claire und zurück, aber sie akzeptierte die Entschuldigung mit einem knappen Nicken.

„Ich bin einer Meinung mit Claire", sagte sie. „Mercer verhält sich wie eine Fliege im Spinnennetz. Bestimmt hat er sich in seiner politischen Karriere schon auf die eine oder andere schmutzige Sache eingelassen. Aber ich glaube nicht, dass er mit diesem Fall auch nur halb so viel zu tun hat wie Fenton."

„Das stimmt wohl. Trotzdem weiß Fenton auch nicht, wo Everett steckt", warf Marc ein. „Sonst würde er ihn hierherschleifen, um Justin zu retten."

„Nun, irgendwer muss wissen, wo Everett ist", erwiderte Patrick. Er legte eine Pause ein, um nachzudenken. „Außer natürlich, Everett hat seinen Tod nur vorgetäuscht und sein Verschwinden selbst organisiert. Hat darüber schon mal jemand nachgedacht?"

„Ja." Das konnte Casey sofort beantworten. „Ich habe über viele Dinge nachgedacht. Das ist ein weiterer Grund, warum ich euch zusammengerufen habe. Ich möchte, dass wir uns diverse Szenarien vornehmen, um eins nach dem anderen entweder auszuschließen oder zu bestätigen."

„Und Antworten finden, egal, was für Methoden dafür notwendig sind?", fragte Marc leise.

„Antworten finden, egal, was für Methoden dafür notwendig sind", bestätigte Casey. Sie wusste genau, worauf Marc hinauswollte. Gleichzeitig spürte sie Patricks finsteren Blick auf sich ruhen. Trotzdem zögerte sie nicht, noch wich sie zurück. „Wir machen weiter, und zwar mit einem einzigen Ziel – Justin zu retten, indem wir seinen Vater finden. Mir ist nicht mehr wichtig, wie wir das schaffen. Hauptsache, es geht schnell."

„Casey …", warnte Patrick.

„Ich kenne deine Meinung in dieser Angelegenheit, Patrick." Sie wischte seine Bedenken weg. „Aber die Umstände haben sich verändert. Wir haben es jetzt mit den Bundesbehörden zu tun. Das FBI weiß, dass wir an der Sache dran sind und dass wir nicht aufgeben werden. Die werden uns Steine in den Weg legen, wo sie nur können. Wir müssen ihre Aktionen vorausahnen und ihnen ausweichen."

„Hast du eine bestimmte Vorgehensweise im Auge?", wollte Marc wissen.

„Habe ich, und ihr müsst mir alle dabei helfen, den Plan so schnell wie möglich zu vervollständigen." Damit schwang sie ihren Drehstuhl zu der Videowand herum. „Yoda, ruf bitte eine virtuelle Arbeitsfläche auf."

Yoda reagierte sofort. „Virtuelle Arbeitsfläche wird aufgerufen." Einige Sekunden vergingen, während die Monitore zum Leben erwachten und den Raum in künstliches blaues Leuchten tauchten. „Virtuelle Arbeitsfläche ist bereit."

„Bitte ruf folgende Themenfelder in angegebener Reihenfolge auf:

Straftäter, Flucht, Informant, Tod, Zeugenschutz." Sie schwang zurück und ließ ihren Blick über den Tisch wandern. „Sonst noch was?"

„Er hält sich nicht illegal im Land auf. Er ist nicht vom Militär desertiert. Ich denke, das deckt alles ab", erwiderte Marc.

„Das sollte vorerst reichen, Yoda."

„Themenfelder sind aufgerufen", verkündete Yoda.

Die Videowand war nun unterteilt in fünf gleich große Bereiche mit den von Casey verlangten Überschriften.

„Gut." Casey breitete ihre Notizen auf dem Tisch aus. „Okay, gehen wir die Themenfelder nacheinander durch, jeder sagt, was ihm dazu einfällt. Yoda, bitte übertrage sämtliche Bemerkungen in Schriftform, und fasse zusammen, wo wir übereinstimmen und wo nicht. Führe für jeden in Echtzeit auf, wie wir vorankommen."

„Alles bereit, Casey."

„Dann fangen wir mal mit der Möglichkeit an, dass Paul Everett ein Straftäter ist."

„Augenblick", unterbrach Claire. „In der Sekunde, als du die Themen ausgesprochen hast, und dann erst recht, als ich sie schriftlich da stehen sah, spürte ich diese binäre Energie wieder ganz stark. Das dürfen wir nicht ignorieren. Casey, was immer Paul Everett sonst noch sein mag, er ist jedenfalls *nicht* tot. Mir ist klar, dass du keine Option ausschließen darfst, aber um diese sollten wir uns am Schluss kümmern. Nicht nur, weil ich sicher bin, dass ich in diesem Punkt recht habe, sondern auch, weil wir nur Zeit verschwenden, wenn wir in eine Richtung ermitteln, die Amanda gar nichts bringt. Wenn wir herausfinden, dass Justins Vater nicht mehr lebt, untergraben wir unser eigenes Ziel."

Alle anderen nickten zustimmend. Nicht einmal Ryan widersprach.

„Das scheint Konsens zu sein", meinte Casey. „Und Hutch ist derselben Ansicht, also schieben wir das Themenfeld ‚Tod' ans Ende und konzentrieren uns zunächst auf die anderen."

„Was den ‚Zeugenschutz' angeht, kannst du auch gleich Zeit sparen", sagte Patrick widerstrebend. „Genau wie bei ‚Flucht'. Zwar sind diese beiden Möglichkeiten nicht von der Hand zu weisen, wenn man eine mögliche Verwicklung der Mafia bedenkt und die Mühe in Betracht zieht, mit der man Paul Everetts Verschwinden überzeugend als Mord hinstellen wollte."

Casey sah ihn an. „Und?"

Patrick räusperte sich und fummelte mit gesenktem Blick an seinem Stift herum. Ganz eindeutig wollte er lieber nicht aussprechen, was er auf dem Herzen hatte.

„Ich habe einen alten Kumpel bei den U.S. Marshals", sagte er endlich. „Der schuldet mir den einen oder anderen Gefallen. Ich könnte ihn mal um einen davon bitten. Er kann ziemlich schnell herausfinden, ob Paul Everett durch das Zeugenschutzprogramm eine neue Identität bekommen hat oder untergetaucht ist und gesucht wird. Das wird mein alter Kumpel gar nicht mögen. Ich selber mag es auch nicht. Aber er wird das für mich tun." Er sah sich um. „Ich werde ihn nicht nach Einzelheiten fragen", stellte Patrick klar. „Also bittet mich nicht um Details. Ich frage nur nach einem Ja oder Nein in beiden Fällen. Mehr kann ich nicht tun."

„Das ist doch großartig." Casey war klar, wie sehr Patrick den kurzen Dienstweg verabscheute. Das lief seinem ganzen Wesen zuwider. „Wir wollen gar nicht wissen, wie dein Kumpel heißt, und er soll auch keine Einzelheiten über Paul verraten." Casey zögerte, bevor sie vorsichtig einen Zeh ins kalte Wasser steckte. „Könnte dein Freund bereit sein, Paul eine Botschaft zu überbringen? Wäre es zu viel verlangt, ihn danach zu fragen?"

Patrick blickte wieder finster. „Ich bezweifle sehr, dass Everett im Zeugenschutzprogramm ist. Selbst wenn, hätte er immer noch Zugang zum Internet. Er hätte ganz sicher das Video gesehen und etwas unternommen. Allerdings, wenn er untergetaucht ist …" Er machte eine nachdenkliche Pause. „Dann sind wir vermutlich angeschissen. Aber ehe wir solche Spekulationen anstellen, rufe ich einfach an und frage nach. Sobald wir hier fertig sind."

„Vielen Dank." Casey wandte sich wieder der Videowand zu. „Damit stehen im Moment nur noch zwei Themenfelder zur Diskussion: Straftäter und Informant. Ich will von euch allen hören, was dafür und was dagegen spricht. Danach werden die Aufgaben verteilt."

Sie diskutierten über beide Möglichkeiten, bis sie sicher waren, alle Optionen berücksichtigt zu haben, die Paul Everett innerhalb der beiden Szenarien gehabt hatte. Damit war klar, wer was zu tun hatte.

Marc und Ryan würden wieder in die Hamptons rausfahren und Gecko in Moranos Wohnwagen installieren. Gleichzeitig würde Ryan seine Überprüfung des Hintergrunds von Morano und Everett verfeinern und schließlich abschließen.

Casey würde Detective Jones sofort persönlich aufsuchen. Sie wollte sich nicht länger am Telefon hinhalten lassen, sondern ihm in die Augen sehen, während sie ihn mit Fragen löcherte. Außerdem wollte sie alle Kontakte zur New Yorker Polizei nutzen, die sie noch aus ihrer Zeit als Beraterin dort hatte. Dort hatte man hoffentlich etwas von einer Beteiligung der Mafia läuten hören.

Claire würde zunächst mit Marc und Ryan fahren, dann aber ihrer eigenen Wege gehen. Sie wollte Pauls Cottage und Amandas Apartment noch einmal allein aufsuchen und ihre Energien wahrnehmen, denn dafür hatte sie bei ihrem ersten Besuch kaum Zeit gehabt. Ohne Ablenkung durch die anderen konnte sie sich besser konzentrieren. Außerdem war sie nun einige Tage länger mit diesem Fall beschäftigt und wusste mehr über die Menschen und ihre Lebensumstände.

Hero würde auch mitkommen, aber nicht wegen Claire.

Das war der schwierigste Teil, der Patrick überhaupt nicht passte.

Nach dem Einbruch in Moranos Wohnwagen hatte Marc noch etwas vor, das er alleine erledigen musste. Allerdings nicht ganz allein, sondern mit Hero.

Ryan würde sie hinaus zur Shinnecock Bay fahren, zu der Marina, wo Lyle Fentons private Jacht vor Anker lag. Ryan hatte herausgefunden, dass diese Jacht während der Wintermonate in einem Trockendock vor den Elementen geschützt war.

Dort würde Marc einbrechen, um drei Ziele zu erreichen. Erstens: die Jacht nach allem zu durchsuchen, was irgendwie verdächtig sein könnte. Zweitens: den Bluthund an Fentons Sachen schnüffeln zu lassen. Und drittens sollte Hero feststellen, ob Everett an Bord von Fentons Jacht gewesen war.

Für solch ein Vorhaben musste er entweder sehr unauffällig sein oder einen Durchsuchungsbefehl haben. Im Ersteren war Marc Experte, Letzteres interessierte ihn kein Stück. Das Risiko war natürlich viel höher als bei dem Einbruch in Moranos Wohnwagen. Möglicherweise hatte Fenton sogar Wachpersonal dort. Und Marc wäre nicht allein, sondern hätte den Hund dabei. Als ehemaliger Navy SEAL konnte er sich unsichtbar machen, doch mit Hero war das nicht so einfach. Trotzdem bereitete das Marc keine großen Sorgen. Er war ein einfallsreicher Bursche, er würde das schon schaffen.

Falls Marc irgendetwas über Fenton herausfinden sollte, würde er ihm einen weiteren Besuch abstatten, der nicht so höflich ablaufen würde wie der letzte.

Genau bei diesem Punkt knirschte Patrick mit den Zähnen. Ihm war klar, was dort passieren würde, und das lief allem zuwider, wofür er stand. Aber schließlich hatte er gewusst, worauf er sich einließ, als er bei *Forensic Instincts* anheuerte. Er konnte das Team nicht von solchen illegalen Mitteln abhalten, denn er hatte gelernt, den Zweck im Auge zu behalten. Außerdem wusste er, dass *Forensic Instincts* sich nicht ohne Weiteres auf solche fragwürdigen Operationen einließ. Sie taten, was getan werden musste, um Paul Everett zu finden, damit er seinem Sohn das Leben retten konnte.

Patrick zwang sich, an Amanda und das Baby zu denken, und hielt den Mund.

Casey spürte jedoch, wie viel Mühe ihn das kostete, und musterte ihn fragend. „Kommst du mit alledem zurecht?"

„Ich kann damit leben."

„Gut. Für dich habe ich nämlich eine zusätzliche Aufgabe."

Patrick hob die Brauen. „Ich soll aber nicht jemanden umbringen?"

Casey konnte sich ein Lächeln nicht verkneifen. „Nichts dergleichen. Es ist trotzdem eine heikle Angelegenheit, um die ich dich überhaupt nicht beneide. Wir müssen das jetzt aber hinter uns bringen. Und du bist der ideale Mann dafür."

Patrick brauchte nicht zu fragen, was Casey im Sinn hatte. „Ich soll Amanda erzählen, was wir über ihren Onkel wissen."

Sie nickte. „Sie ist unsere Klientin, wir müssen sie auf dem Laufenden halten – zumindest ein bisschen."

„Wie viel soll ich ihr erzählen?"

„Da bin ich mir nicht sicher." Casey fuhr sich mit den Fingern durchs Haar. „Irgendwelche Vorschläge?"

„Halt dich ans Wesentliche", meinte Marc. „Sag ihr, dass wir uns auch für ihren Onkel interessieren, aber nur geschäftlich. Es könnte sein, dass einige seiner Geschäftspartner nicht ganz koscher sind, und einer von ihnen könnte sogar wissen, was mit Paul passiert ist. Erklär ihr, dass wir dabei sind, sämtliche Fakten zusammenzutragen. Mach ihr unbedingt klar, dass sie unter gar keinen Umständen Fenton etwas von unserem Verdacht verraten darf – zumindest jetzt noch nicht."

„Das ist alles so weit richtig", schränkte Claire ein, „aber du musst das persönlicher rüberbringen, Patrick. Alles, was du sagst, muss direkten Bezug zu Justin haben. Amanda soll ihre Zunge im Zaum halten, um Justin zu schützen. Ihr Onkel könnte mit zwielichtigen Leuten zu tun haben, aber er weiß ganz sicher nicht, wo Paul ist. Doch wenn er von unserem Verdacht erfährt, könnte er vielleicht genau gegenüber dem Falschen etwas davon verlauten lassen. Glaub mir, Patrick. So kannst du sie am ehesten überzeugen. Nur so wird sie rational begreifen, was du sagst. Sonst könnten ihre Gefühle mit ihr durchgehen, und dann rennt sie sofort zu ihrem Onkel, um ihn zur Rede zu stellen – und das wäre das Letzte, was wir jetzt brauchen können."

„Damit haben wir's", sagte Casey. „Marcs Vorgehensweise, aber mit Claires Technik. Zusammen wird eine Strategie daraus." Sie seufzte. „Tut mir leid, dass ich dich damit belasten muss, Patrick. Aber du bist jetzt am häufigsten bei Amanda, sie respektiert dich und vertraut dir ihre Sicherheit an."

„Ich schaffe das schon", sagte Patrick. „Aber wäre es nicht doch einfacher, wenn Marc das übernehmen würde? Er ist doch ihr Ritter in schimmernder Rüstung."

„Nein." Casey schüttelte entschlossen Kopf. „Marc ist für sie eine Art Held, aber du bist eine Vaterfigur für sie. Du hast selbst Kinder, du kannst das auf nettere Art rüberbringen. Das ist genau das, was Amanda jetzt braucht."

„Casey hat recht." Marc war durch und durch objektiv. „Mir geht es vor allem um das arme Baby. Ich weiß, dass sie auf mich zählt. Aber ich bin längst nicht so gut darin, jemanden zu trösten oder an Gefühle zu appellieren, wie Claire das gerade vorgeschlagen hat. Du kannst so etwas viel besser als ich." Marc setzte ein Grinsen auf. „Dafür kriege ich die illegalen Sachen viel besser hin als du."

„Da kann ich nicht widersprechen", bemerkte Patrick trocken.

„Exzellent." Casey sah alle der Reihe nach an. „Noch Fragen?"
Alle schwiegen und schüttelten die Köpfe.
„Dann los."

24. KAPITEL

Als der Van die Hamptons erreichte, war es schon spät.

Ryan saß am Steuer und setzte zunächst Claire bei Amandas Apartment ab. Dann fuhren Marc und er weiter Richtung Bucht. Hero lag ausgestreckt auf dem Rücksitz.

Zunächst hielten sie in einiger Entfernung von Moranos behelfsmäßigem Büro. Marc und Ryan waren ganz in Schwarz gekleidet. Hero blieb im Wagen; seine Instinkte verrieten ihm, dass er ganz still zu sein hatte. Ryan trug Gecko, Marc seine Falttasche mit Werkzeugen, als sie auf den Wohnwagen zuliefen.

„Warte." Genau wie letztes Mal hielt Marc Ryan fest. „Runter." Beide gingen in die Hocke.

„Was ist diesmal?", wollte Ryan wissen. „Wollen sie jetzt auch den Wohnwagen abfackeln?"

„Nein. Jemand bewacht ihn."

Ryan bekam große Augen. „Wo?"

„Da drüben." Marc deutete auf eine Stelle auf der anderen Straßenseite.

Ryan brauchte mehr als eine Minute, um einen schwarzen SUV in den Büschen auszumachen. Das Ding war praktisch unsichtbar.

„Wie, zum Teufel, hast du den bemerkt?", fragte er, verbesserte sich aber sofort. „Ach, will ich gar nicht wissen."

Die Frage war wirklich dämlich. Marc besaß die Sinne einer Raubkatze.

„Sind das die Brandstifter?", fragte er stattdessen.

Marc schüttelte den Kopf. „Entweder die örtlichen Cops oder eine private Sicherheitsfirma. Ich tippe auf eine Sicherheitsfirma. Die Cops würden auf Patrouille mal vorbeischauen, nicht im Gestrüpp Wache schieben. Außerdem fährt die Polizei keine SUVs. Morano hat jetzt vermutlich Todesangst. Er muss jemanden engagiert haben, um sein neues improvisiertes Büro im Auge zu behalten." Marc überlegte. „Wir müssen sie ablenken."

Er zog sein Handy hervor und rief Casey an. „Ich bin's", sagte er ohne Vorrede. „Wir haben hier draußen Gesellschaft. Ein schwarzer SUV." Er teilte Casey den genauen Standort mit. „Ruf den Notruf an, und melde anonym ein verdächtiges Fahrzeug. Wenn die Cops auftauchen, um nachzusehen und die Insassen zu befragen, schleichen wir uns in den Anhänger. Bis sie wieder abziehen, sind wir längst verschwunden."

„Sind wir das?", fragte Ryan ungläubig, nachdem Marc die Verbindung unterbrochen hatte.

„Aber sicher." Beide blieben unten. „Sobald die Polizei da ist, folgst du mir. Ich knacke das Schloss, du installierst Gecko. In höchstens drei Minuten sind wir wieder weg."

Nach kaum fünf Minuten raste ein Streifenwagen die Straße entlang und hielt hinter dem SUV.

Marc wartete, bis einer der beiden Uniformierten aus dem Wagen gestiegen war und mit dem Rücken zu ihnen vor dem SUV stand.

„Das ist unser Einsatz", flüsterte er Ryan zu. „Los."

Sie liefen zu dem Wohnwagen. Marc brauchte keine halbe Minute für das Schloss, dann waren sie drin.

„Ich passe auf", sagte Marc und linste aus dem Seitenfenster. „Mach hin."

Ryan sah sich schnell um, fand eine Stelle an der Decke, von wo Gecko aus das größte Blickfeld hatte. Perfekt. Er stieg auf Moranos Schreibtisch, zog die Holzfurnier-Verkleidung heraus, brachte Gecko in Position und klemmte das Furnier wieder davor. Durch eine winzige Lücke konnte die Minikamera den ganzen Raum erfassen.

„Erledigt", flüsterte er.

Marc stand wie eine Statue am Fenster, ohne ein Geräusch von sich zu geben. Jetzt standen beide Cops vor dem SUV, überprüften wahrscheinlich die Papiere. „Gut", sagte er, ohne sich umzudrehen. „Hauen wir ab."

Sie schlichen aus der Tür, und sobald sie draußen waren, schloss Marc wieder ab, sodass der Einbruch nicht bemerkt werden konnte.

Aber eine kleine Sache musste noch erledigt werden.

Ryan befestigte die unbedingt notwendige Black Box, die Geckos Signale übertrug, an einem seiner Stiefel und kletterte geräuschlos auf einen Handymast in der Nähe, durch den Wohnwagen vor Blicken der Polizisten oder der Insassen des SUV geschützt. Die Black Box installierte er oben auf dem Mast, wo niemand sie bemerken konnte.

Von nun an konnte *Forensic Instincts* alles sehen oder hören, was Morano sagte und tat.

Leise und ohne Licht rollten sie davon, bis sie wieder auf der Hauptstraße waren. Erst hier machte Ryan die Scheinwerfer an, beschleunigte auf normale Geschwindigkeit und steuerte den Van um die Bucht herum zur anderen Seite, wo Fentons Jacht in dem Trockendock lag.

Während Ryan nach einem Versteck für den Van suchte, schlüpfte Marc in einen dunkelgrünen Parka. Darin würde er kaum auffallen, aber anders als in Schwarz auch keinen Verdacht erregen. Bei diesem zweiten Einbruch wollte er wie ein ganz gewöhnlicher Typ wirken, der abends mit seinem Hund spazieren geht.

Ryan parkte auf einem heruntergekommenen Gelände ein paar Hundert Meter von dem Jachthafen entfernt.

„Viel Spaß euch beiden", sagte er und zeigte auf Hero. „Ich werde hinten sitzen und ein bisschen richtige Arbeit erledigen, während ich auf euch warte."

„Ich bin froh, dass du mir den einfachen Teil überlässt", schoss Marc zurück und zog den Reißverschluss hoch.

Ryan grinste. Marc verschwendete sowieso keine Zeit darauf, sich Sorgen zu machen. Er machte einen Plan und führte ihn aus.

Marc legte Hero an die Leine und schnallte einen Rucksack mit den Sachen um, die er brauchen würde.

Ryan gab ihm eine Zeichnung des Docks. „Da kannst du erkennen, wo die Überwachungskameras sind."

„Prima. Hero und ich werden uns schon nicht erwischen lassen."

„Es gibt einen Zaun um die ganze Marina, und in der Kabine am Eingang sitzt ein Wachposten." Ryan musterte die Anlage besorgt. „Das Trockendock muss irgendwo ganz hinten direkt am Wasser sein. Mit Hero kannst du nicht einfach über den Zaun klettern. Vielleicht sind auch noch andere Wachleute irgendwo. Das wird nicht so einfach wie der Anhänger gerade eben."

„Hab ich auch nicht angenommen." Marc bedeutete Hero, direkt bei ihm zu bleiben. „Was immer da passiert, ich werde schon damit fertig. Kümmer du dich um deinen Computerkram. Bis nachher."

„Okay. Bis nachher."

Marc spazierte den Weg entlang, als würde er mit Hero Gassi gehen, und warf einen Blick auf den Wachmann in seiner Kabine. Der Kerl schien zu schlafen, er hatte die Füße auf dem Tisch und das Kinn auf der Brust. Er war kein Hindernis.

Das Vorhängeschloss am Tor bereitete ihm auch keine Schwierigkeiten.

Er schob das Tor gerade so weit auf, dass er mit Hero hindurchpasste, und ließ das Schloss hängen, sodass der Wachmann nichts bemerken konnte.

Marc und Hero liefen an den Docks entlang, wichen anhand von Ryans Zeichnung den Überwachungskameras aus und kamen ohne Zwischenfall bis zu dem Trockendock.

Davor saß natürlich ein weiterer, untersetzt wirkender Posten. Er sprang auf, kaum hatte er Marc und Hero erblickt, die nachlässig auf ihn zuspazierten.

„Wer, zum Teufel, sind Sie, und was wollen Sie hier um diese Zeit?"

„Bloß ein Mechaniker." Marc überzeugte sich aus den Augenwinkeln, dass sonst niemand in der Nähe war. „Mr Fenton hat gesagt, ich soll mir auf seiner Jacht was ansehen."

„Davon weiß ich nichts." Er fummelte nach seinem Handy. „Warten Sie einen Augenblick. Ich muss das eben überprüf..."

Er kam nicht dazu, den Satz zu vollenden.

Marc legte dem Wachmann den Arm um den Hals und drückte mit dem Daumen auf seine Halsschlagader. Mit der anderen Hand drückte er seinen Hals in die entgegengesetzte Richtung. Der Mann verlor nach einigen Sekunden das Bewusstsein. Vorsichtig ließ Marc ihn auf den Boden sinken und schleifte ihn an die Mauer, wo er nicht gesehen werden konnte. Dann fesselte er die Hand- und Fußgelenke und stopfte ihm ein Tuch in den Mund – nur für den Fall, dass der Posten wieder zu sich kommen sollte, bevor Marc weg war.

Hoffentlich brauchte er nicht lange.

Das Schloss des Gebäudes war fast genauso leicht zu knacken wie das am Tor.

Drin war es dunkel, nur etwas schwaches Mondlicht drang durch eine Dachluke. Es reichte gerade, um den Umriss des Schiffes zu erkennen. Marc holte eine Taschenlampe aus dem Rucksack. Die Jacht war ziemlich eindrucksvoll, stromlinienförmig, weiß, fast dreißig Meter lang, an den Seiten stand *Lady Luck* in schwungvollen Buchstaben. Ein passender Name für Fentons besonderen Schatz.

Marc verschwendete keine Sekunde. Er hob Hero hoch und schleppte seine ganzen fünfundvierzig Kilo die Leiter hinauf, über die Reling, dann setzte er den Bluthund auf dem Hauptdeck der Jacht ab.

Sie inspizierten den Wohnbereich, konzentrierten sich vor allem aufs Bad und fanden schnell ein paar von Fentons persönlichen Gegenständen – einen Rasierapparat und ein paar Badehosen. Marc ließ Hero daran schnüffeln und verstaute sie in seinem Rucksack.

Dann holte er die Geruchsproben von Paul Everett heraus und ließ Hero auch daran schnüffeln. Der Hund hob den Kopf und stürmte in die Kombüse. Dort setzte er sich hin, kratzte am Boden und weigerte sich, sich vom Fleck zu rühren.

Na bitte. Marc wusste Bescheid. Paul Everett war auf dieser Jacht gewesen, und Fenton hatte nie etwas davon erwähnt. Flüchtige Bekannte, die geschäftlich miteinander zu tun, aber sich noch nicht geeinigt hatten? Wer's glaubt …

Marc gab Hero eine Leckerei und führte ihn über das Hauptdeck bis zu der Leiter, die hinauf zur Brücke führte. Hier befand sich nicht nur das Steuerrad, sondern es gab auch alle möglichen elektronischen Navigationsgeräte.

Marc fand sofort, was er suchte.

Er fuhr die Sailor-Broadband-Anlage hoch und wartete, bis das System einen Satelliten gefunden hatte. Dann nahm er ein Ethernet-Kabel aus seinem Rucksack, verband das eine Ende mit seinem Laptop und das andere Ende mit der Wandbuchse über der Mahagoni-Tischplatte, die als Fentons Arbeitsplatz auf See zu dienen schien. Als alle Anzeigen grün leuchteten, fuhr er den Laptop hoch und verschaffte sich Zugang zum Hauptmenü.

Marc sah sich alle Anrufe und SMS an, die Fenton von hier aus getätigt oder empfangen hatte, und lud das alles auf den Laptop, damit Ryan es später auswerten konnte.

Als er die Telefonliste überflog, stutzte er plötzlich. Ein interessanter Eintrag fiel ihm ins Auge: *Big Money*.

Eine Nummer mit der Vorwahl 870, die ihm nichts sagte.

Er klickte ein paar Mal herum, bis er mit *Big Money* Verbindung aufnehmen konnte, und ließ sich eine kryptische Nachricht einfallen, die nur aus einem Wort bestand:

Status?

Er klickte auf „Senden" und wartete. Nach kurzer Pause kam eine Antwort:

Was machen Sie denn auf dem Boot? Dachte, es wäre über den Winter auf dem Trockendock.

Marc überlegte, wie Fenton auf so eine Frage reagieren würde.

Geht Sie gar nichts an. WAS IST IHR STATUS?

Die Antwort bestätigte ihm, dass er richtig getippt hatte.

Entschuldigung. Alle Container geborgen. Auf dem Weg nach Bayonne.

Marc musste zweimal hinsehen. Dann tippte er eine abschließende Nachricht:

Gut. Ende.

Geborgene Container? Nach Marcs Erfahrung konnte das verschiedene Möglichkeiten bedeuten – aber jede einzelne würde Fenton für sehr, sehr lange Zeit hinter Gitter bringen.

Als Marc die Hecktür des Vans aufriss und Hero hineinspringen ließ, hockte Ryan in der Ladefläche, voll auf den Bildschirm konzentriert.
   „Hey." Ryan riss den Kopf hoch. „Wie ist es gelaufen?"
   „Nicht schlecht." Marc bedeutete ihm, sich wieder ans Steuer zu setzen. „Du musst dir eine Anruferliste ansehen. Dann müssen wir noch drei Zwischenstopps einlegen. Als Erstes holen wir Claire in Westhampton Beach ab."
   „Und als Zweites – stattest du Fenton einen Besuch ab."
   „Exakt. Und danach Mercer. Wird wirklich langsam Zeit, dass wir die Ratten aus ihren Löchern scheuchen."

Dreißig Minuten nachdem Marc wieder von der Jacht geklettert war, kreuzte der Kapitän der *Big Money* gerade unter der Verrazano Narrows Bridge, als sein Display anzeigte, dass er eine weitere Nachricht erhalten hatte. Er drückte „Eingang" auf dem Touchscreen und las:

Fenton (mobil).

Wieso sollte Fenton ihm schon wieder eine Nachricht schicken, diesmal vom Handy? Eben auf der *Lady Luck* hatte er doch klargestellt, dass er die Verbindung beendete, was zwischen den Zeilen hieß: *Belästigen Sie mich nicht weiter.*

Hektisch öffnete der Kapitän die neue Nachricht – und geriet in Panik, als er Fentons Anfrage las:

Status?

Er zögerte keine Sekunde. „Goddfrey", rief er seinen Ersten Maat. „Ruf sofort Fenton über Handy an. Wir haben einen Notfall."

25. KAPITEL

Fenton erwartete Marc bereits, als der Van vor dem schmiedeeisernen Tor seines Anwesens ankam.

Er schob den Vorhang ein bisschen beiseite, um zu beobachten, wie die sich nähernden Scheinwerfer seinen Rasen in ihr Licht tauchten. Inzwischen machte er sich ernsthaft Sorgen. Er wusste nicht genau, ob Marc Devereaux in den Besitz wirklich gefährlicher Informationen gelangt war, aber was man ihm bisher mitgeteilt hatte, klang schlimm genug. Dieses Gespräch würde sich nicht wie letztes Mal auf ein harmloses gegenseitiges Abtasten belaufen, sondern zu einer hässlichen Auseinandersetzung werden.

Er hätte seinen Anwalt herbeizitieren können, aber dadurch hätte er erst recht schuldig gewirkt.

Er holte tief Luft und bereitete sich auf alles vor.

Der Van hielt vor dem Gebäude.

„Soll ich mit reinkommen?", fragte Ryan.

„Nein." Marc schüttelte den Kopf. „Mach du lieber mit deinen Recherchen weiter, und gib Hero was zu fressen. Der muss fast am Verhungern sein. Was Fenton angeht, werden wir am meisten erreichen, wenn ich da einfach reinmarschiere und ihn mit unserer Hellseherin überrasche. Da wird er ausflippen."

„Da flippt jeder aus, nicht wahr, Claire-voyant?", neckte Ryan.

Claire hob die Brauen. Das war das erste Mal, dass Ryan sich normal zu ihr verhielt, seit … na ja, seitdem halt. „Nicht jeder", erwiderte sie. „Aber du immer."

Ryan sah sie im Rückspiegel an. „*Ausgeflippt* würde ich nicht gerade sagen. Eher erst *fasziniert*, dann *frustriert*."

Claire schluckte. „Immerhin ein Fortschritt gegenüber *ablehnend*."

„Na ja, Menschen verändern sich. Obwohl ich immer noch nicht daran glaube, dass man mit leblosen Gegenständen kommunizieren kann."

„Und was ist mit Gecko?"

„Der ist doch sehr lebendig. Er drückt sich nur in anderen Sprachen aus als wir."

„Das ist bei persönlichen Gegenständen von Menschen genau dasselbe."

„Entspannt euch", unterbrach Marc. „Holen wir erst mal die Wahrheit aus Fenton heraus. Und aus Mercer. Dann könnt ihr ja mit euren Spielchen weitermachen."

„Gute Idee", meinte Claire. „Das wird sicher hochinteressant."

„Dreh bloß nicht durch, wenn ich mir den Knaben vornehme", warnte Marc. „Damit meine ich, ihn mir *ernsthaft* vornehme."

„Du meinst, du willst ihn zusammenschlagen?" Sie zuckte mit den Schultern. „Wenn es Justin helfen kann, tu dir keinen Zwang an. Ich bin viel abgebrühter, als ihr Burschen denkt."

Ryan hüstelte, sagte aber nichts. „Viel Glück", meinte er nur. „Macht ein Video, wenn du dem Kerl in den Arsch trittst."

„Aber klar", erwiderte Marc gut gelaunt. „Du hast doch dein Handy dabei, Claire, oder?"

Ein Butler geleitete Claire und Marc in das Arbeitszimmer, wo Fenton hinter seinem Schreibtisch saß. Er stutzte, als er Claire erblickte.

„Wir haben uns hier im Krankenhaus schon mal gesehen", erinnerte er sich und musterte sie.

„Da haben Sie recht. Claire Hedgleigh ist der Name."

„Richtig." Fenton gab sich alle Mühe, nicht beunruhigt zu wirken, aber er war eindeutig aus dem Konzept gebracht. Er wusste, wer und was Claire war.

Er schob ein paar Papiere auf dem Tisch herum und zischte dem Butler Anweisungen zu. „Machen Sie die Tür hinter sich zu. Ich möchte nicht gestört werden – von nichts und niemandem."

„Sehr wohl, Sir." Der dünne Mann, der sich erkennbar unwohl in seiner Rolle fühlte, zog sich zurück.

„Warum haben Sie Ms Hedgleigh mitgebracht?", wollte Fenton von Marc wissen. „Sie war doch gar nicht dabei, als Sie mit Ihrem Bluthund auf meinem Boot eingebrochen sind."

„Ich weiß nicht, wovon Sie reden." Marcs Gesicht blieb völlig ausdruckslos. Er sah sich in dem Zimmer um. „Ich kann nur hoffen, dass Sie nicht so blöd sind, diesen Raum verwanzt zu haben. Was Sie zugeben oder nicht zugeben werden, ist viel belastender als alles, was ich sagen kann."

„Hier gibt es keine Wanzen. Ich bin kein Spion, Devereaux, sondern ein ganz gewöhnlicher Mensch."

„Ein gewöhnlicher Mensch?" Marc hob eine Braue. „So würde ich Sie nicht gerade beschreiben. Claire ist eine Kollegin von mir, die Men-

237

schen sehr gut beurteilen kann. Ich vertraue ihr und habe sie deshalb gebeten mitzukommen."

„Sie ist eine Hellseherin."

„Ja, das bin ich", bestätigte Claire. „Ich nehme alle möglichen Energien wahr, gute ebenso wie schlechte."

„Mit solchem Zeug wie schlechter Energie wird man Sie vor Gericht nur auslachen", sagte Fenton.

„Ich habe nicht vor, dort als Sachverständige aufzutreten. Wieso? Meinen Sie, ich könnte Veranlassung dazu haben?"

Marc musste ein Grinsen unterdrücken. Diese Seite von Claire kannte er noch gar nicht, aber sie war verdammt gut.

„Hören wir auf, um den heißen Brei herumzureden." Fenton legte beide Hände flach auf den Tisch. „Ich weiß genau, was heute Nacht vorgefallen ist. Der Posten ist wieder zu sich gekommen. Wirklich nett von Ihnen, dass Sie ihm den Knebel rausgezogen und die Fesseln gelockert haben, damit er nicht erstickt und sich selbst befreien konnte. Da waren Sie natürlich längst verschwunden, aber er hat sofort mich angerufen und Sie und den Köter bis ins Kleinste beschrieben."

„Woraufhin Sie aber nicht die Polizei gerufen haben." Marc betrachtete ihn nachdenklich. „Interessant. Wenn so etwas auf meinem Besitz passiert wäre, hätte ich sofort zum Hörer gegriffen. Aber ich bin ja auch kein krimineller Drecksack wie Sie."

Marc tippte Claire auf die Schulter und zeigte auf das Foto mit dem Marmorrahmen an der Wand. „Das da ist das Schiff, von dem ich dir erzählt habe", sagte er in beiläufigem Konversationston. „Heißt *Big Money*. Ganz schön eindrucksvoll, oder? Legt regelmäßig in Fentons Docks in Bayonne an. Birgt Container aus dem Meer. Der Name ist echt passend. Es bringt richtig großes Geld rein – ist doch so, Fenton, oder?"

Fenton fuhr sich mit der Zunge über die Lippen. „Alle meine Gesellschaften sind sehr erfolgreich."

„Das glaube ich Ihnen aufs Wort. Illegale Fracht bringt die Kassen zum Klingeln."

„Sie wissen doch gar nicht, wovon Sie reden."

„Oh doch, das tue ich. Wirklich ein hübscher Deal. Ihre Schiffe sind sowieso da draußen und pflügen den Meeresboden um. Wieso also nicht gleichzeitig der Mafia ein bisschen unter die Arme greifen und ein bisschen was dazuverdienen?" Marc trat bedrohlich auf ihn zu. „Haben Sie so etwas auch mit dem Fährdienst zu dem neuen Hotel vor? Ist das Ihr Deal mit der Mafia? Deren illegale Waffen und Drogen ins Land zu schmuggeln, während Sie offiziell nur Touristen hin- und herbefördern? Hat es deshalb so lange gedauert, bis Sie diese Verträge mit Morano unterschrieben haben – weil Sie erst noch die Einzelheiten mit der Mafia ausarbeiten mussten, während er gleichzeitig von der Mafia erpresst wurde?"

Fenton war kalkweiß geworden.

„Aber irgendwie ging das nach hinten los, nicht wahr? Als Morano es sich nicht mehr leisten konnte, die Mafia zu bezahlen, haben sie sein Büro niedergebrannt. Dabei hätte jemand zu Tode kommen können. Mit Mord wollten Sie eigentlich nichts zu tun haben, schätze ich."

„Ich höre mir das nicht länger an", bellte Fenton. „Sie haben nicht den geringsten Beweis für diese ungeheuerlichen Anschuldigungen."

„Glücklicherweise brauche ich auch gar keine." Marcs Stimme wurde leiser, bedrohlicher. „Es ist nicht meine Aufgabe, Sie vor Gericht zu bringen, ob ich das nun möchte oder nicht. Ich bin kein Gesetzeshüter, ich arbeite für *Forensic Instincts*. Mein Job ist, Paul Everett zu finden. Wie sich herausstellt, ist er unmittelbar vor seinem Verschwinden auf Ihrer Jacht gewesen, der *Lady Luck*. Und dafür habe ich einen Beweis. Einen soliden, gerichtsverwertbaren Beweis." Damit dehnte Marc die Wahrheit bis zum Äußersten – aber es funktionierte.

„Also waren Sie auf meiner Jacht", platzte Fenton heraus. „Das haben Sie gerade selber zugegeben."

„Wieso? Weil ich den Namen kenne? Das ist eine öffentlich zugängliche Information, Fenton." Marc lehnte sich bedrohlich über den Tisch. „Wollen Sie etwa abstreiten, dass Everett auf der Jacht gewesen ist?"

Fenton rollte mit dem Stuhl zurück. „Natürlich nicht. Wir hatten dort mal eine Besprechung."

„Die Sie bisher nicht erwähnt haben?"

„Warum hätte ich das erwähnen sollen? Sie haben gefragt, ob Everett und ich geschäftlich miteinander zu tun hatten. Hatten wir. Wir haben uns mehrmals zu Besprechungen getroffen. Einmal auch auf meiner Jacht. Soweit ich weiß, ist das kein Verbrechen."

„Ist Everett hinter Ihre Machenschaften gekommen? Musste er deshalb verschwinden? Hat die Mafia das angeordnet, oder waren Sie es selbst?"

Fentons Pupillen weiteten sich. „Glauben Sie, ich hätte Paul Everett umgebracht?"

„Vielleicht, vielleicht auch nicht. Vielleicht haben Sie einfach nur dafür gesorgt, dass er Ihnen nicht mehr in die Quere kommen konnte."

Fenton begann, stark zu schwitzen. „Das Kind meiner Nichte – mein Großneffe – liegt im Sterben. Seine einzige Hoffnung ist sein Vater. Sie können doch nicht ernsthaft annehmen, dass ich ihm diese Überlebenschance vorenthalten würde?"

„Als Paul Everett verschwand", warf Claire ein, „war Justin noch gar nicht geboren. Es könnte also längst zu spät gewesen sein, als Ihnen klar wurde, dass sein Vater für Justin lebenswichtig ist." Sie schürzte die Lippen. „Sie strahlen eine sehr finstere Energie aus, Mr Fenton. Finster und hässlich. Sie sind ein verachtungswürdiger Mensch."

Fenton fuhr sich mit beiden Händen durchs Haar. „Das ist doch alles krank. Ich habe niemanden umgebracht. Ich habe auch nicht Paul Everett irgendwo versteckt. Ich habe keine Ahnung, was mit ihm passiert ist oder wer dahintersteckt. Ich war es jedenfalls nicht."

Marc fand es an der Zeit, ein bisschen körperlichen Einsatz an den Tag zu legen.

Er packte Fenton am Kragen und zog ihn über den Tisch. „Was hat Everett herausgefunden, als er auf Ihrem Boot war? Hat er etwas gehört, das er nicht hören sollte? Und daraus bestimmte Schlüsse gezogen? Oder ist er über etwas Konkretes gestolpert – zum Beispiel diese Container? Raus damit, Sie Schwein, oder Sie werden sich wünschen, Sie wären nie geboren worden."

Fenton wollte sich mit aller Macht befreien, aber gegen Marc hatte er keine Chance.

„Lassen Sie mich los!"

„Ich fange gerade erst an. Bis jetzt könnte nur Ihr Maßanzug was abkriegen. In ein paar Sekunden sind Sie selber dran. Und jetzt reden Sie." Marc schüttelte ihn. „Was ist passiert, als Everett bei Ihnen auf dem Boot war?"

„Gar nichts." Fenton bekam langsam wirklich Angst. „Wir haben über das Hotel geredet. Und über Amanda."

„Wie rührend. Bestimmt hat er Ihnen seine innersten Gefühle gebeichtet." Marc riss ihn am Kragen, bis Fenton halb auf dem Tisch lag. „Das ist doch alles Blödsinn. Sie haben mit Everett nicht über sein Privatleben gesprochen. Er wollte Sie die ganze Zeit dazu bringen, ihn

240

bei seinem Hotelprojekt zu unterstützen. Aber Sie haben ihn dauernd auf Abstand gehalten. Genau wie Morano und aus demselben Grund. Wie viel haben Sie abgekriegt von den zwanzig Riesen, die beide alle sechs Wochen an die Mafia gezahlt haben?"

„Nichts habe ich gekriegt. Ich wusste gar nicht ..."

Marc schoss um den Tisch herum, nagelte Fenton an die Wand, drückte ihm den Ellbogen in die Kehle. „Und ob Sie was gekriegt haben. Sie wussten alles, von Anfang an. Genauso wie Sie immer aus allem Ihren Profit ziehen. Also, soll ich Ihnen ernsthaft was antun, oder fangen Sie endlich an zu reden?"

Fenton starrte Claire über Marcs Schulter angsterfüllt an. „Stehen Sie einfach da rum und lassen zu, dass dieser Barbar mich angreift?"

„Hm." Claire schürzte die Lippen, als würde sie tatsächlich darüber nachdenken. „Ach, doch", meinte sie. „Ich glaube, das werde ich."

„Ich gebe überhaupt nichts zu", keuchte Fenton, als Marc den Druck seines Ellbogens verstärkte. „Außer dieser einen Unterredung auf meiner Jacht. Aber ich schwöre, mit Paul Everetts Verschwinden habe ich überhaupt nichts zu tun."

„Wer dann?"

„Das weiß ich nicht. Manchen Leuten stellt man solche Fragen nicht."

„Ja, Sie wahrscheinlich nicht." Marc schmiss Fenton zu Boden wie einen Müllsack. „Aus Ihnen würde ich gern mal die Scheiße rausprügeln. Aber das bringt mich nicht weiter – jedenfalls nicht im Augenblick. Ich will nur Paul Everett finden. Und Sie haben bis jetzt keine Ahnung, wo er steckt. Aber das werden Sie herausfinden. Sie werden nämlich alle diese furchterregenden Leute fragen, die Sie kennen. Vielleicht haben Sie ja Glück, und die können Ihnen sagen, was ich wissen will."

Fenton starrte ihn von unten an. Der Schweiß lief ihm übers Gesicht. Er machte keine Anstalten aufzustehen. „Haben Sie auch nur die geringste Ahnung, was die mit mir machen, wenn ich denen so was vorwerfe? Oder auch nur danach frage?"

„Haben Sie die geringste Ahnung, was *ich* mit Ihnen mache, wenn Sie das nicht tun?" Marc beugte sich mit eiskaltem Blick über Fenton. „Ich bin von Uncle Sam ausgebildet worden. Wenn ich will, kann ich Sie jederzeit umbringen – ganz egal, wo Sie sich verstecken oder wen Sie zu Ihrem Schutz angeheuert haben. Wissen Sie, wozu ein SEAL

241

alles fähig ist? Bin Laden hatte nicht die geringste Chance. Und Sie haben schon gar keine. Also, besorgen Sie mir die Informationen, die ich brauche. Noch heute Nacht. Vielleicht lasse ich dann Gnade walten und breche Ihnen bloß ein paar Knochen, von denen Sie noch gar nicht wussten, dass Sie sie überhaupt haben. Und bloß so zum Spaß rufe ich hinterher anonym die Cops an und lasse Sie wegen Schmuggel ins Gefängnis schmeißen – und für eine ganze Latte anderer Verbrechen, von denen Sie noch gar nicht ahnen, dass ich darüber Bescheid weiß. Ich bin jetzt kein Gesetzeshüter mehr, aber ich war mal beim FBI. Ein einziger Anruf von mir, dann kümmern die sich um den Rest."

Damit wandte Marc sich ab und bedeutete Claire, ihm zu folgen. „Morgen früh melde ich mich. Sorgen Sie dafür, dass Sie mir sagen können, was ich wissen will."

„Okay, du bist wirklich zum Fürchten", kommentierte Claire auf dem Weg zum Van.

„Und du bist viel abgebrühter, als ich dachte." Er salutierte ironisch vor ihr. „Ich bin beeindruckt."

„Dieser Mann ist wirklich der reinste Abschaum", erwiderte Claire. „Jedes Mal, wenn du ihm etwas Neues vorgeworfen hast, blitzten bei mir Gewalt und schmutziges Geld auf. Nur wenn du nach Paul Everett gefragt hast, konnte ich gar nichts empfangen. Na ja, fast nichts. Ich bin ziemlich sicher, dass Paul wegen Fenton verschwunden ist, aber er selber hatte seine Hand nicht im Spiel."

„Das denke ich auch." Marc machte die Seitentür auf, damit Claire einsteigen konnte. „Ich bin nicht einmal sicher, ob er überhaupt weiß, an wen er sich mit seinen Fragen wenden soll. Aber er wird sich selbst das Hirn zermartern. Er wird eine entsetzliche, schlaflose Nacht verbringen – und sich dann in riesige Gefahr begeben. Wir erfahren von Ryan, wen er alles anruft. Damit kriegen wir eine Menge neue Spuren. Das muss uns vorerst reichen." Auch Marc stieg ein.

„Er wusste auch nicht, wo Everett steckt?", schloss Ryan aus den letzten Worten, die er mitbekommen hatte.

„Nein. Aber er wird sich den Arsch aufreißen, um es rauszufinden."

„Du hast also deine Trumpfkarte ausgespielt."

„Und ob."

„Musste viel Blut aufgewischt werden?"

„Gar keins." Claire grinste. „Marc weiß, wie man sauber arbeitet."

„Aber ihr habt erreicht, was ihr erreichen wolltet."

Marc nickte. „Sobald wir Paul Everett gefunden und das Baby unserer Klientin gerettet haben, sorge ich dafür, dass die Einzelheiten von Fentons Verbrechen in die richtigen Hände gelangen."

Ryan nickte. „Willst du trotzdem noch zu Mercer?"

„Unbedingt. Der Kongress hat jetzt Sitzungspause bis nächstes Jahr, also ist er zu Hause. Da wird es Zeit, dass wir uns mal unterhalten. Diesmal kannst du gerne mitkommen, wenn du willst – außer du bist gerade an was Wichtigem dran. Mercer muss nicht wissen, dass Claire unsere allwissende Hellseherin ist. Bei ihm habe ich ein anderes Vorgehen im Sinn."

„Kein Problem. Ich bin selbst ganz gut vorangekommen, während ihr da drin wart." Ryan fuhr los.

„Mit der Anruferliste?", fragte Marc.

„Noch nicht. Die kommt als Nächstes dran. Aber ich habe endlich eine Verbindung zwischen Paul Everett und John Morano gefunden. Seltsam, dass mir das bisher entgangen ist. Wie es aussieht, haben beide denselben Anwalt für ihre Immobiliengeschäfte."

„Das ist ja interessant." Marc dachte darüber nach. „Dieser Anwalt hat also für beide sämtliche Verträge für das Hotelprojekt aufgesetzt."

„Genauso ist es. Ich habe mir die Dokumente selbst auf dem Computer angesehen. Der Anwalt heißt Frederick Wilkenson. Er hat einen ausgezeichneten Ruf, eine saubere Weste und seine Kanzlei gleich hier in Southampton. Vielleicht sollten wir die Nacht in Amandas Apartment verbringen, damit ich ihn mir morgen mal ansehen kann. Sagen wird er allerdings nichts, sondern sich auf seine Schweigepflicht berufen."

„Natürlich. Aber es wird trotzdem gut sein, wenn du dir einen Eindruck von ihm verschaffst. Irgendwie ungewöhnlich, dass er sowohl Morano als auch Everett vertritt. Und dass du das trotz deiner tiefschürfenden Recherche erst jetzt herausfinden konntest, macht die Sache erst recht verdächtig. Während du diesen Wilkenson aufsuchst, ziehe ich bei Fenton noch mal meine Schau ab. Mal sehen, was er vor lauter Angst zustande gebracht hat."

„Klingt gut."

„Wir sollten erst sichergehen, dass wir im Büro nicht gebraucht werden", sagte Marc. „Nach unserem Schwätzchen mit Mercer rufen wir Casey an."

Casey war verdammt frustriert.

Sie hatte von ihren Bekannten bei der New Yorker Polizei rein gar nichts erfahren und auch nichts aus Detective Jones von der State Police herausbekommen. Zwar wusste er etwas, da war sie ganz sicher, seine Körpersprache hatte es ihr verraten. Aber offenkundig hatte ihm jemand befohlen, den Mund zu halten. Sie war nicht sicher, ob es sich dabei um seinen direkten Vorgesetzten handelte oder um jemand, der noch weiter oben saß. Jedenfalls hatte sie alles versucht, ohne jedes Ergebnis.

Dann war da noch Patricks Anruf bei seinem alten Kumpel von den U.S. Marshals. Wieder eine undurchdringliche Mauer. Dieser Freund hatte nicht bestätigt, dass Paul Everett im Zeugenschutzprogramm war, aber er hatte es auch nicht abgestritten. Was immer mit Paul Everett los war, die U.S. Marshals hatten ebenfalls Anweisung, den Deckel daraufzuhalten.

Nachdem er dort nichts erreicht hatte, musste Patrick die unangenehme Aufgabe hinter sich bringen, Amanda über ihren Onkel ins Bild zu setzen.

Verständlicherweise hatte sie das nicht gut aufgenommen. Patrick musste seine ganze Überredungskunst aufbieten, um sie davon abzuhalten, sofort Fenton anzurufen und auf Antworten zu bestehen. Zum Glück war er Claires Ratschlägen gefolgt, sodass Amanda sich schließlich beruhigte und zusicherte, sich auf Justin zu konzentrieren und es *Forensic Instincts* zu überlassen, Informationen aus ihrem Onkel herauszuholen.

Justin ging es zum Glück nicht schlechter. Leider ging es ihm auch nicht besser. Er hing immer noch an dem Beatmungsgerät und kämpfte mit der Lungenentzündung.

Es schien einfach nicht voranzugehen.

Zwischen Casey und Hutch standen die Dinge auch nicht zum Besten. Zwischen ihnen herrschte so dicke Luft, dass sie fast daran erstickte.

Als Casey nach oben ging, um sich kurz hinzulegen, bevor Marc Meldung machte, saß Hutch auf der Bettkante, die Finger unter dem Kinn verschränkt. Neben ihm stand seine halb gepackte Reisetasche auf dem Boden.

Casey blieb in der Tür stehen. „Du willst weg?"

Er wandte ihr das Gesicht zu. „Übermorgen muss ich wieder zurück sein. Ich versuche mich gerade zu entscheiden, ob es was bringt, wenn ich bis dahin noch hierbleibe. Ich würde dir ja gern helfen, aber ich befürchte, wir werden uns bloß gegenseitig an die Gurgel gehen."

Casey seufzte und schloss die Tür hinter sich. „Ich weiß, dass du wütend auf mich bist und dir gleichzeitig Sorgen um mich machst. Aber du verstehst auch, dass ich nicht anders kann. Du bist hin- und hergerissen, das verstehe ich. Aber diesen Streit haben wir schon ein Dutzend Mal ausgefochten. Ich will keine Ermittlungen des FBI behindern, sondern nur das Kind meiner Klientin retten. Wenn es da zu einem Konflikt kommen sollte, bleibt mir eben nichts anderes übrig, als deine Chefs beim FBI zu verärgern." Sie zögerte. „Wenn du mir mehr erzählen könntest, dann könnte ich es vielleicht vermeiden, denen in die Quere zu kommen."

„Du weißt, dass ich das nicht kann. Viel weiß ich ja sowieso nicht. Du hast ja gemerkt, dass man mich hinhält. Ich weiß nur, dass man beim FBI gar nicht über diesen Fall reden will. Was bedeutet, dass du es mit gefährlichen Leuten zu tun hast. Klar mache ich mir da Sorgen. Und verärgert bin ich auch. Du bist so verflucht dickköpfig. Es muss doch eine andere Möglichkeit geben, deiner Klientin zu helfen."

„Wenn dir eine einfällt, höre ich mir die gern an."

Hutch runzelte die Stirn. „Vielleicht fällt uns beiden zusammen eine ein."

„Wir können eine Menge Dinge zusammen machen, Hutch, aber das nicht. Es war schon ein Riesenfehler, dir überhaupt so viel zu erzählen. Das hast du jetzt alles dem FBI auf dem Silbertablett serviert. Dafür könnte ich dir eine scheuern. Und mir selbst auch, weil ich es zugelassen habe."

„Das verstehe ich." Hutch ließ frustriert Luft ab. „Und ich bin nicht sicher, ob es überhaupt einen Ausweg aus dieser verfahrenen Situation gibt. Egal, was du tust, es wird das Falsche sein. Es macht mich wahnsinnig, das ansehen zu müssen. Falls ich etwas mitbekomme, das ich lieber nicht erfahren sollte, wäre alles nur noch schlimmer – denn ich müsste es melden. Und deshalb halte ich es für das Beste, wenn ich gleich nach Quantico zurückkehre."

Casey nickte resigniert. „Ich verstehe schon. Ich mag das gar nicht, aber ich kann es verstehen."

Hutch erhob sich, ging zu ihr und strich ihr zärtlich über die Schultern. „Wir haben wirklich eine komplizierte Beziehung, was?"

245

„Das ist die Untertreibung des Jahres." Casey seufzte. „Hoffentlich bin ich das wenigstens wert."

„Oh ja, du bist es wert. Komplizierte Sachen habe ich schon immer gemocht."

Casey lächelte und sah ihm in die Augen. „Ich habe gerade nicht viel zu tun und wollte mal ein Nickerchen machen. Aber vielleicht könnte ich mich zu etwas anderem überreden lassen – wenn du ein bisschen später nach Virginia aufbrichst."

Ein sexy Lächeln umspielte seinen Mund. „Virginia? Wo ist das denn?"

26. KAPITEL

Anders als Fenton hatte Mercer das Team von *Forensic Instincts* überhaupt nicht erwartet.

Er wirkte verwirrt und bestürzt, als er die Tür aufmachte. „Gibt es einen Notfall?" Er war angezogen wie jemand, der es sich um Mitternacht zu Hause gemütlich machte, in Jogginghose und T-Shirt. „Eigentlich wollte ich gerade schlafen gehen."

„Tut uns leid, Sie um diese Zeit stören zu müssen, Herr Abgeordneter." Claire wollte dem überraschenden Besuch den Stachel nehmen. „Aber es ist tatsächlich wichtig, dass wir sofort mit Ihnen sprechen können. Sonst wären wir so spät nicht vorbeigekommen."

„Okay." Er ließ sie herein.

„Cliff? Ist alles in Ordnung?" Seine Frau Mary Jane kam in einem Morgenmantel eilig die Treppe herunter. Sie hatte den verängstigten Gesichtsausdruck einer Mutter, die sofort befürchtete, einem ihrer Kinder könnte etwas zugestoßen sein. „Was ist passiert?"

Marc ließ den Abgeordneten nicht aus den Augen. „Es ist eine dringende Angelegenheit. Wir müssen sofort mit Ihrem Mann reden."

„Ihren Kindern geht es gut", stellte Claire sofort klar. „Es hat nichts mit ihnen zu tun."

Mrs Mercer war erleichtert. „Und das kann nicht bis morgen warten?"

„Ich fürchte nicht."

„Ist schon gut, Schatz." Mercer bedeutete seiner Frau, wieder nach oben zu gehen. „Es wird schon nicht lange dauern. Und wenn es um Amanda Gleasons krankes Baby geht, möchte ich gern helfen."

„Natürlich." Sie wandte sich um und stieg die Treppe hoch.

„Gehen wir doch in mein Arbeitszimmer", schlug Mercer vor. „Da sind wir ungestört."

Alle drei nickten und folgten dem Abgeordneten in das geräumige Zimmer.

„Ich glaube, wir sind uns noch nicht begegnet", sagte Cliff Mercer zu Ryan.

„Das stimmt. Ryan McKay." Er streckte seine Hand aus. „Ich arbeite ebenfalls für *Forensic Instincts*."

Mercer nickte. „Also, nehmen Sie Platz, und verraten Sie mir, worum es geht. Wie geht's dem Baby?"

„Er hält durch", sagte Ryan vorsichtig. „Aber das könnte ganz schnell anders sein. Deshalb zählt jede Sekunde. Sein Vater ist noch immer seine beste Überlebenschance."

„Haben Sie denn schon eine Ahnung, wo Paul Everett stecken könnte?"

„Wir hoffen, bald einen Durchbruch erzielen zu können", übernahm Marc das Gespräch. Sie hatten geplant, dass er die Unterhaltung leiten sollte.

„Wie kann ich helfen?"

„Indem Sie uns etwas über Lyle Fenton erzählen."

Cliff versteifte sich. Damit hatte er offenkundig nicht gerechnet. „Lyle? Was wollen Sie denn über ihn wissen?"

„Alles. Wir kommen gerade von ihm."

Mercer war inzwischen auf der Hut. „Und?"

„Und es war nicht sehr angenehm. Wir haben auch nicht viel in Erfahrung bringen können. Nur dass Paul Everett kurz vor seinem Verschwinden auf Fentons Jacht gewesen ist."

Mercer riss die Augen auf. „Sie haben Lyle in Verdacht, dass er etwas mit Everetts Verschwinden zu tun haben könnte?"

„Und Sie?"

„Ich? Nein, selbstverständlich nicht. Lyle Fenton ist ein Freund von mir."

„Ja, das wissen wir." Marc ließ nicht locker. „Er hat Ihren Wahlkampf finanziert. Und jetzt verlässt er sich darauf, dass Sie ihm helfen."

Nun kniff Mercer die Augen zusammen. „Was wollen Sie damit andeuten?"

„Nichts, das nicht der Wahrheit entspricht. Fenton hat Sie in der Tasche. Das wissen wir. Offen gesagt, interessiert uns das überhaupt nicht. Aber für Sie ist es natürlich schon von Bedeutung." Mercer wollte protestieren, doch Marc brachte ihn mit einer Handbewegung zum Schweigen. „Machen Sie sich gar nicht erst die Mühe, es abzustreiten. Wir sind nicht auf Ihren Kopf aus. Aber wir brauchen ein Druckmittel, um das Baby zu retten."

„Was denn für ein Druckmittel?" Mercer wurde langsam ärgerlich.

„Alles, was Sie über Fenton wissen, könnte uns helfen, Paul Everett zu finden. Wie schon gesagt, wir wollen niemandem etwas anhängen. Wir sind nur auf Informationen aus."

„Das soll also eine Erpressung sein." Mercer blickte ihnen nachein-

248

ander in die Augen. „Und womit? Mit der Tatsache, dass Lyle Fenton und ich für die Zukunft meines Wahlkreises einige übereinstimmende Ziele haben und dass ich meinen Einfluss im Kongress dafür nutze, diese Ziele voranzutreiben? Das dürfte auf so ziemlich jeden Politiker zutreffen, den ich kenne."

„Außer dass es in Ihrem Fall einen besonderen Grund dafür gibt, dass Sie Fentons Ziele vorantreiben. Er ist Ihr Vater."

Mercer zuckte zusammen, als hätte er einen Schlag abgekriegt. Alle Farbe wich aus seinem Gesicht. Er war sprachlos.

„Und das macht die Sache zu einem Skandal ganz eigener Art", fuhr Marc fort. „Also, bevor Sie antworten, überlegen Sie sehr gut, was Ihnen am wichtigsten ist."

„Wer weiß sonst noch davon?", fragte Mercer geradeheraus.

„Wir haben es nicht herumerzählt. Und das haben wir auch nicht vor – außer natürlich, Sie zwingen uns dazu. Erzählen Sie uns einfach alles, was Sie über Fenton wissen, die Leute, mit denen er umgeht, illegale Aktivitäten, in die er verwickelt ist – alles, was uns zu Paul Everett führen könnte."

Mercer atmete erschöpft aus. „Ich achte gezielt darauf, mich von Lyles sonstigen Aktivitäten fernzuhalten. Ganz ehrlich, ich will solche Sachen von ihm gar nicht wissen, die Sie jetzt von mir hören wollen, und deshalb stelle ich keine Fragen. Daher kann ich Ihnen auch nichts sagen. Wollen Sie aufgrund dessen der Welt verkünden, wer in Wirklichkeit mein Vater ist?"

„Nein", sagte Claire schnell. „So etwas hätten Sie nicht verdient."

Marc und Ryan sahen sie verblüfft an.

„Er sagt die Wahrheit", teilte sie ihnen mit. „Er ist schwach, und das nutzt Fenton zu seinem Vorteil aus. Er hat eine ganz gute Vorstellung, wozu sein leiblicher Vater fähig ist, deshalb will er nichts damit zu tun haben. Wie ich sagte, er ist ein schwacher Mann, aber kein schlechter Mann. Vor allem hat er nicht die geringste Ahnung, was Paul Everett zugestoßen ist oder wo er sein könnte. Es bringt uns gar nichts, seine Karriere zu ruinieren. Er kann uns nicht weiterhelfen." Sie erhob sich. „Gehen wir."

Marc zögerte, doch dann nickte er knapp. „Sie haben wirklich Glück, dass ich solches Vertrauen in die Fähigkeiten meiner Kollegin habe, Herr Abgeordneter", sagte er. „Ich würde Sie nicht so schnell in Ruhe lassen, wenn sie nicht absolut sicher wäre."

„Sie hat recht." Mercer war sichtlich dankbar und erleichtert. „Ich stelle mich bei vielen Sachen blind, aber nicht bei Gewalt oder gar Mord. Ich bin selbst Vater. Ich liebe meine Kinder. Ich würde mich der Suche nach dem Vater von Amanda Gleasons Kind niemals in den Weg stellen. Schon gar nicht unter diesen Umständen." Er hielt inne. „Glauben Sie wirklich, dass Lyle etwas mit seinem Verschwinden zu tun hat?"

„Es sieht jedenfalls mehr und mehr danach aus", erwiderte Marc.

„Dann halte ich mal die Ohren offen. Wenn Lyle irgendetwas sagt oder tut, von dem ich meine, dass Sie es wissen sollten, rufe ich Sie an."

Marc und Ryan warfen Claire einen Blick zu. Claire nickte.

„Dann wollen wir Sie nicht länger aufhalten", sagte Marc und erhob sich. „Danke, dass Sie uns empfangen haben, Herr Abgeordneter. Gute Nacht."

Casey setzte sich im Bett auf, um Marcs Anruf entgegenzunehmen, und hörte genau zu. „Dann können wir Mercer als Verdächtigen streichen. Zurück zu Fenton. Du glaubst, Paul könnte so etwas herausgefunden haben?", fragte sie möglichst undeutlich und leise, um Hutch nicht aufzuwecken – falls er nicht sowieso wach war. „Und deshalb musste man ihn loswerden?"

„Oder er ist rechtzeitig untergetaucht", erwiderte Marc. „Es ist möglich, dass er verschwand, weil er um sein Leben fürchtete."

„Und jetzt versteckt er sich so gut, dass nicht einmal das FBI ihn finden kann?"

„Das ist schon vorgekommen, wie du weißt. Selbst Leute, die auf der Most-Wanted-Liste des FBI stehen, sind davongekommen und bis heute nicht geschnappt worden. Everett könnte überall sein. Schließlich hat Amanda ihn kein halbes Jahr lang gekannt. Er kann alte Freunde oder entfernte Verwandte haben, sogar eine Frau, von deren Existenz sie überhaupt nichts ahnt."

„Und das FBI sucht nach ihm, um Beweise gegen Fenton zu bekommen."

„Das ergibt doch Sinn, oder nicht?"

„Ja, das tut es." Sie blickte zu Hutch, der langsam und gleichmäßig atmete. Aber das musste nichts heißen. „Äh, ich glaube, wir sollten weiterreden, wenn ihr zurück seid."

„Hutch ist bei dir", schloss Marc daraus. „Wie viel hat er mitbekommen?"

„Gar nichts. Er schläft. Aber ich will lieber kein Risiko eingehen. Seid ihr schon auf dem Heimweg?"

„Eigentlich wollen wir die Nacht über hierbleiben." Marc erklärte ihr, was Ryan über den gemeinsamen Anwalt von Everett und Morano herausgefunden hatte.

„Ryan sollte ihn mal aufsuchen", stimmte Casey zu. „Und du musst noch mal zu Fenton. Vielleicht hast du ihm ja genug Angst eingejagt. Wenn du jetzt wieder vor seiner Tür stehst, macht er sich wahrscheinlich in die Hose." Casey konnte ein Grinsen nicht unterdrücken. „Wäre ja nicht das erste Mal, dass einem Verdächtigen das bei dir passiert."

„Wie wahr." Marc klang nicht amüsiert, sondern ganz sachlich. „Und was hast du so vor?"

„Hutch reist morgen früh ab." Casey wusste, dass Marc nicht weiter nachfragen würde. „Sobald er weg ist, sehe ich im Krankenhaus nach Amanda. Sie hat gar nicht gut aufgenommen, was Patrick ihr mitteilen musste. Und nach dem, was du gerade gesagt hast, ist es sogar noch wichtiger, dass sie jetzt nicht ihren Onkel zur Rede stellt. Das könnte uns alles vermasseln."

„Das darf sie auf keinen Fall", stimmte Marc zu. „Wir könnten kurz vor einem Durchbruch stehen."

Falludscha, Irak

Es schüttete wie aus Eimern – was für ein ekelhafter, kalter Tag.

Regen war im Dezember in diesem Teil Iraks keine Seltenheit. Wenn man Glück hatte, nieselte es nur ein bisschen. Aber heute war das anders. Außerdem stürmte es, dass sich die Palmen bogen. Anders als zu Hause konnte der sandige Boden hier das Wasser nicht aufnehmen, sondern verwandelte sich in knietiefen Schlamm, durch den man lief wie in einem Fass Erdnussbutter. Um damit fertigzuwerden, hatte das Militär haufenweise Steine ausgelegt. Das half ein bisschen, aber seinen täglichen Lauf über fünf Meilen konnte er unter diesen Umständen vergessen.

Er schlurfte durchnässt zurück zu seiner Baracke, als ein Militärtransport hielt, einen einzigen Passagier absetzte und sofort weiterfuhr.

Die beiden Männer erkannten sich sofort. Vor fünfzehn Jahren hatten sie gemeinsam in derselben Infanteriebrigade gedient.

„Hallo, Paul", brüllte Gus Ludlock gegen den Wind an und winkte mit dem Arm.

Paul zog sich die Kapuze seines Regenmantels über den Kopf.

„Hey, Gus", rief er zurück. „Ich hatte keine Ahnung, dass du hier draußen bist."

„War ich bis vor Kurzem auch nicht." Sein alter Reservistenkumpel grinste. „Uns sagt man ja nie was. Na ja, wir unterhalten uns später. Ach, übrigens, anscheinend bist du berühmt geworden."

„Was?", fragte Paul verwirrt.

„Berühmt", wiederholte Gus. „Hab in der Botschaft ein YouTube-Video mit dir gesehen. Ton hab ich nicht mitgekriegt, weil ich gerade hier rausmusste. Aber so eine scharfe Brünette hat ein Foto von dir hochgehalten. Du musst irgendwas Tolles gemacht haben, von dem du vielleicht gar nichts weißt – das Video ist schon über eine Million Mal angeklickt worden."

In diesem Augenblick hätte eine Böe die beiden beinahe umgeworfen.

„Wir unterhalten uns später", schrie Gus und verschwand in der Baracke.

Paul stand sehr lange reglos da, nahm den Regen und den Schlamm gar nicht wahr und starrte ins Nichts. Von Anfang an hatte ihm dieser Trip in den Irak nicht gepasst. Mehr und mehr hatte er den Verdacht, manipuliert zu werden. An diesen gottverlassenen Ort geschickt zu werden, angeblich um Leute auszubilden. In einer vorgeschobenen Operationsbasis, die ständig von Anschlägen bedroht war. Ohne Zugang zum Internet, weil in der Nähe drei Soldaten umgekommen waren, deren Familien benachrichtigt werden mussten und die die traurige Nachricht nicht per Mail von Kameraden erfahren sollten. In einer Gegend, in der es so gut wie keinen Handyempfang gab – man hatte ihn effektiv von der Außenwelt abgeschnitten.

Und jetzt diese seltsame Neuigkeit.

Was immer man ihm da für ein Affentheater zumutete, er würde nicht länger mitspielen.

Als Veteran, der wusste, wie der Hase lief, hatte Paul keine besonderen Schwierigkeiten, ein paar Gefallen einzufordern. Einer seiner alten Kumpel fuhr ihn raus zu einem Hubschrauberlandeplatz, als das Wetter sich vorübergehend aufhellte. Der für die Einhaltung des Flugplans verantwortliche Sergeant erwartete ihn schon und setzte ihn in den ersten startenden Helikopter. Jemand würde sehr verärgert sein.

Paul war das völlig egal.

Eine halbe Stunde später war Paul wieder in Bagdad.

Ein anderer alter Kumpel fuhr ihn zurück zur Botschaft. Dort verschwendete Paul keine Sekunde, setzte sich an dessen Computer und rief YouTube auf. Er tippte seinen eigenen Namen in das Suchfeld und klickte das Video an.

Dreimal hintereinander sah er es sich an, bevor ihm wirklich klar wurde, was das zu bedeuten hatte. Erst war er schockiert, dann wie betäubt, schließlich außer sich vor Wut.

Er packte sein BlackBerry und versuchte, eine Verbindung zu bekommen. Wegen der Stürme in der Gegend war das unmöglich. Trotzdem, niemand würde ihn mehr aufhalten.

Er setzte sich noch einmal an den Computer, um eine interne Mail zu schreiben. Bei dem Wetter würde es eine Weile dauern, bis die Mail gesendet werden konnte, aber irgendwann würde sie den Empfänger erreichen.

Sein Chef würde sich winden. Nicht wegen seiner Ausdrucksweise oder seiner Drohungen. Sondern weil er die Mail als CC gleichzeitig an den Vorsitzenden des Prüfungsausschusses geschickt hatte.

Der Text war eindeutig und kam sofort zum Punkt.

Ich habe es satt, herumgeschubst zu werden. Ich weiß jetzt alles. Ich habe das Video gesehen und fliege zurück in die USA. Sobald ich gelandet bin, fahre ich sofort ins Krankenhaus zu Amanda, um meinen Sohn zu retten. Sollte ihm irgendetwas zustoßen, mache ich Sie persönlich und jeden anderen beschissenen Bürokraten dafür verantwortlich. KOMMEN SIE MIR NICHT IN DIE QUERE!

Paul wusste, dass die Zeit gegen ihn lief. Er musste so schnell wie möglich zu seinem Sohn, und man würde alles tun, um ihn daran zu hindern. Sein Kumpel brachte ihn zum Flughafen und verschaffte ihm einen Platz in der Militärmaschine nach Kuwait. Er war auf dem Weg nach Hause.

Zu Justin.

Die eilig einberufene Sitzung fand in einem kleinen, unscheinbaren Konferenzraum statt.

Die Liste der Teilnehmer – wie auch das Thema – standen unter Geheimhaltung: der Leiter der ganzen Abteilung, der zuständige Teamleiter und der stellvertretende US-Bundesanwalt.

„Er hat die Operationsbasis verlassen", berichtete der Teamleiter. „Aber auf dem Botschaftsgelände hat ihn niemand gesehen."

Der stellvertretende Bundesanwalt musterte ihn finster. „Also haben Sie keine Ahnung, wo er steckt."

„Das ganze Gelände wird abgesucht. Wir werden ihn schon finden."

Eins der Telefone läutete. Der Teamleiter hob ab. „Ja?"

Er hörte eine Weile schweigend zu, dann legte er wieder auf.

„Er hat die Botschaft bereits verlassen. Er sitzt in einem Flieger nach Kuwait."

„Mist." Der stellvertretende Generalstaatsanwalt schlug mit der Faust auf den Tisch. „Wir dürfen das nicht zulassen. Wir *müssen* ihn aufhalten."

Ein anderes Telefon klingelte. Wieder hob der Teamleiter ab. „Ja?" Diesmal war die Mitteilung kürzer. „Vielen Dank." Er legte auf und hämmerte auf die Tastatur seines Laptops ein. „Er hat uns eine Mail geschickt."

Die beiden anderen hörten schweigend zu, als er den Text vorlas.

„Er kommt nicht zurück nach Washington", meinte der stellvertretende Bundesanwalt. „Er landet auf dem JFK."

„Dann werden wir ihn uns da schnappen", sagte der Abteilungsleiter. „In der Zwischenzeit müssen wir die Ermittlungen abschließen. Wir haben höchstens noch einen Tag."

„Wenn überhaupt", erwiderte der stellvertretende Bundesanwalt. „Was passiert, wenn er versucht, telefonisch mit Amanda Gleason Kontakt aufzunehmen? Ihnen ist doch klar, dass er das tun wird, sobald er wieder Handyempfang hat."

„Darum kümmern wir uns schon."

Das BlackBerry des Abteilungsleiters klingelte. Er warf einen Blick auf das Display und erbleichte. „Das ist *sie*." Er wedelte hektisch mit der Hand, damit die beiden anderen den Raum verließen.

Wenige Minuten später erhielt der diensthabende Kommunikationstechniker dringende neue Anweisungen. Er ließ alles andere stehen und liegen. Mit ein paar Mausklicks setzte er das Mobiltelefon der Zielperson außer Betrieb. Es war nun bloß noch ein teurer Briefbeschwerer.

27. KAPITEL

Patricia Carey machte die ganze Nacht kein Auge zu.

Um fünf Uhr morgens lief sie rastlos in ihrem Büro auf und ab. Diese neue Situation löste eine ganze Flut ungefilterter Gefühle in ihr aus. Wie grausam ironisch das Leben doch sein konnte. Als Leiterin der Operationsabteilung war sie die höchstrangige Frau in der ganzen Behörde. In ihrem ganzen Leben hatte sie alle Erwartungen übertroffen. In der Schule. In der Ausbildung. Während ihres schnellen Aufstiegs zu immer machtvolleren Positionen. Im Alter von sechsundvierzig Jahren hatte sie immer nur Erfolg gehabt.

Außer bei dieser einen Sache, die wirklich zu ihrem Vermächtnis hätte werden können.

Trotz aller Beratung durch die bedeutendsten Experten auf der ganzen Welt und der Hunderttausende von Dollar, die sie ihnen bezahlt hatte, hatte sie versagt.

Und das konnte sie niemandem anders vorwerfen als sich selbst. Sie hatte zu lange gewartet. Ihre Karriere war ihr zu wichtig gewesen. Sie war die Erfolgsleiter hinaufgestiegen und hatte gedacht, dazu wäre später noch Zeit. Aber als die Zeit dann kam, hatte Mutter Natur andere Pläne. Ihr Körper weigerte sich mitzuspielen.

Tränen. Immer wieder neue Versuche. Injektionen. In vitro. Nichts wollte klappen.

Als sie das Unausweichliche endlich zu akzeptieren bereit war, kam nicht einmal mehr eine Adoption infrage. Ihr Alter, ihre immer größer werdende berufliche Verantwortung und vor allem ihre aufgebrauchten emotionalen Reserven – das alles zusammengenommen schloss eine Adoption aus.

Ein Baby war etwas Wundervolles. Aber sie sollte dieses Wunder nie erleben.

Also war es schon richtig, dass ihre persönlichen Lebensumstände ihre Haltung beeinflussten. Aber sie hatte bei dem gegenwärtigen Dilemma das Für und Wider lange und gründlich abgewogen, sich zur Objektivität gezwungen, die Dinge aus allen Blickwinkeln betrachtet. Sie hatte das letzte Wort. Und zuallererst war sie der Behörde verpflichtet.

Aber zu welchem Preis?

Die Stunden vergingen langsam und qualvoll. Patricia trank ihren

Kaffee und durchforstete ihre Seele. Es war ihre Entscheidung. Sie musste die Folgen tragen.

Ihre übermüdete Assistentin Sharon klopfte und steckte den Kopf durch die Tür. „Es ist acht Uhr, Ma'am. Die Leute aus New York sind angekommen. Sie sind die Nacht durchgefahren, um rechtzeitig hier zu sein. Alle sind jetzt im Konferenzraum versammelt, wie Sie angeordnet haben. Gibt es noch etwas?"

„Ja", erwiderte Patricia. „Vor der Besprechung muss ich noch mit Richard sprechen. Bitte schicken Sie ihn sofort in mein Büro."

„Natürlich."

Ein paar Minuten später betrat Richard Fieldstone, stellvertretender Direktor des *Criminal Investigative Unit* und Vorsitzender des *Criminal Undercover Operation Review Committee*, des Prüfungsausschusses, der Undercover-Operationen überwachte, das Büro seiner Vorgesetzten. „Sie wollten mich sehen, Pat?"

„Ja." Sie winkte ihn herein. „Machen Sie die Tür zu, und setzen Sie sich."

Sie faltete die Hände auf dem Tisch. „Ich muss gleich zu einer wichtigen Besprechung, deren Ergebnis am Ende dem Prüfungsausschuss in den Schoß fallen wird. Lassen Sie mich Ihnen erläutern, in was für einer schwierigen Situation wir uns befinden. Anschließend werde ich darlegen, wie ich vorgehen möchte und was ich von Ihnen und dem Ausschuss erwarte."

Richard hob die Brauen. Der Prüfungsausschuss bestand aus Repräsentanten der Behörde und des Justizministeriums. Er trat alle zwei Monate zusammen und kam unabhängig zu seinen Empfehlungen. Dass die Leiterin der Operationsabteilung in den Entscheidungsprozess eingriff, war noch nie vorgekommen – obwohl es in ihrer Macht lag.

„Fahren Sie fort", sagte er.

Patricia erzählte ihm die ganze Geschichte, ohne die kleinste Einzelheit auszulassen. Er sollte alles wissen, was bei einer Krisensitzung des Ausschusses zutage gefördert werden konnte.

Richard hörte zu, ohne zu unterbrechen. Als sie fertig war, fragte er: „Das möchte ich ganz genau wissen – wollen Sie damit sagen, wenn der Prüfungsausschuss zu dem Schluss kommen sollte, die Interessen des FBI seien höher zu bewerten als die eines einzelnen Individuums, werden Sie sich über diese Entscheidung hinwegsetzen?"

„Exakt das will ich sagen." Patricia sprach ganz ruhig, doch mit abschließender Bestimmtheit. „Ich weise Sie an, die Krisensitzung noch heute abzuhalten, und übertrage Ihnen die Verantwortung, ein Ergebnis herbeizuführen, das einen Konflikt vermeidet. So bleibt es eine Entscheidung des Ausschusses, und niemand wird im Regen stehen. Sie brauchen sich allerdings auch keine Gedanken zu machen, wenn Sie mit einer anderslautenden Empfehlung des Ausschusses zu mir kommen sollten. Ich werde sie ablehnen. Ich würde es vorziehen, wenn es nicht dazu kommt, deshalb setze ich Sie rechtzeitig ins Bild."

Richard musterte sie, doch ihr Gesicht gab nichts preis. „Warum jetzt?"

„Das ist sehr einfach", erwiderte Patricia. „Ich werde nicht die Verantwortung dafür übernehmen, dass ein unschuldiges Baby sterben muss. Und ich werde nicht zulassen, dass das FBI in den Augen der Öffentlichkeit für den Tod eines unschuldigen Babys verantwortlich ist."

Als Casey am nächsten Morgen das Gebäude verließ, schlief Hutch noch. Aber er musste irgendwann in der Nacht aufgestanden sein, denn seine Tasche war wieder ausgepackt und seine Zahnbürste im Badezimmer.

Casey lächelte. Trotz des Ernsts der Lage war sie froh, dass er sich zum Bleiben entschlossen hatte. Morgen musste er sowieso wieder in Quantico sein. Eine weitere Nacht zusammen war den Streit wert, den es immer gab, wenn sie beruflich aufeinanderprallten.

Im Sloane-Kettering-Krankenhaus wartete nichts Gutes auf sie.

Vor der Intensivstation wurde sie gleich von Patrick gewarnt, dass Amanda sehr deprimiert war. Justin war die ganze Nacht unruhig gewesen, und Dr. Braeburn machte sich Sorgen, weil sein Zustand sich nicht verbesserte. Die Antibiotika hätten längst wirken müssen.

Casey nickte und trat an die Glasscheibe.

Auf der anderen Seite versuchte Amanda, Justin im Arm zu halten. Das war fast unmöglich wegen des Beatmungsgeräts und des Schlauchs, der aus seiner Brust ragte. Amanda wollte nichts durcheinanderbringen, damit die Geräte nicht aussetzten.

Zu sehen, wie Amanda mit gesenktem Kopf über dem winzigen Menschen in ihrem Arm schluchzte, zerriss Casey das Herz. Ihr Körper bebte, während sie ihm übers Gesicht und den flauschigen Kopf strich. Tränen liefen ihr über die Wangen.

Verflucht, dachte Casey und schloss die Augen. Warum begriffen die Leute beim FBI das nicht? Warum konnte sie diese Typen nicht hierherschleifen, damit sie mit eigenen Augen sehen mussten, was sie anrichteten, indem sie die Suche von *Forensic Instincts* nach Paul Everett behinderten? Was, wenn es das eigene Kind von einem von ihnen wäre, dessen Leben auf dem Spiel stand? Was, um Himmels willen, konnte wichtiger sein? Irgendein blöder Fall?

Casey wandte sich ab, um nicht selbst in Tränen auszubrechen. Offensichtlich wollte das FBI irgendetwas ganz Großes erreichen. Aber dafür konnte dieses arme Baby doch nichts. Justin hatte ein Recht auf sein Leben. Und wenn er überlebte, hatte er das Recht, zu wissen, wer sein Vater war.

Amanda hob den Kopf und merkte, dass Casey draußen stand. Sie legte Justin in seine Krippe, erhob sich und kam heraus.

„Hallo, Casey", sagte sie leise und mit zitternder Stimme. „Wie lange sind Sie schon da?"

„Gerade erst gekommen." Casey schluckte die Tränen herunter. Wenigstens sie musste gefasst erscheinen. „Keine Veränderung?", fragte sie, obwohl sie die Antwort schon kannte.

„Nein." Amanda hatte verquollene Augen und tiefe Ringe darunter. Sie sah aus, als wäre sie in dieser einen Woche um zehn Jahre gealtert. „Haben Sie irgendetwas aus meinem Onkel herausholen können?"

„Leider nichts Konkretes. Marc hat ihn gestern Abend aufgesucht, und heute Morgen wird er noch einmal zu ihm fahren. Wir sind sicher, dass er wirklich nicht weiß, wo Paul Everett steckt. Aber es ist möglich, dass einige seiner Partner Bescheid wissen. Wir werden nicht nachlassen, bis wir es herausgefunden haben."

„Seine Partner", wiederholte Amanda. „Ja, den Ausdruck hat Patrick auch benutzt. Aber ich bin doch nicht blöd. Eigentlich wollen Sie sagen, dass mein Onkel Verbindungen zur Mafia hat."

Casey atmete aus. „Bis jetzt können wir da nur spekulieren."

„Das glaube ich nicht. Sie sind zu gewissenhaft und gründlich, um auf bloße Vermutungen hin zu agieren. Sie müssen etwas wissen."

„Sobald daraus Tatsachen geworden sind, werden Sie das als Erste erfahren." Casey fuhr sich mit der Hand durchs Haar. „Mir ist klar, was wir von Ihnen verlangen. Bitte vertrauen Sie uns. Wir gehen in dieser Sache bis zum Äußersten. Wenn einer der Partner Ihres Onkels etwas weiß, werden wir es in Erfahrung bringen. Aber bitte versprechen Sie mir, dass Sie keine Verbindung zu ihm aufnehmen. Nehmen Sie seine Anrufe nicht entgegen. Das würde alles nur noch komplizierter machen."

„Werde ich nicht." Amanda presste die Lippen aufeinander. „Aber wenn ich erfahren sollte, dass er bei Pauls Verschwinden irgendeine Rolle spielt – oder wenn er auch nur irgendetwas darüber weiß –, bin ich nicht verantwortlich für das, was ich dann tue."

„Das kann ich Ihnen nicht verdenken. Warten Sie bloß damit, bis wir Paul gefunden haben."

Als Casey nach Hause fuhr, rief Marc an.

„Was gibt's?", fragte sie, emotional völlig ausgelaugt und erschöpft.

„Du klingst ja fürchterlich." Wie üblich redete Marc nicht um den heißen Brei herum.

„Weil ich gerade von Amanda komme. Sie schmort wirklich in der Hölle. Bitte sag mir, dass du was von Fenton bekommen hast."

„Bloß eine einstweilige Verfügung, dass ich nicht mehr in seine Nähe kommen darf." Marc kicherte. „Er hat es geschafft, über Nacht einen Richter davon zu überzeugen, dass ich eine unmittelbare Bedrohung für ihn darstelle. Also bin ich heute Morgen gar nicht erst durch das Tor gekommen. Es gibt aber auch was Positives. Er telefoniert herum wie ein Verrückter. Wahrscheinlich informiert er seine ‚Kontakte', dass seine Schiffe in nächster Zeit keine illegale Fracht für sie transportieren können."

„Und Ryan kann seine Anrufe zurückverfolgen?"

„Aber sicher. Dein Plan war echt genial – Fenton Angst einjagen und sehen, was er macht. Ryan ist dran. Vermutlich haben wir bald die Namen der halben New Yorker Mafia."

Casey seufzte. „Wir müssen nur wissen, wer bei Pauls Verschwinden die Finger im Spiel hatte." Sie zögerte. „Was ist passiert, als Ryan zu dem Anwalt ging?"

„Das war eine Pleite, wie erwartet", erwiderte Marc. „Der Kerl ist der reinste Pfadfinder, ohne den kleinsten Schandfleck auf der weißen Weste. Er mag Kinder und Hunde und spendet für alle örtlichen Wohlfahrtsorganisationen. Da sollte man doch meinen, dass er in einer solchen Situation vor Mitgefühl zerfließt. Aber nichts dergleichen. Sobald er hörte, was Ryan von ihm wollte, machte er zu wie eine Auster. Berief sich auf seine Schweigepflicht als Anwalt und sagte, er würde nur mit uns reden, wenn wir ihm eine schriftliche Erlaubnis von John Morano vorlegen."

„Als ob der uns die geben würde."

„Eben. Aber nach Ryans Beschreibung zu urteilen, ist der Anwalt irgendwie zu gut, um wahr zu sein. Die ganze Sache stinkt zum Himmel."

„Den Eindruck habe ich auch."

Marc schwieg einen Moment. „Ist Hutch weg?", fragte er dann diplomatisch.

„Nein, ich glaube, er bleibt noch bis morgen."

Marc begriff sofort. „Gut, dann kann ich noch ein Bier mit ihm trinken gehen, bevor er fährt."

„Das sag ich ihm." Casey fand eine Parklücke, bloß einen halben Block vom Büro entfernt. Während sie einparkte, hörte sie Ryans Stimme gedämpft im Hintergrund.

„Hey, Casey?", sagte Marc. „Ryan fragt, ob du mal im Konferenzraum vorbeischauen und feststellen kannst, ob wir was von Gecko empfangen. Er hat das vor einer Viertelstunde das letzte Mal auf seinem Laptop überprüft, und da klappte alles prima, aber er möchte wissen, ob es auch beim Server ankommt, damit wir eine Sicherungskopie haben."

„Kein Problem. Ich bin gerade angekommen. Mache ich gleich als Erstes."

„Allerdings wirst du nichts besonders Eindrucksvolles zu sehen kriegen. Bloß das Innere von einem alten Wohnwagen und einen geschniegelten Typen, der ziemlich nervös aussieht."

„Morano."

„Ja. Morano."

Casey löste den Sicherheitsgurt. „Ich lege jetzt auf und rufe später wieder an."

Sie marschierte sofort in den Konferenzraum und setzte sich an den großen ovalen Tisch.

„Guten Morgen, Casey", wurde sie von Yoda begrüßt. „Wirst du meine Dienste benötigen?"

„Ja, Yoda. Bitte zeige mir, was Gecko sendet."

„Sofort. Auf der ganzen Videowand?"

„Nein, in Originalauflösung."

„Einen Augenblick." Nach kurzer Pause fuhr er fort: „Video ist geladen. Wie ist die Bildqualität, Casey?"

„Perfekt, Yoda." Casey konzentrierte sich auf einen der Monitore. „Vielen Dank."

„War mir ein Vergnügen. Sag Bescheid, wenn du sonst noch was brauchst." Yoda verstummte.

Gecko ist wirklich klasse, dachte Casey und beugte sich vor. Er lieferte gestochen scharfe Bilder. Morano saß an seinem Schreibtisch. Ryan hatte ihr Bilder von ihm gezeigt. Was der Bursche gerade machte, war allerdings nicht aufregend; er hämmerte auf die Tastatur ein und blätterte in Akten.

Gerade als Casey Ryan Bescheid sagen wollte, dass alles in Ordnung war, klingelte Moranos Handy. Nicht das, das auf dem Tisch lag, sondern ein anderes, das er aus der Hosentasche zog.

„Ja", sagte er. Dann versteifte er sich. „Was soll das heißen, er ist auf dem Weg hierher? Wie, zum Teufel, ist er denn so schnell da rausgekommen? Und wie hat er es geschafft, die Einzelteile zusammenzufügen?" Er hörte eine Weile zu. „Scheiße. Wenn er direkt zum JFK fliegt, ist er bloß dreizehn Stunden in der Luft. Damit habe ich bloß noch einen Tag. Wie soll ich das denn alles an einem einzigen verfluchten Tag hinkriegen?" Er stand auf und ging auf und ab, so aufgeregt, als könnte er jemanden umbringen. „Okay, gut. Halten Sie ihn irgendwie auf. Ich brauche ein bisschen mehr Zeit. Ja, ich weiß, ich weiß. Sie müssen mir nur ein paar Tage verschaffen."

Er trennte die Verbindung. „Scheiße!", schrie er durch den leeren Raum. „Scheiße, Scheiße, Scheiße!" Er packte eine Tasse und schmiss sie an die Wand. Sie zerbarst, die Scherben fielen zu Boden. Dann sank er in seinen Stuhl und wischte sich den Schweiß von der Stirn. Was immer er zustande bringen wollte, es musste eine große Sache sein, die plötzlich gefährdet war.

Eine ganze Flut von Möglichkeiten stürzte auf Casey ein.

Morano konnte nur von Paul Everett geredet haben. Und er steckte selbst mindestens so tief in der Sache drin wie Fenton. Vielleicht sogar noch tiefer, wenn er selber zur Mafia gehörte.

Sie rief sofort Ryan an. „Sitzt du am Steuer?", wollte sie wissen.

„Nein, auf dem Beifahrersitz. Claire hat mich gerade abgelöst."

„Sag ihr, sie soll sofort anhalten. Setzt euch alle nach hinten. Fahr Geckos Übertragung drei Minuten zurück. Dann seht euch das an."

„Sofort." Ryan stellte keine Fragen, sondern wurde aktiv. Casey hörte Stimmen, dann wurde eine Tür zugeschlagen. „Wir sind jetzt alle hinten. Ich stell dich auf Lautsprecher und spule das Video zurück." Casey wartete ungeduldig, bis Ryan das Video laufen ließ.

„Ja, das ist Morano, wie er an seinem Schreibtisch sitzt", bestätigte Marc.

„Es geht gleich los." Sie wartete, während die anderen sich ansahen, was sie eben selbst zu sehen bekommen hatte.

„Lieber Himmel", ließ Ryan sich als Erster vernehmen. „Ich hatte gedacht, Morano wäre auch ein Opfer. Aber das war nur vorgetäuscht. Er ist einer von ihnen."

„Von denen, die Everett verschwinden ließen", stellte Marc klar. „Es könnte die Mafia sein, es könnten aber auch die Behörden sein. Wir wissen es einfach nicht."

„Aber wir wissen, dass Paul Everett jetzt in einem Flieger hierher sitzt", warf Claire ein. „Seit ich Amandas Apartment betreten habe, verändert sich seine Energie. Ich bin dort ständig von Zimmer zu Zimmer gelaufen, um dahinterzukommen, was ich spürte. Jetzt begreife ich es. Er ist auf dem Heimweg."

„Er fliegt von irgendwo zum JFK", sagte Casey. „Wir wissen nicht, von wo, und auch nicht, wann er ankommt. Wir wissen nur, dass es ein Dreizehnstundenflug ist, der irgendwann heute am JFK landet. Und wer immer *sie* sind, sie wollen unbedingt verhindern, dass er Amanda und Justin erreicht."

„Wir kennen die Einzelheiten nicht", sagte Marc. „Morano kennt sie. Wir könnten versuchen, das aus ihm herauszuholen. Aber das würde bloß nach hinten losgehen. Er würde dichtmachen und uns überhaupt nichts erzählen. Es ist besser, wir bleiben in der Nähe und überwachen ihn. Er wird entweder noch mal selbst angerufen, oder er ruft jemanden an."

„Das stimmt", sagte Casey. „Ihr drei lasst ihn nicht aus den Augen. Ruft mich sofort an, wenn sich was tut. Ich setze mich mit Patrick in Verbindung. Er soll sich sofort eine Ablösung besorgen und raus zum Flughafen fahren. Ich will ihn im International Terminal vom JFK haben. Dreizehn Stunden, das heißt, der Flug kommt aus Übersee. Marc, du bist am meisten in der Welt rumgekommen. Stell eine Liste möglicher Abflugsorte zusammen. Ryan, du suchst nach etwa dreizehnstündigen Flügen, die heute auf dem JFK landen. Dann vergleicht ihr eure Listen und sucht die wahrscheinlichsten Flüge heraus."

„So gut wie erledigt", sagte Marc.

„In der Zwischenzeit kann Patrick mich abholen. Vier Augen sind besser als zwei. Bis wir Nachricht von euch bekommen, sehen wir uns die Anflüge an und stellen selbst fest, welche infrage kommen. Wenn wir Paul Everett entdecken und jemand ihn aufhalten will, können wir in Aktion treten."

28. KAPITEL

Der große Konferenzraum im fünften Stock des FBI-Hauptquartiers war voll besetzt.

Patricia hatte sich mit den Leuten aus dem New Yorker Field Office und dem stellvertretenden Bundesanwalt zusammengesetzt, bevor Richard die Sitzung des Prüfungsausschusses eröffnete.

Der Ausschuss, der Undercover-Operationen überwachte, bestand aus Richard, dem Vorsitzenden, einem Dutzend Sektionschefs und einem weiteren Dutzend Abteilungsleitern des FBI sowie einem Ministerialdirektor und einem weiteren Dutzend Leuten aus dem Justizministerium. Dieser Ausschuss hatte die Aufgabe, die Risiken und Vorteile von verdeckten Operationen gegeneinander abzuwägen, deren Auswirkungen zu bedenken und Empfehlungen auszusprechen.

Auf Abruf warteten Sonderagent Robinson von der Abteilung Korruptionsbekämpfung und Sonderagent Camden von der Ermittlungsgruppe gegen die Mafiafamilie Vizzini sowie der stellvertretende Bundesanwalt, der mit dem New Yorker Field Office zusammenarbeitete.

Als Erster ergriff Frank Rodriguez das Wort, Chef der Sektion Integrität in der Regierung.

„Ursprünglich war es unsere Ermittlung, die wir vor über einem Jahr begonnen hatten. Das Long-Island-Büro hatte einen Tipp von einem Grundeigentümer in der Shinnecock Bay bekommen. Er wollte dort ein Hotel errichten, um von der Eröffnung des Shinnecock Indian Casino in der Nähe zu profitieren. Er bemühte sich um die notwendigen Genehmigungen der Stadt Southampton. Doch er musste feststellen, dass Lyle Fenton ihm unter Ausnutzung seiner Position im Board of Trustees alle möglichen Genehmigungen vorenthielt, um eine Beteiligung an den zu erwartenden Einkünften zu erlangen. Fenton hatten wir sowieso schon auf dem Schirm, denn es gab Grund zu der Annahme, dass er Amtsträger von Southampton bis runter nach Washington, D. C. besticht."

„Meinen Sie damit den Abgeordneten Mercer?", fragte Richard.

„Genau", erwiderte Rodriguez. „Allerdings hatten wir weder gegen Fenton noch gegen Mercer belastbare Beweise in der Hand. Als der Fall dem New Yorker Field Office übertragen wurde, genehmigte ich einen Antrag der Abteilung Korruptionsbekämpfung, diesen Fall mit Entschiedenheit zu verfolgen. Wir haben mit dem Grundeigentümer ein Arrangement getroffen, seinen Besitz an eine Tarnfirma des FBI zu verkaufen, die ihm das Land nach Abschluss unserer Ermittlung zum selben Preis wieder zurückverkaufen soll."

„Und Paul Everett wurde der neue Besitzer", stellte Richard fest, damit alle Mitglieder des Prüfungsausschusses die Fakten kannten. „Oder genauer gesagt, Special Agent Paul Evans vom Philadelphia Field Office. Everett ist nur sein Tarnname."

„Genau. Paul war der ideale Mann für diese Aufgabe."

„So ideal dann doch nicht", bemerkte Richard trocken. „Sich auf eine Beziehung mit Amanda Gleason einzulassen war ein kapitaler Fehler – für den wir jetzt alle bezahlen müssen."

„Das ist korrekt." Douglas Sawyer, Leiter der Abteilung verdeckte Ermittlungen, übernahm die volle Verantwortung für diese unerwartete Schwierigkeit. „Damit hat niemand gerechnet, auch Paul selbst nicht. Er war die richtige Wahl. Er hatte schon undercover gearbeitet, und er kannte sich im Immobiliengeschäft aus, weshalb es uns leichtfiel, eine Legende für ihn zu stricken, in der er völlig glaubwürdig agieren konnte. Dass er sich später mit Ms Gleason einließ – das war ein Fehler, den wir zu korrigieren versuchten. Leider muss ich sagen, dass Paul sich geweigert hat."

„Bleiben wir bei der Sache", sagte Richard. „Wie sah Ihr Plan aus?"

„Paul sollte mit dem Hotelprojekt an die Öffentlichkeit gehen, sich überall sehen lassen und sich mit Fenton ein paar Bälle zuwerfen. Aber Fenton war ziemlich schlau. Er wollte erst mal sehen, mit wem er es da zu tun hatte, bevor er seine Karten auf den Tisch legte. Er hielt Paul lediglich mit den Genehmigungen hin, damit eine seiner Firmen, *Fenton Dredging*, den Auftrag erhielt, dort einen Kanal zu vertiefen und zu verbreitern. Er verlangte keine Bestechungsgelder."

Sawyer trank einen Schluck Wasser.

Rodriguez fuhr fort: „Was Fenton klugerweise unterließ, machte stattdessen die Vizzini-Familie. Ihr Druckmittel waren die Gewerkschaften. Wir hatten also nun zwei Zielobjekte – Fenton und die Vizzinis." Er deutete auf James Kirkpatrick, Chef der Sektion Ermittlungen gegen das organisierte Verbrechen auf den amerikanischen Kontinenten. „Wir holten James' Sektion mit ins Boot und sorgten dafür, dass Everett regelmäßige Zahlungen an die Mafia leistete und eine Geschäftsbeziehung zu Fenton aufbaute. Wir hofften, sie alle schnappen zu können, einschließlich derjenigen hier in Washington, die darin verwickelt waren."

Rodriguez erklärte, wie sie herausfanden, dass Mercer in Wahrheit Fentons Sohn war, der ihn in der Tasche hatte.

„Das Problem war der Etat", übernahm Kirkpatrick die Erzählung. „Wir hatten nur begrenzte Mittel. Die Abteilung Korruptionsbekämpfung hatte sich mit dem Erwerb des Grundbesitzes übernommen. Paul war frustriert, weil Fenton sich einfach nicht festnageln ließ. Er nahm sich ein Wochenende frei und fuhr rauf nach Boston, um an einem Zehntausendmeterlauf zu wohltätigen Zwecken teilzunehmen. Das machte er offenbar jedes Jahr, eigentlich hätte es kein Problem sein müssen. Außer dass er einem alten Kumpel über den Weg lief, Ron Pembrooke, sein Zimmergenosse während der Ausbildung in Quantico. Pembrooke arbeitet jetzt im Boston Field Office. Selbst das wäre noch nicht tragisch gewesen, wenn Pembrooke nicht in dem verdammten Rennen aufs Siegertreppchen gekommen wäre, wenn Paul ihm nicht nach der Siegerehrung anerkennend auf den Rücken geklopft hätte und wenn ein verdammter Fotograf die beiden nicht direkt vor dem Stand der Polizeigewerkschaft aufgenommen hätte – das Foto erschien dann im *American Police Beat Magazine*."

Alle im Saal nickten, als klar wurde, was in welcher Reihenfolge passiert war. Paul hatte die Ermittlung gefährdet – nicht nur, weil er sich mit Amanda Gleason einließ, sondern auch, weil seine Tarnung aufgeflogen war.

„Wir mussten Paul also herausnehmen", sagte Sawyer. „Und wir wollten die ganze Operation abbrechen. Aber dann kamen Kirkpatricks Leute mit ihrem Vorschlag, seine Abteilung und das Justizministerium genehmigten die notwendigen Mittel, und wir waren wieder im Rennen. Sonst hätten wir wie tot im Wasser gelegen."

„Stattdessen habt ihr dafür gesorgt, dass Paul Everett so aussah", kommentierte Richard.

„Richtig", bestätigte Kirkpatrick. „Wir haben seinen Tod vorgetäuscht und es so aussehen lassen, als hätte ihn die Mafia umgebracht. Die State Police hat mitgespielt und die Akten des Falls schnell geschlossen. Meine Abteilung übernahm die ganze Operation, wir setzten einen unserer eigenen Undercover-Agenten ein, John Macari, unter dem Decknamen John Morano. Wir sind kurz davor, den Fall abzuschließen, wir benötigen nur einige Schlüsselinformationen. Da das FBI bereits so viel investiert hat, können wir es uns nicht leisten, die Ermittlungen zu gefährden – schon gar nicht wegen persönlicher Belange eines einzelnen Agenten."

„Aber wir reden hier doch nicht von einem Agenten", widersprach Richard, „sondern von einem sterbenden Baby. Und die Ermittlungen müssen wir auch nicht gefährden. Wir können Paul Evans doch einfach in dieses Krankenhaus bringen und die ganze Angelegenheit unter Verschluss halten, bis Sie Ihre Ermittlungen abgeschlossen haben." Er legte eine Kunstpause ein, bevor er Patricias Trumpfkarte ins Spiel brachte – von der sie ihn kurz vor der Sitzung in Kenntnis gesetzt hatte. „Wie Sie ja gerade selbst sagen, fehlen Ihnen noch wichtige Schlüsselinformationen. Da könnten wir Ihnen helfen."

Kirkpatrick runzelte die Stirn. „Wie meinen Sie das?"

„Wir können diese Informationen beschaffen, während wir gleichzeitig dafür sorgen, dass niemand in diesem Krankenhaus Paul Evans erkennt."

„Bei allem Respekt, Richard, können Sie so eine Versicherung wirklich abgeben? Amanda Gleason ist die Nichte von Lyle Fenton. Wie sollen wir verhindern, dass er seine Nichte zu dem Zeitpunkt im Krankenhaus besuchen will, wenn Evans sich dort gerade untersuchen lässt? Wie sollen wir verhindern, dass irgendjemand im Großraum New York, der ihn als Everett kannte, Evans erkennt? Und wie sollen wir diese Leute von *Forensic Instincts* davon abhalten, sich wieder einzumischen und alles zu ruinieren? Können Sie wirklich garantieren, dass all dies nicht eintritt?"

„Ja." Richard zögerte keine Sekunde. „Das kann ich." Dann legte er Patricias Plan ausführlich dar.

Hinterher herrschte vollkommenes Schweigen im Saal, alle Teilnehmer der Sitzung sahen einander an, um abzuschätzen, was die anderen von dem Vorschlag hielten.

Wenige Minuten später marschierte Richard ins Büro seiner Chefin, um ihr die Entscheidung des Prüfungsausschusses mitzuteilen.

Hutch war bereits angezogen, als Casey in ihr Apartment kam und das Schlafzimmer betrat.

„Guten Morgen." Sie lächelte und gab ihm einen Kuss.

„So toll war der Morgen nicht." Hutch nahm sie in die Arme. „Ein richtiger guter Morgen hätte mir besser gefallen, als in einem kalten Bett aufzuwachen."

„Tut mir leid, aber die Pflicht hat gerufen. Das war alles ziemlich verrückt, und es wird noch verrückter werden. Patrick holt mich gleich ab. Ich muss schon wieder los, aber ich kann dir nicht erzählen, wohin." Sie seufzte. „Vielleicht später, wenn das alles vorbei ist und wir den kleinen Justin gerettet haben."

„Ihr werdet das schon schaffen, Casey. Ich habe volles Vertrauen zu dir." Das konnte Hutch ganz offen sagen.

„Vielen Dank. Hoffentlich hast du recht damit. Nur damit du's weißt, ich hoffe wirklich, wir kriegen das hin, ohne eine Ermittlung des FBI zu gefährden."

Bevor Hutch etwas erwidern konnte, klingelte sein Handy.

„Hutchinson", meldete er sich.

„Hallo, Hutch, hier ist Patricia Carey. Ich weiß, dass Sie in New York sind und eigentlich noch freihaben. Können Sie reden?"

Hutch konnte seine Verblüffung nicht verbergen. Er kannte Direktorin Carey seit einem Dutzend Jahren, sie hatten sogar an mehreren Fällen zusammengearbeitet, bevor sie so hoch aufgestiegen war. Aber nun bewegten sie sich nicht mehr in denselben Kreisen, und ganz sicher rief sie ihn nicht wegen eines privaten Schwätzchens an.

„Äh, ja." Er sah Casey an und nickte zur Tür. „Nur einen Augenblick noch."

„Wenn Sie gerade Casey Woods bitten möchten, Sie allein zu lassen, das brauchen Sie nicht. Ich hätte sie gern dabei. Oder stimmt meine Annahme nicht?"

Hutch sank völlig perplex auf die Bettkante. „Doch, vollkommen. Ich begreife nur nicht, woher Sie …"

„Woher ich von Ihrer Beziehung zu Ms Woods weiß? Das ist doch allgemein bekannt. Bitten Sie sie zu bleiben."

„Selbstverständlich." Hutch hob eine Hand.

Casey blieb stehen und sah ihn fragend an.

„Nur eine Sache noch, bevor Ms Woods mithört. Wir beide haben früher zusammengearbeitet, aber ich habe Ihre Laufbahn auch danach verfolgt. Ihr Ruf ist erstklassig, und ich vertraue Ihnen. Daher folgende Frage: Mir ist bekannt, dass *Forensic Instincts* nach Paul Everett sucht und dabei an wichtige Informationen gelangt. Bitte stellen Sie Ihre persönlichen Empfindungen über Ms Woods für einen Augenblick beiseite. Sind sie und ihr Team vertrauenswürdig?"

„Vertrauenswürdig" konnte für verschiedene Leute ganz unterschiedliche Dinge bedeuten.

„In welcher Hinsicht?", fragte Hutch, dem nicht klar war, ob Patricia ehrenhaft oder gesetzestreu meinte.

Patricia begriff sofort und gab ein Lachen von sich. „Ich meine damit nicht, ob sie sich an alle Gesetze halten. Mir ist sehr wohl bekannt, dass sie Gesetze bis zum Äußersten dehnen und manchmal auch brechen. Was ich wissen möchte, wenn ich eine Vereinbarung mit ihnen treffen sollte, die zum Nutzen ihrer Klientin ist – würden sie sich daran halten?"

„Hundertprozentig." Da brauchte Hutch nicht nachzudenken. „Ich bürge für ihre Integrität, an der es nicht den Schatten eines Zweifels gibt."

„Das habe ich nicht anders erwartet, und ich bin sehr erleichtert. Würden Sie mich jetzt bitte auf Lautsprecher stellen?"

Noch immer völlig verwirrt, drückte Hutch einen Knopf. „Sie sind auf Lautsprecher, Ma'am", sagte er. „Casey, du sprichst mit der stellvertretenden Direktorin Patricia Carey."

Casey schaute ihn erstaunt an. Patricia war die höchstrangige Frau beim FBI, nur dem Direktor selbst unterstellt.

„Es ist mir ein Vergnügen, Ms Carey", sagte sie.

„Das beruht ganz auf Gegenseitigkeit", erwiderte Patricia. „*Forensic Instincts* hat sich in wenigen Jahren einen ausgezeichneten Ruf erworben – und hier beim FBI die eine oder andere gerümpfte Nase verursacht. Meinen Glückwunsch."

„Vielen Dank", sagte Casey vorsichtig und mit wachsender Neugier.

„Kommen wir zur Sache", sagte Patricia. „Sie wollen Paul Everett finden. Ich möchte eine brisante Ermittlung zu einem erfolgreichen Abschluss führen, wozu ein bisschen unbürokratische Kreativität notwendig sein dürfte – alles innerhalb des gesetzlichen Rahmens selbstverständlich. Bitte nehmen Sie zur Kenntnis, dass das FBI in dieser Hinsicht keine Kompromisse machen kann. Drücke ich mich verständlich aus?"

„Vollkommen."

„Gut. Wenn wir das im Hinterkopf behalten, könnten wir uns beide in einer Position befinden, wo wir einander helfen können. Wären Sie daran interessiert?"

Casey sog scharf die Luft ein. „Wollen Sie damit andeuten, dass Sie wissen, wo Paul Everett ist, und dass Sie ihn uns übergeben können?"

„Das könnte sein. *Falls* Sie bestimmten Bedingungen zustimmen, die sowohl seine Sicherheit als auch unsere Ermittlungen betreffen. Und *falls* Sie im Gegenzug bereit sind, uns etwas zu verschaffen, das wir benötigen, um diesen Fall zu einem erfolgreichen Abschluss zu bringen."

Casey musste nicht lange nachdenken. Sie wusste, was für Amanda das Wichtigste war. „Sie bekommen von mir alles, was wir haben."

„Hervorragend. Dann sind wir uns einig."

Casey warf Hutch einen Blick zu. Er wusste, was das zu bedeuten hatte. Sie wollte mal vorsichtig etwas ausprobieren. „Befindet sich Paul Everett zurzeit in einem Flugzeug mit dem Ziel JFK?"

Patricia lachte erneut. „Ich bin beeindruckt. Mir war nicht klar, dass Sie schon so weit gekommen sind. Die Antwort ist ja, Paul landet um vier Uhr nachmittags in New York mit Flug 117 aus Kuwait. Lassen Sie mich jetzt zu den erwähnten Bedingungen kommen. Zunächst möchte ich, dass Sonderagent Hutchinson an der Operation beteiligt ist. Wir vertrauen ihm beide und können beide nur davon profitieren. Wären Sie damit einverstanden?"

Casey grinste Hutch an. „Selbstverständlich."

„Gut. Nach der Operation möchte ich alles von Ihnen erfahren, was Sie über Lyle Fenton herausgefunden haben."

„Und auch über John Morano?", fragte Casey.

„Nein. John gehört zu uns."

Casey schwieg – bis ihr mit einem Schlag alles klar wurde. „So wie auch Paul Everett", sagte sie.

„So ist es", bestätigte Patricia. „Wie übrigens auch der Anwalt Frederick Wilkenson. Sie können Mr McKay mitteilen, dass sein Instinkt ihn nicht getrogen hat."

Casey nickte, obwohl Patricia Carey das nicht mitbekommen konnte. „Sie bekommen alles von uns. Für eine Verurteilung dürfte es mehr als genug sein. Übrigens nicht nur über Lyle Fenton, sondern auch über hochrangige Mitglieder der Vizzini-Familie."

„Genau das hatte ich gehofft, Ms Woods."

29. KAPITEL

Die Maschine setzte sacht auf dem JFK Airport auf.

Paul langte unter den Sitz und zog eine Reisetasche hervor, sein einziges Gepäck. Es war schon schlimm genug, dass er durch den Zoll musste, da wollte er nicht auch noch stundenlang einem bescheuerten Laufband zusehen, bis endlich sein Koffer vorbeikam.

Das Flugzeug rollte noch aus, als sein Handy klingelte.

„Unbekannte Nummer" stand auf dem Display. Paul überlegte. Das konnte nur das FBI sein, das ihn zweifellos aufhalten wollte.

Es war am besten, den Anruf entgegenzunehmen. Vielleicht konnte er in Erfahrung bringen, was sie vorhatten, und ihnen dann ausweichen. Ihm würde es nichts ausmachen, einen Bombenalarm auszulösen, damit der ganze Flughafen evakuiert werden musste.

Er drückte einen Knopf. „Ja?"

„Hier spricht Casey Woods, Mr Evans." Casey redete, so schnell sie konnte, um die entscheidenden Dinge auszusprechen, bevor er auflegen konnte. „Amanda Gleason hat mich engagiert, um Sie zu finden."

Er zögerte. „Wie soll ich das wissen?"

„Sie haben das Video auf YouTube gesehen. Die kostenlose Hotline wurde von meiner Agentur *Forensic Instincts* geschaltet. Sie können dort anrufen und nachfragen, wenn Sie mir nicht glauben."

„Das kann ich leider nicht. Mein Handy wurde deaktiviert."

„Es ist inzwischen wieder reaktiviert. Wir haben kaum Zeit. Ich muss Ihnen einige Instruktionen geben, damit Sie sicher zu Amanda und Ihrem Sohn kommen können."

Darüber musste Paul zweimal nachdenken. „Warten Sie einen Moment." Er sprach leise, damit niemand mithören konnte. „Wenn Sie wissen, mit welchem Flug ich komme, und meine Handynummer kennen, stehen Sie offenkundig in Kontakt mit dem FBI. Wollen Sie mir erzählen, die erlauben Ihnen, mich in das Krankenhaus zu bringen?"

„Sie arbeiten mit uns zusammen, damit niemand Sie erkennt. Aber wir müssen uns an eine bestimmte Vorgehensweise halten. Bitte hören Sie mir jetzt zu. Ihre Fragen können Sie später noch stellen. Ich muss sehr schnell reden, damit Sie Bescheid wissen, was zu tun ist, sobald die Tür aufgeht."

Sobald das Flugzeug zum Stehen gekommen war, raste ein Krankenwagen darauf zu. Der Pilot hatte die Passagiere bereits gebeten, bis auf Weiteres auf ihren Plätzen sitzen zu bleiben. Einer der Passagiere hätte einen Herzinfarkt erlitten und müsste zunächst in den Krankenwagen gebracht werden.

Alle starrten Paul an, der von einem Arzt untersucht wurde.

„Er braucht sofort Sauerstoff", sagte er. Paul umklammerte seine Brust und seinen linken Arm und atmete in kurzen, unregelmäßigen Zügen.

„Sofort, Doktor." Zwei Sanitäter stürzten herein und rannten zu Paul.

Kurz danach wurde er auf einer Trage mit Sauerstoffmaske zu dem wartenden Krankenwagen gerollt, der sofort mit Sirene losraste.

„Ich hoffe bloß, Sie haben meine Tasche nicht vergessen", sagte Paul, nahm die Maske ab und setzte sich auf. „Ich habe mein eigenes Aspirin dabei."

„Keine Sorge." Hutch klopfte auf die Reisetasche. „An Ihrer Stelle würde ich es mir nicht zu bequem machen. Sie müssen die Maske wieder im Gesicht haben, wenn wir im Krankenhaus ankommen und Sie zur Intensivstation rollen." Er streckte seine Hand aus. „Sonderagent Kyle Hutchinson", sagte er. „Schön, Sie endlich kennenzulernen."

„Special Agent Paul Evans, aber ich glaube nicht, dass ich mich vorstellen muss." Paul schüttelte Hutch die Hand. „Sind Sie vom New Yorker Field Office?"

„Nein, aus Quantico."

Paul hob die Brauen. „Die haben einen psychologischen Profiler geschickt, um mich abzuholen?"

Hutch grinste. „Nein, es ist nicht so, wie Sie denken. Das ist eine lange Geschichte. Die Einzelheiten erfahren Sie später. Im Augenblick ist nur wichtig, Sie ins Krankenhaus und zu Ihrem Sohn zu bringen."

„Wo ist diese Frau, die mich angerufen hat?"

„Casey Woods ist bei Amanda und erzählt ihr, was los ist. Sie sind ein Glückspilz, Evans. Sie haben eine tolle Frau, einen echten Kämpfer als Sohn und das beste private Ermittlerteam, das es überhaupt gibt. Ohne Casey wäre das alles nicht möglich gewesen."

Paul kniff die Augen zusammen. „Wie hat sie es denn geschafft, dass das FBI sich darauf einließ?"

Hutch setzte wieder das Grinsen auf. „Indem sie knallhart verhandelt hat."

Paul dachte laut nach. „Sie hat irgendwas über Lyle Fenton ausgegraben. Damit kann das FBI seine Ermittlungen abschließen."

„Sie haben's kapiert."

„Irre." Paul schüttelte verwundert den Kopf. „Dann stimmt das, was diese Casey Woods mir erzählt hat."

„Bis ins Letzte", versicherte Hutch ihm und zeigte auf den Mann, der neben ihm stand. „Das hier ist Special Agent Mike Shore vom New York Field Office."

„Ich bin der Resident auf Long Island." Mike schüttelte Paul die Hand. „Ich habe die erste Ermittlung gegen Lyle Fenton geleitet, bevor diese ganze Undercover-Operation anfing."

„Hallo." Paul wirkte immer noch leicht benommen. „Kann mir jemand sagen, wie es um meinen Sohn steht?"

Hutch machte ihm nichts vor. „Ich weiß nur, dass er bis jetzt noch durchhält. Einzelheiten kenne ich nicht, aber die wird Ihnen der Arzt schon erzählen. Er weiß, dass Sie auf dem Weg dahin sind. Ihr Blut wird sofort getestet, ob Sie als Spender infrage kommen – gleich nachdem Sie Amanda und Ihren Sohn gesehen haben."

„Justin." Paul probierte den Namen aus. „Ich kann das alles immer noch nicht glauben." Er fuhr sich mit der Hand durchs Haar und streckte sich wieder auf der Trage aus. „Geben Sie mir wieder die Sauerstoffmaske."

Casey führte Amanda in eine ruhige Ecke des Wartebereichs, um ihrer Klientin endlich zu erzählen, was passiert war. Amanda wirkte, als könnte sie jeden Moment zusammenbrechen.

„Was ist los?" Amanda sah Casey fragend an. „So wie Sie mich aus der Intensivstation geholt haben, muss es dringend sein. Was ist passiert?"

Casey ergriff Amandas Hände. „Wir haben Paul gefunden. Er ist jetzt gerade auf dem Weg hierher."

Amanda zuckte zusammen, sämtliche Farbe wich aus ihrem Gesicht. Casey befürchtete schon, sie würde in Ohnmacht fallen. „Sie … Er …" Sie brachte keinen zusammenhängenden Satz heraus. „Wie? Wann?"

„Ich weiß es seit heute Morgen, aber ich wollte es Ihnen erst erzählen, wenn wir die Sache erfolgreich durchgezogen haben. Das ist jetzt der Fall. Er ist vor etwa einer Dreiviertelstunde gelandet. Wir haben so getan, als hätte er einen Herzinfarkt erlitten. Er kommt mit einem Krankenwagen und wird in etwa einer Stunde hier sein."

„Einen Herzinfarkt?" Amanda bekam offensichtlich nur zum Teil mit, was Casey sagte.

„Es geht ihm gut", versicherte sie ihr. „Das war alles nur ein Trick, damit wir ihn so schnell wie möglich herbringen können. Den Rest soll Paul Ihnen selbst erzählen. Aber eins müssen Sie wissen: Sobald er erfahren hat, was mit Justin ist, hat er Himmel und Hölle in Bewegung gesetzt, um hierherzukommen. Sie brauchen nicht an ihm zu zweifeln."

Patrick erschien mit dem übrigen Team, das gerade angekommen war. Alle wollten dabei sein, wenn sie Paul endlich zu Amanda und seinem Sohn brachten.

„Sie werden bald da sein", sagte Claire lächelnd zu Amanda. „Paul strahlt eine überwältigende Energie aus. Nur Ihre eigene Energie kann da mithalten."

Amanda lachte, was sie seit Ewigkeiten nicht mehr getan hatte. „Ich kann das alles nicht glauben. Sie haben ja ein Wunder vollbracht."

„Warten Sie mit solchen Hymnen lieber, bis Paul sich tatsächlich als passender Spender erwiesen hat", sagte Marc, wie immer vorsichtig.

„Können Sie das nicht vorhersagen?", wollte Amanda von Claire wissen.

Claire hob entschuldigend die Schultern. „Alles, was ich wahrnehme, sind Erleichterung und Freude, die Sie und Paul gleichzeitig ausstrahlen. Aber ob diese positive Energie neben Ihren augenblicklichen Gefühlen noch etwas bedeutet, kann ich nicht sagen. Das müssen wir abwarten. Aber wir beten alle darum."

„Danke", flüsterte Amanda. Sie wollte noch mehr sagen, fand aber nicht die richtigen Worte. „Vielen Dank."

„Danken Sie uns hinterher", sagte Casey.

„Dann können Sie uns auch sagen, wie toll wir sind", fügte Ryan mit einem Zwinkern hinzu.

„Das werde ich." Amanda wandte sich wieder an Casey. „Weiß Dr. Braeburn schon Bescheid? Wie soll es weitergehen?"

„Dr. Braeburn und das Labor sind bereits informiert. Paul kommt zuerst hierher, um Sie und seinen Sohn zu sehen und Dr. Braeburn kennenzulernen. Dann nimmt man ihm Blut ab, das sofort untersucht wird. Das Labor arbeitet so schnell wie möglich, aber es wird drei Tage dauern, bis wir das Resultat kennen."

„Oh Gott." Amanda nahm das Gesicht in die Hände. „Ich kann immer noch nicht glauben, dass das wirklich wahr ist."

„Glauben Sie es ruhig." Patrick klopfte ihr auf die Schulter. „Es stimmt nämlich."

Hutch und Mike, immer noch wie Sanitäter angezogen, rollten die Trage aus dem Krankenwagen und eilten hinein. Paul lag still darauf, das Gesicht hinter der Sauerstoffmaske verborgen und eine Decke bis zum Kinn gezogen.

Erst als die Fahrstuhltür sich geschlossen hatte, sagte Hutch: „Okay, Zeit zum Aufstehen."

Paul erhob sich, riss sich die Maske vom Gesicht und schlüpfte in den Parka mit Kapuze, den Hutch ihm hinhielt.

„Die Kapuze können Sie nicht über den Kopf ziehen, das würde bloß Aufmerksamkeit erregen." Hutch legte die Sanitätsuniform ab. „Mike und ich laufen vor Ihnen her und versperren die Sicht. Der Wartebereich ist angeblich zum Saubermachen geschlossen. Wir bringen Sie sofort zur Intensivstation und zu Amanda. Alles Übrige liegt bei Ihnen."

Amanda befand sich mit den Leuten von *Forensic Instincts* im sonst leeren Wartebereich, als eine Tür aufging. Sie fuhr herum. Zwei Männer in Anzügen kamen auf sie zu. Der größere der beiden zwinkerte ihr zu. Dann gesellten sie sich zum Team von *Forensic Instincts*.

Paul hatte hinter ihnen den Raum betreten. Nun stand er da und zog den Reißverschluss des Parkas auf. Dann rannten die beiden aufeinander zu und fielen sich in die Arme.

„Es tut mir so leid", flüsterte Paul, löste sich von ihr, ergriff ihre Schultern und musterte ihr Gesicht. „Wenn ich gewusst hätte ... Wenn ich hätte ahnen können." Er schüttelte über sich selbst den Kopf. „Und du musstest das alles ganz allein durchstehen. Das kann ich niemals wiedergutmachen."

„Doch, das kannst du", sagte Amanda entschlossen. „Wenn du der geeignete Spender für unseren Sohn bist. Bitte. Hilf mir, ihn zu retten."

Paul holte tief Luft und straffte die Schultern. „Er braucht bloß Blut von mir?"

Amanda schüttelte den Kopf. Sie war sämtliche Einzelheiten mit Dr. Braeburn durchgegangen und wusste, was im besten wie im schlechtesten Fall passieren konnte. Sie hatte es so weit verstanden, wie ein Laie es überhaupt verstehen konnte. Selbst wenn Paul als Spender infrage kam und keine bisher unerkannten Krankheiten in sich trug, hatte ihr Sohn noch einen schweren Kampf vor sich. Die Stammzellen aus Pauls Blut mussten erst noch aufbereitet werden. Die Qualität wie die Quantität mussten für eine Transplantation ausreichen. Nach der Transplantation bestand die Möglichkeit, dass Justins Körper Pauls Zellen wieder abstieß. Darüber wollte sie gar nicht erst nachdenken, nach allem, was sie unternommen hatte, um Paul zu finden. Jetzt war er endlich da. Gott hätte das doch nicht ermöglicht, um es jetzt noch scheitern zu lassen.

Aber er hatte ein Recht darauf, alles zu erfahren, was ihm bevorstand.

„Das wird nicht nur eine simple Blutentnahme", erklärte Amanda. „Jedenfalls nicht, wenn du der geeignete Spender bist. Du wirst vier Tage lang Injektionen ins Rückenmark bekommen, damit die Bildung deiner Stammzellen angeregt wird. Am fünften Tag wird die Transplantation vorgenommen. Man wird dich an einen speziellen Apparat anschließen, der deine Stammzellen isoliert. Dann werden die Stammzellen in einem sterilen Labor aufbereitet. Dr. Braeburn kann dir das im Einzelnen erklären."

Paul wedelte das alles weg. „Um mich geht es doch nicht. Ich tue, was immer getan werden muss. Aber wenn das erledigt ist, wenn Justin meine Zellen bekommen hat, wie stehen dann die Chancen? Wie lange wird es dauern, bis wir wissen, ob es geklappt hat?"

„Ein paar Wochen." Amanda ballte die Fäuste. „Justins Körper muss deine Zellen annehmen und anfangen, selbst welche zu bilden. Das bedeutet, er muss ein eigenes Immunsystem aufbauen, das mit seinen verschiedenen Infektionen fertigwird." Sie lächelte ein bisschen. „Wir können nur beten, dass das funktioniert. Aber jetzt, wo du endlich da bist, glaube ich wieder an Wunder."

Pauls Gesichtsausdruck wurde sanft. „Das tue ich auch." Er blickte über Amandas Schulter auf die Glaswand. „Ist er … Ist Justin da drin?"

Amanda nickte. Das Herz schlug ihr bis zum Hals. „Er sieht dir so ähnlich", sagte sie. „Er hat deine Augen – nicht nur die Farbe, auch die Form und die Lider. Und deine Wimpern. Weißt du noch, wie ich immer gesagt habe, dass jede Frau für deine dichten Wimpern töten würde? Justin hat dies gleichen. Und seine Nase, Paul. Sie sieht aus wie eine winzige Ausgabe von deiner Nase. Er hat sogar dieses Grübchen." Sie berührte Pauls Wange mit den Fingerspitzen. „Er hat so viel von dir. Er ist genauso neugierig auf alles wie du, und er ist meistens genauso gelassen wie du – bis er irgendetwas haben will. Und er ist ständig in Bewegung. In den letzten Wochen in mir drin hat er dauernd getreten. Bestimmt wird er mal ein Marathonläufer wie sein Vater. Bestimmt ..." Amanda brach in Tränen aus, sie war am Ende ihrer Kräfte.

Aber diesmal hatte sie jemanden, an dem sie sich festhalten konnte.

Paul nahm sie in die Arme. „Wir kriegen das hin, Amanda. Du wirst schon sehen. Unser Sohn wird wieder gesund." Dann versagte auch ihm beinahe die Stimme. „Kann ich ihn sehen? Wenigstens durch das Glas?"

„Natürlich." Amanda wischte sich die Tränen aus dem Gesicht. „Entschuldige. Ich kann immer noch nicht glauben, dass du wirklich da bist. Dass du überhaupt noch lebst. Dass du mich nicht mit Absicht im Stich gelassen hast."

„Das habe ich niemals", stellte Paul klar. „Das musst du mir wirklich glauben. Es gibt so viel, was ich dir sagen muss. Aber erst muss ich für Justin tun, was ich kann."

Amanda ergriff seine Hand. „Komm mit. Ich zeige dir unseren Sohn."

Nachdem beide in der Intensivstation verschwunden waren, wandte Casey sich an Marc. „Das wäre erledigt", sagte sie. „Das FBI hat sich an unsere Abmachung gehalten. Jetzt sind wir dran. Du musst jetzt tun, was wir besprochen haben."

Marc nickte. „Mit Vergnügen." Er marschierte los und fuhr mit dem Lift ins Erdgeschoss.

Er hatte sich bereits eine abgelegene Ecke ausgesucht, wo er ungestört seinen Anruf tätigen konnte. In der Tasche hatte er ein Wegwerfhandy und einen Stimmverzerrer. Was er dem FBI mitteilen wollte, würde Lyle Fenton und seine Mafiakumpane erledigen.

Mit einem breiten Grinsen im Gesicht schaltete Marc den Stimmverzerrer ein.

In solchen Momenten liebte er seinen Job.

30. KAPITEL

Auch Hutch und Mike zogen los, um beim FBI Bericht zu erstatten, aber die Übrigen blieben im Wartebereich, während Amanda und Paul mit Dr. Braeburn sprachen.

„Ich bin wirklich gut", ließ Claire sich vernehmen.

Ryan starrte sie verblüfft an. „Habe ich da gerade meine Stimme aus deinem Mund gehört?"

„Nein. Das war ich. Alles, was ich spüren und empfangen konnte, traf zu. Die binäre Energie? Das war Pauls Doppelleben. Das Davonlaufen? Das war nicht nur Pauls Verschwinden, sondern auch dieser Zehntausendmeterlauf, der es überhaupt erst notwendig gemacht hat. Die heimlichen Telefonanrufe, die ich in Pauls Cottage wahrnahm? Sein Einsatz als Undercover-Agent. Und das ständige Gefühl, dass uns jemand folgte? Das war meistens das FBI. Und wenn ich spürte, dass wir uns in Gefahr befanden? Das war Fenton." Claire sah Ryan triumphierend an, wie eine Katze, die den Kanarienvogel gefressen hat. „Dagegen kannst nicht mal du was sagen."

Patrick gab ein übertriebenes Stöhnen von sich. „Du meine Güte, jetzt steckt auch noch etwas von Ryan in ihr."

Interessante Wortwahl, dachte Casey.

Sie sah Claire und Ryan an. Claire wandte den Blick ab und wurde rot. Ryan, der sonst einen Witz nach dem anderen riss, blieb ungewöhnlich stumm und hatte einen merkwürdigen Ausdruck im Gesicht.

„Weißt du, Patrick, ich glaube, du hast recht", sagte Casey. „Es steckt tatsächlich etwas von Ryan in Claire. Sagt mal, Leute, wann hat das denn angefangen?"

Claire erbleichte. „Was?"

„Dieses plötzliche Selbstvertrauen bei dir, das sonst immer nur Ryan an den Tag legt – nur nicht ganz so arrogant wie bei ihm." Casey war die Unschuld selbst. „Wann hat das angefangen?"

„Ich sage doch bloß, dass ich diesmal alles richtig wahrgenommen habe." Claire fing sich wieder. „Ich bin froh, dass ich eine Verbindung herstellen konnte. Deshalb halte ich mich noch lange nicht für das größte Genie der Welt, wie jemand anders das bekanntlich tut."

„Ich sage nur die Wahrheit, genau wie du", sagte Ryan, wieder ganz er selbst.

„Ich sage die Wahrheit. Du protzt damit und übertreibst auch noch."

„Ach was. Gecko und ich waren eindeutig die Helden des Tages."
Ryan grinste. „Aber du warst auch nicht schlecht. Ein bisschen Eigenlob gönne ich dir."

Claire verdrehte die Augen. „Das ist bloß eine Feststellung, kein Eigenlob. Ich habe nur meinen Job gemacht."

„Das haben wir alle", sagte Casey leise. „Aber das reicht noch nicht." Sie blickte kurz zu Boden, sah dann ernst wieder auf. „Technisch gesehen haben wir unseren Job erledigt. Aber in Wirklichkeit stimmt das nicht, oder?"

Die anderen wurden ebenfalls ernst.

„Nein, es stimmt nicht." Patrick antwortete für die ganze Truppe. „Es ist erst vorbei, wenn der Junge wieder gesund ist. Wir sind alle verdammt gute Profis, aber wir sind auch menschliche Wesen. Wir haben emotional sehr viel in diesen Fall gesteckt. Das ist eine der Sachen, die mir so an diesem Team gefallen."

„So ist es", stimmte Ryan zu.

„Die Sache ist noch lange nicht in trockenen Tüchern." Claire blickte ins Leere. „Ich verstehe diesen medizinischen Jargon nicht. Aber das ist alles sehr kompliziert und wird noch lange dauern."

„Und wie wird es ausgehen?", fragte Casey.

Claire hob frustriert die Schultern. „Ich wünschte, ich würde das wissen. Ich nehme unglaublich starke Gefühle auf vielen verschiedenen Ebenen und aus allen Richtungen wahr."

In diesem Augenblick kam Marc zurück. Er wechselte einen Blick mit Casey und nickte. Er hatte seinen Anruf erledigt. Bald würden FBI-Agenten Fentons Anwesen auf Long Island, seine Büros in New York und seine Marina in Bayonne durchsuchen. Und das war erst der Anfang. Die Dominosteine würden einer nach dem anderen fallen.

Casey nickte zurück.

„Unten im Eingang habe ich gerade Hutch getroffen", sagte Marc. „Sie haben Paul verschiedene Dinge mitgegeben, um sein Aussehen zu verändern. Er darf ja nicht erkannt werden, solange er hier ist."

„Er wird das Krankenhaus überhaupt nicht mehr verlassen", erwiderte Claire. „Jedenfalls nicht für lange Zeit. Ob er nun als Spender infrage kommt oder nicht, er wird Amanda und Justin nicht mehr von der Seite weichen. Zur Hölle mit dem FBI."

Paul dachte genau dasselbe, als er mit Amanda vor dem gläsernen Käfig stand, in dem Justins Krippe war. Dort drin war alles, was ihm in diesem Augenblick etwas bedeutete. Er sah all diese Apparate und Schläuche, an denen Justins Leben hing. Aber eigentlich sah er nur seinen Sohn. *Seinen* Sohn. Amanda hatte völlig recht. Er erkannte sich selbst in dieser winzigen Person, die manchmal die Augen öffnete. Es war, als ob Justin wüsste, dass ein neuer Mensch in sein Leben getreten war.

Paul spürte, wie sich ihm die Brust zusammenzog. Ein nie gekannter Beschützerinstinkt überwältigte ihn. Er würde Himmel und Hölle in Bewegung setzen, damit sein Sohn wieder gesund wurde und ein normales Leben führen konnte.

Während sie auf Dr. Braeburn warteten, erzählte Paul Amanda alles: seinen richtigen Namen, seine Tätigkeit als Undercover-Agent für das FBI in der ganzen Zeit, die sie zusammen waren. Er konnte ihr keine Einzelheiten verraten, aber das war auch nicht wichtig. Schließlich ging es nur um Justin und um sonst nichts.

Endlich kam Dr. Braeburn aus seinem Büro und erklärte Paul die Einzelheiten, angefangen bei den Injektionen, denen Paul sich vier Tage lang unterziehen musste, um die Bildung von Stammzellen anzuregen. Dann würde sein Blutkreislauf vier Stunden lang an einen Apparat angeschlossen werden, in dem die Stammzellen isoliert wurden. Zehn Stunden lang mussten sie im Labor aufbereitet werden, bevor sie in Justins Körper übertragen werden konnten.

Paul bestand darauf, dass Dr. Braeburn ihn auch über die Chancen und den Zeitablauf ins Bild setzte.

„Jeder Fall sieht anders aus", erklärte er. „Es kann zwischen zehn und achtundzwanzig Tage dauern, bis Justin anfängt, eigene Stammzellen zu entwickeln. Auch wenn es länger als zwei Wochen dauert, dürfen Sie nicht die Hoffnung verlieren. Es könnte auch passieren, dass Justins Körper Ihre Stammzellen abstößt. Wir hoffen natürlich, dass dieser Fall nicht eintritt."

Paul konnte einfach nicht anders; er musste die Frage einfach stellen, der Amanda vorhin ausgewichen war. Denn natürlich kannte sie die Antwort längst, glaubte aber nicht, sie sich noch einmal laut ausgesprochen anhören zu können.

Aber ihr war klar, dass Paul es wissen musste.

„Falls ich gesund bin und als Spender infrage komme", fragte er Dr. Braeburn, „und die Transplantation klappt, ohne dass irgendetwas Unvorhergesehenes passiert, was hat Justin dann für Überlebenschancen?"

Dr. Braeburn betrachtete ihn ernst. „Wenn Justin nicht so krank wäre wie im Moment, würde ich sagen, an die neunzig Prozent. Aber ich will Ihnen nichts vormachen. Bei seinem gegenwärtigen körperlichen Zustand sind seine Chancen eher fünfzig zu fünfzig."

Amanda drehte sich der Magen um, Tränen stiegen in ihr auf, und sie wandte sich ab.

„Aber um Chancen werden wir uns jetzt nicht kümmern", fuhr der Arzt fort. „Wir konzentrieren uns darauf, ein positives Ergebnis zu erzielen. Wenn Justin wieder ein eigenes Immunsystem entwickelt und die Lungenentzündung übersteht, steigt seine langfristige Überlebenschance auf über neunzig Prozent, und danach haben wir allen Grund zu der Annahme, dass er ein gesundes und glückliches Leben führen kann."

Amanda ertappte sich bei einem stummen Stoßgebet. Ihr war völlig klar, bis dahin mussten noch eine Menge Hindernisse überwunden werden, und es konnte sehr viel dazwischenkommen.

„Das kommt schon alles wieder hin", flüsterte Paul, als könne er ihre Gedanken lesen. Er ergriff ihre Hand. „Wir werden das schaffen, Amanda. Justin wird es schaffen."

Sie nickte. Sie war entschlossen, jetzt keine Schwäche an den Tag zu legen, sondern genauso stark zu bleiben, wie sie es die ganze Zeit gewesen war, bis Paul wieder auftauchte. Bis jetzt hatte sie alles allein bewältigt. Nun konnte sie es auch zusammen mit Justins Vater bewältigen.

Immer eins nach dem anderen.

Paul brannte darauf, mit dem Prozedere anzufangen.

„Es ist alles vorbereitet", teilte ihm Dr. Braeburn mit. „Nachdem wir Ihnen Blut abgenommen haben, werden Sie sich einer Vielzahl Tests unterziehen müssen, nur um ganz sicherzugehen, dass Sie völlig gesund sind und es auch keinen anderen Grund gibt, Sie als Spender doch noch ausschließen zu müssen. Dann kommen Sie wieder hier herauf. Amanda zeigt Ihnen die sterile Schutzkleidung und was Sie sonst noch tun müssen, um zu Ihrem Sohn hineinzudürfen. Ich weiß, dass Sie ihn gern auf den Arm nehmen würden, aber damit werden wir etwas warten müssen. Im Moment ist es besser, wenn so wenig Leute wie möglich in direkten Kontakt mit ihm kommen."

„Ich verstehe." Paul nickte, aber er war kalkweiß geworden.
„Dann fangen wir mit der Blutabnahme an", sagte Dr. Braeburn
sanft. „Danach sehen wir weiter."

Als Amanda und Paul wieder aus der Intensivstation kamen, hatte
Paul blondes Haar, trug eine Brille und Schuhe, die ihn fünf Zentimeter größer machten. Das Team von *Forensic Instincts* erwartete sie
im Wartebereich. Paul gab Amanda einen Kuss, drückte ihr die Hände,
winkte dem Team zu und schritt entschlossen zum Fahrstuhl.

„Agent Hutchinson hat mir erklärt, ich soll hier bei Ihnen bleiben",
sagte Amanda. „Weil jemand Verdacht schöpfen könnte, wenn ich Paul
nicht von der Seite weiche." Sie sah Paul beunruhigt hinterher. „Ich
wünschte, ich könnte mit ihm gehen. Ich wünschte, sie könnten ihm
das Resultat sofort mitteilen. Ich wünschte …" Sie unterbrach sich
und schüttelte den Kopf. „So etwas sollte ich gar nicht erst denken.
Ich bin Ihnen einfach dankbar, dass Sie Paul gefunden haben, und tief
in meinem Innern glaube ich, das ist ein gutes Zeichen. Ich muss jetzt
positiv denken und mich um Justin kümmern."

„Mit dieser Strategie sind Sie ja bis jetzt auch gut gefahren", be-
kräftigte Marc.

„Da haben Sie recht." Amanda wechselte das Thema. „Bis jetzt
hatten wir gar keine Gelegenheit, miteinander zu reden. Aber jetzt
haben wir etwas Zeit. Welche Schuld trägt denn mein Onkel? Wie sieht
es in dieser Hinsicht aus?"

„Amanda, hören Sie mir zu." Casey ergriff entschlossen das Wort.
„Sie sind eine sehr intelligente Frau. Sie verstehen sicher, dass es bei
dieser Sache um viel mehr geht, als wir alle bis vor Kurzem angenommen haben. Wir sollten dankbar sein, dass Paul sich als einer von
den Guten erwiesen hat."

„Das beantwortet meine Frage nicht." Amanda blickte sie weiterhin
unverwandt an. „Aber ich muss es wissen. Paul ist also in Wirklichkeit ein Undercover-Agent des FBI, der auf einen wichtigen Fall angesetzt war. Wer hat uns denn ständig beobachtet? Waren das andere
Agenten, die verhindern wollten, dass Sie Paul finden?"

„Zum größten Teil, ja. Sie wollten uns im Auge behalten, um festzustellen, wie wir vorankommen. Dieser Anruf, der Ihnen so Angst
gemacht hat, kam auch vom FBI."

„Zum größten Teil", wiederholte Amanda. „Na ja, das FBI würde ja nicht so weit gehen, uns umbringen zu wollen, also muss die Gefahr, die Sie gespürt haben, von jemand anders ausgegangen sein, zum Beispiel vom organisierten Verbrechen."

Niemand antwortete ihr.

„Was immer Sie mir nicht sagen wollen, es hat mit meinem Onkel zu tun", stellte Amanda fest. „Was hat er getan?"

„Viele Dinge", erwiderte Marc geradeheraus. „Aber noch dürfen wir Ihnen nichts davon sagen. Und Sie dürfen auch weiterhin nicht mit Ihrem Onkel darüber sprechen. Wir haben Paul gefunden und hierhergebracht. Aber das ist uns nicht ohne Hilfe gelungen. Jetzt müssen wir den Wunsch des FBI respektieren, ihre Ermittlungen nicht zu gefährden. Sobald die ganze Sache an die Öffentlichkeit dringt und Festnahmen durchgeführt worden sind, können wir darüber reden, und Sie bekommen sicher reichlich Gelegenheit, Ihren Onkel mit Vorwürfen zu überschütten. Bis dahin brauchen Sie lediglich zu wissen, dass er mehr als nur ein Verbrechen begangen hat. Aber er wusste tatsächlich nicht, dass Paul noch am Leben war, und er hat nichts unternommen, ihn von Ihnen und Justin fernzuhalten. Belassen wir's fürs Erste dabei."

Amanda atmete sichtbar aus und musterte Marcs Gesicht, das wie immer völlig ausdruckslos blieb. „Na schön. Ich belästige Sie nicht mehr mit Fragen. Aber die Vorstellung macht mich ganz krank, dass mein eigener Onkel etwas getan haben könnte, weswegen Paul verschwinden musste. Paul *Everett*", verbesserte sie sich kopfschüttelnd. „Dieser Mann ist tatsächlich für immer verschwunden. Aber Paul Evans ist jetzt hier. Und er wird nicht wieder untertauchen. Was immer sonst noch passieren mag, Justin wird nicht ohne Vater aufwachsen müssen. Aber sobald Sie die Erlaubnis vom FBI bekommen, will ich alles wissen, was mein Onkel verbrochen hat. Dann werde ich ihm sagen, was ich von ihm halte."

„Solange Sie das nicht jetzt tun." Marc ließ keinen Zweifel daran, dass dies nicht nur eine Bitte war. Es war ein Befehl.

Amanda hob überrascht das Kinn. Bisher hatte Marc noch nie in einem so scharfen Tonfall mit ihr gesprochen.

Nun erkannte sie den Grund dafür.

Marc blickte ihr über die Schulter. Amanda drehte sich um und erblickte ihren Onkel Lyle, der den Wartebereich betrat, offenbar um Justin zu besuchen.

„Lassen Sie sich nichts anmerken, Amanda", wies Marc an. „Seien

Sie meinetwegen kühl und distanziert zu ihm. Aber verraten Sie sich nicht – das könnte Paul gefährden."

Amanda nickte. Sie holte ein paar Mal tief Luft, dann trat sie auf ihren Onkel zu.

Patrick wollte ihr instinktiv folgen.

Marc hielt ihn am Arm fest. „Lass sie. Auch wir dürfen uns nicht verraten. Wir sind doch alle hier im selben Raum. Da wird er schon nichts Dämliches anstellen."

„Was, zum Teufel, will der denn überhaupt hier?", wollte Ryan wissen.

„Will wahrscheinlich nur kurz vorbeischauen – auf seinem Weg in unbekannte, aber trübe Gefilde", sagte Marc in hartem Ton. „Er kann sich die Mühe sparen, seinen Jet auftanken zu lassen. Nach meinem Anruf geht er nirgendwo mehr hin, außer in den Knast."

„Aber das weiß er noch nicht", meinte Casey.

„Offensichtlich. Ich sehe mal nach Hutch. Der muss ja noch in der Nähe sein. Je länger Fenton sich hier aufhält, desto größer ist die Chance, dass er nicht doch noch davonkommt. Sehen wir einfach, wie die Dinge sich entwickeln."

„Ich hoffe bloß, Amanda kriegt das hin."

„Sie schafft das", sagte Claire leise. „Denn sie tut es für Justin und für Paul."

„Onkel Lyle." Amanda begrüßte ihn zurückhaltend, aber nicht misstrauisch, als wollte sie Claires Einschätzung bestätigen.

„Amanda, hallo." Fenton blieb stehen und bemerkte anscheinend erst jetzt das ganze Team von *Forensic Instincts* in einer Ecke des Wartebereichs.

Was ihm offensichtlich überhaupt nicht passte. Jetzt konnte er nicht sicher sein, was seine Nichte bereits wusste, und hätte keine Kontrolle über das Gespräch. Außerdem jagte Marc ihm eine Heidenangst ein.

Voller Abscheu wandte Marc sich ab und marschierte zur Tür.

Das schien Fenton neue Hoffnung zu verleihen.

Aber vor allem verschaffte es Marc die Zeit, die er brauchte.

Er ging auf die Toilette und schaltete sein Handy ein. Ob das im Krankenhaus erlaubt war oder nicht, scherte ihn wenig. Er tippte Hutchs Nummer ein.

„Hey", sagte er, als Hutch ranging. „Wo steckst du?"

„Mit Mike vor dem Labor. Wieso?"

„Fenton ist gerade gekommen. Er redet mit Amanda. Wir lassen ihn nicht aus den Augen. Aber du solltest sofort deine Leute anrufen. Macht Druck bei den Haftbefehlen. Mein Bauchgefühl sagt mir, dass er auf dem Weg zum Flughafen nur mal kurz gehalten hat. Dann bleib bei Evans, und sorg dafür, dass er nicht hier oben auftaucht, bis du wieder von mir hörst."

„Verstanden."

31. KAPITEL

Fenton versuchte, vorsichtig das Terrain zu sondieren.

„Ich wollte nur mal nach Justin sehen – und kurz mit dir reden", sagte er und achtete genau darauf, wie seine Nichte reagierte.

„Worüber denn?" Ob sie es selbst merkte oder nicht, Amanda verstellte ihrem Onkel den Weg zu ihrem Sohn.

Fenton spielte seine Karten mit großer Vorsicht aus. „Über die Zukunft – Justins Zukunft."

„Was Justins Zukunft angeht, bin ich im Augenblick nur daran interessiert, dass er überhaupt eine hat. Und das weiß ich erst, wenn Dr. Braeburn mir sagt, dass er aus dem Gröbsten raus ist und ein gesundes und glückliches Leben führen kann."

„Das verstehe ich doch." Fenton versuchte es auf die sanfte Tour.

„Und ich habe nicht den geringsten Zweifel, dass es so kommen wird. Seit Cliff Mercers Aufforderung hat sich der halbe Wahlkreis testen lassen, ebenso die meisten Studenten der Unis, auf die seine Kinder gehen. Hinzu kommt dieses Video von dir. Justins Zustand ist jetzt von Küste zu Küste in den Nachrichten. Du wirst ganz sicher einen Spender finden."

„Ich kann nur beten, dass du recht hast. Aber ich weiß einfach, dass Paul der beste Spender wäre. Er ist derjenige, den ich wirklich finden will."

Fenton fuhr sich mit der Zunge über die Lippen. „Gibt es da denn irgendwelche Fortschritte?"

Amandas Nägel gruben sich in ihre Handflächen, doch äußerlich blieb sie ganz ruhig. „Ich habe den Eindruck, dass *Forensic Instincts* ein paar neue Spuren verfolgt. Aber sie sagen mir nicht viel, um mir keine falschen Hoffnungen zu machen."

„Haben sie dir denn überhaupt etwas Konkretes mitgeteilt?"

„Nur dass sie mit verschiedenen Leuten reden, von denen einige wohl Dreck am Stecken haben. Und ein paar von diesen finsteren Gestalten könnten Geschäftspartner von dir sein." Sie sah ihrem Onkel direkt in die Augen.

Er wirkte erleichtert. Man musste kein Hellseher sein, um den Grund dafür zu ahnen. Wenn *Forensic Instincts* seiner Nichte nicht mehr verraten hatte, musste Fenton sich keine Sorgen machen.

„Du weißt doch, was für Geschäfte ich mache, Amanda." Er sprach jetzt ganz sachlich – aber ohne irgendetwas Belastendes zuzugeben. „Manchmal geht es da mit harten Bandagen zu. Aber ich bin nur für meine eigenen Taten verantwortlich, nicht für die von irgendwelchen anderen Leuten."

Amanda konnte nur mit Mühe ihren Abscheu verbergen. „Das ist doch selbstverständlich", sagte sie gezwungen. „Und ich weiß, wenn du irgendwelche Informationen über Paul hättest, dann würdest du die nicht für dich behalten."

„Natürlich nicht." Fenton stand jetzt ganz entspannt da. Er fühlte sich auf sicherem Gelände. „Und dir geht es den Umständen entsprechend gut?"

„Mal so, mal so." Den Schmerz in ihrer Stimme musste Amanda nicht vortäuschen. „Justins Zustand ist sehr ernst. Er ist sowieso schon krank, und er wird immer kränker. Kein Antibiotikum der Welt kann ihn wieder gesund machen, solange er kein eigenes Immunsystem hat."

„Ich weiß." Fenton wirkte ernsthaft besorgt, und das war er auch – allerdings aus den falschen Gründen. Er räusperte sich. „Aber wie ich sagte, du wirst schon einen Spender finden. Deshalb möchte ich ja über Justins Zukunft mit dir reden – besonders jetzt, wo ich eine Weile weg sein werde."

„Weg?" Amanda musterte ihn fragend. „Wo willst du denn hin?"

„Ich muss geschäftlich verreisen. Verträge für verschiedene maritime Großprojekte an beiden Küsten sind in Vorbereitung." Er zögerte. „Wie auch immer, solche Dinge haben dazu geführt, dass ich mir über die Zukunft meines Firmenimperiums Gedanken mache. Deshalb habe ich in meinem Testament bestimmte Veränderungen vornehmen lassen."

„Ich möchte kein Geld von dir, Onkel Lyle." Das rutschte Amanda heraus, bevor sie sich davon abhalten konnte. „In deiner Welt mag Geld ein Allheilmittel sein, aber in meiner ist es das nicht."

„Es ist nirgends ein Allheilmittel, aber hilfreich ist es schon. Um dich geht es auch gar nicht, auch wenn du gut versorgt sein wirst." Fenton wandte den Blick nicht ab. „Für Justin habe ich zwei unterschiedliche Treuhandfonds eingerichtet, und bis er erwachsen ist, hast du Zugriff auf beide. Der erste ist dafür da, sämtliche medizinischen Kosten zu tragen, die sich noch ergeben könnten. Du wärst verblüfft, wenn du wüsstest, was die Versicherung alles nicht abdeckt. Der zweite ist für seine Ausbildung – Universität oder was sich sonst ergibt. Dabei handelt es sich um eine beträchtliche Summe."

Auf so etwas war Amanda nicht vorbereitet. Sie wusste nicht, was sie sagen sollte. Einerseits behagte ihr die Vorstellung gar nicht, irgendetwas von ihrem Onkel anzunehmen. Andererseits war das Geld ja für Justin gedacht. Ideale waren eine Sache, das wirkliche Leben war etwas ganz anderes. Wenn jemand das in den letzten Wochen lernen musste, dann sie.

Aber wenn es schmutziges Geld war ...

„Vielen Dank", sagte sie schlicht. „Das ist sehr großzügig von dir. Aber ich muss darüber nachdenken."

„Da gibt's nichts mehr nachzudenken. Es ist alles längst erledigt. Und um Großzügigkeit geht es auch gar nicht." Fenton war offenbar noch nicht fertig. „Es geht um Blutsverwandtschaft. Justin ist dein Sohn und damit auch mein Großneffe. Er ist die Zukunft meiner Firmen."

Amanda blinzelte. „Wie bitte?"

„Ich werde ihm mein ganzes Imperium hinterlassen", erklärte Fenton geradeheraus. „Ich habe keine Kinder, keine Enkel, aber ich habe einen Großneffen. Und ich besitze ein Firmenimperium, das ich aus dem Nichts aufgebaut habe. Das ist mein einziges Vermächtnis. Ich möchte, dass es in der Familie bleibt. Also hinterlasse ich es Justin."

Darauf reagierte Amanda unmittelbar. „Das ist doch völlig übertrieben", sagte sie. „Außerdem ist es unrealistisch. Wir können doch gar nicht wissen, was Justin später einmal für Ziele oder Interessen haben wird. Vielleicht hat er gar nicht den Wunsch, ein Geschäftsmogul wie du zu werden. Falls doch, kann er vielleicht nichts damit anfangen, Kanäle auszubaggern oder Häfen und Docks zu bauen. Mit so einer Verantwortung will ich ihn nicht belasten."

Fenton sog scharf die Luft ein. „Das ist doch keine Verantwortung. Es ist ein Geschenk. Wenn ich es Justin nicht hinterlasse, bleibt es eben ein Teil meines Vermögens, das ihr beide sowieso erben werdet. Aber ich möchte lieber glauben, dass dein Sohn mein Firmenimperium einmal weiterentwickelt – selbst wenn er sich dafür entscheiden sollte, nicht aktiv an der Geschäftsleitung teilzunehmen. Eigentlich ist es auch gar kein Geschenk, sondern ein Gefallen, um den ich dich bitte. In gewissem Sinn sind meine Firmen meine einzigen Kinder. Ich möchte, dass sie wachsen und gedeihen. Bitte versage mir diesen Wunsch nicht. Wenn Justin später nichts damit zu tun haben möchte, kann er ja alles verkaufen. Wenigstens werde ich dann nicht mehr am

Leben sein und muss nichts davon wissen."

Amanda hatte bei ihrem Onkel noch nie so einen Gefühlsausbruch erlebt. Das brachte sie ganz aus der Fassung.

„Na gut", gab sie nach, musterte sein Gesicht und fragte sich, wie viele verschiedene Facetten Lyle Fenton wohl haben mochte. „Eine solche Entscheidung werde ich für Justin nicht treffen. Das kann er selbst tun, wenn er alt genug dafür ist. Mehr kann ich dir nicht versprechen."

„Um mehr habe ich auch gar nicht gebeten. Nur eins noch."

„Was denn?"

„Bevor ich gehe, möchte ich Justin noch einmal sehen."

Amanda versteifte sich. „Er liegt auf der Intensivstation, Onkel Lyle. Das weißt du doch. Nur sehr wenige Leute dürfen da rein. Er hängt an einem Beatmungsgerät mit einem Schlauch in der Brust. Da sind Besucher nicht erlaubt."

„Ich wollte ja auch gar nicht mit reingehen", erwiderte ihr Onkel. „Ich möchte ihn nur noch mal durch die Glasscheibe sehen."

„Du hast ihn doch erst vor ein paar Tagen gesehen."

„Tu mir bitte den Gefallen." Fenton warf dem Team von *Forensic Instincts* einen unbehaglichen Blick zu. Dass sie überhaupt nicht auf seine Anwesenheit reagierten, machte ihn zunehmend nervös. Besonders Devereaux, der den Raum vor einiger Zeit wieder betreten hatte. Wieso stand der da einfach so herum? Bei ihrer letzten Begegnung hatte dieses Schwein ihm beinahe die Luftröhre zerquetscht. Lag es an dieser einstweiligen Verfügung? Oder daran, dass hier noch andere Leute waren, sodass er lieber nicht gewalttätig werden wollte?

Jedenfalls wollte Fenton sich nicht mehr länger in seiner Nähe aufhalten.

„Ich werde eine ganze Weile weg sein", sagte er zu seiner Nichte. „Ich möchte gern meinen Großneffen noch einmal sehen, bevor ich gehe."

Amanda zog sich der Magen zusammen. „Willst du dich damit verabschieden, für den Fall ..." Sie ließ den Satz unvollendet. „Ich möchte nicht, dass mein Sohn so einer negativen Energie ausgesetzt ist. Wir denken hier alle positiv."

„Das tue ich doch auch." Fenton schüttelte den Kopf. „Hätte ich so für seine Zukunft gesorgt, wenn ich annehmen würde, wir könnten ihn verlieren? Niemals. Ich muss ihn noch mal sehen. Um mich zu überzeugen, dass ich das Richtige tue."

Amanda sagte lange nichts. Ihr Blick wanderte zu Marc, dann zu der Uhr an der Wand.

Marc begriff sofort. Amanda fragte ihn, was sie tun sollte. Paul könnte jeden Moment zurückkommen. Sie konnte ja nicht ahnen, dass Marc sich längst darum gekümmert hatte.

Stumm formte er die Worte „Kein Problem" mit den Lippen und hob den Daumen. Sie hatten alles unter Kontrolle.

Mehr brauchte Amanda nicht zu wissen.

„Okay", sagte sie schließlich. „Ich bring dich hin." Sie drehte sich um und ging, immer zwei Schritte vor ihm, zur Intensivstation.

„Ich glaube, ich muss gleich kotzen", murmelte Ryan und wandte den Kopf ab. „Was jetzt?"

„Hutch ist dran", sagte Marc. „Außerdem bleibt er bei Evans, damit da keine Überraschung passiert. Was Fenton angeht, sollten wir Hutch ein bisschen mehr Zeit verschaffen." Er warf Patrick einen Blick zu. „Geh wieder auf deinen Posten. Du behältst Amanda und Fenton im Auge. Wir müssen ihn dann hier aufhalten, wenn er zurückkommt."

„Willst du zu Ende bringen, was du in seinem Haus angefangen hast?", wollte Claire wissen. „Das würde ich dir nämlich nicht raten. Hier sind auch andere Leute, ein tätlicher Angriff ist ein Verbrechen, und gegen dich liegt bereits eine einstweilige Verfügung vor."

Marc verzog einen Mundwinkel. „Schön, dass du dir Sorgen um mich machst. Nein, diesmal werde ich ihm nichts antun. Er hat sowieso Schiss vor mir, da reicht es völlig, wenn ich ihm gegenübertrete. Was diese blöde Verfügung angeht, die wird nicht mehr viel wert sein, wenn es einen Haftbefehl gegen ihn gibt."

„Wir haben nicht das Ziel, ihn zu verscheuchen", warnte Casey. „Sondern ihn hierzubehalten. Das kannst du mir überlassen. Ich beschäftige ihn schon, bis das FBI da ist."

Fenton stand fünf Minuten schweigend vor der Glasscheibe und starrte auf Justin hinab.

„Du bist seine Mutter", sagte er schließlich zu Amanda. „Du siehst nur dein leidendes Kind. Ich bin sein Großonkel und ein erfolgreicher Geschäftsmann. Ich sehe hier einen Kampf vor mir, aus dem ein echter

Anführer hervorgehen wird. Er wird seinen Feind besiegen. Das tun Sieger immer. Chancen und Prozentzahlen haben da gar nichts zu bedeuten. Lass dir das von jemand gesagt sein, der Bescheid weiß."

Amanda gab keine Antwort. Er wollte sie aufmuntern, und das war nett. Aber bei dem Vergleich wurde ihr übel. Justin würde wieder gesund werden – aber nie so wie sein Großonkel.

Sie trat ungemütlich von einem Bein aufs andere und fragte sich, wo Paul war und wer dafür sorgte, dass er und ihr Onkel einander nicht über den Weg liefen. Da würde das bisschen Verkleidung nicht viel nutzen.

Fenton warf einen Blick auf seine Uhr. „Der Pilot wartet schon. Ich weiß nicht, wann ich zurückkommen werde. Aber ich melde mich, um zu erfahren, wie es Justin geht und ob du einen Spender gefunden hast."

„In Ordnung." Amanda hätte ihn am liebsten hinausgestoßen.

Als sie endlich wieder den Wartebereich betraten, stand Patrick mit unbewegter Miene auf seinem üblichen Posten. Marc, Ryan und Claire waren nirgends zu sehen, nur Casey saß da und blätterte in einem Magazin.

Sie erhob sich, als sie Amanda und Fenton erblickte.

„Guten Tag, Mr Fenton", begrüßte sie ihn kühl. „Sind Sie gekommen, um Justin zu besuchen? Oder wollten Sie nur mal sehen, ob Amanda noch auf Ihrer Seite ist?"

Fenton wurde erneut von Caseys bestimmtem Auftreten aus dem Gleichgewicht gebracht. Er war im Baugewerbe tätig, und das war immer noch eine Männerwelt. Mit starken Frauen hatte er sonst kaum zu tun.

Was Casey natürlich klar war.

Fenton räusperte sich. „Eigentlich geht Sie das gar nichts an, aber ich wollte Justin sehen und mit Amanda sprechen. Haben Sie damit ein Problem?"

„Ganz und gar nicht." Casey bemerkte, dass an seinem Hals eine Ader hervorgetreten war, die heftig pochte. Vor Marc mochte er aufgrund seiner Physis Angst haben, aber sie schüchterte ihn mental ein. „Konnten Sie ihr wichtige Neuigkeiten mitteilen, oder wollten Sie nur selbst etwas herausfinden?"

Seine Augen funkelten. „Ich habe für Justin Vorsorge getroffen. Darüber muss Amanda natürlich Bescheid wissen."

„Mein Onkel muss geschäftlich verreisen", warf Amanda ein und sah Casey fragend an. Das war doch jetzt nicht die richtige Zeit für ein Verhör. Ihr Onkel musste verschwinden, bevor Paul zurückkam.

„Ach, wirklich?" Casey blickte ihn erstaunt an. „Wo wollen Sie denn hin, Mr Fenton?"

„Ich muss verschiedene meiner Tochterfirmen aufsuchen."

„Hm. Ich gehe davon aus, dass Ihr Reiseplan bekannt ist, falls Sie gebraucht werden sollten."

Auf Fentons Wangen tauchten rote Flecken auf. Er war wütend, und er schien zu befürchten, in eine Falle gegangen zu sein.

„Ich wüsste wirklich nicht ..."

„Amanda", unterbrach Casey, als wäre er gar nicht mehr da. „Bitte stellen Sie sicher, dass Sie Ihren Onkel jederzeit erreichen können. Bestimmt haben Sie bald gute Neuigkeiten, die er sicher sofort erfahren möchte, da ihm ja so viel an Justin liegt. Wer weiß, vielleicht entpuppt sich der Abgeordnete Mercer ja als passender Spender." Sie sah Fenton neugierig an. „Oder begleitet er Sie etwa auf dieser Geschäftsreise?"

„Selbstverständlich nicht", schnappte Fenton. „Warum sollte er?"

„Ach, ich weiß nicht. Vielleicht braucht er mal ein bisschen Abwechslung."

„Kaum. Seine Kinder kommen von ihren Universitäten nach Hause. Er möchte Zeit mit seiner Familie verbringen."

„Richtig. Seiner Familie." Casey fixierte Fenton mit einem durchdringenden Blick. „Der Abgeordnete scheint mir ein überaus treu sorgender Gatte und Vater zu sein. Bestimmt trifft dasselbe für ihn auch als Sohn zu – falls sein Vater so etwas verdient." Eine bedeutungsschwangere Pause. „Soweit ich höre, ist sein Vater allerdings ein sehr grober und fordernder Mensch. Die Loyalität des Abgeordneten dürfte ihre Grenzen haben. Meinen Sie nicht?"

Fenton starrte sie verblüfft an. Offenkundig hatte Mercer ihm nicht erzählt, dass *Forensic Instincts* wusste, wer in Wahrheit sein Vater war. Das musste man dem Abgeordneten zugutehalten. Als er versicherte, Fentons Aktivitäten im Auge, sich aber selbst davon fernhalten zu wollen, hatte er tatsächlich die Wahrheit gesagt.

Aber Casey hatte das gerade in ganz großem Stil nachgeholt. Fenton war entsetzt darüber, dass Mercer offenbar doch nicht das harmlose Schoßhündchen war, für das er ihn gehalten hatte. Und dass *Forensic Instincts* hinter ein weiteres seiner Geheimnisse gekommen war, das er benutzte, um sich der Unterstützung des Kongresses für seine geschäftlichen Vorhaben zu sichern.

Sein feindseliger Gesichtsausdruck sagte alles.

„Sie sind doch mit Warren Mercer bekannt, nicht wahr?", fragte Casey unschuldig. „Obwohl, wenn ich mich recht erinnere, haben Sie beide seit Jahren nicht mehr miteinander gesprochen."

„Warren und ich haben irgendwie den Kontakt verloren, das stimmt. Aber Cliff ist ein guter Mensch, weshalb ich annehme, dass er auch ein guter Sohn ist." Fenton versuchte, sich unter Kontrolle zu halten, aber er geriet zunehmend in Panik, das konnte Casey an jeder seiner Gesten erkennen.

Amanda starrte Casey an, als hätte sie den Verstand verloren. Casey wusste natürlich, warum: Was sollte dieses Geschwätz, wenn Paul jeden Augenblick zurückkommen konnte?

Casey wünschte, sie könnte ihr das erklären.

Was sich aber als gar nicht notwendig erwies.

Eine Tür wurde aufgerissen, ein Mann und eine Frau kamen herein. Normalerweise hätte man sie nicht zweimal angesehen – ganz durchschnittliche Leute, die es wie jeder in Manhattan eilig hatten.

Nur dass Casey mit geübtem Blick sofort die Pistolen bemerkte, die sie, mit dem Lauf nach unten, in den Händen hielten. Sie wusste, dass es FBI-Agenten waren. Sie hatte oft genug mit dem Bureau zusammengearbeitet, um das typische Auftreten zu erkennen. Es war alles da – der scharfe Blick, der zielgerichtete Schritt, die beiläufige, doch unnachgiebige Art, mit der sie ihrer Beute keinen Ausweg ließen.

Fenton wandte ihnen den Rücken zu, deshalb hatte er noch nichts gemerkt. Amanda fiel an dem Paar nichts Ungewöhnliches auf, deshalb reagierte sie ebenfalls nicht – bis sie sah, dass Marc, Claire und Ryan vor der Tür standen und beiseitetraten, um drei bewaffnete Männer durchzulassen.

Amandas Augen weiteten sich, als sie die M4-Sturmkarabiner erkannte.

Casey blieb ganz entspannt und beobachtete, wie das SWAT-Team sich an der Tür postierte und die Waffen hob.

Fenton bemerkte den Gesichtsausdruck seiner Nichte und drehte sich um.

Aber er hatte keine Chance mehr.

Die beiden Agenten hatten ebenfalls die Pistolen erhoben, die Frau verkündete: „FBI. Lyle Fenton, Sie sind verhaftet wegen Erpressung und Korruption." Ihm wurden die Hände auf den Rücken gelegt, Handschellen schnappten zu.

Der Mann durchsuchte ihn nach Waffen.

„Das ist ja ungeheuerlich", schnappte Fenton, aber er war zu verblüfft, um Widerstand zu leisten. „Ich will meinen Anwalt." Er sah Casey finster an. „Sie verfluchte Schlampe."

„Da hat man mich schon Schlimmeres genannt." Casey lächelte ihn zuckersüß an. „Ich freue mich immer, wenn ich zu Diensten sein kann. Danke Ihnen", sagte sie zu den FBI-Agenten.

„War uns ein Vergnügen", erwiderte die Frau. „Draußen wartet ein Wagen. Gehen wir."

„Amanda ..." Fenton öffnete den Mund, machte ihn aber gleich wieder zu.

„Ich will nichts hören", sagte Amanda mit kalter Wut und einer Härte in der Stimme, die Casey bei ihr noch nie gehört hatte. „Verschwinde einfach. Justin und ich brauchen weder dich noch dein Geld. Geh mir aus den Augen."

Fenton mahlte mit den Kiefern, sagte aber nichts mehr und wurde von den Agenten hinausgeführt.

Amanda deutete zur Tür. „Wer sind diese bewaffneten Männer?", fragte sie Casey.

„Ein SWAT-Team in Zivil", erklärte Casey. „Ich vermute, es sind noch mindestens zwei weitere Teams im Gebäude, vermutlich oben im Treppenhaus und bei den Fahrstühlen."

„Mein Gott." Amanda war wie betäubt. „Sie haben meinen Onkel mit Absicht aufgehalten. Deshalb haben Sie ihn in dieses Gespräch verwickelt. Sie wussten, dass das FBI auf dem Weg war."

Casey nickte. „Außerdem wusste ich, dass Agent Hutchinson und Agent Shore Paul nicht aus dem Labor ließen, es gab also gar keine Möglichkeit, dass er Fenton über den Weg laufen könnte. Sobald ich Bescheid bekomme, dass das FBI mit ihm das Gebäude verlassen hat, lasse ich Paul wieder hier raufbringen."

Amanda hatte immer noch nicht ganz begriffen, was gerade passiert war. „Erpressung? Korruption? Will ich davon überhaupt etwas wissen?"

„Lieber nicht, denn wir können Ihnen keine Einzelheiten erzählen." Casey redete nicht um den heißen Brei herum. „Das Büro des Bundesanwalts wird ihn wegen verschiedener Dinge anklagen. Solange die Anklage nicht öffentlich ist, darf über Einzelheiten nicht geredet werden. Sie sollten sich allerdings darüber klar sein, dass ihr Onkel sich wegen allerhand verantworten muss. Ach ja, und mit dieser Erbschaft würde ich an Ihrer Stelle nicht rechnen. Ich bezweifele, dass er sein Vermögen legal erworben hat."

Amanda erschauerte vor Abscheu. „Ich will sein schmutziges Geld gar nicht – weder für mich noch für meinen Sohn. Wir kommen auch ohne es zurecht."

„Das weiß ich." Casey zögerte. „Ein Ratschlag. Drängen Sie Paul nicht zu sehr. Ihm ist auch nicht erlaubt, Ihnen viel zu verraten. Aber er liebt Sie, und er liebt Justin, er ist hier, um zu tun, was er kann – und er wird bleiben. Verglichen damit sind die Umstände seines Einsatzes unwichtig."

Amanda nickte. „Das ist mir klar. Ich höre zu, wenn er mir etwas sagen will, aber ich werde ihn nicht ausfragen. Ich bin Ihnen so dankbar, dass Sie ihn gefunden und nach Hause gebracht haben." Die Tränen stiegen ihr in die Augen.

„Vor ein paar Tagen habe ich zu Ihnen gesagt, danken Sie uns erst, wenn wir Paul gefunden haben. Nun sage ich, danken Sie uns nicht, bis er Justin gerettet hat." Casey meinte jedes Wort vollkommen ernst. „Dass Justin wieder gesund wird, ist aller Dank, den ich und mein Team brauchen."

EPILOG

Selbst im März hielt der Winter das Land noch in seinem eisernen Griff. Mitte des Monats blies der Wind eiskalt, bedrohliche graue Wolken hingen am Himmel, und der Wetterbericht sagte Schneefall voraus.

Eingepackt in warme Sachen, eilte das ganze Team von *Forensic Instincts* zum Sloane-Kettering-Hospital und in die kleine Krankenhauskapelle im ersten Stock. Sie wollten rechtzeitig da sein, um bei den notwendigen Vorbereitungen zu helfen.

Sie schlüpften aus den Wintersachen, musterten die karge Einrichtung der feierlichen, allen Glaubensrichtungen zur Verfügung stehenden Kapelle und fragten sich, wie oft Amanda wohl in den letzten drei Monaten hier Zuflucht gesucht und für die Gesundung ihres Babys gebetet hatte.

Doch diesmal war das ganz anders.

Nun standen Stunden voller Freude bevor.

Das Team versammelte sich hier mit anderen Leuten, die Amanda nahestanden, um zwei außerordentliche Anlässe zu begehen, die schon lange überfällig waren und denen ein wolkenverhangener Himmel nichts anhaben konnte.

Der erste Anlass fand am heutigen Morgen um neun Uhr statt.

Der genaue Zeitpunkt des zweiten Anlasses stand noch nicht fest. Aber lange würde es nicht mehr dauern.

„Die Kerzen hellen die Atmosphäre auf", verkündete Claire, die gerade welche aufgestellt hatte. Sie trat einen Schritt zurück, musterte das Arrangement und nickte. „Genau die richtige Mischung aus Eleganz und Wärme. Der ganze Saal steckt voller positiver Energie."

„Ohne positive Energie wäre ein solches Ereignis irgendwie unvollständig", meinte Ryan trocken.

„Lass die blöden Witze." Claire ließ sich durch den gutmütigen Spott nicht aus der Ruhe bringen. „Wer hat mich denn zu nachtschlafender Zeit angerufen und wollte, dass ich unbedingt in seiner Höhle vorbeikomme, um den passenden Schlips auszuwählen?"

„Also, ich hätte Geld dafür bezahlt, mir diesen Moment ansehen zu dürfen." Marc schmunzelte. „Der lässige Ryan McKay nimmt modische Beratung in Anspruch."

Ryan sah ihn finster an. „Normalerweise mache ich halt einen Bogen um solche Veranstaltungen. Meine Garderobe passt eher zu weniger ehrfürchtigen Anlässen."

„Ach, du warst schon vor Morgengrauen im Büro und unten in der Höhle, Claire?" Das hatte Casey nicht mitbekommen. „Nur um einen Schlips auszusuchen? Ihr zwei scheint ja in letzter Zeit ziemlich oft da unten allein zu sein."

„Vorsicht, Casey", warnte Ryan. „Das betrifft ja nicht unsere Arbeit."

„Betrifft nicht die Arbeit? Komisch, ich dachte immer, Büros wären dafür da. Ich hatte angenommen, ihr beide würdet wichtige Strategiesitzungen abhalten, spirituelle und wissenschaftliche Erkenntnisse miteinander vereinen."

Ryan wirkte, als wolle er sie verprügeln.

Casey hob eine Braue. „Da bin ich wohl gerade ins Fettnäpfchen getreten? Entschuldigung. Aber mir gehört diese Agentur, da muss ich schon darauf achten, dass die Arbeitszeit effektiv genutzt wird."

„Mach dir da mal keine Sorgen." Ryan kehrte ihr den Rücken zu, ging zu einem Tisch, um sich zu vergewissern, dass der Sekt kalt gestellt war.

Claire tat so, als hätte sie von diesem Wortwechsel gar nichts mitbekommen, aber ihre Wangen waren leicht gerötet. Über ihre Beziehung zu Ryan – oder wie immer man das nennen mochte – wollte sie lieber nicht reden. Das war eine zu komplizierte Angelegenheit. Es gab keinen richtigen Begriff dafür, und es war eigentlich sinnlos. Es war auch nur sporadisch, dann aber extrem. Diese Widersprüchlichkeit trieb sie in den Wahnsinn.

„Gefällt dir das Blumenarrangement nicht auch?", fragte sie Casey, um das Thema zu wechseln. „Diese Pastellfarben passen zu dem glücklichen Paar."

„Das stimmt." Casey nickte. „Das hast du toll gemacht. Amanda und Paul sind bestimmt ganz gerührt."

„Nach allem, was sie durchgemacht haben, verdienen sie keine halben Sachen."

Casey nickte noch einmal. Sie konnte kaum glauben, dass erst drei Monate vergangen waren, seit sich herausgestellt hatte, dass Paul der ideale Spender für Justin war. Außerdem hatte die Wissenschaft bei der Aufbereitung der Stammzellen große Fortschritte gemacht, sodass es Anlass zur Hoffnung gab.

Trotzdem waren die nächsten fünf Tage hart gewesen, in denen

Paul ständig Injektionen ins Rückenmark bekam, eine unangenehme und auch nicht ungefährliche Angelegenheit, während er und Amanda Justin nicht von der Seite gewichen waren und gebetet hatten, dass ihr Sohn lange genug durchhalten würde.

Er schaffte es. Irgendwie hatte dieses gerade einen Monat alte Baby genug Kraft zum Weiterkämpfen, als ob es wüsste, dass die Rettung nahe war.

Dann kam der große Tag.

Erst eine vierstündige Prozedur, bei der Pauls Stammzellen isoliert wurden, gefolgt von einer grausamen zehnstündigen Wartezeit, in der sie aufbereitet wurden.

Und schließlich der entscheidende Moment, auf den sie alle gewartet hatten – die Übertragung von Pauls Stammzellen mittels einer Infusion in Justins Körper.

Das waren die längsten fünfzehn Minuten, die Amanda und Paul je durchstehen mussten.

Sie wussten, dass es mindestens zwei Wochen dauern würde, bis sich herausstellte, ob Justin ein eigenes Immunsystem aufbaute. Obwohl Justin ständig von den Experten beobachtet wurde, ob es auch nur das kleinste Anzeichen von Komplikationen gab, war die Wartezeit kaum auszuhalten. Zum Glück schien Justin die Stammzellen nicht abzustoßen.

Vier Wochen später lächelte der Himmel auf sie herab, als die Ergebnisse verschiedener Untersuchungen kamen. Einige der Zellen hatten sozusagen die Arbeit aufgenommen – Justin brauchte das Beatmungsgerät nicht mehr, der Schlauch konnte aus seiner Brust entfernt werden.

Nun, nach drei Monaten, hatte Justin die Infektionen überwunden. Amanda und Paul waren in diesem Augenblick bei Dr. Braeburn, um zu besprechen, wann er aus dem Krankenhaus entlassen werden konnte.

Es würde noch viele Nachuntersuchungen geben, aber Justin war aus dem Gröbsten raus und konnte mit seiner Mutter und seinem Vater ein normales Leben beginnen.

Die ihrerseits ein neues Leben als verheiratetes Paar und als Familie beginnen würden. Eine vollständig gesunde Familie, denn auch Amanda hatte die ersten drei Monate ihrer sechsmonatigen Behandlung hinter sich, um die Hepatitis C zu kurieren.

Selbst der zynische Ryan McKay konnte nicht bestreiten, dass das ultimative Happy End eingetreten war.

In der kleinen Kapelle würde heute eine kurze, aber bedeutsame Zeremonie stattfinden. Marc, Patrick und Amandas Freundin Melissa waren die Trauzeugen, zwei von Pauls besten Freunden aus dem FBI wollten ebenfalls zur Hochzeit erscheinen.

Aber der wichtigste Ehrengast würde natürlich der vier Monate alte Säugling sein, der in Begleitung einer Krankenschwester der Hochzeit seiner Eltern beiwohnen durfte.

Danach würden Eltern und Kind sich sofort wieder auf die pädiatrische Station begeben, an der täglichen Routine würde sich zunächst nicht viel ändern, bis Justin entlassen werden konnte. Amanda und Paul würden an Justins Bett sitzen, ihn im Arm halten, mit ihm spielen und das Wunder bestaunen, das sie selbst geschaffen hatten.

Aber bald würden sie nach Hause dürfen, das hatte Dr. Braeburn Amanda versichert – solange sie ihn regelmäßig zu Nachuntersuchungen ins Krankenhaus brachte. Nur die Ergebnisse einiger Bluttests mussten noch abgewartet werden, und das Wetter musste sich bessern, damit er sich nicht gleich wieder etwas einfing. Dann konnte Justin endlich hinaus in die Hamptons und in sein neues Kinderzimmer in Pauls Cottage gebracht werden.

Das kleine Zimmer neben dem Schlafzimmer war in den letzten drei Monaten aufwendig renoviert worden, es war nun ein heller und fröhlicher Raum, ideal für ein glückliches Kind. Amandas Apartment würde sich in ein Fotostudio verwandeln, nur das Kinderzimmer dort sollte so bleiben, wie es war, damit sie ihren Sohn manchmal bei der Arbeit um sich haben konnte.

Die Bundesanwaltschaft bereitete Anklagen gegen Lyle Fenton und verschiedene Mitglieder der Vizzini-Familie vor, die in Untersuchungshaft saßen, doch die Räder der Justiz mahlten langsam. Der Abgeordnete Mercer war von seinem Sitz im Kongress zurückgetreten, vordergründig aus familiären Gründen, und hatte sich im Austausch dafür, nicht selbst angeklagt zu werden, dazu bereit erklärt, gegen Lyle Fenton auszusagen. Tatsächlich hatte er seinem „Vater" nur unter Zwang Gefälligkeiten erwiesen. Er hatte seinen nicht unbeträchtlichen Einfluss im Kongress dazu benutzt, politische Entscheidungen in bestimmte Richtungen zu lenken, von denen Fenton profitierte, aber er hatte niemanden bestochen oder sonst irgendwelche ungeheuerlichen Verbrechen begangen. Rechtlich war das eine Grauzone, und für die Bundesanwaltschaft war es viel einfacher, seinen Rückzug aus der Po-

litik zu akzeptieren und sich seiner Bereitschaft zu versichern, gegen
Fenton und für die Anklage auszusagen, als auch Mercer anzuklagen
und ihn damit als Belastungszeugen zu verlieren.

Paul arbeitete immer noch beim FBI, jetzt allerdings in dem Büro
auf Long Island für die Abteilung Gegenspionage. Seine Tage als ver-
deckter Ermittler waren gezählt, was ihm und Amanda nur recht war.
Ab jetzt war er einfach Special Agent Paul Evans, Amanda konnte
ganz offen Mrs Amanda Evans sein, und Justin hieß offiziell Justin
Gleason Evans.

Zum ersten Mal war *Forensic Instincts* bereit, einen Fall als tatsächlich abgeschlossen zu betrachten.

Da sie angesichts ihrer vielen anderen Aufträge schwer beschäftigt
waren, war das wirklich eine gute Sache.

„Dieser Fall hat uns allen schwer zu schaffen gemacht", meinte
Patrick zu Casey.

„Längst nicht so viel wie Amanda", erwiderte Casey.

„Du weißt schon, was ich meine. Ein unschuldiges Baby, und sein
Leben lag in unserer Hand. Das war eine ganz schöne Verantwortung –
die sich jeder von uns auf seine eigene Art sehr zu Herzen genommen
hat. Das heute ist auch für *Forensic Instincts* ein Festtag."

Casey drehte sich um und sah ihn wissend an. „Das ist bei dir doch
immer so. Unser letzter Fall – der erste große, seit du vom FBI zu uns
gekommen bist – ist dir so nahegegangen, du hast praktisch darin gegessen, getrunken und geschlafen."

„Das waren andere Umstände", widersprach Patrick. „Diese un-
aufgeklärte Kindesentführung hatte mich über Jahre nicht losgelas-
sen. Doch der Fall hier war etwas ganz anderes." Er hielt inne. „Aber
du hast schon recht. Ich verinnerliche unsere Fälle. In gewisser Hinsicht tun wir das alle. Eben dadurch werden wir erst zu dem Team,
das wir sind."

„Sogar *mich* hat dieser Fall emotional belastet", gab Marc offen zu.

„Dafür hattest du deine eigenen Gründe." Casey führte das nicht
weiter aus, und das brauchte sie auch nicht. Jeder im Team wusste über
Marcs Hintergrund und seinen Schwachpunkt Bescheid. „Außerdem
hast du den Fall angenommen – und uns vor vollendete Tatsachen gestellt." Diese kleine Spitze konnte sie sich einfach nicht verkneifen.

„Ja. Meine Grenzüberschreitung. Mein Regelbruch. Meine Verantwortung." So war das eben mit Marc. Knapp und auf den Punkt. „Nur

ein weiterer Grund, weshalb ich hier nicht versagen durfte."

„Unter anderem."

Marc nickte und blickte ernst ins Leere. „Unter anderem."

„Diesmal haben wir wirklich Gutes bewirkt", rief Casey ihm in Erinnerung. „Das kann frühere Gräueltaten nicht auslöschen. Aber es kann eine Familie sehr glücklich machen und einem Baby das Leben schenken, das es verdient."

„Du hast recht." Marc riss sich wieder zurück in die Gegenwart, als ihm klar wurde, was sie erreicht hatten.

„Wir haben das wirklich gut gemacht", verkündete Ryan. „Dazu können wir uns wirklich beglückwünschen. Zu blöd, dass Hunde im Krankenhaus nicht erlaubt sind. Hero sollte auch hier sein und mit uns feiern."

„Mach dir da mal keine Sorgen", versicherte Claire ihm, die immer noch damit beschäftigt war, Blumen zu arrangieren. „Ich habe ihm ein interaktives Spielzeug dagelassen, das mit lauter Leckerbissen gefüllt ist. Damit wird er den ganzen Morgen kämpfen, um an seine vielen kleinen Preise zu gelangen." Sie warf Ryan einen Blick zu. „Nein, es sind keine fetten Sachen. Er wird kein Gramm zunehmen. Aber er verdient schließlich auch eine Belohnung."

„Das bestreite ich doch gar nicht, Claire-voyant." Ryan setzte sein entspanntes Grinsen auf. „Jeder von uns hat seinen Teil beigetragen – sogar du mit diesen Energien, die du wahrnimmst."

„Ich fasse es nicht. Ein Kompliment." Claire verdrehte die Augen. „Kann ich das schriftlich haben?"

„Nein. Ich behalte mir das Recht vor, alles abzustreiten – besonders wenn du mir bei unserem nächsten Fall wieder auf die Nüsse gehst."

„Was ich mit Sicherheit tun werde."

Casey schüttelte lachend den Kopf. „Wir sind ja echt ein tolles Team. Kein Wunder, dass uns das FBI nicht in seinen Fällen haben will."

„Ja, aber andererseits …", sagte Ryan selbstgefällig wie immer. „Schau dir unsere Erfolge an. Sieh, welchen Ruf wir dort genießen. Mehr ist dazu nicht zu sagen."

„Für den Augenblick." Casey ließ die Chefin durchblicken. „Jetzt feiern wir diesen hart erkämpften Sieg. Danach geht's wieder an die Arbeit."

– ENDE –

ANMERKUNG DER AUTORIN

Das Reservat der Shinnecock-Indianer liegt auf der Ostseite der Shinnecock Bay auf einem zur Gemeinde Southampton gehörenden Gebiet. Obwohl die Shinnecock Indian Nation seit Langem ein Casino plant, existiert es in Wirklichkeit noch nicht. Falls es jemals gebaut werden sollte, dann nicht im Reservat selbst, der angestammten Heimat des Stammes, sondern anderswo auf Long Island. Daher ist das Casino in diesem Roman ein rein fiktiver Ort, das Produkt der blühenden Fantasie der Autorin.

DANKSAGUNG

Viele Menschen haben mir bei der Arbeit an diesem Buch geholfen, und ich möchte jedem Einzelnen von ihnen meine Dankbarkeit und meine Hochachtung versichern für ihre Zeit, ihre Fachkenntnisse und ihre Toleranz gegenüber einer Autorin, die eine berüchtigte Perfektionistin ist.

Mein Dank geht an:
- Angela Bell, Spezialistin für Öffentlichkeitsarbeit beim FBI und im richtigen Leben die Entsprechung einer guten Fee im Märchen
- John Mandrafina, ehemaliger Koordinator für verdeckte Ermittlungen im FBI Sensitive Operations Program
- SSA James McNamara, FBI Behavioral Analysis Unit 2
- Dr. Morton Cowan, Chefarzt der Abteilung für Immunologie und Blut-/Knochenmarktransplantation am UCFS Children's Hospital
- Agent Laura Robinson, Teamleiterin, Evidence Response Team, Newark Field Office, FBI
- Agent Rex Stockham, Programmmanager des FBI Laboratory's Forensic Canine Program
- Agent James Margolin, Öffentlichkeitsarbeit, New York Field Office, FBI
- Agent Gavin Shea, FBI White Collar Squad, Long Island Resident Agency
- Sharon L. Dunn, Abteilung Pädiatrie, Hämatologie/Onkologie, University of Chicago
- Detective (im Ruhestand) Mike Oliver, NYPD
- Simon Jorna, Besitzer von Simon's Beach Bakery Café, Westhampton Beach, Long Island, New York
- Michael Greene von Simon's Beach Bakery Café und Tourguide durch „Amandas" Apartment

Und schließlich noch an einige ganz besondere Menschen:
- Adam Wilson, den besten (und am meisten vermissten) Lektor, den jeder Autor sich nur wünschen kann
- Valerie Gray, die in einer kritischen Stunde zu Hilfe eilte und die Sache mit Grazie, Enthusiasmus und Entschlossenheit zu Ende brachte

- Andrea Cirillo und Christina Hogrebe, meine unglaublichen Agentinnen und unverbesserlichen Fürsprecher
- Peggy Gordijn, die stille Kraft der Natur, die immer im Hintergrund bleibt, aber Berge versetzen kann
- Und vor allem meiner Familie, die mir an jedem Tag und auf jede vorstellbare Weise die Liebe, die Motivation und den kreativen Beitrag schenkt, um jedes Buch so gut wie möglich zu machen

Ich danke Euch allen. Ihr seid die Besten der Besten.

Lesen Sie auch:

J. T. Ellison

Symbole des Bösen

Ab Juni 2013 im Buchhandel

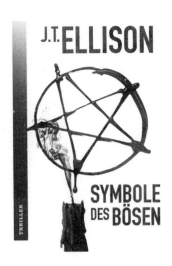

Band-Nr. 25666
8,99 € (D)
ISBN: 978-3-86278-722-7

Nashville, Tennessee
31. Oktober
15:30 Uhr

Taylor Jackson stand stramm, die Arme hinter dem Rücken, ihre blaue Uniform kratzte an den Handgelenken. Die Situation war ihr mehr als nur ein wenig peinlich. Sie hatte gebeten, dass es ohne große Zeremonie vonstattengehen würde. Ein einfaches „So, hier hast du deinen Job wieder" hätte ihr genügt. Aber der Chief wollte davon nichts hören. Er hatte darauf bestanden, dass sie nicht nur ihren Rang als Lieutenant wiederbekam, sondern zudem in einer öffentlichen Zeremonie ausgezeichnet wurde. Ihr Gewerkschaftsvertreter war ganz begeistert und hatte auf ihren Wunsch hin die Klage gegen das Department fallen lassen, die Taylor nach ihrer unrechtmäßigen Degradierung hatte einreichen müssen. Sie war ebenfalls zufrieden. Sie hatte darum gekämpft, ihre alte Position zurückzuerhalten, und fand es jetzt sehr angenehm, das alles hinter sich lassen zu können. Doch dieses Brimborium war ihr ein wenig zu viel.

Es war ein langer Nachmittag gewesen. Taylor fühlte sich wie ein Zirkuspferd und errötete unter den übertriebenen Lobgesängen auf ihre Karriere, ihre Rolle beim Ergreifen des Dirigenten, eines Serienmörders, der zwei Frauen ermordet und eine dritte entführt hatte, bevor er mit Taylor auf den Fersen aus Nashville geflohen war. Sie hatte ihn in Italien festgenommen, und die Geschichte hatte es sofort auf die Titelseiten der internationalen Zeitungen gebracht, weil ihr gleichzeitig mit ihm einer von Italiens berüchtigtsten Serienmördern ins Netz gegangen war. Il Macellaio. In einer Welt, in der die neuesten Nachrichten immer nur einen Mausklick entfernt waren, hatte das Ergreifen von zwei Serienmördern so viel Aufmerksamkeit erregt, dass der Chief gezwungen gewesen war, etwas zu unternehmen.

Taylor wurde nicht nur wieder in den Rang des Lieutenants erhoben, sie hatte auch die Leitung der Mordkommission zurück und ihr altes Team wieder um sich versammelt. Die Detectives Lincoln Ross und Marcus Wade waren aus dem südlichen Sektor zurückbeordert worden, und nach einer längeren Unterhaltung mit dem Chief hatte Taylor ihn davon überzeugen können, auch Renn McKenzie zu einem festen Teil des Teams zu machen. Sie hatte ihre Jungs wieder.

Nun ja, die meisten von ihnen.

Pete Fitzgerald war wie vom Erdboden verschwunden. Das letzte Mal hatte Taylor mit ihm gesprochen, als er mit seinem Schiff im Hafen von Barbados lag und auf Ersatzteile für seinen Motor wartete. Er hatte sie angerufen, um ihr zu sagen, dass er ihren alten Erzfeind gesehen hätte. Seitdem hatte sie nichts mehr von Fitz gehört. Sie machte sich furchtbare Sorgen und war überzeugt, dass der Pretender ihn sich geschnappt hatte – ein obszöner, grausamer Mörder, der es schaffte, in ihre Träume einzudringen, und an den sie selbst in wachen Augenblicken immer wieder denken musste. Ein Mörder, den Taylor bisher nicht gefasst hatte; der eine, der davongekommen war.

Mittlerweile machte sie sich noch größere Sorgen, da die Küstenwache letzte Woche einen Notruf vor der Küste North Carolinas aufgefangen hatte. Das GPS-Signal passte zu der registrierten Nummer von Fitz' Boot. Doch trotz tagelanger Suche war nichts gefunden worden. Die Küstenwache hatte die Suche abbrechen müssen, und da kein Verbrechen geschehen war, konnte die Polizei von North Carolina sich nicht einschalten. Taylor hatte das North Carolina State Bureau of Investigation angerufen, in der Hoffnung, dass man die Sache dort anders sähe, doch bisher hatte sie noch keine Rückmeldung erhalten.

Taylor versuchte, den Gedanken an Fitz zu verdrängen, an seinen geschundenen, geschlagenen Körper, an das, was der Pretender ihm antat oder angetan hatte. Schuldgefühle übermannten sie, ließen ihr das Blut in den Adern gefrieren. Sie hatte den Pretender herausgefordert, hatte ihm gesagt, er solle doch kommen und sie holen. Doch statt ihrer hatte er sich ihren Freund geschnappt, dessen war sie sicher. Den Mann, der ihr abgesehen von Baldwin am nächsten stand. Ihren Vaterersatz. Sie war vermutlich dafür verantwortlich, dass Fitz umgebracht worden war, und dieses Wissen war nur schwer für sie zu ertragen.

Sie schaute sich in der Menge um, ließ ihren Blick über den See aus blauen Anzügen vor sich schweifen. John Baldwin, ihr Verlobter, saß in der ersten Reihe und grinste. Sein Haar war schon wieder zu lang, die schwarzen Wellen fielen ihm in die Stirn und über die Ohren. Sie widerstand dem Drang, die Augen zu verdrehen; das würde sicher in den Abendnachrichten gezeigt, und sie wollte nicht noch mehr Aufmerksamkeit, als sie bereits hatte. Stattdessen berührte sie ihren Verlobungsring und drehte die schlicht gefassten Diamanten um ihren Finger.

Ihr Team saß neben Baldwin: Lincoln Ross, dessen Haare gerade lang genug nachgewachsen waren, um in winzigen Dreadlocks von seinem Kopf abzustehen; Marcus Wade, dessen braune Augen glücklich strahlten. Zwischen ihm und seiner Freundin wurde es langsam ernst, und Taylor hatte ihn noch nie so zufrieden gesehen. Das neue Teammitglied, Renn McKenzie, saß zu Marcus' Linker. McKenzies Lebensgefährte Hugh Bangor saß ein paar Reihen weiter hinten. Die beiden waren sehr diskret – nur Taylor und Baldwin wussten, dass sie ein Paar waren.

Sogar ihr alter Boss Mitchell Price war da und lächelte ihr wohlwollend zu. Er war der Kollateralschaden in den Vorfällen gewesen, die zu Taylors Degradierung geführt hatten, doch inzwischen war er darüber hinweg. Er leitete jetzt eine Firma für Personenschutz von Countrymusic-Stars und hatte Taylor angeboten, sie könne jederzeit bei ihm einsteigen, wenn sie ihren Job bei der Nashville Metro satthabe.

Fitz war der Einzige, der fehlte. Taylor zwang sich, den Kloß herunterzuschlucken, der sich in ihrer Kehle gebildet hatte.

Der Chief steckte ihr jetzt etwas an die Uniform. Er trat mit einem breiten Lächeln zurück und fing an zu klatschen. Das Publikum fiel sofort ein, und Taylor wünschte sich, im Erdboden versinken zu können. Ihr gefiel dieser öffentliche Enthusiasmus bezüglich ihrer Person überhaupt nicht.

Der Chief deutete aufs Mikrofon. Taylor atmete tief ein und trat dann ans Rednerpult.

„Ich danke euch allen, dass ihr heute hier seid. Ich weiß das mehr zu schätzen, als ihr ahnt. Aber wir sollten dem gesamten Team danken, das mitgeholfen hat. Ich hätte nichts von alldem ohne die Hilfe von Detective Renn McKenzie, Supervisory Special Agent John Baldwin, Detective James Highsmythe von der London Metropolitan Police und all den anderen Officers der Metro Police geschafft, die im Großen wie im Kleinen an dem Fall mitgearbeitet haben. Die Stadt Nashville ist diesen Männern und Frauen zu tiefstem Dank verpflichtet. Und jetzt genug geredet. Machen wir uns wieder an die Arbeit."

Lachen erschallte im Raum, und erneut brandete Applaus auf. Lincoln pfiff auf zwei Fingern, und dieses Mal verdrehte Taylor die Augen. Baldwin blinzelte ihr zu, seine klaren grünen Augen strahlten vor Stolz. Mit kerzengeradem Rücken und roten Ohren dankte sie dem Chief und den anderen Würdenträgern, nickte ihrer neuen Chefin Commander Joan Huston zu und verließ das Podium. Die Menschen erhoben sich und fingen an, sich zu unterhalten; die Stimmen der

Truppe klangen in ihren Ohren wie ein Wiegenlied. Sie war zurück – und das fühlte sich verdammt gut an.

Baldwin fing sie ab und nahm ihre Hand. „Wie geht es der Ermittlerin des Jahres?"

Sie atmete tief ein und stieß die Luft geräuschvoll durch die Nase wieder aus. „Frag nicht", sagte sie. „Das ist so schon peinlich genug."

Er lachte und gab ihr einen Kuss auf die Handfläche. Ein Versprechen für später.

Lincoln und Marcus umarmten sie, und McKenzie schüttelte ihre Hand.

„Glückwunsch, LT!" Lincolns zahnlückiges Grinsen gab ihr das Gefühl, nach Hause gekommen zu sein. Sie klopfte ihm auf den Rücken. Price gesellte sich zu ihrer Gruppe, schüttelte Taylor mit ernster Miene die Hand. Er hatte seinen roten Schnurrbart extra für den Anlass getrimmt und gewachst.

„Was wird deine erste Amtshandlung als neu ernannter Lieutenant sein?", fragte Marcus.

„Euch allen ein Bier auszugeben. Immerhin ist heute Halloween. Kommt, verschwinden wir von hier. Wir wäre es, wenn wir auf ein Guinness ins Mulligan's gehen?"

„Klingt gut", sagte Marcus.

Taylor deutete auf ihre gestärkte Uniform. „Ich muss mich nur eben noch umziehen."

„Wir auch. Wer als Erster in der Umkleidekabine ist."

Zehn Minuten später fühlte Taylor sich in ihrer Zivilkleidung – Jeans, Cowboystiefel, ein schwarzer Kaschmirrollkragenpullover und ein offener grauer Cordblazer – wesentlich wohler. Sie klippte das Holster an den Gürtel und riskierte dann einen Blick auf ihre Marke. Ihren Phantompanzer. Als Taylor sie verloren hatte, hatte sie damit beinahe alles verloren. Zärtlich strich sie kurz über das goldfarbene Relief und steckte sie dann vor dem Holster an den Gürtel. Endlich war sie wieder komplett. Energisch schloss sie die Spindtür und gesellte sich zu den Jungs in den Flur. Sie bemerkte, dass Baldwins Blick zu ihrer Hüfte glitt, und tat so, als sähe sie sein zufriedenes Lächeln nicht.

Nachdem sie das Criminal Justice Center verlassen hatten, hob sich Taylors Laune augenblicklich. Die laute, Witze machende Gruppe von Männern hinter ihr und Baldwin an ihrer Seite erinnerten sie daran, wie viel Glück sie hatte. Wenn sie jetzt nur noch Fitz finden und den

312

Pretender unschädlich machen könnte, wäre ihr Leben perfekt.

Sie waren gerade auf Höhe des Hooters, als Taylors Handy klingelte. Sie warf einen Blick auf das Display und sah, dass es die Zentrale war. Sie hob eine Hand, um den anderen zu signalisieren, dass sie den Anruf entgegennehmen musste, und blieb am Straßenrand stehen.

„Jackson", sagte sie.

„Lieutenant, Sie werden bei einem 10-64J gebraucht; möglicherweise Mord. 3800 Estes Road. Ich wiederhole, ein 10-64J."

Das *J* jagte ihr einen Schauer über den Rücken. *J* stand für *juvenile*, das Opfer war also ein Jugendlicher. Sie hasste es, Verbrechen zu bearbeiten, in die Kinder verwickelt waren.

„Roger, habe verstanden. Bin auf dem Weg." Sie klappte das Handy zu. „Hey, Jungs. Tut mir leid. Ich muss an einen Tatort." Sie zog ihr Portemonnaie aus der Innentasche ihres Blazers und reichte Lincoln zwei Zwanziger. Er schüttelte den Kopf.

„Kommt nicht infrage, LT. Wenn du wieder im Dienst bist, sind wir es auch."

„Aber ihr habt heute frei. Also geht was trinken, wie geplant."

„Auf gar keinen Fall", widersprach Marcus. Sie stellten sich Schulter an Schulter auf, eine Wand aus Testosteron und Beharrlichkeit. Taylor wusste, wann es keinen Sinn hatte zu streiten. Die Männer waren genauso froh, wieder mit ihr vereint zu sein, wie sie.

„Ich fahre", bot McKenzie an.

Taylor lächelte die Männer an und drehte sich dann zu Baldwin um.

„Kommst du auch mit?"

„Was? Die Nashville Police braucht die Hilfe von einem Profiler?", zog er sie auf; in seinen grünen Augen tanzte der Schalk.

„Natürlich brauchen wir die. Kommt, lasst uns gehen. Wir müssen mit zwei Autos fahren."

Sie fuhren ins West End. McKenzie im ersten Wagen, Taylor und Baldwin folgten. Zu dieser Tageszeit nach Green Hills zu kommen war gelinde gesagt schwierig. Es herrschte ein ständiges Stop-and-go, aber McKenzie führte sie über diverse Nebenstraßen. Erst die West End hinauf, dann links auf die Bowling, durch die wunderschön bewaldeten Viertel mit den riesigen grünen Rasenflächen und den großen Häusern, die weit zurückgesetzt auf den weitläufigen Grundstücken standen.

Viele der Häuser waren für Halloween geschmückt. Einige sehr professionell mit gruseligen Horrorbildern im Vorgarten: schwarz-orange blinkende Lichter, Grabsteine und lebensgroße Mumien – einige offensichtlich von Kinderhand erschaffen –, falsche Spinnennetze und freundliche Geister. An der Ecke Bowling und Woodmont gab es einen großen, aufblasbaren kopflosen Reiter. Die Dämmerung hatte bereits eingesetzt, und früher am Tag hatte es geregnet. Der Nebel erhob sich in dünnen Schleiern aus dem Rasen. Ein paar Kürbislaternen waren schon angezündet, ihr orangefarbenes Leuchten vermittelte einen düsteren Trost.

Nachdem sie links auf die Estes abgebogen waren, brauchten sie nur noch wenige Minuten, um die angegebene Adresse zu erreichen. Die Erstmelder – Feuerwehrleute und Rettungssanitäter – waren bereits wieder abgerückt. Streifenwagen säumten die Straße, die mit Flatterband abgesperrt war. Blaue und weiße Lichter blitzten unterm Abendhimmel auf und wurden an die Wände der Backsteinhäuser geworfen. Ein Stück die Straße hinunter war eine kleine Gruppe auf dem Weg von Tür zu Tür. Die jüngsten Halloweenfans, begleitet von ihren Eltern, bevor die Dunkelheit ganz hereinbrechen würde. Doch auch ohne Halloween hätte die Szene gruseliger kaum sein können.

Paula Simari stand an ihrem Streifenwagen. Ihr Diensthund Max saß auf der Rückbank und schien sich die Aktivitäten mit einem breiten Hundegrinsen im Gesicht anzuschauen. Seine Dienste wurden heute Abend anscheinend nicht gebraucht.

Die fünf gingen auf Paula zu, die abwehrend die Hand hob. „Wow. Kein Grund, die großen Geschütze aufzufahren. Es ist nur eine Leiche." Sie zeigte über die Schulter auf ein weitläufiges rotes Backsteinhaus. „Wie ist es, wieder im Dienst zu sein, Lieutenant?"

„Sehr schön, Officer." Taylor mochte Simari. Sie war ein netter Mensch, immer einen Spruch auf den Lippen, aber auch ernst, wenn es sein musste. „Warum gibst du uns nicht eine kurze Zusammenfassung, und danach schauen wir uns in Ruhe am Tatort um?" Sie trug sich in die Anwesenheitsliste ein und reichte den Stift an Baldwin weiter. Alles genau nach Vorschrift, so war es ihr am liebsten.

„Gerne. Die Leiche ist ein siebzehnjähriger weißer Junge namens Jerrold King. Seine Schwester Letha hat ihn entdeckt, nachdem sie von einer Einkaufstour mit ihren Freundinnen zurückkam – sie gehen beide auf die Hillsboro, hatten heute aber wegen einer Lehrerfortbildung einen halben Tag frei. Sie sagt, sie wäre in sein Zimmer gegangen, um sich eine CD zu leihen, und habe ihn nackt auf dem Bett vorgefunden. Sie rief 911, doch er war bereits tot, als die Rettungssanitäter eintrafen."

„Selbstmord?", fragte Taylor.

„Glaube ich kaum", erwiderte Simari grimmig. „Außer er stand auf Schmerzen."

„Schmerzen?" Baldwin hob fragend die Augenbrauen.

Simari biss sich auf die Unterlippe. „Ich denke, ihr solltet euch das selber anschauen. Deshalb habe ich dich direkt angefordert."

Taylor musterte sie für einen Moment, dann zuckte sie mit den Schultern. „Okay. Gehen wir. Baldwin, du kommst mit mir. Marcus, Lincoln, könnt ihr euch mal unter den Leuten umhören?" Sie zeigte auf die Auffahrt des Nachbarhauses, auf der sich eine kleine Gruppe Menschen versammelt hatte, einige in Kostümen, andere offensichtlich gerade von der Arbeit kommend. Die Anzüge waren den Verkleidungen im Verhältnis von drei zu eins überlegen. „Fragt, ob irgendjemand was gesehen hat. McKenzie? Sorg dafür, dass die Rechtsmedizin auf dem Weg ist. Wir brauchen jemanden, der die Todesursache untersucht, und Kriminaltechniker zur Spurensicherung."

„Wird erledigt."

Taylor folgte Simari die kunstvollen Stufen zum Haus hinauf und zwischen weißen, dorischen Säulen hindurch auf eine breite Veranda. Ein Hexentrio hockte zwischen zwei mit Spinnenweben verzierten Schaukelstühlen; die Tür wurde von Chrysanthemen in schwarzen, schmiedeeisernen Töpfen flankiert, die orangefarbenen Blüten wirkten frisch und neu.

Taylor band sich ihre Haare schnell zum Knoten und zog dann die lilafarbenen Gummihandschuhe über. Baldwin tat es ihr gleich – mit einem Mal waren ihre Hände die Werkzeuge von Profis und nicht mehr die Empfänger von zärtlichen Küssen. Sie konnten weder riskieren, den Tatort mit ihrer eigenen DNA zu verunreinigen, noch die Ermittlung in dem Fall durch ihre persönliche Beziehung zu beeinträchtigen. Anfangs war es Taylor schwergefallen, so zu tun, als wären sie und Baldwin nicht gefühlsmäßig miteinander verbunden. Inzwischen war es leichter. Sie hatte sich einige seiner Techniken zur Wahrung emotionaler Distanz abgeschaut.

Simari hatte sich auch schon Handschuhe übergezogen und betrat nun als Erste das Haus.

Ein Teenager mit schlechter Haut und einem tiefschwarzen Bob saß am Fuß der Treppe. Das Mädchen war kreidebleich und zitterte. Es hatte schwarze Ringe unter den Augen und einen Hauch dunklen Lippenstift im Mundwinkel. Seine Lippen waren zu einer dünnen Linie zusammengepresst, als fürchtete es, die Welt würde zusammenbrechen, sobald es den Mund öffnete.

„Niemand schreibt so packend wie Andrea Kane."
Publishers Weekly

Deutsche Erstveröffentlichung

Band-Nr. 25566
8,99 € (D)
ISBN: 978-3-89941-968-9
eBook: 978-3-86278-136-2
432 Seiten

Andrea Kane
Ewig bist du mein

Kann Profilerin Casey Woods dem FBI helfen, eine mysteriöse Entführung aufzudecken? Fieberhaft versucht Casey die kleine Tochter der Richterin Hope Willis zu finden. Schnell wird klar: Dies ist kein Routinefall! Bereits Hopes Zwillingsschwester wurde entführt, als sie noch ein Kind war. Die Liste der Verdächtigen ist lang, doch alle Spuren führen ins Leere. Bis ein Mord geschieht – und Casey auf ein dunkles Familiengeheimnis stößt …

Originalausgabe

Band-Nr. 25642
8,99 € (D)
ISBN: 978-3-86278-497-4
400 Seiten

Laura Wulff
Leiden sollst du

Ein Mörder mit einem perfiden Plan, eine junge Frau auf Abwegen und ein Kommissar im Rollstuhl: der erste Fall für die Zuckers!

War es wirklich ein Unfall? Die 17-jährige Julia, monatelang vermisst, wird plötzlich tot am Kölner Rheinufer angespült. Gerichtszeichnerin Marie Zucker lässt das Ganze keine Ruhe - denn ihr Cousin Ben war mit der Toten befreundet, und jetzt scheint ihn ihr Tod kaltzulassen. Marie bittet ihren Mann Daniel um Hilfe, einen Kriminalkommissar, der nach einem Unfall querschnittsgelähmt ist. Doch er zögert, wieder in den aktiven Dienst zurückzukehren, und zwingt sie so, zunächst auf eigene Faust ermitteln. Sie findet heraus, dass Ben seit Wochen bedroht und verfolgt wird. Und dann taucht die nächste grausam entstellte Leiche auf. Ist Marie dem Mörder etwa den entscheidenden Schritt zu nahe gekommen?

Band-Nr. 25611
8,99 € (D)
ISBN: 978-3-86278-347-2
eBook: 978-3-86278-588-9
304 Seiten

Alex Kava
Fleisch

Der Geruch von verbranntem Fleisch hängt noch in Nebraskas Herbstluft, als FBI-Profilerin Maggie O'Dell den Tatort erreicht. Eine grausige Szene: Teenager liegen auf dem Waldboden, weit aufgerissene Augen, Brandwunden, zwei Tote. Von explodierenden Lichtern ist die Rede, von einem Biest mit roten Augen - Halluzinationen nach einer Drogenparty? Oder Realität? Maggie versucht, diesem Hexenkessel auf den Grund zu gehen. Aber sie ist nicht schnell genug: Jemand nimmt die Überlebenden ins Visier, ermordet einen nach dem anderen. Wen Maggie jetzt dringend bräuchte, sind ihr Partner R.J. Tully und Dr. Benjamin Platt vom Medical Research Institut. Doch die sind an der Ostküste in einen ähnlich verstörenden Fall verwickelt ...